AF401847

Lotte R. Wöss, geboren 1959 in Graz, absolvierte nach der Matura die Ausbildung zur Diplom-Krankenschwester.

Bereits als Kind schrieb und dichtete sie, es folgten Artikel und Gedichte für kleine Zeitungen, doch erst im reiferen Alter fand sie zurück zu ihrer Leidenschaft, dem Schreiben, und veröffentlichte 2015 ihren Debütroman *Schmetterlinge im Himmel* als Selfpublisherin. Mittlerweile hat sie zahlreiche Liebesromane, Krimis, Thriller und auch Kurzgeschichten veröffentlicht, sowohl als Selfpublisherin, als auch in Verlagen.

L.R. WÖSS

TOD AM TEUFEL STEIN

Erstausgabe August 2024

Tod am Teufelstein

ISBN 978-3-98998-294-9
E-Book-ISBN 978-3-98998-085-3
Hörbuch-ISBN 978-3-98998-078-5

Covergestaltung: Anne Gebhardt
Umschlaggestaltung: ARTC.ore Design
Unter Verwendung von Abbildungen von
shutterstock.com: © Kovtun Dmitriy, © Lukasz Szwaj, © Miloje
elements.envato.com: © marevgenna1985, © BLACKDAY,
© DREAMYARD_Visuals
Lektorat: Katrin Gönnewig
Satz: dp DIGITAL PUBLISHERS GmbH
Druck und Bindung: Books on Demand GmbH, Norderstedt

Kapitel 1

Jetzt liegt sie da oben ganz allein. Direkt neben dem Teufelstein.

Hihi, das reimt sich sogar.

Selbst schuld, die fürwitzige Person! Hat wirklich geglaubt, sie kann hier Geheimnisse aufdecken. Na ja, jetzt weiß sie es besser.

Der Wind ist eisig, dringt durch die Regenjacke. Ein Pullover drunter wäre gut gewesen.

Ein Blick zurück, direkt auf den Teufelstein, einen sechs Meter kantigen Felsen. Bei Schönwetter ist er ein beliebtes Ausflugsziel und geradezu überlaufen. Doch nun prasselt seit Stunden der Regen auf die Felsbrocken und die ohnehin schon durchweichten Grasflächen dazwischen.

Gut so. Auf diese Weise werden sämtliche Spuren fortgewaschen.

Niemand ist in der Nähe. Die Frau da droben, deren Mund schweigt, für immer. Und die Kälte spürt sie auch nicht mehr.

Schön war sie, das muss man ihr lassen. Sportliche Figur, fest und kein Gramm Fett zu viel. Das dunkle Haar, die ebenmäßigen Gesichtszüge und die tiefblauen Augen. Ein Männertraum.

Nicht unsterblich, wie sie jetzt weiß. Zu spät. Meine Güte, was ist sie peinlich und naiv in die Falle getappt. Wie eine Kuh zur Schlachtbank. Sie ist selbst schuld, hat nicht lockergelassen, sich hartnäckig in ihre Fragerei verbissen. Man soll seine Nase nicht in anderer Leute Angelegenheiten stecken! Das wäre ein neues Gebot, eines, das Überleben sichert.

Beinahe wäre es ihr gelungen, sämtliche Pläne zu zerstören.

Letztlich ist sie an ihrer eigenen Sensationsgier gepaart mit Dummheit gestorben. Wer steigt bei so einem Wetter auf den Teufelstein?

Die Gummihandschuhe sind unangenehm. Aber das Mordinstrument muss weg. Ist ausreichend Wald hier, da fällt ein Ast nicht auf. Sollte nur weit genug weg sein, vom Tatort. Der Regen wird das Blut wegwaschen.

Tatort. Wie das klingt. Zugegeben, manche würden es so bezeichnen. Ein Mord ist passiert. Nein. Die wissen gar nichts. Eine Notwendigkeit ist kein Mord.

Hoppla, nicht ausrutschen. Zu viel Nachdenken bringt nichts.

Es wird eine Zeit dauern, bis die Frau gefunden wird.

Schade um sie. Aber nicht zu umgehen gewesen.

Der Regenguss nimmt an Kraft zu, ebenso der Wind, der hier oben fast ständig bläst. Nichts wie zurück, bevor doch noch jemand kommt.

Kapitel 2

Drei Wochen zuvor

»Das darf doch nicht wahr sein! Du hast gespielt wie eine Anfängerin!« Philipp Kinzmann sprang auf und warf seine letzte Karte auf den Tisch. »Du bist meine Partnerin, hättest Tarock spielen müssen und«, er fuhr sich durchs Haar, »dem Gegenpart die Trümpfe herausziehen.«

Sie saßen zu viert bei der allwöchentlichen Kartenspielrunde im gemütlichen Wohnzimmer der Kinzmanns, die über Toni wohnten.

»Ist doch nur ein Spiel.« Anneliese, Kinzmanns Frau, zog beleidigt die Schultern hoch. »War sowieso viel zu knapp. Du hättest deinen dämlichen Pagat nie durchgebracht.«

»Jetzt beruhigt euch mal.« Vincent Straubinger zählte bereits die Karten. »Das Spiel habt ihr ja trotzdem gewonnen.«

»Ja, aber den Pagatrufer haben wir verloren, weil du noch ein Tarock übrig hattest, verdammt.«

Toni grinste innerlich. Philipp konnte sich so herrlich ärgern, wenn er verlor. Er musste aber zugeben, dass auch ihm Anneliese heute ein wenig zerstreut vorkam. Normalerweise war sie eine ausgezeichnete Spielerin. Es sah ihr nicht ähnlich, einen solch groben Fehler zu machen. »Hast du ein Problem, Anneliese?«, fragte er daher.

»Frag nicht.« Philipp fuhr abwehrend mit der Hand durch die Luft. »Sie redet schon den ganzen Tag von nichts anderem.«

»Und das wäre?«

»Meine Tante Hildegard ist verstorben.«

»Oje, mein Beileid«, erwiderte Toni mechanisch.

»Ich hab's gewusst, dass du damit anfängst. Du mochtest die alte Schrulle nicht mal, wir hatten kaum Kontakt!« Philipp erhob sich und ging zum Barschrank hinüber. »Da brauch ich jetzt einen Cognac. Noch wer?«

»Sag nicht Nein«, sagte Straubinger.

»Ich nicht, muss morgen früh raus.« Trotzdem sah Toni mit Bedauern zu, wie Philipp ein Glas für Straubinger einschenkte. Der Cognac war nämlich einer von der feinen Sorte.

»Jetzt steckt aber die Journalistin mit drin.« Sie drehte sich zu Toni. »Seit sie bei mir war, kommt mir Hildegards Tod eben spanisch vor. Es ist doch mysteriös, dass sie offenbar nicht die erste Tote in der Kurklinik war.«

»Moment, es ist bereits zehn Uhr abends und ich habe auch schon zwei Glas Bier getrunken, da funktionieren meine Gehirnzellen nur mäßig.« Toni klopfte auf den Tisch. »Es gab mehrere Todesfälle in einem Kurheim? Vielleicht erzählst du von Anfang an.«

»Ich hab's geahnt.« Philipp reichte Straubinger das Glas Cognac und nippte an seinem eigenen. »Das wird eine lange Nacht.«

»Schließlich ist Toni für so was zuständig.« Anneliese zog eine Schnute. »Und du kannst mir ruhig auch ein Glas bringen.«

Philipp nickte ergeben, stellte seins ab und trabte ein zweites Mal zum Barschrank. Toni seufzte innerlich, er würde sich die Geschichte wohl anhören müssen. Dabei wartete morgen ein anstrengender Tag auf ihn. Direktor Machacek hatte eine Besprechung einberufen, deren Thema ihm wegen Unwichtigkeit entfallen war. Zudem galt es, einige Berichte zu schreiben.

»Also, soweit ich es verstanden habe, ist deine Tante in einem Kurheim gestorben und sie war nicht die Einzige.« Er räusperte sich.

»Es passierte im Schwarz-Vital-Naturheilzentrum.« Anneliese schien in Fahrt zu kommen, nun da sie ein Publikum gefunden hatte. Sie griff sich das Glas Cognac, das ihr Mann ihr reichte, und nahm einen kräftigen Schluck, ehe sie es auf dem Tisch abstellte.

»Ich muss gestehen, dass ich noch nie von diesem Zentrum gehört habe.« Das stimmte nicht ganz, der Name kam Toni vage bekannt vor, vermutlich war er hier und da in der Zeitung aufgetaucht.

»Es ist eine sündteure Kurklinik in Gmoa, das ist in der Nähe von Fischbach, auf halbem Weg zum Teufelstein. Tante Hildegard hat dort im Mai gebucht, für drei Wochen. Sie ist, war steinreich ...«

»Und geizig bis zum Gehtnichtmehr«, rief Philipp. »Ich schwöre, die Alte hat sich mehrmals jährlich auf unsere Kosten den Bauch vollgeschlagen, ohne uns ein einziges Mal zu irgendwas einzuladen.«

»Das tut jetzt nichts zur Sache.« Anneliese klang ärgerlich. Toni trommelte mit den Fingern auf den Tisch. Als Anneliese vorwurfsvoll hinsah, zog er seine Hand zurück. »Also, die Kur in diesem Heim ist für Otto Nor-

malverbraucher nicht leistbar, zumal die Krankenkasse nur einen geringen Teil übernimmt. Angeblich
wird dort nur mit natürlichen Heilmitteln gearbeitet:
Pflanzentees, Wickel und psychologische Gespräche, so
ein Zeugs halt. Tante Hildegard hatte zeitlebens diesen
Jugendwahn und wollte immer jünger aussehen. Und
sie konnte es sich leisten.«

»Knausrig war sie, die alte Schachtel.« Philipp
schnaubte erneut. »Nur für sich hat sie das Geld ausge-
geben. Tolle Reisen, Kleidung, Luxusgüter.«

»Die Busreise zu den Loire Schlössern war nicht so
extrem teuer«, sagte Anneliese nun und sah Toni an.
»Das war ihre letzte Unternehmung, knapp vor ihrem
Kuraufenthalt.«

»Wer hat die ganze Kohle jetzt geerbt?« Straubinger
sprach nun zum ersten Mal.

»Wir mal nicht.« Philipp setzte sich wieder hin und
schob die Tarockkarten zusammen. »Vermutlich das
Tierheim oder so.«

»Nein, du weißt doch, wer ihr Erbe ist!« Anneliese
drehte sich zu Toni. »Linus, dieser Schleimer. Er ist der
Sohn von meinem verstorbenen Cousin und ihr einziger Enkel, die Geldgier hat er von seiner Mutter. Er hat
Tante Hildegard den armen vaterlosen Jungen vorge-
spielt und das Ganze noch verstärkt, als seine Mutter
letztes Jahr gestorben ist. Auf jeden Fall hat Hildegard
ihn zum Alleinerben eingesetzt.«

»Ja.« Philipp wurde laut. »Du bist ihre direkte Nichte,
hast dich um sie gekümmert, sie zum Essen eingeladen
und Dinge für sie erledigt. Nicht dieser Nichtsnutz. Der
hat jetzt ausgesorgt, hat eh nichts gelernt, und kann
dem reichen Nichtstun frönen.«

»So wohlhabend war sie?« Toni wunderte sich, denn er hörte zum ersten Mal von dieser Tante. Dabei spielte er schon seit etlichen Jahren Tarock mit den Kinzmanns.

»Sag ja, stinkreich.« Philipp schwenkte sein Glas. »Und bei uns war sie mehrmals im Jahr zum Essen und hat uns nicht mal ein schnödes Souvenir vermacht.«

»Jetzt betonst du das schon zum dritten Mal.« Anneliese funkelte ihren Mann an. »Wir nagen auch nicht am Hungertuch und sie war einsam.«

»Ich löse mich gleich auf vor lauter Mitleid«, entgegnete er höhnisch.

Toni sah auf die Kuckucksuhr an der Wand über dem Barschrank, es war schon halb elf und Anneliese war immer noch nicht auf den Punkt gekommen. »Ich verstehe immer noch nicht, worum es eigentlich geht.« Die Ungeduld in seiner Stimme konnte er nicht unterdrücken.

Anneliese wandte sich ihm sofort zu. »Tante Hildegard war gerade mal achtzig, wir haben im Frühling ihren Geburtstag gefeiert ...«

»Du hast ihr Blumen gebracht und sie hat uns nicht mal was zu trinken angeboten.« Der Spott in Philipps Worten war nicht zu überhören.

Anneliese winkte ab. »Sie war auf jeden Fall bester Gesundheit, hatte nie was am Herzen. Und dann stirbt sie ausgerechnet auf einer Kur an Herzversagen? Das passt nicht.«

»Den Floh hat dir diese Journalistin ins Ohr gesetzt, sonst nichts. Alte Leute sterben nun mal an Herzversagen. Denk an Udo Jürgens. Der war auch achtzig und niemand hat mit seinem Tod gerechnet.«

»Der hatte doch ein völlig anderes Leben als meine Tante! Immer mit Hochdruck und so. Jetzt sei endlich still und lass mich erzählen.«

Philipp hob ergeben die Arme.

Toni seufzte innerlich und rutschte auf seinem Stuhl nach vorn. Zudem war er müde. »Deine Tante ist also in besagtem Kurheim verstorben. An Herzversagen. Du glaubst das nicht und denkst was?« Worauf wollte Anneliese hinaus?

»Sie wurde ermordet.«

Kurz war Stille.

»Na denn, Prost.« Straubinger nahm einen großen Schluck, sein Glas war fast leer.

»Wurde keine Obduktion durchgeführt?«, fragte Toni schließlich und wünschte sich plötzlich, er hätte ebenfalls einen Cognac genommen. Wie kam Anneliese zu einer dermaßen schweren Anschuldigung?

»Wir hatten mal alle keinerlei Verdacht.« Philipp übernahm wieder das Wort. »Die Beerdigung ist außerdem schon zwei Monate her, beziehungsweise die Urnenbestattung.«

»Sie wurde mit Lichtgeschwindigkeit ins Krematorium gebracht, um alle Spuren zu verwischen.« Anneliese klopfte auf den Tisch. »Linus hatte es extrem eilig. Ihm kam ihr Tod gerade recht.«

»So einfach ist das nicht.« Toni verspürte einen wachsenden Druck im Kopf. Er mochte Anneliese wirklich, aber in dieser Sekunde musste er sich sehr beherrschen, nicht ungehalten zu werden. »Bevor das passiert, muss immer ein Amtsarzt oder Gemeindearzt den Leichnam ansehen und wenn er glaubt, dass eine unnatürliche Todesursache vorliegt, dann ordnet er eine gerichtsmedizinische Untersuchung an. Dies war hier offenbar nicht der Fall.«

»Richtig!« Philipp tippte mit dem Finger auf Anneliese. »Du hast ihren Tod doch auch nicht merkwürdig gefunden. Erst jetzt! Wenn diese Journalistin nicht aufgetaucht wäre ...«

Toni brummte der Kopf. Er sah zu Straubinger, der gerade den letzten Schluck seines Cognacs nahm und aufstand. »Ich gehe jetzt, das ist mir zu wirr.«

Philipp sprang auf. »Ich begleite dich zur Tür.«

Toni hörte die Männer im Flur sprechen und beugte sich zu Anneliese. »Also, was ist mit der Journalistin?«

»Vanessa Kraut, sie war vor ein paar Tagen hier und hat berichtet, dass im Schwarz-Vital-Naturheilzentrum schon mehrfach Menschen gestorben seien. Und sie hätten alle eines gemeinsam: Sie seien wohlhabend gewesen. Aus diesem Grund witterte sie eine Story und hat mir erzählt, dass sie sich als Reinigungskraft in das Heim einschleichen wird.«

»Was tut sie?« Toni konnte es nicht fassen. »Sie ist wohl nicht die hellste Kerze auf der Torte?«

»Sie ist investigative Reporterin, hat sie mir erklärt. Und sie ist sich sicher, dass es da nicht mit rechten Dingen zugeht. Stell dir vor, in einem Kurheim sterben Menschen! Normalerweise wird man da gesund.«

»Ich habe nicht gehört, dass es in dieser Kurklinik eine Todesserie gegeben haben soll. Das müsste doch auffallen, meinst du nicht?«

»Frau Kraut hat glaubhaft gemacht, dass da einiges vertuscht wurde. Denkst du, sie ist in Gefahr?«

»Keine Ahnung. Aber vermutlich sind Schnüffler nirgendwo gern gesehen. Auf jeden Fall handelt sie unverantwortlich! Wenn sie stichhaltige Beweise hätte, wäre sie zur Polizei gegangen.«

»Hat sie eben nicht.«

»So ist es auf jeden Fall wahrscheinlicher, dass sie sich eine ordentliche Anzeige einhandelt, sollte sie an Orten erwischt werden, an denen sie nicht sein dürfte.«

Eine Tür klappte und Philipp trat wieder ein. »Genau meine Rede. Und bitte, Toni, sag meiner Frau, dass Hildegard eines natürlichen Todes gestorben ist. Wer um Himmels willen sollte sie umbringen?« Er kratzte sich am Kopf. »Na ja, da kämen viele infrage, sie hat alle genervt, das muss ich zugeben. Doch wer hätte ein Motiv?«

»Linus, das liegt doch auf der Hand.« Anneliese klang gereizt. »Immerhin erbt er ihr gesamtes Vermögen.«

»Linus ist ein arbeitsscheues, egoistisches Weichei, aber ein Mörder? Und wie soll er sich dort eingeschlichen haben?« Philipp legte seine Hand auf Annelieses Schulter. »Du steigerst dich da in was hinein.«

»Linus ist also der Alleinerbe.« Toni stoppte den Disput zwischen den Eheleuten, indem er aufstand und auf und ab ging. Wie konnte er nur möglichst rasch in sein Bett kommen?

»Ja. Hildegards einziger Enkel. Zu ihren Lebzeiten hat er nur wenig erhalten, Hildegard ist auf ihrem Geld gehockt wie Dagobert Duck. Linus hat sie oft um Geld angebettelt und sie hat ihm nur minimale Beträge überlassen. Das Betteln hat sich nun erübrigt, jetzt ist er fein raus.«

»Aber ich muss Philipp recht geben, es erscheint absurd, dass der junge Mann sich in die Kurklinik eingeschlichen hat, um seine Großmutter zu ermorden.«

»Meine Rede.« Philipp klang selbstgefällig.

»Tatsache ist, dass Vanessa Kraut die Sache ernst nimmt, und sie wird alles aufdecken.« Anneliese erhob sich ebenfalls und sah ihren Mann böse an.

»Da wünsche ich ihr viel Glück und dass sie kein Gesetz bei ihren detektivischen Tätigkeiten übertritt.« Toni blieb stehen. »Ich muss mich nun wirklich verabschieden. Danke für den netten Abend.«

Er ignorierte Annelieses enttäuschten Blick.

Kapitel 3

Franz war ausnahmsweise vor Cindy ins Büro gekommen. Das lag aber auch einfach daran, dass ihr Freund David liebevoll Frühstück gemacht hatte, da sein Unterricht im Sportgymnasium heute eine Stunde später begann. Daher holte sie sich nicht, wie sonst üblich, gleich eine Tasse Kaffee.

»Hast du schon gehört?«, fragte ihr Kollege.

»Kommt drauf an, was.« Sie setzte sich an ihren Schreibtisch und fuhr den Computer hoch.

»Diese Journalistin, Vanessa Kraut, die uns immer so nervt ...«

»Ich weiß, wer Vanessa Kraut ist.« Wie könnte sie die Dame vergessen? Die Enddreißigerin war schon mehrmals hier aufgeschlagen und ließ nicht locker, wann immer sie an einem Fall dran gewesen waren.

»Sie ist tot.«

»Wie bitte?« Cindy hob den Kopf und sah zu Franz.

»Ja, sie ist heute Morgen auf dem Teufelstein gefunden worden. Angeblich abgestürzt, Genickbruch.«

»Angeblich?«

»Na ja, sie war ausgesprochen sportlich, du weißt schon.«

Natürlich. Die Kraut war nicht nur eine bildschöne Frau gewesen, sondern durch Joggen und Klettern zusätzlich mit einer Traumfigur gesegnet. »Ausrutschen und hinfallen kann jeder. Was ist das für ein Berg? Kennst du ihn? Klingt gefährlich.«

»Der heißt bloß so. Der Gipfel ist mitten im Wald und der Felsen ist sechs Meter hoch.«

»Du kennst ihn?«

»Na ja, ich hatte mal eine Freundin, die war ein Wanderfreak und ...«

Cindy hob die Hand. »Alles gut, mehr muss ich nicht wissen.« Franz' Liebesleben ging ins Uferlose und jedes Mal verliebte er sich unsterblich, um sich in Rekordtempo wieder zu entlieben. »Demnach ist Vanessa Kraut gestürzt?«

»Sie muss kopfüber hinuntergestürzt sein. Und das ist bei einer geübten Kletterin schon komisch.«

»Morgen.« Toni kam herein, sein erster Gang war zur Kaffeemaschine. »Wer ist abgestürzt?« Er gähnte und drückte auf den Knopf der Maschine.

»Stell dir vor, Vanessa Kraut ist tot«, sagte Franz. »Sie wird uns nicht mehr nerven.«

»Was?« Tonis Gesichtsausdruck war nicht anders als schockiert zu bezeichnen. »Das darf doch nicht wahr sein! Was ist passiert?« Das Telefon auf seinem Schreibtisch läutete und mit einem Seufzer ging er hinüber. »Wakolbinger.« An seiner gerunzelten Stirn erkannte Cindy, dass er etwas Bedeutungsvolles hören musste. »In Ordnung«, sagte er schließlich und legte auf. Er schüttelte kurz den Kopf, schien nachzudenken, dann wandte er sich an Cindy und Franz. »Das war Machacek. Ein Gruppeninspektor Hödl wird bald hier eintreffen. Er kommt vom Bezirk Weiz und bearbeitet den Fall Vanessa Kraut.«

»Den Fall?« Cindy trat näher. »War es kein Unfall?«

»Es sah auf den ersten Blick so aus, aber Hödl hat Zweifel. Daher meint unser höchster Chef, wir sollten uns die Sache anschauen.« Toni deutete mit dem Finger zur Decke, denn Major Machacek hatte sein Büro im obersten Stock.

»Wäre auch komisch«, erklärte Franz. »Sie wurde beim Teufelstein aufgefunden.«

»Der Teufelstein ist bei Fischbach, nicht wahr?« Toni ging zur Kaffeemaschine zurück.

Offenbar kannten den alle, nur sie nicht. Allerdings war Cindy auch in Vorarlberg aufgewachsen und hatte später in Wien studiert. Sie lebte erst seit ein paar Jahren in Graz.

»Ja. Und man kann sich da kaum zu Tode stürzen.« Franz scrollte in seinem Laptop und drehte ihn herum. »Hier ist ein Foto, er ist, wie gesagt, nur sechs Meter hoch, da kraxelt praktisch jeder rauf. Mit den Haltegriffen ein Kinderspiel. Ja, und klar kann man abstürzen, aber da bricht man sich einen Knöchel oder so, nicht das Genick. Da müsste man schon einen Kopfsprung machen.«

Toni stellte eine Tasse unter die Kaffeemaschine, drückte den Knopf und ging zu Franz. Sekundenlang sah er auf das Bild und deutete dann auf ein paar Felsplatten darunter. »Wenn man blöd aufkommt, kann es schon passieren.«

»Da müsste man während des Fallens sozusagen einen Salto schlagen«, sagte Franz mit Inbrunst. »Das soll mir einer vormachen.«

»Vermutlich wirst du da keinen Freiwilligen finden.«
Cindy lachte kurz auf.

Franz grinste. »Ich dachte, du als Turnerin ...«

»Vergiss es! Egal, wenn dieser Beamte aus Weiz kommt, werden wir mehr wissen.«

»Machacek hat mir gesagt, dass er die Leiche ins gerichtsmedizinische Institut hat überführen lassen, weil die Bezirksärztin das vorgeschlagen hat.« Tonis Tonfall war betroffen, worauf sich Cindy noch keinen Reim machen konnte.

»Ich kann mir schon vorstellen, dass die Kraut Feinde gehabt hat.« Franz zuckte mit den Schultern. »Mit ihren Artikeln ist sie einigen auf die Zehen getreten.«

»Das rechtfertigt doch keinen Mord!« Toni ging erneut zur Kaffeemaschine, griff nach der gefüllten Tasse, nahm einen Schluck und starrte in den Raum.

»Wieso bist du so entsetzt?« Cindy verwirrte Tonis Verhalten. Schließlich hatten sie alle die Journalistin nie gemocht, sie war karrieregeil und unsensibel gewesen. Freilich wünschte man niemandem den Tod, aber diese Reaktion von Toni hatte sie gewiss nicht erwartet. Es war ja nicht das erste Mal, dass sie es mit Mord zu tun hatten, und noch war gar nicht raus, ob die Journalistin wirklich ermordet worden war. »Kanntest du die Dame näher?«, fragte sie weiter, da Toni, an die Kaffeemaschine gelehnt, schwieg.

Die Kraut war eine attraktive Person gewesen, aber dass sie und Toni privat ... Nein, auf keinen Fall.

Schließlich kehrte Toni mit der Tasse in der Hand, zu seinem Schreibtisch zurück. »Kommt mit, ihr zwei, ich muss euch was erzählen.«

Franz sah Cindy ebenso ratlos an, wie sie sich fühlte. Offenbar war ihm das seltsame Verhalten ihres Chefs auch aufgefallen. Sie folgten Toni in sein Büro und setzten sich ihm gegenüber vor seinen Schreibtisch. »Vor zwei oder drei Wochen hat mir eine Bekannte erzählt, dass sich Vanessa Kraut als Putzkraft ins Schwarz-Vital-Naturheilzentrum eingeschlichen hat, um dort, sagen wir, gewissen Ungereimtheiten auf die Schliche zu kommen.«

»Eine Bekannte?« Franz grinste, aber nur kurz, denn ein durchdringender Blick von Toni ließ ihn sofort wieder ernst werden.

»Ungereimtheiten?« Cindy beugte sich vor. »Weißt du Genaueres?«

»Es gab wohl einige Todesfälle in dieser Klinik, behauptete zumindest meine Bekannte.«

»Warum wurde nicht behördlich ermittelt? Bei mehreren Toten?« Cindy schüttelte den Kopf.

Toni zuckte mit den Schultern. »Dafür gab's offenbar keinen Grund! Schließlich kommt es vor, dass ältere Menschen an Herzversagen sterben. Außerdem wurde nichts zur Anzeige gebracht.«

»Woher wusste es deine Bekannte?« Franz betonte das Wort wiederum nachdrücklich.

Toni warf ihm erneut einen scharfen Blick zu. »Sie heißt Anneliese Kinzmann, wir spielen einmal die Woche zu viert Tarock. Ihre Tante ist eine der Todesfälle. Offenbar kam Vanessa Kraut zu ihr und hat sie befragt, daher wurde Anneliese hellhörig und ist plötzlich ebenfalls überzeugt, dass ihre Tante ermordet wurde. Ich habe es für Humbug gehalten, aber nun, da die Journalistin tot ist …« Er malte mit dem Finger ein großes Fragezeichen in die Luft.

»Jetzt könnte doch was dran sein.« Cindy rieb über ihre Nase, wie immer, wenn sie nachdenken musste. »Du denkst, die Kraut könnte auf irgendetwas gestoßen sein und man hat sie beseitigt?«

»Wäre möglich.«

»Aber auch unvorsichtig vom Täter.« Franz zog hörbar die Luft ein. »Bis zu dem Zeitpunkt lag das Kurzentrum nicht im Fokus von Ermittlungen. Unter diesen Umständen wird man nun genauer hinsehen.« Franz stand auf. »Soll ich mal sehen, was ich über das Kurheim herausfinden kann?«

»Auf jeden Fall. Wir müssen vorläufig ohnehin abwarten, was Gruppeninspektor Hödl zu sagen hat, da können wir bereits Informationen sammeln. Steht im Internet schon etwas von Mord?« Toni sah zu Franz.

»Nein. Im Onlineportal der Steirischen Zeitung steht, dass sie mit Bedauern Vanessa Krauts überraschenden Tod bekannt geben. Mehr nicht.«

»Dann warten wir mal auf Herrn Hödl«, Toni sah auf die Uhr, »kann ja nicht ewig dauern. Wie lange fährt man von Weiz nach Graz?«

»Je nach Verkehr so vierzig bis fünfzig Minuten«, antwortete Franz.

»Befass du dich mal mit der Kurklinik, Franz, wer sie leitet, Kosten und so weiter. Und du, Cindy, finde alles über die Kraut heraus, dann haben wir schon ein bisschen was.« Toni trank einen großen Schluck aus seiner Tasse, ehe er zum Telefon griff. »Ich denke, ich werde mit Anneliese sprechen müssen. Vermutlich hätte ich besser zuhören sollen.«

Cindy und Franz gingen in ihr Büro zurück und setzten sich sofort an ihre Computer. Kurz darauf pfiff Franz durch die Zähne, »Also ich wusste ja bereits, dass dieses Zentrum nichts für Otto Normalverbraucher ist.« Er schüttelte den Kopf. »Aber, dass die Preise dermaßen geschmalzen sind?«

Cindy sah an ihrem Bildschirm vorbei. »Vermutlich zahlt die Krankenkasse einen Teil dazu?«

»Kann nicht viel sein! Da muss ein Betrag für drei bis vier Wochen hingeblättert werden, für den ich Monate arbeiten müsste. Und wo steht das Heim? In Gmoa.«

»Gmoa?«

»Das ist ein Teil von Fischbach.«

»Okay. Die Tote wurde am Teufelstein gefunden, das ist dann in der Nähe der Klinik?«, fragte Cindy. Sie sollte einmal eine Steiermark-Rundfahrt planen, sie kannte viele Gegenden noch nicht.

»Gut kombiniert! Von der Kurklinik wandert man dreißig bis vierzig Minuten zum Teufelstein. Dafür gibt's hundert Euro. Aber jetzt kommen wir zur Tausend-Euro-Frage ...«

»Mensch, Franz!« Cindy schüttelte den Kopf. »Sag lieber was über Fischbach. Was ist das für ein Ort?«

»Ein kleiner, aber netter Ort.« Franz kratzte sich am Kopf. »Ist länger her, dass ich da war, und das nur einen Tagesausflug lang. Schöne Landschaft, wir sind ein wenig herumspaziert. Früher soll es ein Luftkurort gewesen sein. Jetzt gibt es dort ein Wellnesshotel, Gasthöfe und gute Wirtschaften. Der Sommertourismus boomt.

Die Klinik ist für ältere Menschen und die Kurgäste besuchen den Ort gern.«

»Die meisten Kurgäste sind keine Jugendlichen.« Cindy lächelte. Für Franz waren alle Menschen über fünfunddreißig alt.

»Bei Schönwetter ist es wirklich eine schöne Gegend, das gebe ich zu.«

»Davon kann jetzt keine Rede sein, schließlich regnet es seit Tagen ununterbrochen.«

Franz sah wieder auf seinen Bildschirm. »Aha, deswegen ist es so teuer. Der leitende Arzt, ein gewisser Doktor Schwarz, arbeitet nur mit Naturprodukten.«

»Was ist da dran besonders? Momentan schwimmen doch alle auf dieser Welle mit. Bio, vegan, natürlich eben.« Cindy zuckte mit den Schultern. »Rechtfertigt das allein den hohen Preis?« Sie vertiefte sich wieder in ihre Recherchen über Vanessa Kraut.

Zehn Minuten später, es war kurz nach neun Uhr, klopfte es und gleich darauf trat ein groß gewachsener, kräftiger Mann in Polizeiuniform ein, der einen Rucksack über der Schulter trug. »Grüß Gott, ich bin Veit Hödl aus Weiz. Ist Chefinspektor Wakolbinger hier?«

»Komm rein, würde ich sagen, aber du bist ja schon da!« Franz sprang auf und streckte ihm die Hand hin. »Du wirst heiß erwartet. Ich bin Revierinspektor Amadeus Franz und das ist meine Kollegin Cindy Panzenböck.«

„Und nenn Franz ja nicht Amadeus, sonst wird er grantig." Cindy streckte ihm die Hand hin.

»Alles klar.« Der bärtige Mann schüttelte ihre Hand und grinste. Gleich darauf wippte er mit den Hüften und summte Falcos »Amadeus, Amadeus«, vor sich hin.

Die Tür zu Tonis Büro ging auf. »Small Talk ist nicht, rein mit dir, junger Mann.«

Veit Hödl zuckte zusammen, eilte aber rasch zu Toni und folgte ihm ins Büro, Cindy und Franz blieben dicht hinter ihm.

»Was gibt's über Vanessa Kraut zu berichten?« Toni ließ sich hinter seinem Schreibtisch nieder und deutete mit der Hand auf den Stuhl vor ihm.

»Möchtest du eine Tasse Kaffee?«, fragte Cindy.

Veit sah sie dankbar an. »Das wäre himmlisch, ich hatte kein Frühstück heute, wollte so schnell wie möglich hier sein.« Er sah auf die Uhr. »Der Gerichtsmediziner hat die Obduktion auf elf Uhr angesetzt, da möchte ich dabei sein.« Er ließ sich auf dem angebotenen Stuhl nieder.

»Ich hole dir einen«, sagte Franz überraschend, »Milch, Zucker?«

»Nichts, danke, nur schwarz.«

Toni zeigte sein berühmtes Stirnrunzeln, doch Cindy kannte ihn bereits und setzte sich auf den zweiten Stuhl neben Veit.

»Weißt du schon, welcher Gerichtsmediziner die Obduktion durchführen wird?«, fragte sie und hörte im Nebenraum die Kaffeemaschine zischen.

»Ein Doktor Erpel, den Namen kann man sich gut merken. Enten gibt's bei uns in Fischbach ausreichend.«

Cindy lachte. »Lass das nur nicht unseren Doppeldoktor hören. Auf jeden Fall bist du bei ihm in guten Händen, beziehungsweise deine Leiche.«

Mit Doktor Erpel hatten sie bereits oft zu tun gehabt, er war für seine Gründlichkeit und Kompetenz bekannt. Da er einen zweiten Doktortitel besaß, hatte er den Spitznamen »Doppeldoktor« bald weg.

Toni klopfte mit den Fingern auf den Tisch, ein Zeichen, dass er ungeduldig wurde. Endlich brachte Franz eine Tasse mit dampfendem Inhalt, die Veit dankend annahm. Danach zog sich Franz seinen Stuhl heran und setzte sich dazu.

Veit nippte an seinem Kaffee. »Wie das klingt: meine Leiche. Ich hoffe, dass ihr bei den Ermittlungen einsteigt. Ein Mordfall ist ein bisschen viel für uns, damit haben wir selten zu tun. Genau genommen ich persönlich noch nicht, unser ehemaliger Revierleiter, der Anderl Johann, der hatte einen Fall in den Siebzigerjahren …« Offenbar fing er einen Blick von Toni auf, denn er brach ab.

»Du glaubst also, dass Vanessa Kraut ermordet wurde?« Cindy brannte bereits vor Ungeduld.

»Daran bestand für mich von Anfang an kein Zweifel, aber auch Frau Doktor Berthold-Tremmel, unsere Bezirksärztin, war der gleichen Meinung.« In den breiten Händen des Weizer Beamten wirkte die Tasse zerbrechlich. Er stellte sie ab und holte ein iPad aus seinem Rucksack, schaltete es ein und kurz darauf erschienen Bilder auf dem Bildschirm. Alle beugten sich darüber. »Vanessa Kraut wurde erst am Nachmittag entdeckt. Es hat die ganze Nacht geregnet, wie schon die Tage zuvor, gestern kam noch ein Sturm dazu, daher hat der Regen sämtliche Spuren zerstört. Die Frau Doktor schätzt den Todeszeitpunkt auf den Vortag ein, die Leichenstarre hat komplett eingesetzt, die Totenflecken waren ausgeprägt. Aber Genaues kann sie nicht sagen.«

Cindy scrollte durch die Aufnahmen. Auf allen sah man die dunkelhaarige Frau. Sie lag mit dem Kopf neben einer Felsplatte, sogar ein wenig darauf. Auf einigen Bildern war im Hintergrund ein höherer Felsen zu erkennen. »Ich nehme an, das hier ist der Teufelstein«, sagte sie.

»Ja, zumindest der Felsblock. Von hier sind es etwa fünfzig Meter zum Gipfelkreuz.« Veit wies auf die Leiche. »Fällt euch was auf? Abgesehen davon, dass bei so einem Wetter niemand auf den Teufelstein wandert?«

»Sie liegt da, als ob sie schläft«, bemerkte Franz.

»Der Regen hat das Blut weggewaschen, hier ...« Veit zog das Bild mit den Fingern auseinander. »Es fällt richtig auf, die Wunde ist weit oben, fast auf dem Oberkopf, nicht hinten, wie man bei Lage der Leiche denken sollte. Angenommen, die Frau wäre auf den Felsen geklettert und abgestürzt, wäre sie niemals so auf dem Boden gelandet, es sei denn, sie hätte sich in der Luft mit dem Kopf voran um ihre eigene Achse gedreht.«

»Das ist richtig.« Cindy nickte. »Gut kombiniert.« Sie sah zu Franz, sie hatten das Thema ja bereits vorher.

»Ich kenne den Teufelstein, bin da aufgewachsen und war als Kind das erste Mal oben.« Veit sah alle der Reihe nach an. »Unsere Gemeindeärztin hat klar festgestellt, dass die klaffende Schädelwunde zu hoch ist. Sie vermutet, dass das Opfer mit einem Stein oder Ast erschlagen worden ist, entweder von einem deutlich größeren Menschen oder das Opfer saß oder hockte, als der Täter

auf sie einschlug. Danach wurde die Leiche so hinge-
legt, dass man meinen könnte, sie wäre unglücklich gestürzt.«

»Damit scheidet eine Tat aus Affekt aus«, murmelte
Franz.

»Niemand hat was gesehen?« Cindy sah wieder auf
das Bild. »Waren keine Wanderer unterwegs?«

»Das Wetter war seit Tagen hundsmiserabel. Nicht
nur Regen, sondern auch starker Wind, das verleitet
nicht zu Wanderungen. So schlechtes Wetter hatten
wir lange nicht mehr um diese Zeit, der September ist
meist sonnig und ...« Erneut brach Franz ab, war sich
vermutlich bewusst, dass er abschweifte, und sah zu
Toni. »Die Kollegen befragen heute Personal und Gäste
im Naturheilzentrum sowie die Angestellten in den anderen Hotels und Pensionen, ob jemand etwas gesehen
oder sogar eine Wanderung gemacht hat.«

Toni nickte. »Leider teile ich deine Befürchtungen,
dass es keine Zeugen gibt, wenn das Wetter so katastro-
phal war, wie du sagst.«

»Ja, insbesondere der Wind.« Veit schüttelte den Kopf.
»Der kann einem alles verleiden, der Regen war richtiggehend schmerzhaft, wie Nadelstiche im Gesicht.«

Cindy sah zu Toni, der schweigend auf das Bild starrte
und vermutlich Veits Geplapper nicht mehr hörte.

»Verdammt.« Toni sprach leise. »Hätte ich Anneliese
ernst genommen und die Undercover-Aktion von der
Kraut aufgedeckt, wäre sie noch am Leben.«

»Wenn das Wetter so miserabel war, fragt sich, was
die Journalistin dort auf dem Berg wollte«, sagte Cindy
rasch. Selbstvorwürfe würden sie nicht weiterbringen.

»Das bleibt vorläufig ein Rätsel.« Veit beugte sich leicht vor. »Ich kann euch sagen, was ich von den paar Personen, die ich gestern im Kurheim befragen konnte, erfahren habe. Es war nicht hilfreich, so viel kann ich verraten. Niemand will Vanessa Kraut recht gekannt haben, sie hat erst seit Kurzem dort gearbeitet. Und daher war auch der Schock bei den meisten gering, das hat mich schon gewundert. Denn selbst, wenn man jemanden nicht so gut kennt, ist es doch schlimm von einem Mord ...«

»Mit wem konntest du sprechen?« Leichte Ungeduld klang in Tonis Stimme mit.

Veit kramte umständlich ein Notizbuch aus der Tasche, Cindy sah, wie Toni die Augen verdrehte, Franz grinste.

Endlich schlug Veit das kleine Spiralbüchlein auf. »Ich habe mich mit der Oberschwester und dem Hausmeister unterhalten. Sie haben lediglich beide übereinstimmend ausgesagt, dass Frau Kraut am ersten September«, er hob den Kopf, »also vor siebzehn Tagen, angefangen habe. Die Oberschwester, Ingrid Keller, hat sie nur am Einstellungstag flüchtig begrüßt, der Hausmeister, ein Herr Helmut Reinbacher, will sie überhaupt nicht gekannt haben. Die Ärzte und andere brauche ich gar nicht erst fragen, die würden sich mit dem Reinigungspersonal nicht abgeben. Das sagte zumindest die Oberschwester, eine ziemlich bestimmende Person.«

»Die Personalchefin? Eine Arbeitskollegin?«

»Personalchefin haben sie keine, das macht auch die Oberschwester.«

»Merkwürdig.« Cindy schüttelte den Kopf. »Ist sie in ihrer Funktion als leitende Pflegerin nicht ausgelastet genug?«

»Das habe ich nicht gefragt.« Veit wirkte betroffen.

Doch Toni winkte ab. »Das ist unwichtig.« Ein strafender Blick streifte Cindy. »Was ist mit Kolleginnen? Sie wird nicht allein geputzt haben, nehme ich mal an, bei dem großen Haus.«

»Es gibt nur eine, mit der sie offensichtlich im Team war, das ist Esra Demir. Die haben wir leider nicht angetroffen.«

»Darf ich noch mal das Foto vom Tatort sehen?« Cindy streckte bereits die Hand aus.

»Natürlich.« Veit hielt ihr das iPad hin. »Ihr Handy lag zertrümmert im Gras, allerdings in einigen Metern Entfernung von ihr.« Veit deutete wieder auf das Bild. »Hier, seht ihr?« Er zeigte auf eine Stelle direkt neben dem Felsen.

»Das ist ein Stück weit weg.« Franz runzelte die Stirn, schien noch etwas hinzufügen zu wollen, doch er schwieg.

»Ja, als ob das Handy mit Kraft direkt an den Felsen geworfen wurde. Ich habe es zur Technik geschickt, damit sie es auswerten. Trotzdem liegt es hier im Gras, keine der Felsplatten ist in der Nähe.«

»Könnte es gegen den Stein geprallt und ins Gras gehüpft sein?« Cindy fuhr mit dem Zeigefinger den Weg auf dem Bild nach.

»Nein, das wäre zu weit, man kann es nicht gut erkennen, doch der Abstand beträgt drei Meter.«

»Das wird unsere Technik untersuchen.« Toni sah zu Veit. »Aber du hast vermutlich recht, dass Frau Kraut es nicht im Fallen an die Wand geworfen hat.«

»Wisst ihr, für meine Kollegin Anna Steiner und mich ist das total spannend.« Veit fuhr durch seinen Bart und fügte rasch hinzu: »Es ist natürlich traurig, doch so ein Mordfall, damit hätten wir niemals gerechnet. Und unser Revier ist schon ein bisschen überfordert. Wäre der Anderl Johann noch da ...« Er drehte sich zu Cindy. »Das war unser früherer Revierleiter, der hatte einige Erfahrung ...«

Toni hob die Hand. »Es ist gut, dass ihr euch an uns gewandt habt, dafür sind wir da. Habt ihr beide schon was herausgefunden?« Toni sah erst Cindy und dann Franz an.

»Ich mach den Anfang.« Cindy scrollte in ihrem iPad. »Vanessa Kraut war eine Mitarbeiterin der Steirischen Zeitung und hat sich als Aufdeckerin von Skandalen gesehen. Tatsächlich hat sie den Finanzskandal im Rathaus aufgedeckt, erinnert ihr euch? Der Vizebürgermeister musste abdanken, er hat öffentliche Gelder verspekuliert. Ihre Artikel sind reißerisch und stoßen nicht bei allen auf Beliebtheit, sprich, sie hat auch innerhalb der Redaktion Kritiker und Feinde. In den Netzwerken postet sie viel über ihre sportlichen Aktivitäten, man sieht sie beim Joggen oder Klettern. Sie zeigt sich mit mehreren Männern, besonders häufig mit Robert Zehetgruber, einem Kollegen. Und sie versteht es, sich zu präsentieren. Sie ist unzweifelhaft attraktiv.« Das Letzte sagte sie mit Widerwillen, sie hasste es, das Aussehen einer Person mit wertenden Attributen zu versehen, aber in diesem Fall spielte es eventuell eine

Rolle. Eine Beziehungstat war nie von vornherein auszuschließen.

»Das Vital-Naturheilzentrum nennt sich seit knapp
zehn Jahren so. Doktor Schwarz ist der Schwiegersohn
des vorherigen Leiters, Doktor Winfried Kautschitz, er
ist mit dessen Tochter Ute verheiratet und hat das
Kurheim vor dreizehn Jahren übernommen. Die Klinik
finanziert sich durch eine Stiftung, die von Doktor
Kautschitz in den 1990er-Jahren in die Wege geleitet
wurde. Schwarz hat den Vorstand nach dem Tod seines
Schwiegervaters überzeugen können, das Kurheim in
ein Naturheilzentrum umwandeln zu dürfen.«

»Wie hieß es vorher?«

»Kurklinik Teufelstein«, antwortete Veit. »Es war damals schon einer exklusiven Klientel vorbehalten, also
zahlungskräftigen Leuten.«

»Doktor Schwarz hat eine florierende Anstalt übernommen.« Franz nickte. »Und seine Frau hat auch einiges geerbt, denn Doktor Kautschitz ist zwei Monate
später verstorben, eine aggressive Form von Magen-
krebs, kurz nach seinem Schlaganfall. Aber unter der
Leitung von Schwarz ist das Zentrum noch einmal bekannter geworden, mit der Umstellung auf Naturheilmethoden hat er offenbar aufs richtige Pferd gesetzt.«

Veit sah auf die Uhr und sprang auf. »Entschuldigung,
es ist schon halb elf. Vielleicht können wir nachher
weitersprechen? Doktor Erpel erwartet mich.«

»Ich komme mit.« Toni erhob sich ebenfalls und
wandte sich an Cindy und Franz. »Ihr beide könntet in
der Zwischenzeit zur Steirischen Zeitung. Irgendein
Kollege muss über ihre Aktivitäten informiert gewesen

sein, denke ich. Wahrscheinlich ihr Freund, dieser Zentner oder ...« Er tippte sich an die Stirn.

»Zehetgruber. Machen wir.« Cindy erhob sich fast gleichzeitig mit Franz.

Eine Dreiviertelstunde später standen Cindy und Franz vor dem beeindruckend großen Gebäude der Steirischen Zeitung.

»Schlecht geht's der Zeitung mal nicht!« Franz sah an der Außenseite des vierstöckigen Hauses hinauf, die völlig verglast war.

»Weißt du, was mich beschäftigt?« Cindy war es während der Fahrt durch den Kopf gegangen. »Vanessa Kraut hat sich freizügig in den Medien präsentiert, auf Instagram gibt es jede Menge Fotos von ihr. Wie hat sie geglaubt, dass sie im Kurheim nicht erkannt wird?«

»Stimmt.« Franz schüttelte den Kopf. »Sie hat sich nicht mal die Haare gefärbt, konnte man auf dem Foto vom Teufelstein deutlich erkennen.«

»Das war absolut nachlässig von ihr.«

»Vermutlich hat sie einfach nicht dran gedacht.«

Sie betraten die Vorhalle.

»Sieht aus wie auf einem Bahnhof.« Franz sah sich um. »Nichts zum Wohlfühlen.«

Cindy musste ihm recht geben. Die Decke der Halle war hoch oben, Cindy vermutete drei Stockwerke. Das Treppenhaus begann hinten, ein Springbrunnen mit einer Nixe, die doppelt so groß wie ein Mensch war, stand in der Mitte und plätscherte gleichmäßig. Drei Aufzüge führten in den oberen Stock. Auf der gegenüberliegenden Seite sahen sie einen lang gezogenen Empfangstisch, hinter dem eine blonde Dame um die dreißig saß und telefonierte.

»Diese Empfangshalle ist doch reine Platzverschwendung«, unkte Franz weiter.

»Suchen Sie jemanden?« Die Blonde legte den Telefonhörer auf und sah zu ihnen herüber. Eilig traten sie näher.

»Ja, wir wollen zu Herrn Zehetgruber.« Franz kramte nach seinem Ausweis. »Ich bin Revierinspektor Franz und das ist Bezirksinspektorin Panzenböck.«

Die Dame am Empfang schien wenig beeindruckt von seinem Ausweis. »In welcher Angelegenheit?« Ihre näselnde Stimme klang blasiert, der blumige Geruch ihres Parfums verstärkte diesen Eindruck noch.

»Das möchten wie mit ihm besprechen, Frau Schwaiger.« Cindy las den Namen vom Schild vor ihr ab und bemühte sich um einen ruhigen, freundlichen Tonfall.

Frau Schwaiger griff zum Telefon, aus der Nähe fielen Cindy nun die ellenlangen rot lackierten Fingernägel auf. Wie konnte sie mit den Dingern arbeiten? Franz bemerkte sie offenbar zur selben Zeit. »Diese Nägel brauchen einen Waffenschein«, raunte er Cindy ins Ohr. »Einmal zustechen genügt.«

Sie unterdrückte ein Kichern, denn jetzt wandte sich die Dame ihnen erneut zu. »Erster Stock, links die Treppe hoch Zimmer einhundertvier. Das ist Robert Zehetgrubers Büro. Sie können natürlich auch den Aufzug nehmen.«

»Innigster Dank«, hörte Cindy Franz sagen. Sie war bereits auf dem Weg zur Treppe, er schloss zu ihr auf. »Aber ein Stockwerk schaffen wir gerade noch.«

»Du kannst es nicht lassen.« Cindy stieß ihn in die Seite.

»Nein. Die tut ja so, als hätte sie uns eine Audienz beim Bundespräsidenten genehmigt. Nicht dass ich mich darum reiße«, setzte er rasch hinzu, »Aber wo sind wir denn hier? Das ist ein Büro mit normalen Angestellten, nichts weiter!«

»Sie kommt sich halt ein bisschen wichtig vor. So ein Job im Empfang ist bestimmt sterbenslangweilig.« Cindy sah sich um, denn sie waren im oberen Stock angelangt. »Dann hoffen wir, dass der Journalist kooperativ ist.«

»Ich bin auch neugierig auf den Kerl. Er soll ja der Freund von unserem Opfer sein.«

Sie mussten nicht lange suchen, das Büro von Zehetgruber war gleich das zweite.

Der Journalist saß vor seinem Bildschirm, dürfte etwa Ende dreißig sein, und wirkte auf den ersten Blick wie jemand, der selten Sport trieb. Er trug ein paar Kilos zu viel mit sich rum. Sein dunkler Vollbart und das etwas zu lange Haar verstärkten den Eindruck. Ihr Blick blieb an einem gerahmten DIN-A-4-Hochglanzfarbfoto hängen, das direkt hinter ihm an der Wand hing. Es zeigte einen blaumetallicfarbenen Sportwagen, neben dem Zehetgruber selbst stand.

»Wow, ein Audi R8.« Franz klang beeindruckt.

»Ja, mein Schmuckstück.« Ein zufriedenes Lächeln glitt über Zehetgrubers Gesicht.

Männer und Autos!

»Wie kann ich helfen?« Er blieb sitzen und machte auch keine Anstalten, ihnen die Hand zu reichen.

Cindy stellte sich und Franz vor.

Sein Nicken wirkte fast ungeduldig.

»Sie wissen, was mit Ihrer Kollegin passiert ist?«
Cindy ließ sich auf dem einzigen Stuhl im Raum nieder,
der hinter dem Schreibtisch, auf dem Zehetgruber saß,
ausgenommen.

»Sie sprechen von Vanessa Kraut? Die hatte doch einen Unfall. Stimmt irgendwas nicht?«

»Wir klären die Umstände, unter denen sie zu Tode
kam.« Cindy hielt sich absichtlich vage. »Was wissen
Sie über sie? Was tat sie auf dem Teufelstein?«

Er runzelte die Stirn. »Sie war an irgendeiner Sache
dran, im Bezirk Weiz, soweit ich informiert bin. Sie ist
ausgerutscht und dumm gestürzt, und weil sie allein
unterwegs war, hat man sie vermutlich zu spät gefunden. War irgendwann zu erwarten.«

»Sie nehmen den Tod Ihrer Kollegin locker.« Franz
setzte sich auf die Kante des Schreibtisches. »Waren Sie
verfeindet?«

»Wie kommen Sie denn darauf?« Zehetgrubers Stirn
runzelte sich.

»Na ja, ein wenig mehr Erschütterung könnten Sie
schon zeigen.« Cindy blieb ruhig. »Also mich würde es
bedrücken, sollte ich vom Tod einer Kollegin hören.
Noch dazu einer Kollegin, mit der Sie vieles unternommen haben, wenn man ihrem Instagram-Account glauben darf. Da sind jede Menge Fotos von Ihnen gemeinsam.«

Kurz flog ein Schatten über sein Gesicht. »Ich bin
traurig, ja. Was soll ich Ihrer Meinung nach tun? Hier
vor Ihnen in Tränen ausbrechen?« Er stand auf und trat
ans Fenster. »Vanessa und ich waren mal zusammen,
die Fotos sind vermutlich aus dieser Zeit. Ist schon eine
Weile her. Sie braucht keinen Partner, sie ist sich selbst

genug. Sie war extrem ehrgeizig, hat sich als investigative Journalistin gesehen, wollte andauernd irgendwelche Skandale aufdecken.«

»Womit ich wieder zu meiner Frage komme: Wissen Sie, woran sie jetzt gerade dran war? Etwas mehr als nur eine Sache in Weiz?«

»Keine Ahnung, wir haben kaum noch miteinander geredet. Sie wollte sich irgendwo undercover einschleichen. Nicht das erste Mal, aber ehrlich? Interessiert mich nicht mehr.«

»Musste sie sich nicht mit irgendjemandem absprechen, wenn sie sich undercover auf einen gefährlichen Einsatz begibt?«

»Vanessa? Absprechen?« Er lachte laut auf. »Das ist ein Widerspruch in sich. Nö, sie hat alles im Alleingang gemacht. Ist wohl ein wenig meschugge geworden mit der Zeit. Seit sie damals diesen Finanzskandal im Rathaus aufgedeckt hat, denkt sie, dass sie unbesiegbar ist.«

»Sie hatten wirklich keine Ahnung, wo sie sich eingeschlichen hat?« Cindy beobachtete den Mann scharf, und ihr fiel ein Zucken der linken Augenbraue auf. Er wusste etwas, verschwieg es aber.

»Nein«, sagte er schroff.

Es klopfte und eine junge Frau trat ein. »Entschuldigung, Robert, ich wusste nicht, dass du eine Besprechung hast.«

»Komm rein, Lisa-Maria. Das ist nur die Polizei, sie untersuchen den Todesfall von Vanessa.«

»Ah!« Das Mädchen schob sich herein, dunkelhaarig, leicht übertriebenes Make-up und ein hautenges Kleid mit Lackstiefeln. Cindy schätzte sie auf Anfang zwanzig. »Das ist eine entsetzliche Geschichte. Dabei war sie so eine geübte Kletterin. Hat sie sich übernommen, dass sie so schlimm gestürzt ist?«

»Und Sie sind?«, fragte Cindy.

»Lisa-Maria Weiler, ich habe als Praktikantin hier angefangen.« Sie kaute Kaugummi.

»Kannten Sie Frau Kraut?« Franz rutschte vom Schreibtisch.

»Nicht wirklich gut, ich bin relativ neu hier.« Das Mädchen setzte sich auf die Lehne von Zehetgrubers Stuhl und legte den Arm um ihn. »Ich hatte nichts mit ihr zu tun.«

Zehetgruber schien das besitzergreifende Benehmen des Mädchens unangenehm zu sein, er stand auf. »Ich brauche einen Kaffee, möchten Sie auch einen?«, fragte er und ging zu einer kleinen Espressomaschine in der Ecke.

»Nein, danke.« Unauffällig stieß Cindy Franz in die Seite, der den Blick nicht von dem Mädchen lösen konnte. »Wenn Sie Frau Kraut kaum kannten, woher wussten Sie, dass sie gut klettern kann?«

»Na, in ihrem Büro hängen Bilder und Zertifikate. Sie hat sogar an Wettkämpfen teilgenommen.« Lisa-Maria schob den Kaugummi von einer Backe in die andere.

Zehetgrubers Stimme übertönte das Zischen der Espressomaschine. »Der Teufelstein ist jetzt nicht gerade eine Herausforderung für Kletterer.« Er zog seine Tasse heraus und kam zum Schreibtisch zurück. »Und ja, es stimmt, Vanessa war Hobbykletterin, sie ging auch immer in die Halle zum Bouldern.«

»Sie können uns wirklich nichts Genaueres über ihren Einsatz sagen?« Cindy ließ Zehetgruber nicht aus den Augen und so entging ihr auch nicht der Blick, den er sekundenschnell mit Lisa-Maria wechselte.

»Nein, wie gesagt, wir waren schon lange kein Paar mehr.«

Überraschend sprang Franz in die Bresche. »Das tut doch nichts zur Sache. Ihre Kollegin hat sich an einen gefährlichen Auftrag gewagt und ich schätze, dass sie so klug war, wenigstens eine kleine Rückversicherung einzugehen.«

»Da nimmt sie bestimmt nicht ihren Ex.« Lisa-Maria kaute heftiger. »Die beiden haben kein Wort mehr miteinander gesprochen. So war es doch, Robert, nicht wahr?«

»Richtig.« Der Journalist schlürfte Kaffee.

Cindy wandte sich unmissverständlich an die junge Frau. »Frau Weiler, da Sie nichts zur Sache beitragen können, würden wir uns gern mit Herrn Zehetgruber allein unterhalten.«

»Aber er weiß doch auch nichts«, maulte sie.

»Lisa, verschwinde«, sagte Robert nun mit leiser Schärfe in der Stimme. Das Mädchen erhob sich mit sichtlichem Widerwillen, warf noch einen Blick auf Zehetgruber, der demonstrativ mit seinem Kaffee beschäftigt war und sie nicht mehr beachtete. Die Tür klappte zu.

»Jetzt reden wir mal Klartext.« Cindy beugte sich über den Schreibtisch zu dem Journalisten, der sich gerade wieder auf seinen Stuhl fallen ließ und dabei seine Espressotasse abstellte. »Ich glaube Ihnen nicht, dass Sie keinen Kontakt mehr zu Vanessa Kraut hatten.«

»Nun ja.« Er rieb sich über den Bart. »Vanessa und ich, wir konnten nicht miteinander und nicht ohne, verstehen Sie?«

Cindy seufzte. »Wir haben einen Mord aufzuklären, Ihre privaten Verwicklungen interessieren uns nur, sollten sie damit in Zusammenhang stehen.«

»Wie bitte? Mord?« Er sprang auf und stieß dabei die Tasse um, der letzte Rest schwappte auf den Schreibtisch. »Das glaube ich nicht! Es war doch ein Unfall, alle sagen das.«

»Wer ist alle?«

»Na hier im Haus. Niemand hat das Wort Mord erwähnt. Wer sollte denn Vanessa umbringen, ich bitte Sie!«

»Herr Zehetgruber, Ihre Kollegin, Freundin oder Ex, wie immer Sie sie bezeichnen wollen, hat undercover ermittelt. Denken Sie nicht, dass da eine gewisse Gefahr bestand?« Franz war zur Tür gegangen und lehnte sich dagegen.

Der Journalist seufzte. »Okay, sie hat mir erzählt, dass mit einer Kurklinik was faul sein soll. Das Naturheilzentrum in Fischbach. Aber ich habe es für Humbug gehalten.«

»Was genau hat sie Ihnen gesagt?« Cindy wurde langsam ungeduldig.

»Wie schon erwähnt, ich habe es nicht ernst genommen.« Zehetgruber zog ein Stofftaschentuch aus der Hosentasche, stellte die Tasse wieder auf und wischte die Kaffeepfütze auf seinem Schreibtisch auf.

»Herr Zehetgruber, reden Sie endlich!« Cindy sprach nun in scharfem Tonfall, ihr reichte es. Der Mann ließ sich wirklich alles aus der Nase ziehen.

»Also gut, ich sage Ihnen, was ich weiß. Das ist jedoch nur das, was sie mir erzählt hat.« Er setzte sich wieder hin. »Vor drei oder vier Wochen kam sie zu mir und behauptete, dass es in Fischbach ein privates Kurheim für Reiche gebe.«

»Sie kennen das Schwarz-Vital-Naturheilzentrum nicht?« Franz sah ihn überrascht an. »Das Zentrum ist bekannt und Sie als Journalist ...«

»Natürlich kenne ich es dem Namen nach.« Zehetgruber klang ungehalten. »Legen Sie nicht jedes Wort auf die Goldwaage! Ich wusste, dass es das Kurheim gibt, aber ich hatte keine Ahnung, dass es so teuer ist.«

»Und weiter?«

Er fuhr sich erneut über den Bart. »Sie hat allen Ernstes behauptet, dass dort Leute umgebracht werden, und zwar immer solche, die mächtig viel zu vererben haben.«

»Wie kam sie darauf?« Franz wechselte einen Blick mit Cindy, aus dem sie herauslas, dass er Zweifel hatte.

»Sie hatte einen Informanten, aber«, er hob beide Arme, »den Namen hat sie mir nicht genannt. Danach hat sie ein wenig recherchiert und mir eine Art Statistik gezeigt, in der sie alle Todesfälle der letzten sieben Jahre aufgelistet hat. Es sind insgesamt acht Personen. Jedes Mal wurde Herzversagen diagnostiziert, waren ja alte Leute zwischen achtzig und neunzig. Da denkt sich niemand was dabei.«

»Aber Frau Kraut hat Verdacht geschöpft. Warum?«

»Ja, ich muss ja zugeben, dass es schon merkwürdig ist, dass ausgerechnet in einem Kurheim durchschnittlich in jedem Jahr ein Mensch stirbt. Auf der anderen Seite, so viel ist das ja auch wieder nicht. Ich meine, wenn das jede Woche oder jeden Monat passiert wäre ...«

»Und Sie haben keine Ahnung, wer ihr den Tipp gegeben haben könnte?«

»Nein. Ihre Informanten hat sie mir nie genannt, auch nicht, als wir noch zusammen waren.«

»Wo ist diese Liste?«

»Die habe ich leider nicht.« Er grinste schief. »Es tut mir leid, aber ich habe die Sache nicht ernst genommen. Jährliche Todesfälle in einem Kurheim, ich bitte Sie! Wäre irgendetwas auffällig gewesen, hätte doch die Polizei längst ermittelt.«

»Hat sie Ihnen nichts hiergelassen?«

»Nein. Es tut mir leid, ich habe sie abgewiesen und weggeschickt.« Er seufzte. »Weil, na ja ...« Wieder strich er sich über den Bart. »Ich bin nun mit Lisa-Maria zusammen.«

»Das klingt nicht überzeugend.« Franz verschränkte die Arme. »Das Mädchen wirkte verliebt«, er nickte zur Tür, »aber Sie sind es nicht.«

Cindy stimmte ihm zu, auch wenn sie es vermutlich nicht ausgesprochen hätte. »Sie haben Vanessa Kraut, Ihre frühere Freundin, abgewiesen, weil Sie nun eine Beziehung zu Frau Weiler haben?«, fragte sie.

»So halb haben wir das, na ja, eine Affäre halt.« Zehetgrubers Stimme wurde leise. »Ich wollte Vanessa ein wenig eifersüchtig machen, damit, na ja, ist ja egal.«

»Sie hatten die Absicht, Sie zurückzuerobern?« Franz brachte es auf den Punkt.

»Nein, ich«, er zögerte, »ich weiß nicht, was ich bezweckte. Primär wollte ich ihr auch nur ein einziges Mal ein schlechtes Gefühl geben. Ich konnte doch nicht ahnen, dass das nach hinten losgeht!« Es klang fast verzweifelt.

»Wie meinen Sie das?«, fragte Cindy nach.

»Vielleicht hätte ich ihr helfen können und es wäre nicht passiert. Das mit Lisa ist ohnehin kompliziert.« Er schüttelte den Kopf. »Lisa-Maria mag es nicht, dass Vanessa hier arbeitet, aber daran kann ich schließlich nichts ändern.«

Cindy war Zehetgrubers Liebesleben gleichgültig, sofern es nicht relevant für den Fall war.

»Nun, jetzt hat sich was geändert«, sagte Franz. »Jetzt ist sie ihre Nebenbuhlerin los.«

»Es war nichts mehr zwischen Vanessa und mir.«

»Gerade vorhin haben Sie gesagt, Sie wollten sie eifersüchtig machen.«

»Ja, das war vielleicht in dem Moment so. Tatsache ist, ich habe sie gebeten, sich eine andere Vertrauensperson für ihre Rückendeckung zu suchen. Der Grund ist doch nebensächlich, oder nicht?«

»Hat sie das gemacht?«

»Was?«

»Sich eine andere Vertrauensperson gesucht?«

»Ich habe keine Ahnung.«

»Strengen Sie sich ein wenig an.« So leicht ließ Cindy ihn nicht von der Angel. »Sie kennen doch den Laden hier. Wen von Ihren Kolleginnen oder Kollegen hätte sie nehmen können?«

»Sie war leider mit niemandem richtig befreundet, sie war eine Eigenbrötlerin. Vielleicht fragen Sie den Chef?«

»Den Chef? Wieso?«

»Nun, er war mein Nachfolger bei ihr. Zumindest kurzfristig.«

»Vanessa Kraut hatte mit«, Cindy scrollte in ihrem i-Pad, »Roland Petrovic eine Affäre?«

»Wie gesagt, war nur kurz, der Chef hat immer andere Mädels am Start. Er ist ja verheiratet und kehrt stets brav zu seiner Frau zurück.«

»Wie lange war sie mit ihm zusammen? Und wann genau?«

Er zuckte mit den Schultern. »Vermutlich war's schon eine Zeit vorbei, schließlich ist sie mit dieser Undercoversache zu mir gekommen. Hat mich eben gewundert, dass sie nicht zu ihm ist.«

Sie würden den Chef fragen müssen, aber jetzt interessierte sie anderes. »Haben Sie noch etwas von ihr gehört? Über die Kurklinik?«

»Wüsste nicht, was.«

»Was wollte sie denn tun, wenn sie sich in die Klinik eingeschlichen hat?«, fragte Franz.

»Was weiß ich? Herumschnüffeln und nach Beweisen für ihre absurde Theorie suchen.«

»Wo waren Sie gestern?« Cindy schoss die Frage hinaus, ehe Zehetgruber Zeit hatte zum Nachdenken.

»Wie bitte?«

»Die Frage war klar formuliert.«

»Sie verdächtigen mich? Ich war hier in Graz und nicht in Fischbach.«

»Und wo genau?«

»Ich habe bei meinen Eltern am Nachmittag Kaffee getrunken, die wollen mich auch ab und zu sehen.«

»Und danach?«

»Bin ich ins Gasthaus auf ein Bier, um zehn Uhr bin ich nach Hause.«

Wenn das stimmte, war er aus dem Schneider.

»Schreiben Sie mir Namen und Adresse Ihrer Eltern und vom Wirtshaus auf.«

Zehetgruber zuckte mit den Schultern, zog einen Zettel aus der Box auf dem Schreibtisch und schrieb. »Ich habe zwar keine Ahnung, was das soll, aber bitte.« Er schob ihnen das Papier hin.

Cindy erhob sich und nickte Franz zu. Hier würden sie nicht weiterkommen. »Wenn Ihnen noch etwas einfällt ...« Sie zog ihre Karte heraus und reichte sie dem Bartträger. Er erhob sich, nahm sie an und drehte sie zwischen den Fingern.

»Ich hoffe, Sie finden das Schwein«, sagte er.

Sie erreichten das Erdgeschoss und erkundigten sich bei der Dame an der Rezeption nach dem Chef.

»Wenn Sie Herrn Petrovic sprechen wollen, dann müssen Sie einen Termin ausmachen.« Sie klang empört und klimperte mit ihren Wimpern.

»Rufen Sie ihn trotzdem an, bitte. Bei Mord wird er wohl ein wenig seiner Zeit opfern können.« Cindy nervte diese arrogante Person, auch ihre Geduld hatte Grenzen.

»Mord?« Sie zwinkerte nun wie im Zeitraffer mit den Wimpern und die Haut unter dem Rouge wurde blass.

»Fragen Sie ihn bitte, ob er ein paar Minuten für uns Zeit hat.« Cindys Tonfall wurde erneut eine Nuance schärfer.

»Er ist nicht im Haus«, flötete sie, nun wieder gefasst. Warum sagte sie das nicht gleich?

Cindy legte ein zweites Mal ihre Karte hin. »Er möchte uns bitte anrufen oder am besten selbst ins LKA kommen. Auf Wiedersehen.«

Toni und Gruppeninspektor Hödl waren bereits zurück. Cindy brannte darauf, die Neuigkeiten von der Obduktion zu erfahren, und Toni spannte sie zum Glück nicht auf die Folter.

»Unser Doppeldoktor hat eindeutig nachgewiesen, dass es kein Unfall war. Das Opfer wurde von oben mit einem Gegenstand, heftig geschlagen, der Täter muss über ihr gestanden haben. Entweder hat das Opfer gesessen oder der Täter war um einiges größer, wie auch schon die Gemeindeärztin von Weiz festgestellt hat.«

»Vermutlich stand der Täter auf dem Felsen, als er auf Frau Kraut einschlug«, ergänzte nun Veit.

Toni nickte. »Erpel hat Faserspuren in der Wunde gefunden, die müssen analysiert werden. Er tippt auf einen Ast oder ein Brett, wobei Letzteres dort kaum herumliegt.«

»Ein Ast auch nicht«, sagte Veit. »Der Felsen steht frei, also da ist kein Baum in der Nähe, der einen Ast hätte abwerfen können. Natürlich ist der Wald nicht weit, dennoch muss man ein Stückchen gehen.«

»Das bedeutet, die Mordwaffe wurde gezielt mitgenommen. Damit scheidet Mord im Affekt endgültig aus.« Cindy rieb ihre Nase. »Am Tatort und in der Nähe wurde sie nicht gefunden?«

»Nein.« Veit schüttelte den Kopf.

»Es stellt sich immer noch die Frage, weshalb Vanessa Kraut bei diesem Wetter ...«, Toni drehte sich zu Veit, »du hast es als ungemütlich beschrieben, heftiger Regen und Sturm, die Wanderung zum Teufelstein unternommen hat. War sie allein oder ist ihr Mörder mit ihr gegangen? Und wenn ja, wurde sie nicht misstrauisch, dass die Person einen Ast mitgeschleppt hat? Und sollte sie allein unterwegs gewesen sein: Warum tat sie das?«

»Vermutlich wurde sie hinaufgelockt.«

»Reine Spekulation, Franz!« Toni wischte mit der Hand durch die Luft. Er sah nun Cindy direkt an. »Habt ihr was erfahren können?«

Cindy fasste das Gespräch mit Robert Zehetgruber kurz zusammen. »Wir werden sein Alibi natürlich überprüfen, aber ich denke nicht, dass er was mit dem Mord zu tun hat.«

Franz räusperte sich. »Ich möchte es nicht ausschließen, der Kerl scheint mir immer noch in sie verliebt gewesen zu sein.«

Cindy nickte. »Möglich. Wir werden ihn im Hinterkopf behalten. Dass er es abgelehnt hat, Vanessa Krauts Absicherung zu sein, glaube ich ihm nicht ganz. Ich hoffe mal, dass der Chef, dieser Petrovic, sich meldet. Er soll auch eine Affäre mit der Kraut gehabt haben.«

»Das ist freilich interessant.« Toni überlegte kurz. »Aber ob der Mann ein Motiv für einen Mord hätte? Schließlich war die Kraut eine seiner besten Journalistinnen. Die Aufdeckung des Rathausskandals hat der Zeitung eine Menge Prestige eingebracht.«

»Stimmt.« Cindy war der Skandal kein Begriff, das hatte sich vor ihrer Zeit in Graz abgespielt. »Vielleicht kann er sonst was zu dem Fall beitragen.«

Franz lachte auf. »Cindy, das klingt richtig enthusiastisch.«

»Na ja, ich glaube auch nicht dran.« Sie seufzte. »Es wäre gut, wenn wir wüssten, wo Vanessa Kraut ihre Aufzeichnungen deponiert hat. Ihren Laptop hatte sie vermutlich dabei. Ich nehme an, er wurde auch nicht gefunden?«, fragte Cindy nun Veit.

»Nein. Wir haben alle ihre Sachen mitgenommen, sie sind auf unserer Dienststelle. Aber es waren nur Kleider und Toilettensachen, Kosmetikkram und so, kein Laptop oder Notebook, nicht einmal ein Fotoapparat. Das Handy ist in der Kriminaltechnik, hoffentlich können die aus dem kaputten Ding noch etwas herausholen.«

»Dann werde ich mit der Staatsanwaltschaft telefonieren und ihr bestellt mir den ominösen Zeitungschef ein, wir warten nicht, bis er sich meldet«, sagte Toni entschieden. »Und auch Herrn Zehetgruber. Dem würde ich gern selbst auf den Zahn fühlen.«

»Das wird ihm nicht recht sein«, unkte Franz.

»Wem jetzt?«, fragte Cindy. »Zehetgruber oder der große Nicht-ohne-Termin-Chef?«

»Beiden. Schade, dass wir die Schwaiger nicht einberufen können, vielleicht wäre sie dann ein bisschen weniger von sich eingenommen.«

»Wer ist die Schwaiger? Haben wir jemanden vergessen?«, fragte Toni ratlos.

»Das ist nur die Empfangsdame von der Steirischen Zeitung, an der Franz' Reize abgeprallt sind.«

»Also ob ich mit der …« Franz brach ab, denn Tonis Blick spie Feuer. Rasch drehte er sich um und eilte zu seinem Schreibtisch.

Veit, der sich ganz offensichtlich ein Grinsen verbeißen musste, stand auf. »Ich hoffe, ihr haltet mich auf dem Laufenden.«

Toni nickte. »Du wirst auf jeden Fall mit im Team sein, wenn wir vor Ort ermitteln. Schaut bitte alle Gegenstände vom Opfer genau durch, vielleicht hat sie in ihren Kleidern einen Stick versteckt oder es findet sich sonst irgendein Hinweis. Die Frau war nicht dumm. Da sich ihr Ex geweigert hat, mit ihr zusammenzuarbeiten, muss sie sich anderweitig abgesichert haben.«

»Vermutlich hat der Täter ihren Laptop vernichtet«, sagte Cindy.

»Anzunehmen. Aber sie hat möglicherweise irgendwas irgendwo hinterlassen.«

»Ich mache das.« Veit winkte allen zu. »Muss jetzt zurück. Na, die werden schauen, wir haben tatsächlich einen Mordfall in unserer Gegend. Normalerweise ist ein Verkehrsunfall schon was Besonderes. Oder wenn unser Dauersäufer Kurt wieder mal randaliert.«

»Setzt die Befragungen in der Klinik und Umgebung fort, vermutlich werden wir morgen nach Fischbach kommen.«

»Wunderbar.« Veit schien einen halben Meter gewachsen zu sein, offenbar gefiel es ihm, dass er Verantwortung übertragen bekam. »Dann mache ich mich mal auf den Rückweg.« Er packte sein iPad ein, eine Minute später hatte er den Raum verlassen.

»Ich rufe die Staatsanwaltschaft an. Franz«, rief Toni hinüber, denn dieser saß bereits wieder an seinem Schreibtisch, »überprüf die Todesfälle in dieser Klinik. Was eine Journalistin herausfinden kann, sollte doch für uns auch möglich sein.«

»Alles klar.«

»Ich schaue, was ich über die Angestellten des Naturheilzentrums herausfinden kann«, sagte Cindy.

Eine halbe Stunde später rief Toni sie wieder herein. »Wir haben Glück, Werdenhammer übernimmt den Fall. Seid ihr schon weiter?«

»Also, Zehetgruber und der Chef, Herr Roland Petrovic, kommen morgen um zehn hierher«, sagte Franz.

»Morgen erst?«

»Sie sind beide außer Haus, Zehetgruber ist nach Wien gefahren und Petrovic ist in Kroatien, hat dort eine Segeljacht. Er kann erst spätabends da sein.«

»Na dann.«

»Und ich habe etwas über die Kurklinik.«

»Heraus damit.« Toni lehnte sich an die Wand und verschränkte die Arme vor der Brust.

»Doktor Victor Schwarz, der wie schon erwähnt das Naturheilzentrum seit knapp zehn Jahren leitet, ist vierundsechzig Jahre alt und arbeitet nach eigenen Angaben ausschließlich mit natürlichen Heilmethoden. Er bietet eine ganzheitliche Behandlung an und hat für quasi jedes Problem eine Lösung. Egal, ob man abnehmen will, ein Burn-out, Rückenbeschwerden oder sonstige körperliche Wehwehchen hat oder einfach nur entspannen möchte. Die Bewertungen sind ausnahmslos ausgezeichnet, manche schwärmen richtig von ihm und waren bereits mehrmals dort. Die Kosten werden nur zu einem geringen Prozentsatz von den Krankenkassen übernommen, dennoch ist seine Klinik meist ausgebucht.«

»Was kostet so ein Aufenthalt?«, fragte Cindy nach.

»Nun wir sprechen hier von einer hohen vierstelligen Summe für eine dreiwöchige Kur, dies ist aber nur die Grundgebühr. Für einige Therapien muss man extra bezahlen, also kommt man leicht auf elf- bis zwölftausend Euro. Im Vergleich dazu kostet eine normale Kur um die viertausend Euro, die Patienten müssen jedoch nur für einen geringen Teil als Selbstbehalt aufkommen.«

»Ui.« Toni pfiff durch die Zähne. »Dann muss der Erfolg wirklich groß sein. Hast du was über die Todesfälle, Franz?«

»Leider keine Namen. Ich habe mich mit dem hiesigen Bestattungsinstitut in Weiz in Verbindung gesetzt. Sie haben bestätigt, dass in den letzten Jahren Todesfälle vorgefallen sind. Das Institut *Glückliche Ruhe* hatte dann immer den Auftrag, die Leichen verbrennen zu lassen.«

Cindy musste ein Kichern unterdrücken. Was für ein Name für ein Bestattungsinstitut!

Franz fuhr bereits fort. »Dazu wurden sie ins Krematorium nach Nestelbach überführt und die Urnen anschließend in deren Heimatorte überführt.«

»Keiner dieser Todesfälle wurde genauer untersucht?«

»Nein, die Todesursache schien überall eindeutig, Herzversagen. Waren alle schon älter.«

»Wie definieren sie ›älter‹? Sechzig? Achtzig? Zudem bedeutet das ja nicht, dass alle, die so eingestuft werden, plötzlich an Herzversagen sterben müssen.« Toni schüttelte den Kopf.

»Es ist eine Klinik und in Krankenhäusern sterben nun mal Menschen, hat mir die Sekretärin des Instituts gesagt.«

»So kann man es auch sehen. Und vom Standpunkt des Bestatters aus, ist es ein lukratives Geschäft.«

»Sicherlich. Allerdings war es nur durchschnittlich einmal im Jahr.«

»Trotzdem. Bekommst du eine Liste?«

Kapitel 4

Sabine Hartmann rekelt sich nackt in Victors Armen. Sie sind in seinem Büro, das er auch als Untersuchungsraum für die Patienten nutzt. Es gibt einen Schreibtisch, Schränke, eine Liege, die mit weißen Laken bedeckt ist, und das bequeme breite Sofa, auf dem sie kurz zuvor noch ihrer Leidenschaft gefrönt haben.

Schon bald nach ihrer Einstellung hat sie begriffen, wie sich der Chef hier bereichert. Überraschenderweise hat sie das nicht abgestoßen, sondern angezogen. Sie ist seine Geliebte geworden. Und hat eigene Pläne geschmiedet.

Beinahe hätte diese verkappte Journalistin alles kaputtgemacht. Und selbst ihr Tod wirbelt Staub auf. Heute ist er Tagesgespräch im Naturheilzentrum. Und die Polizei steigt überall herum und stellt Fragen.

Ärgerlich.

»Sie ist tot.« Ihre Hände zittern, sie verschränkt die Finger und versucht, etwas Ruhe zu erlangen. Verdammt, sie muss sich zusammennehmen.

»Pech. Ein Unfall.«

»Es war kein Unfall, die Polizei war doch auch bei dir.«

»Meine Güte, was wissen diese Wald- und Wiesenbullen schon?« Seine Stirn furcht sich, wie immer, wenn er ungeduldig wird. »War es eben Mord. Du wusstest doch, dass sie spioniert hat, anstatt zu putzen.«

»Vermutlich war er es. Dein Neffe hasst dich, weil du ihm niemals die Klinik überlassen wirst. Du musst ihm Einhalt gebieten.«

»Er ist nur ein Welpe, der spielen will.« Victor Schwarz schüttelt den Kopf. »Er hat mit ihr geschlafen, ja. Juckt uns das?«

»Aber nun hat er sie umgebracht.«

»Das glaube ich nicht, warum sollte er das tun?«

»Eifersucht? Wer sonst hätte ein Motiv? Schließlich hast du ...«

Victor küsst sie hart auf den Mund und ihr Gehirn ist vernebelt. Erst als er sich löst, schaltet es sich wieder ein.

Hat er keine Angst, dass durch diesen Vorfall seine Machenschaften auffliegen?

»Ich habe ihn vorgestern Nachmittag fortgehen sehen. Obwohl es geschüttet hat. Niemand geht bei diesem Wetter hinaus, wenn er nicht schlechte Absichten hat.«

»Das beweist doch nichts.«

»Die Polizei wird nicht lockerlassen. Sie wundern sich, weshalb eine Reporterin sich als Putzfrau eingeschlichen hat.«

»Sollen sie. Was regst du dich so auf?« Er richtet sich auf. »Oder hast du sie umgebracht?«

»Ich?« Sie starrt ihn entsetzt an. »Warum sollte ich?«

»Du hast es vorhin selbst gesagt. Eifersucht.«

»Unsinn. Ich war wie du bei dem Meeting. Außerdem kennst du mich. Bei dem Wetter gehe ich keinen Schritt vor die Tür.«

»Dann konzentrieren wir uns auf schönere Dinge.« Er will sie an sich ziehen, doch sie setzt sich auf.

»Was ist, wenn sie ihre Informationen bereits weitergegeben hat?«

»Was kann sie denn schon gewusst haben?«

Er scheint sich sicher zu fühlen. Sie weiß allerdings, was sich abspielt. Es reizt sie, ihm diese Selbstsicherheit aus dem Gesicht zu schlagen.

Doch noch ist die Zeit nicht gekommen. Er beugt sich über sie und drückt ihren Busen. »Belaste deinen hübschen Kopf nicht mit Dingen, die einfach ihren Lauf nehmen, ob wir es wollen oder nicht.« Der schlanke, groß gewachsene Mann mit dem eisgrauen, aber üppigen Haarschopf ist trotz seines Alters ein Womanizer, das weiß sie. Sie seufzt zufrieden und spürt die langgliedrigen Finger, die auf ihrem Körper spielen können, als wäre er ein Instrument. Und es gelingt ihm immer, ihr Töne zu entlocken, denn er ist ein Virtuose auf dem Gebiet.

Und sie ist ihm mit Haut und Haar verfallen.

Zumindest beim Sex.

Kapitel 5

Am vergangenen Tag hatte sich nichts Neues ergeben. Weder im Büro noch in der Wohnung der Toten hatten sie Hinweise auf ihre Undercovertätigkeit gefunden. Es war neun Uhr morgens. Roland Petrovic erschien pünktlich, was man als Pluspunkt werten musste, er wirkte dynamisch und sportlich. Sein Gesicht war gebräunt und die Kleidung elegant und teuer. Helle Hose, Jackett und Seiden-T-Shirt. Lässig saß er vor Tonis Schreibtisch, die Beine übereinandergeschlagen. Kaffee lehnte er ab, nachdem er einen etwas abfälligen Blick auf die Kaffeemaschine geworfen hatte.

Cindy saß mit ihrem iPad neben ihm, Franz hatte sich auf einem Stuhl in der Ecke platziert.

»Wie kann ich helfen?«, fragte der Zeitungschef und sah sogleich wenig subtil auf seine Uhr.

»Sie wissen vom Tod Ihrer Journalistin Vanessa Kraut.«

»Selbstverständlich wurde ich sofort verständigt, ich weiß immer, was in meinem Team vor sich geht. Mir wurde auch mitgeteilt, dass Sie plötzlich einen Mord vermuten?«

»Ja, leider müssen wir von einem Tötungsdelikt ausgehen.«

»Das ist ja furchtbar.« Entsetzt sah Petrovic von einem zum anderen. »Aber das kann doch nicht sein! Wer und weshalb …?« Er brach ab.

Seine Reaktion erschien Toni merkwürdig. Wurde ihm jetzt erst bewusst, dass es sich um ein Gewaltverbrechen handelte? »Genau das versuchen wir herauszufinden. Waren Sie über Frau Krauts Aktion informiert? Ihren Undercover-Einsatz in der Kurklinik?«

»Nun«, er pflückte einen unsichtbaren Fussel von seiner Hose und ließ ihn auf den Boden fallen, wirkte plötzlich wieder völlig ruhig, »ich pflege meinen Leuten freie Hand zu lassen. Also, nein, ich bin nicht über jede Kleinigkeit auf dem Laufenden. Das wäre zu zeitaufwendig für mich. Vanessa Kraut war eine gewissenhafte Mitarbeiterin und ihre Arbeit in der Vergangenheit außerordentlich überzeugend. Tut mir leid, dass ich Ihnen da nicht weiterhelfen kann.«

»Kannten Sie Frau Kraut näher?«, fragte Cindy.

»Wie meinen Sie das?«

»Wir haben gehört, dass Sie eine Affäre mit ihr hatten.«

»Die Gerüchteküche.« Er lachte, aber es klang nicht lustig. »Gut, ja. Vanessa ist – war eine schöne Frau und wir waren mal für kurze Zeit zusammen. Das ist ein paar Wochen her.«

»Vanessa Kraut brauchte eine Absicherung für ihre Mission. Hat sie sich nicht an Sie gewandt?«

»Bestimmt nicht. Sie war sauer, als ich unser Arrangement«, er betonte das Wort explizit, »beendet habe. Ich habe ihr klargemacht, dass ich keinen privaten Kontakt haben will.«

»Nun, privat wäre es nicht gewesen, vielmehr dienstlich.« Toni wandte seinen Blick nicht ab, Petrovic senkte den Kopf.

»Trotzdem, nein. Meine Frau war ohnehin bereits misstrauisch zu der Zeit.«

»Wie ärgerlich«, entschlüpfte es Cindy.

Toni runzelte die Stirn, er hatte schon geahnt, dass seine Assistentin den Kerl widerlich fand. Dennoch musste sie sich im Griff haben. Auch Petrovic warf ihr einen durchdringenden Blick zu, schwieg jedoch. Franz' Mundwinkel zuckten und Toni hoffte, dass der Kerl nicht lachte.

»Wo waren Sie vorgestern Nachmittag und Abend?«, fragte er rasch.

Petrovic fuhr sich durchs Haar. »Was zum Teufel hätte ich für einen Grund, sie umzubringen?«

»Sie war Ihre Ex, sie hätte Ihrer Frau etwas verraten können.« Cindy sprach mit Schärfe.

»So ein Blödsinn! Sie war nicht meine Ex, lediglich eine Frau, die ich gevögelt habe.« Er wurde laut. »Würde ich alle meine Sexpartnerinnen umbringen, hätte ich mächtig viel zu tun.«

»Herr Petrovic, Ihr Sexleben interessiert uns nur insoweit, als eine Ihrer Damen nun tot ist, ermordet. Daher beantworten Sie bitte die einfache Frage, wo Sie sich am Abend des 17. Septembers aufgehalten haben.« Toni sprach nun ebenfalls mit Schärfe in der Stimme, Sympathien brachte er für den Millionär vor ihm auch keine auf.

»Ist schon gut. Ich bin nur ein wenig ungeübt darin, für einen Mörder gehalten zu werden.« Er angelte sein Handy aus der Jacketttasche und scrollte. Toni sah zu

Cindy, die ihre Mundwinkel verächtlich verzogen hatte und sich auf die Unterlippe biss, wohl damit sie nicht wieder eine unbedachte Bemerkung machte. »Der siebzehnte, der Sonntag.«

»Es war vorgestern.« Der sarkastische Unterton in Cindys Stimme war nicht zu überhören.

Petrovic beachtete sie nicht. »Tagsüber habe ich Golf gespielt, ich lese gerade Abschlag um vier Uhr, das können Sie bei meinem Golfklub nachfragen.«

»Bei Regen?« Cindy beugte sich vor und Toni hatte schon Angst, sie würde Petrovic ins Gesicht springen. »Herr Petrovic, es hat nicht nur geregnet, es hat geschüttet und das schon seit Tagen. Der Golfplatz war bestimmt gesperrt.«

»Richtig, jetzt fällt es mir wieder ein. In diesem Fall war ich zu Hause. Ich bringe einfach schon die Tage durcheinander.«

Toni klopfte mit seinem Kugelschreiber auf den Tisch. »Zeugen?«

»Meine Frau. Ach ja, und abends war ich mit ihr in der Oper, eine wirklich gelungene Aufführung von Turandot.«

»Wir werden das nachprüfen.«

»Tun Sie das. Bin ich jetzt fertig?« Er stand auf.

»Vorläufig ja, aber es kann sein, dass wir Sie noch einmal brauchen.«

»Selbstverständlich, ich helfe ja immer gern.« Der Zeitungschef schenkte ihnen ein freudloses Grinsen, ehe er ging.

Cindy sah Petrovic nach und Toni wartete gespannt auf ihren Kommentar, der unverzüglich kam. »Was für ein Affe. Seine Frau muss wohl blind und taub sein, dass sie nicht bemerkt, dass er sie betrügt.«

»Diese Frauen genießen den Luxus, vermutlich stellt sie sich bewusst dumm.« Toni provozierte sie absichtlich, sie funkelte ihn an.

»Ich hoffe, sie geht ebenfalls fremd, ich würde das so machen.« Cindy wirkte kampflustig mit ihren blitzenden Augen.

»Das kann ich mir vorstellen.« Franz lachte. »Wahrscheinlich würdest du ihn kastrieren lassen.«

»Hätte er verdient.«

»Ich denke, ich sollte David vorwarnen ...«

»Genug.« Toni nickte Franz zu. »Hol Herrn Zehetgruber herein, ich wette, er ist schon ungeduldig.«

Das war noch gelinde ausgedrückt. Der Journalist raste förmlich ins Zimmer und setzte sich mit verschränkten Händen auf den Platz, auf dem vor Kurzem sein Chef gesessen hatte. »Ich warte seit fast einer Stunde!«

Toni sah auf die Uhr, ließ aber seine Bemerkung unkommentiert.

»Herr Zehetgruber, bitte erzählen Sie mir, was genau Ihnen Frau Kraut über ihren Einsatz verraten hat.«

Zehetgruber sah zu Cindy. »Ich habe doch Ihrer Kollegin bereits alles gesagt.« Es klang ungehalten. »Haben Sie es nicht aufgeschrieben?«

»Und jetzt wiederholen Sie es bitte hier. Und ergänzen Sie die Dinge, die Ihnen womöglich gestern nicht eingefallen sind.« Toni verschränkte seine Finger über dem Schreibtisch. Der Mann war das Gegenteil seines Chefs, untersetzt, mit schulterlangem ungekämmtem

Haar und einem Vollbart, der ebenfalls eine Kürzung vertragen hätte.

»Da ist doch kein Sinn drin. Finden Sie lieber Vanessas Mörder.«

»Überlassen Sie bitte uns, wie wir die Ermittlungen führen.« Toni blieb ruhig und gelassen.

»Vanessa kam vor ungefähr drei Wochen zu mir und erzählte, dass sie in dem Schwarz-Natur-Vitalheilzentrum ...«

»Umgekehrt.« Cindy grinste.

»Wie umgekehrt?«

»Es heißt Schwarz-Vital-Naturheilzentrum.«

»Jaja, okay.« Zehetgruber wischte mit der Hand durch die Luft. »Vanessa hatte die Absicht, undercover in der Klinik zu arbeiten, und wollte, dass ich ihr Außenkontakt sei, als Freund getarnt. Aber ich habe abgelehnt – o Gott, könnte sie noch leben, wenn ich es getan hätte?«

Toni ging nicht darauf ein. »Ihr Chef hat ebenfalls bestritten, ihre Kontaktperson gewesen zu sein, wer käme also infrage?«

»Da habe ich wirklich keine Ahnung.«

Eine Stunde später sah Toni frustriert auf seine Notizen. »Das hat uns nicht unbedingt weitergebracht, außer dass wir nun wissen, dass Frau Kraut ein reges Sexleben hatte.«

»Sollten wir zu diesem Naturheilzentrum fahren?«, fragte Cindy.

»Das ist momentan noch eine Sisyphusarbeit, weil wir keinerlei Anhaltspunkte haben. Veit Hödl und seine Kollegen machen das bestimmt prima. Wir sammeln vorläufig Informationen, die Leute von der Klinik laufen uns nicht davon. Die angeblich zahlreichen Todesfälle müssen wir uns auf jeden Fall bestätigen lassen. Ich spreche mal mit der Staatsanwaltschaft.«

Doch gleich darauf hatte er einen spontanen Einfall. Er griff zum Hörer und rief Anneliese an.

»Toni, ich habe es schon in der Zeitung gelesen, das ist ja schrecklich! Denkst du, es hat etwas mit dem Tod meiner Tante zu tun? Ist was dran an den rätselhaften Todesfällen?«

»Wir stehen noch komplett am Anfang, Anneliese. Könntest du mir die Adresse von deinem«, er überlegte kurz, welcher Verwandtschaftsgrad es war, »dem Enkel deiner Tante, Lukas, hast du, glaube ich, erwähnt ...«

»Linus. Aber er war bestimmt nicht in Fischbach, er hat seine Großmutter gewiss nicht besucht.«

»Gib mir trotzdem seine Adresse.«

»Warte, ein Moment. Er ist nach Tante Hildegards Tod in eine Villa gezogen.«

Er wartete mit innerlicher Ungeduld, dann erhielt er Namen und Adresse. Mit einem Aufseufzen steckte er sein Handy ein und wandte sich an sein Team.

»Was haltet ihr von einem Mittags-Abstecher zum Zwölfer?«

Natürlich hielten Cindy und Franz sehr viel davon und so fuhren sie zu ihrem Lieblingswürstelstand am Hauptplatz.

»Was versprichst du dir von einem Besuch bei dem Erben von Frau Pototschnigg?«, fragte Cindy und leckte sich das Ketchup von ihrem Hotdog von den Fingern.

Toni hatte seine geliebte Bosna erhalten. »Ich weiß es nicht.« Er biss genüsslich ab und winkte Christian, dem

Besitzer, zu. »Gut wie immer.« Der schenkte ihm ein rasches Grinsen, jetzt um die Mittagszeit war Hochbetrieb, weshalb sie sich auch ungestört unterhalten konnten. »Anneliese hat von Vanessa Kraut mitbekommen, dass die Erben offenbar alle überglücklich über den Tod ihrer Angehörigen gewesen seien, denn sie wären auf einen Schlag reich geworden. Sie selbst hat mit dem Enkel ihrer Tante die gleiche Erfahrung gemacht.«

»Du denkst, dass sie etwas mit den Todesfällen zu tun haben könnten?«

»Das sollten wir herausfinden.«

»Aber«, Franz trank einen Schluck von seiner Cola, »die Angehörigen waren alle nicht vor Ort, oder doch?«

»Nein, ich denke nicht.« Toni zuckte mit den Schultern. »Ich habe keine Ahnung, wie das alles zusammengehört, aber es ist sonderbar. Und deshalb würde ich gern in diese Richtung weiter ermitteln.«

»Du denkst, es sind so eine Art Auftragsmorde? Wie bei der Mafia?« Franz' Augen glänzten. »Das klingt echt spannend.«

»So weit würde ich nicht gehen. Aber es ist doch merkwürdig, dass es in keinem der Fälle eine Obduktion gegeben hat.«

»Es klingt für mich immer noch unwahrscheinlich.« Cindy nahm einen weiteren Bissen.

»Möglicherweise war es bei der Kraut eine Beziehungstat, meines Erachtens ist dieser Robert bis zum Schluss in sie verliebt gewesen.« Franz wischte sich die Finger an der Papierserviette ab.

»Sein Alibi habt ihr doch bestätigt?«, fragte Toni.

»Er war bis fünf bei seinen Eltern und danach im Gasthaus, aber es war ziemlich voll und der Wirt erinnert sich nicht genau, wann er gegangen ist«, sagte Franz. »Er könnte also nach Fischbach gefahren sein.«

»Möglich.« Toni hob sein Glas Orangensaft. »Kriegen wir es heraus.«

Eine Stunde später waren er und Cindy auf dem Weg zu Linus Pototschnigg, Hildegards Erben. Franz wäre gern mitgekommen, doch Toni fand es besser, dass er in der Zwischenzeit mehr über Vanessa herausbekäme sowie die Ermittlungsergebnisse mit Veit Hödl und seinen Kollegen austauschte.

Sie fuhren Richtung Waltendorf zum Lustbühel. Die imposante Jugendstilvilla, die Linus seit dem Tod seiner Großmutter als Heim diente, konnte sich sehen lassen. Ein großflächiges Grundstück mit Obstbäumen gehörte dazu, umkränzt von einer verwilderten Hecke. Vor dem Haus stand ein großer Kastanienbaum. Sie klingelten an der schmiedeeisernen Gartentür, die kurz darauf surrte. Über einen Kiesweg gingen sie zum Hauseingang, der ein wenig erhöht lag und durch eine steinerne Treppe zu erreichen war. Ein beleibter junger Mann empfing die beiden Beamten im Bademantel, lehnte an der Tür und rauchte. Sein braunes Haar war hinten zu einem Schwanz zusammengefasst, beim Sprechen offenbarte sich ein fehlender Eckzahn. »Polizei und das auf nüchternem Magen.« Er klang amüsiert gelangweilt. »Aber kommen Sie bitte herein. Ich bin noch mitten im Umzug, daher ist nicht aufgeräumt. Das stört Sie doch bestimmt nicht.« Es war keine Frage.

»Sie sind Linus Pototschnigg?«, fragte Toni.

»Seit meiner Geburt heiße ich so.« Er trat zurück und ließ sie eintreten. Von Anneliese wusste Toni, dass er siebenundzwanzig Jahre alt und seine Lieblingsbeschäftigung Faulenzen wäre. In Zukunft könnte er sich diesem Hobby dank der horrenden Erbschaft ausgiebig widmen, wie es schien. Zu Mittag noch im Schlafanzug zu sein, das leistete sich Toni nicht einmal im Urlaub.

»Worum geht's denn? Bin ich zu schnell gefahren?«

»Nein, beziehungsweise wissen wir das nicht. Ist nicht unsere Baustelle.« Cindy hielt ihren Ausweis hoch. »Bezirksinspektorin Panzenböck und das ist Chefinspektor Wakolbinger. Wir sind vom LKA Graz, Abteilung Leib und Leben.«

»Leib und Leben! Ich bin schwer beeindruckt.« Drinnen war nur ein kleiner Vorraum, danach wieder Stufen. Pototschnigg zog an seiner Zigarette und ging voran die Stiege hinauf. Eine zweite Treppe führte offenbar in die Kellerräume. Umzugskartons bevölkerten die Stufen und den Flur, rundum waren mehrere Türen sowie ein weiterer Aufstieg in den oberen Stock. Der Hausherr öffnete eine der weiß lackierten Türen und sie betraten einen geräumigen Wohnraum mit Jugendstilmöbeln und einer großen Ledergarnitur, die das einzig Moderne im Zimmer war. Der strenge Ledergeruch deutete darauf hin, dass sie noch nicht lange hier stand. »Nehmen Sie Platz! Darf ich Ihnen was anbieten?«

»Keine Umstände. Schön haben Sie es hier.« Toni nahm auf der breiten Ledercouch Platz, Cindy wählte einen der Stühle.

»Nun ja, die Einrichtung ist zum überwiegenden Teil noch von meiner Omama, dementsprechend altmodisch. Ich werde das Haus nach und nach umgestalten.«

»In diesem Fall hat Ihre Großmutter Ihnen zur Villa genug Bargeld hinterlassen?« Cindy sah nur kurz hoch, sie hatte bereits wieder ihr iPad auf den Knien.

»Ja, das kann man sagen.« Pototschnigg setzte sich ihnen gegenüber auf den zweiten Ledersessel. »Sie war extrem geizig, das können Sie mir glauben. Nun, jetzt freut sich der Erbe.« Er lachte, als hätte er einen Witz gemacht.

Toni kam gleich zum Punkt, während sie sich alle rund um den Glastisch niederließen. »Sie werden vermutlich wissen, warum wir hier sind?«

»Nein, hab ich schon gesagt, keine Ahnung, tut mir leid.« Pototschnigg stand wieder auf und holte von einer braun lackierten Anrichte einen Aschenbecher, in dem er die Zigarette ausdrückte.

»Es geht um Ihre Großmutter, Frau Hildegard Pototschnigg.« Toni musterte den jungen Mann und sah kurz Unsicherheit über sein Gesicht flackern, doch das wich schnell Überraschung. »Omama? Es ist mehrere Monate her, dass sie gestorben ist! Ende Mai, um genau zu sein.«

»Ja und ihr haben Sie das hier zu verdanken!« Cindy machte eine Bewegung, die die Umgebung umfasste. »Vor ihrem Tod ging es Ihnen nicht allzu gut, nicht wahr?«

»Nein, das stimmt. Ist nichts Neues, und falls Sie sich wundern, dass sich meine Trauer über ihr Ableben in

Grenzen hält: Sie war jetzt nicht gerade die Oma aus dem Bilderbuch.«

»Das klingt, als hätten Sie sie gehasst«, sagte Cindy scharf. Toni räusperte sich und sie beugte sich erneut über ihr iPad.

»Was meine Kollegin fragen wollte: Gab es eine emotionale Bindung zwischen Ihnen und Ihrer Großmutter?«

Linus Pototschnigg lehnte sich zurück. »Was soll ich sagen? Ich war immer schon etwas schwierig. Mein Vater ist gestorben, als ich in die Volksschule ging, meine Mutter vor fünf Jahren. Danach ist mein Leben ein wenig – hm – aus dem Ruder gelaufen.« Er seufzte theatralisch und sah zur Decke. »Was soll ich beschönigen? Omama war nie einverstanden mit mir. Matura habe ich nicht geschafft und ein paar Lehrstellen ausprobiert, war leider nie das Richtige dabei. Ich krieg eine Waisenrente von meinen Eltern, nicht viel, aber es hat gereicht.«

Cindy sah ihn direkt an. »Die Cousine Ihres Vaters ...«

»Hören Sie mir mit Anneliese auf. Das ist eine mieselsüchtige Kuh, die nur selbst was vom Kuchen abhaben wollte. Hat versucht, sich bei Omama einzuschmeicheln, sie zum Essen eingeladen und so Kram. Aber Omama hat sie durchschaut und letztlich hat sie sich besonnen, dass ich ihr einziger Enkel bin. Ich habe nur bekommen, was mir zusteht.«

»Frau Kinzmann hat erzählt, dass Sie sich in letzter Zeit wieder mehr um Ihre Großmutter bemüht hätten.« Toni sprach scharf. Der junge Schmarotzer, der nie gearbeitet hatte, imponierte ihm gewiss nicht.

»Ja. Ganz ehrlich? Ich wollte ihr diese schweineteure Kur ausreden. Die Krankenkasse zahlt kaum was dazu, die werden schon wissen warum. Ich hatte einiges von der Klinik gehört und finde, das ist überteuerter Schabernack. Rausgeschmissenes Geld. Dieser eine Monat dort kostet zigmal so viel wie eine normale Kur. Da ist doch was faul, nicht wahr? Ich wollte sie überzeugen, das Geld zu investieren.«

»In Sie?«, fragte Cindy. Sie konnte es einfach nicht lassen!

Toni sprach rasch weiter, ehe Linus Pototschnigg reagieren konnte. »Ihre Großmutter ist in der zweiten Woche ihres Aufenthalts verstorben. Frau Kinzmann meint, dass dabei etwas faul gewesen sein könnte.« Toni verwendete absichtlich die gleiche Formulierung wie Linus.

»So ein Quatsch! Unterstellen Sie der Kurklinik Nachlässigkeit?«

»Das möchten wir gern von Ihnen hören. Vor allem, weil Sie doch offenbar zuerst dagegen gewesen waren, dass Ihre Großmutter in der Schwarz-Naturheilklinik behandelt wird.«

Er hörte Cindys Hüsteln, klar, er hatte den Namen dieser Klinik wieder falsch gesagt. Seine Schwäche.

»Ja, das war vorher.« Pototschnigg angelte ein Zigarettenpäckchen aus der Tasche seines Bademantels und schüttelte eine Zigarette heraus. »Ich meine, dieses Zentrum hat einen immens hohen Preis, klang für mich nach Abzocke.« Er warf das Päckchen auf den Tisch, griff in seine andere Bademanteltasche und holte ein Feuerzeug heraus. »Man weiß doch, dass die alten Leute immer betrogen werden und ja, ich habe Omama gewarnt, dass sie für diesen Preis um die Welt fliegen könnte.« Er zündete die Zigarette an, sog heftig daran und blies den Rauch in die Höhe.

»Und wann haben Sie Ihre Meinung geändert?«, fragte Toni.

»Nun, Omama hat sich vom ersten Tag an wohlgefühlt. Die Behandlungen haben ihr gutgetan, sie hatte gleich eine Freundin gewonnen. Ich habe sie einmal besucht, wissen Sie, wollte, dass wir uns wieder annähern. Sie ist ja doch eine alte Dame und es kann so schnell zu Ende sein.« Er lachte auf. »War es dann auch.«

»Wirklich? Wie ist der Name der Freundin?«, fragte Toni, denn er spürte Cindys Wut in Wellen zu ihm schlagen. Hoffentlich wollte sie nicht aufspringen und den jungen Mann erwürgen.

»Klara Wiener, nein, Moment«, er nahm ein paar Züge, »Klara, warten Sie, ich komm schon drauf. Ach, was soll's, ich hab ja noch ihre Beileidskarte.« Er stand auf, ging zur Anrichte und öffnete die oberste Schublade. »Hier ist sie.« Er zog einen Umschlag heraus und reichte ihn Cindy, die die Hand ausgestreckt hatte.

»Klara Wörner«, las sie. »Die Adresse steht auch drauf.«

»Können Sie gern mitnehmen, ich kannte sie ja kaum. Und Omama kann's nicht mehr lesen.«

»Sie scheinen wirklich nicht sonderlich betroffen über ihren Tod zu sein.« Toni sah sich um.

»Hab ich ja schon gesagt. Omama und ich konnte nicht miteinander. Trotzdem war ich ihr einziger Enkel. Omama ist in den letzten Jahren schrullig geworden, war meist grantig und entsetzlich knausrig, dabei hatte sie mehr als genug. Sieht man ja. Aber zu Weihnachten und zum Geburtstag habe ich sie immer besucht. Und eben im Kurheim, da wollte ich noch ein zweites Mal hin. Hatte mir vorgenommen, mich mehr um sie zu kümmern. Sie ist halt dann vorher gestorben.« Er deutete auf seine Umgebung. »Wie gesagt, das hier steht mir zu. Bestimmt hat Ihnen das auch Anneliese erzählt.«

»Sie sind also überzeugt, dass Ihre Großmutter eines natürlichen Todes gestorben ist?«

»Ja, wie denn sonst? Das Herz hat versagt. Sie war ja am richtigen Ort, dass man ihr hätte helfen können. Klara hat erzählt, ihr Gesicht wäre so friedlich gewesen.«

»Wann hat man Sie verständigt?«

»Gleich. Ich bin zwei Stunden später dazugekommen. Ich war auf einer Party bei Freunden, können Sie nachprüfen. Für den Fall, dass Sie denken, ich hätte was mit ihrem Tod zu tun.«

»Das werden wir«, sagte Toni ruhig.

»Da Sie hingefahren sind, konnten Sie sich vom friedlichen Blick ihrer Omama selbst vergewissern?«, fragte Cindy.

»Nein, ich musste sie nicht mehr sehen, habe das Laken nicht weggezogen.« Er schüttelte sich. »Der Tod ist nicht so meins.«

Cindy bewegte die Lippen, aber Toni ließ sie nicht zu Wort kommen. »Stand nicht im Raum, dass man sie obduzieren wollte?«

»Nein, wozu auch! Und Omama hätte das bestimmt nicht gewollt, dass man sie so würdelos aufschneidet. Nein! Das Bestattungsinstitut *Glückliche Ruhe* vor Ort hat die Überführung ins Krematorium Nestelbach übernommen.«

»Es ging ja recht schnell mit der Kremation«, bemerkte Cindy.

»Warum auch nicht?« Pototschnigg zog wieder ein paarmal an seiner Zigarette. »Ich versteh ja immer noch nicht, dass Sie jetzt nach fast vier Monaten hier aufkreuzen und unterstellen, meine Omama wäre ermordet worden.«

»Komisch, dass er gleich von Mord geredet hat«, sagte Cindy. Sie waren auf dem Weg zur angegebenen Adresse nach Puntigam, wo Klara Wörner, Hildegard Pototschniggs Freundin wohnte. Es war reichlich Verkehr, aber immerhin rollten sie dahin und standen nicht im Stau.

»Ja, wir haben das Wort nie verwendet.« Toni bog in eine Seitenstraße ab, hier fuhren weniger Autos.

»Was für ein unnützes Subjekt unserer Gesellschaft.« Cindy klang wütend, wie immer, wenn sie angepisst war.

»Mag sein, dennoch solltest du dich ein klitzekleines bisschen zusammenreißen. Du kannst nicht jedem, der dir unsympathisch ist, ins Gesicht springen.«

»Tut mir leid.« Sie klang jedoch keineswegs reumütig. »Er hätte auf jeden Fall ein Motiv gehabt, seine Großmutter umzubringen. Bedauerlicherweise hat er ein Alibi und war bei ihrem Tod kilometerweit weg.«

»Ja.« Toni sah auf die Straße vor ihm. »Aber ich stimme dir zu, irgendetwas war doch komisch mit dem Kerl. Ich spüre das, er hat wegen des Todes seiner Omama, wie er sie nennt, kein reines Gewissen.«

»Vielleicht weil er sich bei ihr eingeschmeichelt hat, wie deine Freundin gemeint hat.«

»Freundin, lass das nicht ihren Mann hören.« Er bremste scharf, weil eine Katze über die Straße lief. »Ja, Anneliese hat ein ziemlich negatives Bild von ihrem Neffen. Oder wie ist da der Verwandtschaftsgrad? Egal. Auf jeden Fall ist er ein Schnorrer, der vom Geld seiner Großmutter lebt, doch mit ihrem Tod, falls es überhaupt Mord war, hat er vermutlich nichts zu tun.«

»Es sei denn, er hätte jemanden aus dem Kurheim beauftragt.«

»Natürlich können wir das nicht ganz ausschließen, aber mal ehrlich, wie wahrscheinlich ist das?« Dass er dies nicht sofort ausschloss, wunderte ihn selbst. Doch irgendetwas am Verhalten des jungen Mannes hatte seine Alarmsysteme in Gang gesetzt. Nur warum, das wusste er nicht.

Frau Klara Wörner entpuppte sich als quirlige Dame, der man ihr Alter von fast achtzig nicht ansah. Sie trug einen Hosenanzug in Rosa, der gleichen Farbe wie ihre Lippen. Ihr braunes Haar hatte sie zu einem losen Knoten zusammengebunden. Sie führte sie in ihre kleine Zweizimmerwohnung in einem Gemeindebau. Nun saßen sie in der Sitzecke in der winzigen Küche, Toni hatte sich förmlich auf die Bank quetschen müssen. Frau Wörner schien alles andere als reich zu sein. Wie hatte sie sich das teure Kurheim leisten können?

»So schade, dass Hilde gestorben ist, bevor wir unsere Freundschaft vertiefen konnten. Wissen Sie, man spürt manchmal gleich so eine Verbundenheit. Das war echte Seelenverwandtschaft.« Aus ihrer Stimme war Bedauern zu hören.

»Sie haben sich also erst auf der Kur kennengelernt?« Toni rutschte auf der Bank umher, doch eine bequemere Sitzposition war nicht zu finden.

»Richtig, nicht einmal ganz zwei Wochen waren uns vergönnt. Möchten Sie eine Tasse Tee? Ich habe gerade Lindenblütentee aufgebrüht, er muss nur noch ein paar Minuten ziehen.«

»Das ist nett von Ihnen, aber wir halten Sie nicht lange auf. Wie haben Sie vom Tod der Frau Pototschnigg erfahren?«

Lindenblütentee! Wie konnte man so was trinken?

»Ja, das war schlimm. Sie hatte ja das Zimmer schräg mir gegenüber und als ich sie zum Abendessen abholen wollte, kam die Oberärztin heraus. Sie hat mir gesagt, dass sie gestorben sei.«

»Wie heißt die Ärztin?«

»Doktor Hartmann. Eine ganz liebenswürdige Person.« Sie lächelte. »Alle dort sind Schätze.«

»Kam der Tod nicht sehr plötzlich?«, meldete sich Cindy zu Wort und sah von ihrem iPad hoch.

»Oh ja, das kann man so sagen. Wir haben am Abend vorher noch eine Gymnastikstunde zusammen durchgestanden, sogar die Gymnastik ist dort lustig, verstehen Sie, mit Spielen. Hilde ging's gut, sie war fit wie ein Turnschuh und meinte, sie könnte Bäume ausreißen, sie hätte sich schon lange nicht mehr so gut gefühlt.« Sie beugte sich vor. »Sie war auch frisch verliebt, hat sie mir anvertraut.«

»Ja?« Das erstaunte Toni. Nicht dass die Dame sich verliebt haben könnte, sondern weil Anneliese von keinem Freund gesprochen hatte. »Sind Sie sich sicher?«

»Ja, sie hat mir erzählt, sie hätte ihn erst vor Kurzem kennengelernt, nach der Kur wollte sie die Beziehung vertiefen.«

»Aber sie war doch achtzig?« Cindy klang überrascht, richtig schockiert, sodass diesmal Toni fast gelacht hätte.

»Das war sie, sogar ein wenig drüber. Junge Dame, wer sagt denn, dass man sich mit achtzig nicht mehr verlieben darf?« Klara Wörner drohte spielerisch mit dem Zeigefinger. »Ich werde in vier Jahren ebenfalls achtzig und Hildes Geschichte hat mir Hoffnung darauf gemacht, dass mir vielleicht auch noch eine Romanze ins Haus flattert.«

»Selbstverständlich.« Toni räusperte sich und Cindy konzentrierte sich wieder auf die Mitschrift. »Wissen Sie, wer der Mann ist? Seinen Namen? Und wo sie ihn kennengelernt hat?«

»Leider gar nicht. Sie meinte, das würde Unglück bringen. Ihre Liebe sei noch ein zu zartes Pflänzchen.« Frau Wörner sah aus dem Fenster und wirkte plötzlich verträumt. »Es ist so traurig, dass sie so rasch gestorben ist. Zumindest hat sie am Schluss ihres Lebens etwas Schönes erleben dürfen. Sie haben täglich telefoniert, müssen Sie wissen. Manchmal sogar zweimal.«

Verdammt. Das Handy von Hildegard Pototschnigg existierte bestimmt nicht mehr.

»Hat sie auch von ihrem Enkel gesprochen?«

»Wie?« Frau Wörner löste sich offenbar nur schwer aus ihren Gedanken.

Toni wiederholte die Frage.

»Kaum. Er kam ein einziges Mal zu Besuch und hat sie umgarnt. Wenn Sie meine Meinung hören möchten, so wollte er nur ihr Geld. Hilde hat mir erklärt, dass er keinen Cent bekommt, solange sie noch lebt.«

»Haben Sie Herrn Pototschnigg kennengelernt?«

»Ja, wir haben miteinander Kaffee getrunken, Hilde, er und ich. Sympathisch war er mir nicht. Auch Hilde hat ihn zurückhaltend behandelt. Und sie hat mir gesagt, dass sie nach der Kur ihr Testament ändern wollte.«

»Was?« Cindy starrte die ältere Frau an. »Wusste Herr Pototschnigg davon?«

»Das weiß ich nicht, sie hat es mir am Tag vor ihrem Tod anvertraut.«

»Und wen wollte sie als Erben einsetzen?«

»Sie hatte wohl noch eine Verwandte, ich habe nicht genau nachgefragt. Sie bezweckte ohnehin, mindestens fünfzehn weitere Jahre zu leben, wenn nicht zwanzig. Mit ihrer neuen Liebe.«

»Frau Wörner, was hatten Sie denn für einen Eindruck von Frau Pototschniggs Gemütszustand?«, fragte Cindy. »War sie eher optimistisch oder unzufrieden?«

»Interessant, dass Sie das fragen.« Frau Wörner legte den Kopf schief. »Sie wirkte glücklich. Allerdings hat sie mir erzählt, dass ihre neue Liebe sie verändert hätte, vorher hätte sie die Zukunft pessimistisch gesehen, nun nicht mehr.«

»Sie können uns so gar nichts über den Mann sagen?«, fragte Cindy.

»Nur dass er offenbar Deutscher war. Sie meinte, ob eine Österreicherin und ein Deutscher zusammenpassen würden. Ich habe gefragt, ob er ein Bayer sei, denn sie sind ähnlich wie wir, doch sie hat nichts weiter preisgeben wollen.«

Schade. Vielleicht hätte dieser Freund Ihnen weiterhelfen können. Toni wandte sich wieder zur Frau Wörner. »Wie haben Sie sich denn angefreundet?«

»Wir saßen im Speisesaal nebeneinander und ich, ja, ich spreche ja jeden an. Und am ersten Abend hat sie mir kaum Antworten gegeben, aber bereits am nächsten Tag war sie wesentlich besser drauf und wir waren unzertrennlich.« Sie lachte auf einmal auf. »Und von Tag zu Tag kam ihr Humor immer mehr zutage, was haben wir miteinander gelacht. Hilde konnte so witzig sein.«

Toni fing einen Blick von Cindy auf, er hakte sofort nach. »Und Sie? Fühlten Sie sich auch am zweiten Tag besser?«

»Tatsächlich. Aber ich habe mir von der Kur nichts anderes erwartet. Lange genug habe ich gespart, um mir das leisten zu können.« Sie lächelte. »Das hätten Sie doch bestimmt auch gefragt, nicht wahr? Wie eine Frau aus dem Gemeindebau eine sündteure Kur finanzieren kann.«

»Das ist richtig.« Damit erübrigte sich die Frage, die Toni als nächste hätte stellen wollen.

»Sie haben für diese Kur gespart?«, fragte Cindy, Fassungslosigkeit im Blick.

»Ja. Wissen Sie, ich leide schon seit Jahren an Schmerzen in den Knochen, manchmal sind sie so stark, dass ich nichts essen kann. Kein Arzt konnte mir helfen, der letzte Orthopäde hat mir einen Psychiater empfohlen. Aber ich habe diese Probleme wirklich, auch wenn niemand es glaubt. Als ich von Doktor Schwarz und seinen Naturheilmethoden gehört habe, war mir klar, dass ich dorthin muss.«

»Und hat es Ihnen geholfen?«

»Ja, und wie!« Sie strahlte. »Ich spare bereits auf die nächste Kur, denn leider kommen die Probleme nach und nach zurück. Aber zumindest war ich ein paar Wochen schmerzfrei.«

Auf der Rückfahrt war Cindy ungewöhnlich schweigsam und sah aus dem Fenster.

Toni durchbrach die Stille. »Was ist los?«

»Denkst du, es gab diesen Freund wirklich?«

»Warum nicht? Ich weiß, dass du Zweifel daran hast, dass man sich auch im höheren Alter verlieben kann, aber ...«

»Nein, das ist es nicht. Ich überlege nur, ob es diesen Mann wirklich gab oder ob er ein Scammer war.«

»Frau Wörner hat nichts von Internet erwähnt.«

»Ja, eine Busreise zu den Loire Schlössern! Das ist eine 0815-Tour. Würde eine dermaßen reiche Frau eine gewöhnliche Busreise antreten?«

»Warum nicht? Von den Reichen lernt man das Sparen, heißt es immer.«

»Mir geht auch im Kopf herum, ob dieser Doktor Schwarz nun ein Scharlatan ist oder wirklich hilft.«

»Das Zentrum ist trotz der hohen Preise gut gebucht.« Toni stoppte vor einer roten Ampel und sah sie an. »Mich beschäftigt die steigende gute Laune von Frau Pototschnigg. Anneliese hat sie mir als eher grantig und eigenbrötlerisch beschrieben und am ersten Tag war sie das auch. Doch danach wurde sie fröhlicher und sogar witzig? Ich muss bei so was immer gleich an Medikamente denken.«

»Wenn dann nur pflanzliche, ist ja eine natürliche Kurklinik oder so.«

»Hm.«

»Du glaubst das nicht?«

»Nicht immer steht auf den Verpackungen das drauf, was drin ist.« Toni fuhr wieder an und hielt seinen Blick nach vorn. Es herrschte reger Stadtverkehr.

»Ich bin gespannt, was Hödl uns von den Befragungen in der Klinik erzählt.« Er lenkte den Wagen Richtung Innenstadt. »Morgen setzen wir uns zusammen und sortieren unsere Ergebnisse.« Sein Handy klingelte, er nahm über die Freisprechanlage ab.

»Herr Chefinspektor, Werdenhammer hier. Können Sie und Ihre Mannschaft um zwei in mein Büro kommen?«

»Das müsste zu schaffen sein. Worum geht's?«

»Natürlich um Vanessa Kraut. Ich habe mich mit sämtlichen Unterlagen vertraut gemacht und möchte Ihnen einen Plan unterbreiten. Ihr Chef und das Team aus Weiz werden auch dabei sein.«

»Wow. Jetzt bin ich aber neugierig.«

»Bis gleich.«

»Das war echt geheimnisvoll.« Cindy klang überrascht. Sie alle mochten Werdenhammer, er war kompetent und hatte ihnen noch nie Steine in den Weg gelegt. Doch dass er sie alle in sein Büro zitierte, war nie zuvor da gewesen. »Ich rufe Franz an, damit er gleich direkt hinkommt.«

»Gute Idee«, sagte Toni, bereits mit den Gedanken woanders.

Und was tat Machacek bei der Versammlung?

Kapitel 6

Pünktlich um vierzehn Uhr saßen sie im Büro von Staatsanwalt Dr. Lukas Werdenhammer. Cindy mochte den Endvierziger, dessen Oberhaupt kahl war, nur ein kleiner Haarkranz zierte seinen Kopf. Er war stets freundlich, außerordentlich kompetent und ließ sie ihre Arbeit machen.

Sie waren zu siebt, das nicht allzu große Büro wirkte übervölkert. Major Machacek saß mit dem Rücken zum Fenster neben dem Staatsanwalt, zu seiner anderen Seite Veit, der seine junge Kollegin Anna Steiner mitgebracht hatte. Cindy schätzte sie auf Ende zwanzig. Franz, sie und Toni hatten auf der anderen Seite des Schreibtisches Platz genommen. Sowohl sie und Toni als auch Veit, Anna und Franz hatten ihr Wissen geteilt. Die Befragungen im Kurheim hatten nichts Nennenswertes ergeben. Ein paar Beamte durchsuchten Vanessa Krauts Wohnung bis ins Detail, bis jetzt ohne Erfolg.

»Lassen Sie mich zusammenfassen.« Werdenhammer sah alle der Reihe nach an und strich über seinen Schnurrbart. »Wir haben eine Journalistin, die sich undercover in eine Kurklinik eingeschlichen hat und nun tot ist. Ich habe den Bericht von Doktor Erpel hier liegen, der schließt eindeutig einen Unfall aus. Und die Auswertung des Handys, das am Tatort gefunden wurde, hat ergeben, dass es gar nicht das Handy der Kraut war.«

»Wie bitte?« Davon hörte Cindy zum ersten Mal, ein Blick auf ihre Kollegen zeigte ihr, dass diese Tatsache für sie ebenfalls neu war.

»Ja, es war ein desolates Handy, das wohl jemand liegen gelassen hat, aus welchem Grund auch immer«, meinte Werdenhammer. »Die SIM-Karte wurde entfernt.«

»Könnte es dem Täter gehören?«, fragte Franz.

»Das wäre ein saudummer Täter, der so ein Beweisstück am Tatort zurücklässt. Nein, das glaube ich nicht«, bemerkte Toni. »Lässt sich der Besitzer ausfindig machen?«

»Die Technik ist dran, aber die Chance ist gering. Ich fahre fort: Vanessa Kraut hat offenbar eine Mordserie in der Klinik vermutet, aus diesem Grund hat sie sich als Reinigungskraft einen Job geben lassen.« Er wandte sich an Veit. »Sie haben überall gründlich nach eventuellen Unterlagen gesucht?«

»Haben wir. Kein Laptop, kein Notebook und keine handgeschriebenen Notizen – nichts. Hat die Spurensicherung die Kleidung noch mal durchgesehen? Vielleicht war da ein Stick oder so?«

»Negativ«, sagte Franz und drehte sein iPad. »Gerfried hat den Bericht geschickt, die Kleider sind aus ermittlungstechnischer Sicht leider ein Fehlschlag.«

Abteilungsinspektor Gerfried, Chef der Spurensicherung, hatte sich offenbar selbst um alles gekümmert. Ein gutes Zeichen.

»Gut.« Werdenhammer wandte sich an die beiden Beamten aus Weiz. »Sie konnten mit dem Klinikpersonal sprechen. Ich weiß, dass nichts von Bedeutung herausgekommen ist, aber schildern Sie uns doch Ihre Eindrücke.«

»Ja.« Veit räusperte sich und schlug dann sein Notizbuch auf. »Der Klinikchef Doktor Victor Schwarz. Er hat immer wieder betont, wie wenig Zeit er hat, dennoch war er höflich. Seit 2010, also seit dreizehn Jahren, leitet er die Klinik, hat sie von seinem Schwiegervater Doktor Winfried Kautschitz übernommen und nach und nach komplett auf Naturheilmethoden umgestellt, 2013 wurde auch der Name in Schwarz-Vital-Naturheilzentrum geändert.«

»Veit, das wissen wir bereits.« Veit zuckte zusammen, so klangen Tonis nächste Worte versöhnlicher. »Vielleicht erzählst du, was Schwarz gesagt hat?«

Veits Wangen überzogen sich rosa, er strich sich über den Bart und sprach leiser weiter. »Er bedauert den Tod von Frau Kraut, hatte angeblich keine Ahnung, dass sie Journalistin war und sie außerdem nur einmal kurz gesehen.«

»Das Reinigungspersonal hat normalerweise nichts mit dem Chefarzt zu tun«, sagte nun Anna Steiner. Sie hatte eine tiefe Stimme und mit ihrem raspelkurz geschnittenen Haar wirkte sie burschikos. »Allerdings haben wir ihm das nicht abgekauft«, sie wechselte einen Blick mit ihrem Kollegen, »denn in ihrer Eigenschaft als Undercover-Reporterin musste sie ja herumschnüffeln und das vermutlich auch im Büro des Chefarztes.«

»Haben Sie konkrete Beobachtungen gemacht, die Ihre These bestätigen?« Werdenhammer lehnte sich zurück und wirkte hoch konzentriert. Das schätzte Cindy sehr an ihm.

»Es war eigenartig. Er hat uns mit den Worten ›Sie kommen sicherlich wegen des Mordes an Vanessa Kraut, nicht wahr?‹ empfangen. Danach kam die Story, er hätte sie kaum gekannt, und als wir ihm erklärten, bei einer Mordermittlung sei jedes Detail wichtig, tat er komplett entsetzt, dass es Mord gewesen sein soll.«

»Habt ihr ihn drauf angesprochen?« Cindy sah Anna direkt an.

»Nein.« Anna bekam rote Wangen. »Irgendwie ist es uns erst eingefallen, als wir wieder draußen waren. Tut mir leid.«

»Mit wem habt ihr noch gesprochen?«, fragte Toni.

Veit sah auf seine Notizen. »Mit dem Hausmeister Helmut Reinbacher, der Verwaltungsleitung Karin Weigandt, der Oberschwester Ingrid Keller, mit den beiden anderen Ärzten und den Leuten vom Reinigungsdienst. Die wichtigste Person ist Esra Demir, sie war die Einzige, die vom Tod ihrer Kollegin betroffen schien und mit ihr zusammengearbeitet hat. Sie wusste allerdings nicht, was Frau Kraut in ihrer Freizeit gemacht hat, und wirkte fassungslos, dass sie Journalistin war. Die restlichen Reinigungskräfte haben sie nach eigenen Angaben kaum gekannt.«

»Waren die anderen nicht überrascht, als sie gehört haben, was Frau Krauts richtiger Beruf ist?«, fragte Toni.

»Schon, ja. Aber irgendwie war es ihnen egal.«

»Dass keiner sie von ihrem Instagram-Account erkannt hat, ist kaum zu glauben«, sagte Cindy.

»Mich wundert das nicht«, widersprach Anna Steiner überraschend. »Manchmal sieht man das Offensichtliche nicht und niemand rechnet damit, dass eine bekannte Journalistin als Putze auftaucht. Ich meine«, sie sah sich um, »gegebenenfalls hat jemand die Ähnlichkeit erkannt, aber nicht gedacht, dass sie es wirklich ist.«

»Das ist ein Argument.« Cindy nickte der Kollegin zu. »Und wenn sie ungeschminkt war, vielleicht sogar mit Kopftuch geputzt hat, dann sah sie wahrscheinlich anders aus.«

»Was gab es für Vermutungen, weshalb sie sich in die Klinik eingeschlichen hat?«, fragte Toni.

»Dazu hat sich niemand geäußert.« Veit strich sich erneut über den Bart und sah wieder auf seine Notizen.

Sie hatten offenbar nicht gefragt. Womöglich wäre es besser gewesen, Toni und sie hätten die Befragungen durchgeführt. Aber natürlich sagte Cindy das nicht laut.

»Schick mir eine Abschrift der Protokolle zu.« Toni tippte auf Veits Notebook.

»Selbstverständlich, sobald sie fertig sind.« Veit sah zu seiner Kollegin, die sofort nickte.

»Ich mache das heute noch.«

Werdenhammer trommelte mit dem Kugelschreiber auf den Schreibtisch und alle wandten sich erneut ihm zu. »Was wir haben, ist mehr als dürftig. Die Kurklinik umfasst hundertvier Betten, es herrscht eine familiäre Atmosphäre. Auch wenn Frau Kraut erst zwei Wochen dort gearbeitet hat, so muss jeder sie gekannt haben, vermute ich mal. Beweisen lässt sich das freilich nicht. Dass der Mord im Zusammenhang mit der Klinik steht, ist lediglich Spekulation. Theoretisch könnte der Täter ein komplett Unbekannter sein, dem sie während der Wanderung zum Teufelstein begegnet sein könnte.«

»Das scheidet für mich aus.« Toni machte eine abwehrende Handbewegung durch die Luft. »Dass ein Unbeteiligter bei diesem Wetter auf den Teufelstein klettert ...«

Franz lachte auf. »Klettern ist gut.« Toni warf ihm einen scharfen Blick zu und er fügte kleinlaut hinzu. »Ich meine nur, es ist eine gemütliche Wanderung und ...«

»Spielen wir jetzt Wörter-Ping-Pong?« Toni knurrte richtiggehend. »Ich ersetze also Klettern durch Spazieren, wäre das für dich passend, Amadeus?«

»Ich sag ja nur«, murmelte dieser und schob beleidigt die Unterlippe vor.

Cindy fuhr rasch fort. »Ich denke, Vanessa Kraut wurde zum Teufelstein gelockt. Womit? Was wollte sie sonst bei dem Wetter da oben? Der Mörder muss sie erwartet haben.«

»Trotzdem können wir momentan nichts auszuschließen, auch nicht die Theorie, dass sie ihrem Mörder rein zufällig in die Arme gelaufen ist.« Werdenhammer sah erneut die beiden Weizer Beamten an. »Haben Sie das Personal nach ihren Alibis gefragt?«

»Ja, natürlich.« Veit sah erneut auf seine Notizen. »Die Ärzte und das Pflegepersonal hatten eine Teambesprechung, bei der angeblich alle Diensthabenden dabei waren, und die bis achtzehn Uhr gedauert hat. Der Hausmeister hat den Abfall entsorgt, dafür gibt es mehrere Zeugen und das Küchenpersonal war vollzählig mit der Zubereitung des Abendessens beschäftigt.«

»Ah, richtig, das Küchenpersonal. Wurden die auch befragt?«, fragte Toni weiter.

»Das ist die Köchin Frieda Brandl, drei Küchenmädchen und zwei männliche Hilfen. Nein, die werden wir morgen befragen, versprechen uns aber nichts davon.«

»Warum das?«

»Nun«, Veit sah sich ein wenig unsicher rundum, »es ist nur ein Eindruck, wir hatten jedoch das Gefühl, dass das gesamte Personal der Klinik eine Einheit bildet. Niemand sagte etwas Schlechtes über den anderen, sie lobten sich gegenseitig und, na ja, das kam uns komisch vor.«

»Es wirkte teilweise künstlich«, sagte nun auch Anna. »Nichts Greifbares, aber ich kann mir nicht vorstellen, dass sich bei einer Gruppe von Angestellten alle super verstehen. Und Doktor Schwarz scheint ja ein richtiger Heiliger zu sein.«

»Hm.« Werdenhammer sah wieder auf seine Unterlagen, obwohl da wohl nichts Neues zu lesen war. »Ohne dass ich Ihre Gefühle infrage stellen will, aber mit denen kann man vor Gericht leider nicht punkten.«

»War die Verwalterin auch bei der Ärztebesprechung dabei?«, fragte Cindy. Offenbar war den anderen nicht aufgefallen, dass die Frau bei der Aufzählung gefehlt hatte.

»Frau Weigandt, richtig, die war zu Hause bei ihrer Familie, sie hat Mann und Kinder«, sagte Veit rasch.

»Was ist mit den Patienten oder Kurgästen?« Toni sah zu Machacek, der überraschenderweise bislang noch kein Wort gesagt hatte. Irgendwas lag da im Busch.

»Doktor Schwarz hat uns gebeten, davon abzusehen. Es würde nur unnötig Wirbel in das Ganze bringen, meinte er.« Veit klang verlegen.

»Darauf können wir leider keine Rücksicht nehmen«, sagte Werdenhammer scharf. »Vielleicht hat sich Frau Kraut einem Kurgast anvertraut.«

»Möglich wär's.« Toni warf einen Blick auf Cindy und sah dann wieder den Staatsanwalt an.

»Das alles sind nur Mutmaßungen.« Werdenhammer seufzte. »Der einzige Anhaltspunkt, dass ihr Tod etwas mit der Klinik zu tun hat, ist diese Liste hier.« Damit hob er ein Blatt Papier hoch. »Hier stehen acht Namen drauf, Personen, die im Laufe der letzten sieben Jahre im Schwarz-Vital-Naturheilzentrum gestorben sind.«

»Ah, Sie haben die Liste erhalten.« Toni nickte. »Die letzte Verstorbene müsste Frau Hildegard Pototschnigg sein.«

»Richtig. Die Zahl ist für ein normales Kurheim wirklich überdurchschnittlich hoch. Es ist pro Jahr ein Todesfall.«

»Weshalb wurde das nie genauer untersucht?«, fragte Cindy.

»Ein Todesfall im Jahr fällt doch nicht auf«, meinte Franz.

»In einem Kurheim ist das schon außergewöhnlich.« Cindy sah sich um. »Oder nicht?«

»Es gibt keine Statistiken darüber.« Werdenhammer sah erneut auf seine Unterlagen. »Ich habe bei einigen Kuranstalten der Umgebung nachgefragt, die meisten hatten nicht einen einzigen Todesfall zu beklagen. Lediglich bei einer kam es vor ein paar Jahren zu einem Zwischenfall. Ein Schlaganfall, der tödlich geendet hat. Aber wie gesagt, das war eine Person. Die Anzahl ist in der Tat ungewöhnlich. Trotzdem hat offenbar der zuständige Bezirksarzt oder Totenbeschauer«, er sah auf das Blatt, »das war in diesem Fall ein Herr Doktor Samuel Heppichler, keinen Handlungsbedarf gesehen. Untersuchungen gibt's nur, wenn Anzeige erstattet wird.« Werdenhammer sah zu Cindy. »Das wissen Sie doch bestimmt.«

Cindy spürte, wie ihre Wangen heiß wurden. »Dann formuliere ich mal um: Warum ist das niemandem sonst aufgefallen?«

»Herzversagen bei älteren Leuten? Selbst die Angehörigen haben keinerlei Verdacht geschöpft.« Veit glaubte offenbar, sich verteidigen zu müssen. »Es ist niemals jemand zu uns gekommen.«

»Bis jetzt gibt es null Beweise dafür, dass es keine natürlichen Todesursachen waren.« Werdenhammer klang nachdenklich.

Cindy musste ihm zustimmen, doch ihr Gefühl sagte ihr, dass an der Sache was faul war.

Toni klopfte mit den Fingern auf die Sessellehne. »Also, ich hoffe, Sie erlauben uns, dranzubleiben.« Es war keine Frage, sondern fast schon als Forderung formuliert, so gut kannte Cindy ihn. »Immerhin steht unzweifelhaft fest, dass Vanessa Kraut keines natürlichen Todes gestorben ist.«

»Ich stimme Ihnen zu.« Werdenhammer fuhr über seinen beeindruckenden Schnurrbart. »Vanessa Kraut wurde eindeutig ermordet. Und ich möchte Ihnen einen ungewöhnlichen Weg vorschlagen.«

Oha, was hatte er vor? Cindy sah zu Toni, der ebenso ratlos wirkte.

»Lieber Chefinspektor, was halten Sie von einem Undercover-Einsatz?«

Toni zuckte merklich zusammen. »Wie bitte?«

»Ein Kuraufenthalt kann nicht schaden, vor allem nicht in Ihrem Alter.« Werdenhammer grinste, seine kantigen Gesichtszüge wurden plötzlich weicher. »Das ist eine eingeschworene Gemeinschaft, ich schätze, wir müssen sie von innen her knacken. Und da Sie noch nicht offiziell als Ermittler dort waren, kennt Sie niemand.«

»Das kommt überhaupt nicht infrage.« Toni klang empört. »Ich lasse mich doch nicht in ein Kurheim sperren. Was soll ich denn da?«

»Ihre junge Kollegin scheidet wohl aus, niemand würde ihr abnehmen, dass sie eine Kur benötigt.« Werdenhammer stand auf. »Der Einsatz wäre natürlich beschränkt auf zwei Wochen ungefähr.«

»Wie stellen Sie sich das vor? Ich bin doch nicht Superman, dass ich in zwei Wochen die gesamte Kurklinik durchleuchtet habe.«

»An mir soll's nicht scheitern, ihr Einsatz kann natürlich länger dauern.« Werdenhammer grinste erneut und irgendwie musste Cindy ebenfalls schmunzeln. Toni war in die Falle gegangen.

Doch dann tat Toni ihr leid, es sah alles andere als glücklich aus. »So ein Aufenthalt ist mächtig teuer. Wer soll das bezahlen?«

Machacek stand auf und sprach zum ersten Mal. »Sollte herauskommen, dass in diesem Naturheilzentrum Morde passiert sind, erübrigt sich das. Und sonst wird sich ein Weg finden.«

Oha, das waren ja ganz neue Töne vom obersten Chef!

»So ist es.« Werdenhammer klang zuversichtlich. »Sie müssten lediglich von Ihrem Hausarzt ein glaubhaftes

Attest bringen, am besten drohender Burn-Out oder so.«

»Ich habe nicht zugesagt.« Tonis Stimme dröhnte wie ein Poltern.

»Dürfte ich die Liste ansehen?«, fragte Cindy und deutete auf das Papier, das Werdenhammer noch immer in den Händen hielt. »Ich denke, es wäre sinnvoll, wenn wir die Angehörigen der Verstorbenen aufsuchen und sie befragen. Bei einem waren wir bereits.«

Werdenhammer nickte. »Das wollte ich auch vorschlagen.« Er reichte Cindy den Zettel über den Tisch hinweg. »Bei denjenigen, die im Ausland wohnen, da schalten Sie die Kollegen vor Ort ein.«

Die Ansage ärgerte Cindy ein wenig. Dachte der Staatsanwalt, sie sei Anfängerin?

Doch der fuhr bereits fort. »Ich habe mir Folgendes vorgestellt: Toni, Sie schleusen sich als Kurgast ein, wir basteln Ihnen eine millionenschwere Existenz und eine raffgierige Familie.«

»Sie wollen, dass ich der Lockvogel bin? Das darf doch nicht wahr sein!«

»Nein, das ist nur Ihre Tarnung. Vielleicht lassen wir das auch mit der Familie. Aber es fällt auf, wenn sie nicht reich sind.« Der Staatsanwalt deutete auf Veit und Anna Steiner, »Sie sind die Kontaktpersonen vor Ort. Einer oder eine von Ihnen muss ständig erreichbar sein, rund um die Uhr, ist das klar?« Beide nickten eifrig.

»Ich habe nicht zugestimmt.« Toni schüttelte den Kopf. »Ich sehe außerdem nicht ein, weshalb wir nicht die Ermittlungen auf althergebrachte Methode weiterführen können.«

»Es ist eine Chance.« Werdenhammer schien sich immer mehr für die Idee zu begeistern. »Obwohl Sie höchstwahrscheinlich niemand dort kennt, würde ich raten, Ihr Äußeres ein wenig zu verändern.«

»Soll ich mir einen falschen Bart aufkleben? Einen Schnauzbart vielleicht?«, fragte er in Anspielung auf Werdenhammers Bart.

Dieser lachte. »Lieber nicht, Schnurrbärte sind nur etwas für ausgewählte Personen. Aber eventuell eine andere Haarfarbe?«

»Keine Chance.« Toni strich sich über das grau melierte Haar. »Ich renn doch nicht herum wie ein Kasperl!«

»Blond.« Cindy musste ihn einfach necken. »Das würde dein Aussehen nachhaltig verändern.«

Zum Glück konnten Blicke nicht töten, sonst wäre sie vom Stuhl gekippt.

Auch Veit hatte einen Vorschlag. »Eine Brille, das macht viel aus.«

Toni verdrehte die Augen. »Ich habe eine Lesebrille.«

»Und das Verhalten müssen Sie überdenken. Vielleicht eine andere Stimme, ein Akzent oder ein Humpeln«, bemerkte Machacek.

»Nein zu allem. Ich bin kein verdammter Schauspieler und würde so eine Rolle nicht durchhalten.« Toni schwang den Kopf hin und her.

»Sie erhalten einen anderen Namen und eine Identität als Firmeneigentümer, steinreich.« Werdenhammer ordnete ein paar Papiere auf seinem Schreibtisch.

»Und mit Erben im Nacken.« Machacek rieb sich die Hände.

»Jetzt doch?«, fragte Veit überrascht und sah zu Toni, der nicht aufhören wollte, den Kopf zu schütteln.

Cindy sah nun Toni direkt an. »Sämtliche Angehörige haben geerbt und hatten kein Interesse daran, den Tod ihrer Erblasser näher untersuchen zu lassen. Ich werde die gierige Tochter spielen, die es nicht abwarten kann, dass ihr Vater das Zeitliche segnet.«

»Gute Idee.« Werdenhammer sah zu Toni. »Jetzt fehlt nur noch Ihre Einwilligung.«

»Niemals.«

Cindy schaffte es gerade noch rechtzeitig in die Turnhalle. Während der Gymnastik und des Einturnens hatte sie keine Zeit, mit David, der gleichzeitig der Turntrainer und ihr Freund war, ein privates Wort zu sprechen. Sie übten die Akrobatikteile auf der Air-Track-Bahn. Das Turnen machte Cindy als ehemalige Kunstturnerin nach wie vor Spaß und sie war froh, dass sie sich der Gymnaestrada-Gruppe des Grazer Turnvereins angeschlossen hatte. Das hielt fitter als Sporteinheiten im Fitnesszentrum. Nach der erfolgreichen Teilnahme bei der Gymnaestrada im Juli in Amsterdam übten sie ein Programm für kommende Auftritte ein. David und die Tanztrainerin Danuta hatten ein gutes Gefühl für die Zusammenstellung. Der neue Teil, bei dem Cindy sich im gegrätschten Handstand drehte und ein paar Turner Saltos darüber sprangen, musste wirklich spektakulär wirken. Zurzeit übten sie einzelne Segmente ein, sie war schon gespannt, wie es aussehen würde, sobald alles zusammengefügt und die Akrobatik- mit der Tanzgruppe gemischt wurde. Die erste gemeinsame Probe war immer das Highlight des Jahres.

»He, Cindy, habt ihr wieder einen interessanten Fall?«
Jakob stieß sie in die Seite, als sie auf dem Weg zur Umkleidekabine waren.

»Du weißt doch, dass ich darüber nicht sprechen darf, aber«, sie beugte sich zu ihm, »stell dir vor, unsere Bürgermeisterin plant einen Anschlag.«

Jakob fuhr zurück. »Was? Gegen wen denn?«

Carola, die den beiden am nächsten stand, kicherte. »Mensch, Jakob, du hast es immer noch nicht geschnallt! Cindy würde doch nie über ihre Arbeit sprechen.«

»Weshalb falle ich auch drauf rein.« Jakob hob beide Arme.

Bei ihrem Freund war sie jedoch nicht so zurückhaltend. Allerdings vertraute sie David und wusste, dass er es niemals irgendjemanden weitertratschen würde. Sie verdankte ihm viel, unter anderem auch ihr Leben, denn er war der Erste gewesen, der sie vor drei Jahren aus einer misslichen Lage befreit hatte.

»Toni macht das?« David rührte in einem Topf, aus dem es verführerisch roch. Obwohl sie nun schon über ein Jahr zusammenwohnten, genoss es Cindy immer noch, dass ihr Freund sie kulinarisch verwöhnte. Sie wechselten sich ab, denn David hatte als Lehrer und Turntrainer zwar geregelte Arbeitszeiten, aber das Leistungstraining im Landeskader dauerte für die Größeren meist bis in den Abend hinein. Und nach dem Training mit der Gymnaestrada-Gruppe kamen sie wie heute gemeinsam heim.

»Weißt du schon, dass wir Ende September einen Auftritt dort haben?«

»Was? Sag bloß, das ist genau in diesem Kurheim? Im Schwarz-Vital-Naturheilzentrum?«

»Ja. Sie feiern ihr zehnjähriges Jubiläum und wir haben bereits vor Monaten zugesagt.«

»Das ist ja ein Zufall.« Cindy erinnerte sich, dass David von einem Auftritt in einer Kurklinik gesprochen hatte, sie hatte jedoch nur halb zugehört, weil er alle Shows organisierte und sie sich lediglich die Termine im Kalender notierte.

»Wir machen unsere alte Nummer von der Gymnaestrada«, erklärte er. »Die neue schaffen wir noch nicht, zudem brauchen wir andere Kostüme.«

»Schon klar.« Cindy überlegte bereits, was dies für ihre Ermittlungen bedeutete.

»Denkst du, dass wir das jetzt nicht dürfen?« David drehte den Herd ab und nahm eine lange Gabel aus der Schublade. »Wegen Tonis Einsatz?«

»Habe ich auch grad dran gedacht, aber nein, das ist vermutlich kein Problem.« Cindy holte Besteck aus der Lade, Orangensaft aus dem Kühlschrank und stellte beides auf den Tisch. »Toni tut mir fast leid. So eine Kur ist bestimmt ätzend und jetzt muss er das alles mitmachen.«

»Er wird das schon schaffen, wirst sehen.« Er nickte zur Anrichte. »Nimmst du die Salatschüssel mit?« David probierte eine Nudel und seihte dann geschickt das Nudelwasser ab. »Seid ihr euch sicher, dass der Mörder in dieser Klinik zu finden ist?«

»Wer sollte die Journalistin sonst umbringen? Sie hat irgendwas entdeckt, was nicht an die Öffentlichkeit soll.« Sie seufzte. »Andere Anhaltspunkte haben wir nicht.«

»Hätte ihr Ex-Freund nicht auch ein Motiv?«

»Franz meint Ja, er sei trotz allem in Vanessa verliebt gewesen. Aber er hat ja bereits eine Neue und zudem ein Alibi. Das haben wir überprüfen lassen, es ist zwar nicht hundertprozentig wasserdicht, trotzdem habe ich so das Gefühl, dass er zu so einer Tat nicht fähig ist.«

Cindy trug Salat und Teller zum Tisch, David kam mit den Töpfen nach und kurze Zeit später aßen sie gemeinsam.

»Denkst du, der Einsatz ist gefährlich?«, fragte David.

»Keine Ahnung. Wenn die Klinik etwas zu verbergen hat und Vanessa Kraut aus diesem Grund sterben musste, dann hoffe ich, dass Toni vorsichtig ist.«

»Sollte er auffliegen«, David ließ die Gabel sinken, »könnten sie ihn genauso töten, wie Vanessa Kraut.«

»So einfach wird das nicht sein. Sollten sie dahinterkommen, dass er ein verdeckter Ermittler ist, dann wissen sie auch, dass die Polizei im Hintergrund lauert. Ein Mord wäre nicht so leicht zu vertuschen.« Sie sah ihn über ihre Gabel mit den aufgerollten Spaghetti hinweg an. »Wieso redest du von ›sie‹ in der Mehrzahl? Denkst du, dass es mehrere Täter sind?« Die Nudeln verschwanden in ihrem Mund.

»Dann wäre ich wohl Hellseher.« Er lächelte verschmitzt und am liebsten hätte sie ihn sofort dafür geküsst. »Nein, ich sehe die Klinik als Ganzes, also habe ich automatisch im Plural gesprochen.«

»Und ich dachte schon, du hättest entscheidende Hinweise.« Sie gab ihrer Stimme einen bedauernden Tonfall mit schelmischem Unterton.

»Was macht ihr in der Zeit? Franz und du?«

»Wir werden die Liste der Angehörigen jener Kurgäste abklappern, die ebenfalls in der Klinik verstorben sind. Es ist verwunderlich, dass die Angehörigen den Tod einfach so hingenommen haben und niemand eine Untersuchung angestrebt hat. Immerhin sind sie in einer Kurklinik gestorben, da sollte man meinen, dass dies unerwartet kommt.«

David spießte ein paar Nudeln auf die Gabel. »Ich weiß nicht, ob man sich unbedingt was dabei denkt. Mein Onkel Meinrad ist einundneunzig. Er fährt jedes Jahr nach Bad Ragaz zur Kur. Sollte er dort sterben, würde sich auch niemand wundern, bei dem Alter.«

»Ist dein Onkel reich?«

David verschluckte sich und musste husten. Es dauerte eine Weile, bis er antworten konnte. »Wie meinst du das? Ab wann ist bei dir reich?«

»Na ja, Bad Ragaz ist auch nicht billig. Ich frage, ob die Erben was zu erwarten haben.«

»Keine Ahnung, er hat immer genug gehabt, aber Millionär oder so ist er nicht. Und dann sind vier Kinder da, die sich das Erbe teilen. Soviel ich weiß, hatte er eine Lebensversicherung, die er sich, seit er Mitte sechzig ist, als monatliche Rente auszahlen lässt. Da ist ein Kuraufenthalt in der Schweiz schon drin.«

»Die Verstorbenen im Naturheilzentrum waren alle extrem begütert und die Erben standen offenbar in den Startlöchern.«

»Aber die Erben werden Alibis haben.«

»Anzunehmen.«

»Dann verstehe ich den Zusammenhang nicht. Zumal du mir erzählt hast, dass sich die Klinik ohnehin nur Vermögende leisten können.« David grinste. »Das ist eine einfache mathematische Aufgabe: Wenn nur Reiche dort sind, sind auch die Toten zwangsläufig Reiche.«

Natürlich hatte er recht. Dennoch fragte sich Cindy, ob da nicht irgendein Fehler in der Gleichung wäre. Man müsste ihn nur finden.

Kapitel 7

Lena Hütter fühlt sich unbehaglich im Büro des Chefarztes. Sie arbeitet erst seit vier Monaten als Krankenpflegerin im Schwarz-Vital-Naturheilzentrum und hat noch nie das Allerheiligste von Dr. Schwarz betreten.

»Lena, schön, dass Sie es einrichten konnten.« Schwarz erhebt sich von seinem Sessel. »Nehmen Sie doch bitte Platz.« Er wartet, bis sie ihm gegenübersitzt und gleitet danach ebenfalls wieder auf seinen Schreibtischstuhl. Dass er sie einfach Lena nennt, stößt ihr sauer auf. »Haben Sie sich gut eingelebt?«

»Ja, danke.«

»Das freut mich. Kompetentes Personal ist mir wichtig und von unserer Oberschwester weiß ich, dass sie mit Ihnen sehr zufrieden ist.«

Was für ein herablassender Tonfall! Schließlich ist sie mit dreißig Jahren keine Anfängerin mehr. Dennoch bedankt sich Lena brav und heuchelt Freude, wie er es vermutlich erwartet. Sie hat die Stelle aus einem einzigen Zweck angenommen und braucht noch etwas Zeit, bis sie ihren Plan verwirklichen kann. Bis dahin wird sie sich fügen.

Schwarz fährt bereits fort. »Der unglückselige Todesfall von Frau Kraut hat die gesamte Klinik erschüttert. Kannten Sie sie näher?«

»Ich habe sie ein paarmal gesehen, das ergibt sich zwangsläufig, da ich öfter nach den Patienten schaue.«

»Kurgäste, nicht Patienten.« Es klingt etwas rüde, wie er sie da verbessert. Unter seiner aalglatten Höflichkeit ist er hart wie Stahl. »Sie haben gewusst, dass sie Journalistin war?« Er stößt den Satz heftig aus, mehr wie eine Feststellung denn wie eine Frage. Zudem fliegen Spucketropfen aus seinem Mund und landen auf den Papieren seines Schreibtisches.

Lena tritt automatisch einen kleinen Schritt zurück. »Nein! Natürlich nicht. Ich habe mit der Frau kaum gesprochen, ein paar Grußworte, das ist alles.«

Nimmt er ihr das ab?

Schwarz beugt sich vor, seine Stimme klingt nun wieder seidenweich. »Und Sie haben Frau Kraut nie irgendwo erwischt?«

»Wie meinen Sie das?«

»Beim Spionieren. Sie war eine Reporterin, wollte hier irgendetwas ausspionieren. Vermutlich meine Behandlungsmethoden.«

Wie überheblich er ist! Und dumm, sonst hätte er die Journalistin eher durchschaut. Sie zumindest hat Vanessa gleich erkannt, trotz des Kopftuchs, das sie getragen hat. Man präsentiert sich nicht auf Instagram und möchte dann unentdeckt bleiben.

»Lena?« Seine scharfe Stimme reißt sie aus den Gedanken.

»Entschuldigen Sie, was wollten Sie wissen?«

»Ob Sie etwas bemerkt haben.« Er schreit nun, erneut regnet es Spucketröpfchen, die im Sonnenlicht, das durch das Fenster strahlt, deutlich zu sehen sind.

Lenas Finger verkrampfen sich in die Stuhllehne. »Nein, mir ist nichts aufgefallen.« Ihr Mund ist trocken.

Spürt er die Lüge?

»Und was haben Sie der Polizei gesagt?«, fragt er nun wieder in gemäßigtem Tonfall.

»Genau das.« Sie atmet unmerklich auf.

»In Ordnung. Wissen Sie, ich habe mir die Reputation des Zentrums hart erarbeitet, das lasse ich mir nicht durch eine kleine Reporterin kaputtmachen. Wenn meine innovativen Behandlungsmethoden von jedem kopiert werden können, dann wäre die Einzigartigkeit der Klinik verloren, das verstehen Sie doch?«

»Selbstverständlich.« Sie muss ein verächtliches Schnauben unterdrücken. Als ob die Kraut es auf seine armseligen Behandlungen abgesehen hätte.

Ob er überhaupt weiß, was in seiner Kurklinik vor sich geht?

Und hat er keinen Verdacht geschöpft, wenn er sie ansieht?

Nein, dazu ist er viel zu ignorant.

»Dann wünsche ich Ihnen weiterhin alles Gute bei uns.« Er erhebt sich und streckt ihr die Hand hin. Ein unmissverständlicher Wink, dass die Unterredung vorbei wäre. »Bitte scheuen Sie sich nicht, jederzeit zu mir zu kommen, sollte ein Problem auftauchen.«

Na klar! Was für eine dämliche Floskel.

Sie steht ebenfalls auf, drückt kurz seine Hand. Ihre Knie sind weich, dennoch gelingt es ihr, zur Tür zu gehen, sie zu öffnen und zu verschwinden. Die erste Begegnung ist geglückt. Er hat keinen Verdacht geschöpft.

Draußen holt sie tief Luft. Ihre Finger tasten wie von selbst zu ihrem Anhänger um den Hals. Eine Schildkröte. Doch interessanter ist ihr Inneres.

Ein Mikrochip.

»Vertraue niemandem«, hört sie Vanessas Worte so deutlich, als stünde sie hinter ihr.

Daher hat sie den Chip auch nicht den beiden Beamten gegeben.

Aber das ist nicht der einzige Grund. Sie weiß noch nicht, ob sie den Chip jemals der Polizei überlassen wird.

Denn ihre Pläne sind andere. Und vermutlich hätte Vanessa ihren eigenen Rat selbst beherzigen sollen. Niemandem zu trauen.

Kapitel 8

Toni wusste, dass er der Einzige war, der dafür infrage käme. Aber deswegen musste es ihm noch lange nicht gefallen. Dass ausgerechnet Werdenhammer diese unselige Idee gehabt hatte!

»Eine Kur wird dir guttun«, hatte der Polizeichef mit einem schiefen Lächeln gesagt. Der falsche Hund! Er hatte entschieden, dass er für alle seine anderen Kollegen im Urlaub war. Gruppeninspektor Lindner hatte ihm noch herzlichst gute Erholung gewünscht und er hatte sich eine Pension am Wörthersee ausgedacht. Einen Urlaub weiter südlich hätte ihm niemand abgenommen.

Die Vorbereitungen hatten ein paar Tage in Anspruch genommen. Sie hatten sich die Gesprächsprotokolle der Befragungen durchgelesen, jedoch nichts Neues entdeckt. Bis zum Schluss hatte Toni gehofft, dass sie wie durch ein Wunder den Mörder entdecken würden, bevor er sich zur Kur begab. Doch das passierte natürlich nicht. Widerwillig hatte er sich einen Leihwagen besorgt. Klar, dass er mit seinem alten Opel dort nicht unbedingt Staat machen würde. Da war so ein schnittiger Mercedes die bessere Wahl. Wobei er eher einen Landrover bevorzugt hätte, als er über die Landstraße fuhr.

Bei seinem Decknamen hatte er zum Glück einen Kompromiss schließen können und seinen Vornamen behalten. Es würde schwer genug sein, auf einen fremden Nachnamen zu hören. Zudem hatte Toni einige Bedingungen aushandeln können.

Keine Verkleidung und keine Erben im Nacken.

Anton Moser, sagte er sich immer wieder vor. Herr Moser, Inhaber einer Firma für Golfzubehör. Als Golfspieler kannte er sich in diesem Metier ein wenig aus.

Weshalb hatte er sich nur darauf eingelassen?

Die Kurklinik lag in Gmoa und das große Gebäude war weithin sichtbar. Toni parkte auf dem dazugehörigen Parkplatz, der direkt neben dem Naturheilzentrum angelegt war, holte seinen Koffer und die Tasche aus dem Kofferraum und marschierte auf das Gebäude zu. Vor dem Eingang blieb er stehen und warf einen Blick ins Tal. Hier bot sich ein wunderschöner Ausblick auf das Örtchen Fischbach.

»Dir würde es gefallen, Ilse«, murmelte er vor sich hin. Manchmal sprach er noch mit seiner verstorbenen Frau. Der Schmerz war nicht mehr so beißend wie kurz nach ihrem Krebstod und er freute sich immer öfter über die schönen Erlebnisse mit ihr.

Er drehte sich um und sah an dem imposanten Altbau der Kurklinik hoch. Schwarz-Vital-Naturheilzentrum stand in großen Lettern darüber. Der Altbau war schon fast hundert Jahre alt. Früher war es eine Lungenheilanstalt. Mittlerweile waren mehrere Anbauten dazugekommen. Einer davon war die großzügig angelegte Eingangshalle, die eher an ein Hotel denn an eine Kuranstalt erinnerte, in die Toni nun trat.

Eine Frau um die dreißig mit einem hellblonden Zopf, gekleidet in einen mintgrünen Kasak und weißer Hose kam auf ihn zu. »Herzlich willkommen!« Sie lächelte freundlich. »Ich bin Schwester Lena. Möchten Sie bei uns einchecken?«

»Von mögen kann keine Rede sein.« Toni verzog die Mundwinkel nach unten. »Mein Arzt meinte, es wäre nötig. Ich bin Toni Moser.«

»Freut mich. Wir haben Sie schon erwartet, Herr Moser.« Die Schwester wollte nach seinem Koffer greifen, doch er kam ihr zuvor. »So weit bin ich noch nicht, dass ich eine junge Dame mein Gepäck schleppen lasse!«

»Ah, ein Kavalier! Sie werden sehen, es wird Ihnen bei uns gefallen. Wir sind nämlich keine gewöhnliche Kurklinik. Herr Doktor Schwarz ist bekannt für seine außergewöhnlichen Heilmethoden.« Es klang wie einstudiert und obwohl sie dabei herzlich lächelte, glaubte Toni leichte Verächtlichkeit zu hören, als sie den Klinikleiter erwähnte.

Das kratzte ein wenig am Lack der elitären Klinik. Er würde sich die Schwester merken.

Toni ging neben ihr zur Anmeldung. »Was ist denn so besonders an seinen Methoden?«

»Er arbeitet ausschließlich mit natürlichen Mitteln, Heilpflanzen aus der Umgebung und psychischer Betreuung. Bis jetzt haben sich alle Patienten bei uns wohlgefühlt.« Auch dies klang erneut wie auswendig gelernt.

»Tatsächlich?« Toni schüttelte den Kopf. »Das kann ich mir kaum vorstellen.«

»Sie werden schon sehen.« Sie waren am Tresen angelangt. »Ich hole Sie ab, sobald die Formalitäten erledigt sind.« Schwester Lena lächelte ihn ein weiteres Mal an und er beobachtete, wie sie zu einer älteren Dame ging, die in einer der Sitzecken saß und strickte.

»Willkommen!« Toni drehte sich wieder zum Tresen. Ein junger Mann mit dunkelblondem Bürstenhaarschnitt hielt ihm einen Bogen entgegen. Auch er strahlte. Auf seinem Namensschild stand Daniel Titz. An diesen Namen konnte er sich aus Hödls Protokoll nicht erinnern. »Wie ist Ihr Name?«

»Toni Moser.« Toni legte seinen gefälschten Ausweis hin, der junge Mann hob ihn hoch und sah ihn genau an. »Herr Moser, wir haben ein schönes Eckzimmer für Sie reserviert. Haben Sie ein Auto?«

»Ja, es steht auf dem Parkplatz.«

»Wenn Sie mir Ihren Schlüssel überlassen, fahren wir es in die Tiefgarage.«

»Gern.« Toni legte den Schlüssel auf den Tresen.

»Sind Sie zum ersten Mal hier?«

»Ja.« Und hoffentlich zum letzten. Das sprach er lieber nicht laut aus. Titz starrte minutenlang auf den Bildschirm vor sich.

»Arbeiten Sie schon lange hier?«, fragte Toni.

»Oje, man sieht wohl, dass ich neu bin.« Er lächelte und zeigte zwei schiefe Vorderzähne. »Ich arbeite über den Sommer hier, studiere eigentlich in Graz BWL.«

»Und Sie haben heute Ihren ersten Tag?«

»Den zweiten.« Er grinste schon wieder. Vermutlich wurden sie in Kursen dazu angehalten, sich ein Grinsen ins Gesicht zu kleben.

»Dann haben Sie ja von dem Mord gar nichts mitbekommen, nicht wahr?«

»Mord?« Nun verschwand der freundliche Gesichtsausdruck und wich Entsetzen.

»Lesen Sie keine Zeitung? Eine Putzkraft von der Klinik wurde ermordet. Vor zehn Tagen.«

»Davon weiß ich nichts.« Titz deutete auf das Blatt vor ihm. »Wenn Sie so nett wären und das ausfüllen würden?«

Toni würde gleich Cindy anrufen und sie nach diesem Titz fragen. Jetzt holte er erst mal umständlich seine Brille aus der Tasche seines Jacketts, schälte sie aus der Hülle und setzte sie auf. »Dann wollen wir mal.« Aus dem Augenwinkel sah er, wie die junge Schwester die ältere Dame zum Aufzug führte. Langsam und sorgfältig füllte er das Blatt aus. Nur seinen Nachnamen hatte er geändert und alle anderen Daten unverändert gelassen, damit er so wenig wie möglich Spielraum hatte, sich zu verheddern.

Der junge Angestellte nahm das ausgefüllte Formular entgegen, Toni registrierte überrascht, dass die Schwester bereits wieder neben ihm stand.

»Haben Sie die Anzahlung mitgebracht?«

»Selbstverständlich.« Wiederum griff Toni in sein Jackett und holte das Kuvert mit dem Geld heraus. Es war dick, er hatte nie zuvor so eine Menge Geld in bar mit sich herumgetragen. Zum Glück war es nicht seins, wo immer Werdenhammer oder Machacek es auch aufgetrieben haben mochten. Darum kümmerte er sich nicht.

»Ich schreibe Ihnen eine Quittung.« Der Bürstenkopf nahm ihm den Umschlag ab, holte die Scheine heraus und zählte sie ab. »Passt alles.« Es klang erleichtert. Danach griff er nach einem Kassenblock, der vor ihm lag, und schrieb die Bestätigung mit der Hand.

»Geht das nicht im Computer?«, fragte Toni und deutete auf den PC.

»Das macht Frau Weigandt, unsere Verwalterin, jeden Abend, sie hat den Überblick über die Finanzen«, erklärte der Bürstenkopf. »Am Ende des Aufenthalts erhalten Sie natürlich eine gedruckte Rechnung.«

»Hm.« Toni sah zweifelnd auf den Kassenbon.

»Fertig?« Schwester Lena stand wieder hinter ihm.

Kurze Zeit später führte sie ihn zum Lift.

»Ich mag keine Aufzüge«, sagte Toni. »Wenn es Ihnen recht ist, gehe ich zu Fuß.«

»Aber der Koffer? Es ist im zweiten Stock.« Die Schwester wirkte unglücklich und schien nicht recht zu wissen, wie sie sich verhalten sollte.

»Kein Problem, das schaffe ich schon. Sie können ja vorfahren!«

»Aber nein, wie sieht das denn aus! Ich begleite Sie selbstredend.« Durch eine Holztür mit Glasfenster gelangten sie in den Flur und schließlich zum Treppenhaus.

»Hier ist der Speisesaal, die Essenszeiten sind angeschrieben, Sie finden auch in Ihrem Zimmer Unterlagen und Pläne vom Haus.« Wieder zeigte sie dieses aufgesetzte Lächeln. »Man kann sich schon verlaufen in dem großen Gebäude.«

»Das ist gut. Ich meine, dass es Pläne gibt.« Er würde sich ohnehin orientieren müssen.

»Gleich hier am Anfang ist unser Besuchsraum, dahinter die Therapieräume, die Gruppenräume, ein Vortragssaal.« Sie deutete auf die Türen, an denen sie vorbeikamen. Am Ende war eine Doppeltür. »Die Küche liegt im Keller direkt unter dem Speisesaal. Und wenn Sie weitergehen, kommen Sie zum großen Festsaal mit der Bühne. Da finden die Veranstaltungen statt. Sie haben Glück, in zwei Wochen, am 15. Oktober, ist unsere Jubiläumsfeier zum zehnjährigen Bestehen des Naturheilzentrums.«

»Ah, das wusste ich ja gar nicht.« War das förderlich oder hemmend für die Ermittlungen? Na ja, das war in zwei Wochen, bis dahin könnte der Fall aufgeklärt sein.

Optimist.

»Was genau ist denn geplant?«

»Ein Festakt, Musik, eine Aufführung einer Akrobatikgruppe oder so und anschließend Büfett mit Tanz. Es sollen ein paar Persönlichkeiten kommen, der Landeshauptmann beispielsweise.«

»Klingt toll.« Toni musste sich anstrengen, Enthusiasmus in seine Stimme zu legen. Das Fest war unwichtig, egal welche Berühmtheiten antanzten. Sie kamen zum ersten Stock, und gegenüber der Treppe konnte Toni durch eine weit geöffnete Tür direkt in ein geräumiges Büro schauen, mit Schreibtisch und sogar einer Sitzecke.

»Wer wohnt denn da?«, fragte er scherzhaft.

»Das ist das Zimmer von Oberschwester Ingrid, sie ist auch für das Personal zuständig.«

»Aha.«

»Ja, und hier sind ebenfalls Patientenzimmer, wir vermeiden allerdings das Wort. Kurgäste ist uns lieber.«

»Das klingt weniger nach Krankheit.«

»Richtig. Denn krank ist hier niemand.«

Sie erreichten den zweiten Stock. Toni stellte seinen Koffer kurz ab. Treppensteigen mit schwerem Gepäck war doch nicht so leicht. »Sind im dritten Stock auch Zimmer für Gäste?«, fragte er.

»Nein, da befinden sich die Untersuchungs- und Büroräume. Unser Arbeitsbesprechungsraum, ein kleiner Aufenthaltsraum für die Angestellten, ein Lagerraum und so.«

»Und ganz oben?«

»Da ist ein Dachboden, der aber leer steht. Irgendwann soll er ausgebaut werden, habe ich gehört. Ein Teil davon ist eine Sonnenterrasse, die können Sie bei Schönwetter gern nutzen. Ah, hier sind wir schon, Ihr Zimmer.« Schwester Lena öffnete die Tür.

Toni staunte nicht schlecht. Es war geräumig, mit zwei großen Fenstern, eines nach Süden, eines nach Westen. »Von hier aus sehen Sie nach Fischbach. Ist der Ausblick nicht traumhaft?« Schwester Lena stellte seinen Koffer neben dem Schrank ab und trat zum Fenster. In ihrem Enthusiasmus erinnerte sie an eine begeisterte Reiseleiterin. »Der Berg hier ist der Rabenwaldkogel.«

»Aha.« Toni nickte, obwohl er nicht erkannte, welchen der Berge sie meinte. »Und wo ist der Teufelstein?«

»Der liegt auf der anderen Seite der Klinik. Sie können ihn von hier aus nicht sehen, sind zu viele Wälder. Übrigens, Sie sollten in Ihrer Freizeit unbedingt mal einen Spaziergang ins Dorf machen, je nachdem wie schnell Sie gehen, sind es ungefähr zwanzig bis dreißig Minuten.«

Er zog sein Handy aus der Tasche. »Ich muss meiner Tochter Bescheid geben, dass ich gut angekommen bin.«

»Natürlich. Wenn Sie keine weiteren Fragen haben, dann lasse ich Sie allein, damit Sie in Ruhe telefonieren können. Verstehen Sie sich gut mit Ihrer Tochter?«

»Mal so, mal so, wie bei allen Eltern-Kind-Beziehungen denke ich mal.« Toni überlegte, ob sie abchecken wollte, ob seine Tochter aufs Erbe wartete?

Unsinn, vermutlich war es eine ganz normale Frage.

»Heute haben Sie frei, ab morgen geht es los. Wir haben auch ein Schwimmbad, das erreichen Sie durch den Keller. Es ist nicht groß, aber für Wassergymnastik reicht es.«

»Wie lange arbeiten Sie schon hier?«

»Seit vier Monaten.« Sie lächelte erneut. »Aber geben Sie jetzt Ihrer Tochter Bescheid, später werden Sie keine Zeit haben. Haben Sie auch Enkel?«

Keine Zeit? Das klang nach vielen Therapien! Ein Schauer überlief ihn.

»Herr Moser?«

Was hatte sie gefragt? Irgendwas mit Enkel. »Nein, Enkel habe ich keine.« Toni sah sie an. »Besuche darf man schon empfangen, oder nicht? Wegen der Therapien.«

»Freilich.« Schwester Lena nickte heftig, wobei ihre blonden Locken auf und ab wippten. »Wohnt Ihre Tochter in der Nähe?«

»Leider nein, aber sie nimmt sich Urlaub. Sie wohnt in Vorarlberg.«

»Ui, das ist freilich nicht der nächste Weg. Bitte informieren Sie sich über die Besuchszeiten, damit Ihre

Tochter nicht warten muss. Vor allem während der Gruppengespräche ist keine Störung erlaubt.«

Toni stöhnte innerlich, quälte sich ein Grinsen ins Gesicht. »Braucht es Gruppengespräche unbedingt?«

Schwester Lena lachte und der glockenhelle Klang gefiel Toni besser als ihr künstliches Lächeln. »Das glauben die meisten, aber dann gefällt es ihnen doch. Der Austausch mit anderen ist unheimlich wertvoll und man erhält ständig und immer wieder einen andersartigen Blickwinkel. Und viele konnten ihrem Leben frische Impulse geben.«

Er verbiss sich ein »Will ich gar nicht« und nickte stattdessen gehorsam.

»Sie erhalten heute Abend Ihren Therapieplan. Und die Gruppengespräche sind Pflicht, aber Sie werden Ihnen guttun.«

Wenn sie ahnen würde, wie wenig Interesse er daran hatte! Überhaupt hasste er es, sobald andere ihm sagten, was ihm guttun würde. Seit wann wussten andere besser über ihn Bescheid als er selbst?

Reiß dich zusammen, du bist nur zur Tarnung Kurgast!

Er wartete, bis die Schwester draußen war, vergewisserte sich, dass sie die Tür geschlossen hatte und wählte Cindys Nummer.

»Susi, ich bin gut angekommen.« Sie hatten sich auf Susanne als ihren Namen geeinigt, Cindy war doch eher selten und ihr richtiger Name, Cassandra, noch ungeeigneter. Er stand mit dem Rücken zur Tür, doch da er ein gutes Gehör hatte, entging ihm das leise Klicken nicht.

Schwester Lena war noch einmal zurückgekommen. Weshalb? Wollte sie lauschen?

»Hallo, Papa, welch eine Erleichterung«, hörte er ihre frische Stimme. »Wie gefällt es dir?«

»Das Zimmer ist in Ordnung. Aber ich bin stinksauer, dass du mich genötigt hast, hierherzukommen.« Er legte eine gute Portion Empörung in seine Stimme und drehte sich mit einem Ruck um. Schwester Lena hielt eine Thermoskanne und eine Tasse in der Hand.

»Entschuldigung, ich habe vergessen, Ihren Tee zu bringen.«

»Klopfen Sie nicht an?«, fragte er harsch, und ins Handy: »Susi, die Schwester ist hereingekommen.«

»Bin schon wieder weg und noch mal Entschuldigung.« Schwester Lena ging und machte die Tür betont kräftig zu.

»So, jetzt ist es gut. Gibt's was Neues?«

»Nein, du bist ja kaum ein paar Stunden weg. Denkst du, Veit und seine Truppe sollen mit den Befragungen im Naturheilzentrum weitermachen? Mit den Kurgästen reden? Du weißt ja, Schwarz war dagegen.«

»Auf die Befindlichkeiten des Chefarztes können wir keine Rücksicht nehmen. Sie dürfen mich halt nicht kennen.«

»Logisch. Franz und ich könnten uns beteiligen, sobald wir mit den Angehörigen durch sind.«

»Und ihr müsst auch sämtliche Angestellten der Steirischen Zeitung unter die Lupe nehmen. Wir können nicht ausschließen, dass es dort jemanden gibt, der ihr nicht wohlgesinnt war.«

Er hörte Cindy seufzen. »Das sind jede Menge ... Angestellte meine ich. Und dass viele sie nicht mochten, kann ich dir jetzt schon sagen.«

»Dann müsst ihr wohl ran.«

»Ja, Papa.«

»Das klingt, als würdest du das Gegenteil tun. Benimm dich, Tochter!«

Sie lachte. »Was hast du zu berichten?«

»Noch nichts. Ich habe bis jetzt nur zwei Leute kennengelernt, einen Daniel Titz, der an der Rezeption arbeitet und Student ist, offenbar ein kurzzeitiger Ferienjob. Er hat nach seinen Aussagen erst vor zwei Tagen angefangen.«

»Ferienjob? Die Uni beginnt doch in wenigen Tagen.«

»Ja, ich werde ihn unter die Lupe nehmen. Aber er hat ziemlich unbeholfen agiert, offenbar ist er wirklich neu hier. Und Schwester Lena, sie ist um die dreißig.«

Es klopfte. »Herr Moser?«, rief Schwester Lena von draußen. »Tut mir leid, dass ich wieder störe. Die Oberschwester erwartet Sie zum Aufnahmegespräch.«

»Ich muss«, sagte er. »Morgen werde ich einen Spaziergang machen, da können wir ungestörter reden.«

»Die frische Luft wird dir guttun.« Dann mit leiser Stimme: »Ich bin rund um die Uhr erreichbar, falls heute Abend noch was sein sollte.«

»Tschüss, meine Liebe.« Er öffnete die Tür und Schwester Lena stand davor.

»Soll ich Sie hinbringen oder finden Sie in Ihr Zimmer?«

»Da Sie es mir vor einer Viertelstunde erst gezeigt haben, denke ich, dass ich es allein schaffe. Senil bin ich noch nicht.« Er sprach schroff, sah keinen Grund, höflich zu ihr zu sein. Hatte sie ihn bespitzeln wollen oder wirklich aus Rücksicht beim ersten Mal nicht geklopft?

Er ging die Treppen hinunter. Vor dem Zimmer der Oberschwester erwartete ihn eine groß gewachsene knochige Frau, er schätzte sie auf Mitte fünfzig. Sie wirkte gepflegt, trug ein gestärktes weißes Kleid. Ihre Frisur mit dem Haarknoten unterstrich ihren strengen Blick. Toni trat näher und konnte die Schrift auf dem blauen Schild erkennen. »Oberschwester Ingrid« war da zu lesen.

»Grüß Gott.« Er lächelte sie an. »Meine Tochter, ich musste sie anrufen, sonst macht sie sich Sorgen.«

»Natürlich. Aber jetzt müssen wir beide das Aufnahmegespräch führen, das ist eine wichtige Notwendigkeit.« Nie zuvor hatte Toni eine dermaßen unangenehm quäkende Stimme gehört. Die hagere Frau drehte sich um, offenbar erwartete sie, dass er ihr ins Zimmer folgte. Im Gegensatz zu Titz und Schwester Lena schien sie das Lächeln verlernt zu haben.

Gehorsam ging er hinter ihr her, als er zurücksah, fiel sein Blick auf einen etwas untersetzten Arzt, der in der Mitte des Flurs auf der anderen Seite mit einer eleganten Dame im Ledermantel sprach. Er nahm einen Umschlag von ihr entgegen und ließ ihn in seine Kitteltasche gleiten. »Ihr Vater ist noch drei Wochen hier.« Toni spitzte die Ohren und schnappte ein paar Worte auf. Sein Gehör war schon immer außerordentlich scharf gewesen.

»Gehört er zum Ärztestab?«, fragte er die Oberschwester. Die drehte sich um, trat erneut auf den Gang und folgte seinem Blick.

»Der junge Mann da drüben?«

»Das ist Doktor Markus Weber, er ist Assistenzarzt hier.« Sie ging wieder zurück und nahm hinter dem Schreibtisch Platz. »Machen Sie bitte die Tür zu und setzen Sie sich. Sie werden alle vom Personal kennenlernen, so groß ist die Klinik ja nicht. Hat Ihr Hausarzt Sie geschickt?«

»Ja, Doktor Paulmichl. Kennen Sie ihn?«

»Nein, o Gott, das wär viel, würde ich die alle kennen.« Sie griff nach ihrem Stift. »Wir haben jede Menge Gäste aus dem Ausland hier, unser Naturheilzentrum hat einen ausgezeichneten Ruf.« Nun schlug sie eine Mappe auf.

»Das hat mir mein Arzt auch versichert. Ich hab ja schon einige Kuren gemacht, daher bin ich nicht so überzeugt, dass das hier was hilft. Was ist denn das Besondere hier?«, fragte sich Toni mit geheucheltem Interesse, obwohl er erwartungsgemäß nichts Neues hören würde.

Und tatsächlich kam von der Oberschwester ein weiteres Loblied auf Dr. Schwarz.

»Herr Doktor Schwarz arbeitet ausschließlich mit natürlichen Methoden. Er hat einen speziellen Tee aus verschiedenen Kräutern entwickelt, der hilfreich bei allen Therapien wirkt. Zudem geeignete Gymnastik sowie sonstige Anwendungen wie Wickel und Bäder, die die Gesundheit unterstützen. Und zusätzlich einen Ausbau der sportlichen Aktivitäten einleiten. Sind Sie sportlich?«

»Überhaupt nicht«, antwortete Toni, ohne mit der Wimper zu zucken. Freilich musste er bei der Polizei eine gewisse Fitness haben.

»Wir haben hier Patienten gehabt, die zu Hause keinen Schritt zu Fuß gegangen sind und hier die Wanderung bis zum Teufelstein ohne Probleme in Rekordzeit gemeistert haben. Oder sie konnten sogar die große Teufelsteinrunde absolvieren.«

Das war Tonis Stichwort.

»Ich habe gehört, dass eine junge Frau dort zu Tode gekommen sein soll. Also ist es wohl sehr gefährlich?«

»Unsinn. Keine Ahnung, weshalb das passiert ist. Die Frau war eine Touristin und unvorsichtig. Man kann dort gar nicht verunglücken, wenn man sich normal verhält.«

Touristin? »In der Zeitung stand, dass sie hier gearbeitet haben soll.«

Die Oberschwester blinzelte, eine Zehntelsekunde nur, dann zuckte sie mit den Schultern. »Stimmt. Allerdings nur kurze Zeit, daher kannte sie sich hier noch nicht aus und ist bei miserablem Wetter auf Wanderungen gegangen. Das ist für mich gleichbedeutend mit einer Touristin.«

»Dann kannten Sie die Frau?«

»Flüchtig. Herr Moser, lassen Sie sich nicht beunruhigen, unsere Gegend hier ist wunderschön und es ist seit Jahrhunderten hier kein Unglück passiert. Fangen wir an.« Sie sah auf ihre Unterlagen.

»In der Zeitung stand, dass sie ermordet wurde.« So leicht ließ Toni die Frau nicht entkommen. »Also läuft ein Mörder hier herum.«

Kurz schien sie aus der Fassung gebracht, öffnete den Mund und schloss ihn wieder, gleich darauf klang ihre Stimme quäkend wie vorher. »Herr Moser, die junge

Frau ist bei Wind und Regen auf dem Berg herumspaziert, wer tut denn das? Wenn sie wirklich getötet wurde, was ich nebenbei bemerkt nicht glaube, dann kannte sie vermutlich ihren Mörder, der gleichermaßen verrückt wie sie bei einem solchen Wetter zum Teufelstein gegangen ist. Können wir nun anfangen?«

Toni wusste, dass es keinen Sinn hatte, sie weiter auszufragen, ohne dass es auffällig wäre. »In Ordnung.«

Die Oberschwester stellte eine Reihe Fragen über sein Befinden, Medikamente und mehr. Sie maß Puls und Blutdruck und schrieb alles in einen Bogen. Toni schilderte seinen angeblichen Zusammenbruch und hoffte, dass er nichts von dem vergessen hatte, was ihm Dr. Paulmichl eingetrichtert hatte.

»Ich konnte nichts mehr tun, fühlte mich verzweifelt, meine Arbeit war mir egal.«

»Was machen Sie beruflich?«, fragte sie nun. »Ihren Unterlagen entnehme ich, dass Sie eine Firma für Golfzubehör haben?«

»Mein Partner hat sie übernommen und ich werde nicht mehr einsteigen. Es ist mir über den Kopf gewachsen und nach meinem Zusammenbruch war es wohl das Beste.«

»Wie schön!« Die Oberschwester quälte sich sichtbar ein Lächeln ab, an ihrer Tonlage erkannte Toni jedoch, dass es sie nicht im Geringsten interessierte. »Fehlt Ihnen Ihr Beruf?«

»Überraschend kaum.« Er wollte so wenig wie möglich über seine angebliche Firma sprechen, damit er sich nicht verhedderte. »Wir hatten viel Arbeit, mit den Jahren zunehmend mehr, und ich fühlte mich ausgebrannt. Vor meinem Zusammenbruch habe ich einen

Kunden angeschrien, obwohl das sonst nicht meine Art ist. Ich hatte Konzentrationsschwierigkeiten und Schlafstörungen, aber ich dachte, das wäre eine Phase, die vorübergehen würde.«

»Ihr Arzt hat ein drohendes Burn-out diagnostiziert. Sie haben bereits körperliche Symptome, nicht wahr?«

»Magenschmerzen hin und wieder, Kopfweh habe ich sowieso häufig.«

»Sie werden sehen, bei uns wird es Ihnen bald besser gehen.«

»So schlecht geht es mir ja nicht. Und ich habe Ihre Klinik ausgewählt, weil ich nicht mit Medikamenten vollgestopft werden will.«

»Da sind Sie hier genau richtig. Und, bitte nennen Sie unser Vital-Naturheilzentrum nicht Klinik. Das hört Doktor Schwarz nicht gern.«

Toni grinste schief. »Ich will es mir merken. Denken Sie, es ist wirklich nötig, dass ich drei Wochen hierbleibe?«

»Unbedingt.« Die Oberschwester wiederholte noch einige Fragen zu seiner Krankheit, die er, von Paulmichl instruiert, flüssig beantwortete. »Jetzt kommen wir zum allgemeinen Teil. Leiden Sie unter irgendwelchen Allergien?«

Toni seufzte innerlich, denn er hatte gehofft, schon bald fertig zu sein. »Nein.«

Es folgten eine Reihe von Fragen zu seinen Ess- und Schlafgewohnheiten, ob er irgendetwas nicht tun durfte oder konnte und die Hilfe einer Pflegekraft benötigen würde. Die Oberschwester tippte seine Antworten gleich in den Computer.

»So weit hätte ich alles.«

Danach musste er selbst einen Bogen ausfüllen, der seinen Tagesablauf betraf, Essen, Trinken, Schlafen, Bewegung und zum Schluss folgten die Kontaktdaten zu seiner ›Tochter Susanne‹, dazu hatte Cindy ein eigenes Handy erhalten.

»Sind Sie sicher, dass der Mörder dieser Frau nicht hier im Kurheim ist?«, fragte er in einem hilflos ängstlichen Tonfall.

Die Oberschwester blinzelte, doch dann sagte sie gewohnt schrill. »Machen Sie sich keine Gedanken!« Sie hielt kurz inne und sah noch einmal auf das Formular, das er ausgefüllt hatte. »Gehen Sie bitte zurück in Ihr Zimmer, ein Arzt wird gleich vorbeischauen, die große Untersuchung macht Doktor Schwarz.«

Toni hatte kaum begonnen, seine Sachen in den Schrank zu räumen, als der Arzt, den er vorhin im Flur gesehen hatte, anklopfte, der sich als Dr. Weber vorstellte.

»Toni Moser.«

»Sie kommen aus Graz?«

»Ja.«

»Ich liebe Graz, so eine schöne Stadt.« Der Arzt holte ein Stethoskop aus seiner Kitteltasche. »Darf ich?«, fragte er.

»Natürlich.« Toni öffnete sein Hemd und der Arzt schob das Stethoskop darunter, steckte sich die Ohroliven in die Ohren.

»Woher kommen Sie denn? Ihrer Sprache nach aus Deutschland?«, fragte Toni.

Der Arzt hörte sein Herz ab und antwortete erst nach einer Pause. »Aus Kassel.«

»Das ist freilich ein Stück weit weg. Was hat Sie bewogen, hierherzukommen?«

»Doktor Schwarz. Sein Konzept hier ist einfach genial und die Zusammenarbeit hier sowie die Erfolge bei unseren Kurgästen sprechen für sich.«

»Wie lange arbeiten Sie schon hier?«

»Seit zwei Jahren.« Der Arzt ließ sich auf dem einzigen Stuhl im Zimmer nieder, Toni blieb nichts anderes übrig, als sich auf das Bett zu setzen.

»Doktor Schwarz wird Sie im Lauf Ihres Aufenthalts ebenfalls untersuchen, ich möchte heute nur wissen, ob Sie irgendwelche Medikamente regelmäßig einnehmen oder sonst etwas Akutes vorliegt.«

»Nein zu beidem.« Toni beugte sich vor. »Ich habe Sie vorhin auf dem Flur mit einer Dame gesehen, die Ihnen ein Kuvert zugesteckt hat. Es wirkte so, als würde ein Umschlag mit Geld den Besitzer wechseln.«

Für eine Zehntelsekunde schien es Toni, als würde Unsicherheit über Dr. Webers Gesicht flackern, doch er fasste sich rasch und brach in Lachen aus. »Ich glaube, Sie lesen zu viel Kriminalromane. Geld, was für eine Idee! Die Dame ist eine Angehörige von einem Patienten und hat mir ein paar Befunde vom Hausarzt nachgeliefert.«

»Das geht in der heutigen Zeit nicht per E-Mail?«

»Im Vertrauen«, Weber zwinkerte kurz, »die Dame findet mich – hm – interessant und wollte mich wohl noch einmal sehen. Zumindest hat sie versucht, mich zu einem Date zu überreden.«

Das klang plausibel, Toni musste darauf achten, dass er nicht jeden hier verdächtigte.

»Herr Moser, falls es die Oberschwester noch nicht getan hat, möchte ich Sie kurz auf unsere Regeln hinweisen. Bitte melden Sie sich ab, wenn Sie das Haus verlassen. Und seien Sie pünktlich bei Ihren Therapien und bei den Mahlzeiten, andernfalls wird eine Suchaktion gestartet.«

»Natürlich, ich bin ja nicht lebensmüde. Eine Putzfrau ist kürzlich ums Leben gekommen, nicht wahr?«

Weber zuckte zurück. Irrte sich Toni, oder war er wirklich blasser geworden? Wiederum schien er sich rasch zu fassen. »Richtig. Da wollen wir doch nicht, dass das auch Ihnen passiert, nicht wahr?«

»Kannten Sie sie gut? Ich meine, das muss schließlich alle vom Personal erschüttert haben.«

»Sie war nicht lange bei uns. Zudem hat sich herausgestellt, dass die Frau sich hier unter falschen Voraussetzungen eingeschlichen hat. Sie war eine Journalistin, stellen Sie sich mal vor!« Der Arzt schüttelte den Kopf und stand auf. »Als ob es hier was zu spionieren gäbe! Sie hätte offen kommen können, wir hätten ihr bereitwillig alles erzählt. Dieses Versteckspiel war nicht in Ordnung.«

»Aber noch lange kein Grund, sie umzubringen.« Toni konnte eine gewisse Schärfe in seiner Stimme nicht verhindern.

»Ich glaube nicht, dass es Mord war, sie ist einfach unglücklich gestürzt.«

»In der Zeitung steht was anderes.«

»Die Zeitung! Dieses Waschblatt von Steirischer Zeitung! Bei deren Geschreibsel würde es mich wundern, sollte einmal etwas stimmen!« Er sah auf die Uhr. »Ich muss gehen, wir sehen uns bestimmt noch. Bei Problemen jeglicher Art melden Sie sich ungeniert, auch wenn Sie meinen, es sei nur eine Kleinigkeit. Es dauert seine Zeit, bis unsere Therapien greifen, da ist ein wenig Geduld gefragt.« Er deutete auf den Kriminalroman, den Toni extra auf dem Tisch platziert hatte. »Agatha Christie? Jetzt weiß ich, woher Ihr Interesse kommt.«

»Würde sich nicht jeder dafür interessieren, wenn in unmittelbarer Nähe ein Mord passiert ist?«

»So nahe ist es auch wieder nicht. Man spaziert eine gute Stunde zum Teufelstein.«

»Es fragt sich einfach nur, was die Ermordete bei dem schlechten Wetter dort wollte?«

Sekundenlang erhaschte Toni so etwas wie Zorn auf den Zügen des Arztes, ehe der zur Tür ging und sprach, ohne sich umzudrehen. »Ich rate Ihnen, Ihrer Gesundheit zuliebe, dass Sie sich nicht länger mit diesem unerfreulichen Thema beschäftigen.«

Kapitel 9

»Und? Lebst du gut von deinem Blutgeld?« Markus Weber sieht den Mann vor sich an. Das fleischige Gesicht, die schlechten Zähne und die wohlbeleibte Gestalt geben kein appetitliches Bild ab. Der Hausmeister lässt sich seine Dienste hier gut bezahlen, lebt wie die Made im Speck. Trotzdem hat er nichts aus sich gemacht, hat das Blutgeld genommen und führt nicht einmal ein lebenswertes Leben. Was ist das für ein Schuppen, in dem er offenbar haust? Kann er sich keine ordentliche Wohnung leisten?

Komischerweise ärgert Markus das mehr, als wenn er Reinbacher auf einer Luxusjacht getroffen hätte. Drei Jahre hat er gewartet und ihn beobachtet, heute konfrontiert er den Mann endlich. Ist ihm bis in den Wald hinein zu seinem Schlupfwinkel gefolgt: eine alte Halterhütte.

Annika, bald ist es vollbracht!

Reinbacher hat damals zugesehen, hat für Schwarz ausgesagt und abgestritten, was passiert ist. Und dieser miese Schweinehund ist einer Anklage entronnen.

Wie schwer es ihm gefallen ist, seinem überheblichen Onkel schönzutun. Als ob er ihm dankbar wäre, hier arbeiten zu dürfen! Wusste Schwarz nicht, dass Ärzte überall händeringend gesucht wurden? Er war weiß Gott nicht auf diese armselige Kurklinik angewiesen.

Bald würden alle es wissen, dass die Klinik ein einziges Fake ist.

Beide Männer würde er nicht ungeschoren davonkommen lassen.

Schlimm genug, dass die Polizisten jeden Tag hier antanzen und dämliche Fragen stellen. Wegen der Kraut, der törichten Kuh.

Er muss seinen Plan durchführen, bevor die Polizei Vincent Schwarz festnimmt. Gefängnis ist eine zu geringe Strafe.

»Was willst du?« Reinbacher angelt ein Bonbon aus der Hosentasche und wickelt es aus. Kein Wunder, dass er schlechte Zähne hat, der Zweier vorn ist ein brauner Stumpen. Angewidert beobachtet er, wie sich der Kerl das weiße Bonbon zwischen die Lippen steckt. Das Papier wirft er Richtung Abfalleimer, trifft jedoch nicht und es landet auf dem Boden. Dabei schwankt er leicht. Der miese Hausmeister hat bereits einen sitzen. Bis zum Abend ist er wieder sternhagelvoll. Da nützen ihm seine Pfefferminzbonbons auch nichts.

Und er fühlt sich sicher, denn erstaunlicherweise ist er hier beliebt.

»Vielleicht ein wenig Reue?«

Das entlockt Reinbacher nur ein gönnerhaftes Grinsen. Betont langsam schiebt er das Bonbon von einer in die andere Backe. »Jeder ist sich selbst der Nächste, Kleiner. Wirst schon noch dahinterkommen.«

»Glaub nicht, dass du davonkommst.«

Reinbacher lacht, der dreckige Kerl. Hört gar nicht mehr auf. Dann beißt er mit Krachen auf sein Bonbon. »Willst mich umbringen? Nur zu, mach doch! Anders geht's nicht. Die Sache ist lang her, keiner kann mir was.«

Zum Teufel mit dem Mann!

Markus holt aus und schlägt ihm die Faust ins Gesicht. Reinbacher kippt um.

Vielleicht kann er ihn samt seinem Schuppen anzünden. Ja, das könnte er ins Auge fassen. Damit wäre er ein paar Sorgen los.

»Ist doch eh alles zu spät.« Reinbacher spricht lallend, ehe er liegen bleibt.

»Ist er tot?«

Weber dreht sich zu der Frau um, sie ist ihm offenbar nachgekommen.

»Eher nicht. Der Mistkerl.«

Sie zieht eine Waffe aus der Tasche. »Dann beenden wir es.«

»Nein, nicht jetzt.« Markus nimmt ihr die SIG-Sauer aus der Hand. »Wir haben kein Alibi.«

Kapitel 10

Es war relativ warm geworden für September. Cindy war froh, nur ihr Sommerkleid und Sandalen anzuhaben, und auch Franz trug lediglich eine dünne lange Hose und ein kurzärmeliges Hemd. Sie waren nach Hartberg gefahren, um den einzigen Angehörigen auf der Liste zu besuchen, der in der Steiermark wohnte.

»Polizei? Nach so vielen Jahren? Das wundert mich. Aber bitte, setzen Sie sich doch.« Der Mittfünfziger schien auf jugendlich getrimmt, seine Frisur war wasserstoffblondiert, er trug einen beige gemusterten Armani-Pullover zu einer kurzen königsblauen Hose, ein ebenfalls blauer Schal war kunstvoll um seinen Hals drapiert. Vermutlich verbrachte er Stunden vor dem Spiegel, der eitle Fatzke. Cindy hatte für solche Typen kein Verständnis.

»Was genau ist so verwunderlich?«, fragte Franz, als sie sich auf der schneeweißen Ledergarnitur niederließen, die auf der Gartenterrasse stand. Sie waren durch das Gartentor hereingekommen und der Hausherr hatte sie gleich durch eine geräumige Wohnküche auf die Terrasse geführt. Die Villa war ein Neubau und, soweit Cindy das beurteilen konnte, mit exklusiven Möbeln eingerichtet. Der Blick von hier auf den mindestens zwanzig Meter langen Swimmingpool war beeindruckend. Es musste ein Genuss sein, da jetzt hineinzuspringen. Rasch drehte sich Cindy wieder zu Kopp um.

»Darf ich Ihnen etwas anbieten? Mausi?«, rief er ins angrenzende Zimmer. »Kommst du? Wir haben Besuch.«

»Herr Kopp, wie wir Ihnen sagten, geht es um Ihren Onkel Joachim Kopp.« Cindy klappte ihr iPad auf. »Er verstarb am 7. Mai 2018 im Schwarz-Vital-Naturheilzentrum in Fischbach.«

»Das stimmt.« Herr Kopp beugte sich vor. »Was ist daran ungewöhnlich? Ich bitte Sie, das ist doch fünf Jahre her, fast sechs!«

»Es ist nicht alltäglich, wenn jemand während eines Kuraufenthaltes stirbt. War das nicht überraschend für Sie? War nichts Auffälliges an seinem Tod?«

»Nicht dass ich wüsste.« Eine junge Frau kam aus dem Haus, sie trug einen hautengen Badeanzug und darüber eine hauchdünne Longjacke, die sie zusammenknotete. »Ah, komm her, Mausi.« Er zog sie am Arm zu sich, bis sie auf seiner Sessellehne zu sitzen kam. »Das ist meine Partnerin.«

»Wie heißen Sie denn?«, fragte Franz und Cindy bemerkte, dass er die junge Frau mit seinen Augen verschlang. Ihr Kollege war immer schon ein Schwerenöter gewesen, selbst wenn er mit reiferen Jahren darüber nicht mehr seinen Beruf vergaß.

»Ist das wichtig?« Sie schob die Unterlippe vor. »Hasi, wer sind die beiden?«

Cindy holte ihren Ausweis heraus. »Wir sind vom LKA Graz, Abteilung Leib und Leben. Cindy Panzenböck und das ist mein Kollege Amadeus Franz. Und Sie sind?«

»Carola Heinrich.« Sie stand auf und wandte sich mit anklagendem Ton an Kopp. »Was will die Polizei hier?«

»Bring uns ein paar Gläser Limonade.« Er klopfte ihr auf den Hintern und sie ging ohne Widerworte ins Haus.

Dass es immer noch Frauen gab, die sich so behandeln ließen! Cindy schüttelte innerlich den Kopf, dann konzentrierte sie sich wieder auf die Fragen. »Wie ist Ihr Onkel gestorben?«

»Ich war nicht dabei.« Er zuckte mit den Schultern. »Offenbar ist er in der Nacht friedlich eingeschlafen. Hat mich nicht wirklich interessiert. Wissen Sie, Onkel Joachim war kein liebenswerter Zeitgenosse, sondern ein geiziger alter Sack.«

»Immerhin hat er Ihnen einiges vererbt.« In Franz' Stimme klang ein wenig Ironie mit, während er sich eindringlich umsah.

»Stimmt. Ein Testament hatte er gemacht, zugunsten seines Sohnes. Der ist aber ein paar Monate vor ihm bei einem Verkehrsunfall gestorben. Seither hat er nur Verrücktheiten von sich gegeben. Wahrscheinlich hätte er sein Testament bald geändert, zumindest hat er so was angedeutet.«

»Wie das?« Cindy fixierte ihn genau. Doch er ließ sich nicht aus der Ruhe bringen. »Er hat mich zwei Tage vor seinem Tod angerufen und hat von dieser Kurklinik oder was das ist, geschwärmt. Es ginge ihm so gut wie nie zuvor, und ich bräuchte nicht darauf zu hoffen, auch nur einen Cent von seinem Geld zu Gesicht zu bekommen. Tja, da hat er sich geirrt.«

»In diesem Fall muss sein Tod eine große Überraschung für Sie gewesen sein?« Cindy ließ ihn nicht aus den Augen.

Eine Zehntelsekunde schien er zu zögern, doch dann stieß er hastig hervor. »Natürlich.« Ein hässliches Grinsen überzog sein Gesicht und perlweiße Zähne leuchteten unnatürlich aus seinem Mund. »Aber erschüttert war ich nicht, wenn Sie das meinen.«

»Offensichtlich.« Franz stand auf, trat ans weiß lackierte Geländer und sah in den Garten. »Der Pool ist ein Traum.«

»Danke schön, ich habe ihn eigens planen lassen. Wie auch das gesamte Haus.« Glas klirrte. Seine Freundin kam mit einem Tablett, auf dem ein gefüllter Krug und Gläser standen. Sie platzierte es auf dem Tisch und schenkte allen ein.

»Wieso glauben Sie, dass mit Onkel Joachims Tod etwas nicht stimmen könnte?« Kopp griff zu seinem Glas und trank, als wäre er am Verdursten. »Lecker, Mausi.« Er sprach, als wäre sie ein Schulkind, das seine Hausaufgaben brav erledigt hatte.

»Er ist nicht der einzige Todesfall, unsere Überprüfung ist reine Routine.« Franz nahm das Glas, das ihm Carola Heinrich hinhielt. Auch Cindy erhielt eins, Eiswürfel und Zitronenscheiben schwammen darin, es wirkte erfrischend. »Was machen Sie beruflich, Herr Kopp?«

»Ich war Taxifahrer«, antwortete er rasch. »Ein anstrengender Job. Zum Glück muss ich nicht mehr arbeiten.« Er hob sein Glas zum Himmel. »Auf Onkel Joachim.«

»Mausi und Hasi.« Cindy rümpfte die Nase. »Hast du bemerkt, wie er sie behandelt hat?«

»Wenn sie es zulässt.« Sie waren auf der Rückfahrt nach Graz. Franz hatte das Steuer übernommen, Cindy hatte ihr iPad auf den Knien. »Was übersehen wir bei dem Ganzen? In den vergangenen sieben Jahren sind in diesem Zentrum acht Menschen gestorben. Wir haben zwei selbst überprüfen können und bei den anderen haben wir um Amtshilfe im jeweiligen zuständigen Land gebeten. Es ist überall das gleiche Muster. Sechs Leute starben an Herzversagen, als die Kurheime wieder öffnen durften, war auch Corona dabei. Den Angehörigen kam es zugute, weil sie alle ausnahmslos ein beträchtliches Erbe einstreichen konnten. Die meisten machen nicht einmal einen Hehl daraus, siehe Beispiel Hasi Kopp.«

»Ja, die hätten alle ein Motiv.« Franz bremste vor einer roten Ampel. »Allerdings waren sie zum Todeszeitpunkt nicht mal in der Nähe des Tatorts.« Er sah zu Cindy. »Oder denkst du, es gibt ein Gift, das erst Tage oder sogar Wochen später wirkt?«

»Möglich. Doch es ist unwahrscheinlich, dass so viele verschiedene Personen … Nein, vergiss es.«

»Denke ich auch.«

»Die einzige Verbindung ist das Naturheilzentrum. Und das profitiert doch nicht mal vom Tod der Kurgäste? Von den Kurbeiträgen mal abgesehen, aber das sind Peanuts im Vergleich zum Gesamtvermögen.«

Cindy tippte auf ihr iPad. »Vanessa Kraut muss irgendeinen Zusammenhang vermutet haben, sonst hätte sie sich nicht die Mühe gemacht, undercover zu ermitteln. Wenn wir nur wüssten, was es war, was sie auf den Plan gebracht hat? Hoffentlich ist Tonis Einsatz nicht umsonst.«

»Vielleicht sollten wir beim letzten Todesfall, dieser Hildegard Pototschnigg nachhaken.« Franz fuhr wieder an. »Ein Verkehr ist das heute! Zum Glück sind wir gleich auf der Autobahn.«

»Wir könnten Tonis Bekannte fragen, diese Anneliese Kinzmann.« Sie sah auf die Uhr. »Wenn wir vor vier in Graz sind, fahren wir dahin.« Ihr Handy klingelte und sie erkannte die volltönende Stimme sofort. »Klaus, das ist aber eine Überraschung.«

Der Bregenzer Chefinspektor Vith lachte polternd. »Mi freut's o«, sagte er in breitem Vorarlberger Dialekt, doch rasch wurde er ernst. »Ihr habt uns um Hilfe gebeten und wir haben uns die Familie Meusburger genauer angesehen. Bist du aufnahmefähig? Ich höre, dass du im Wagen sitzt.«

»Ja, wir kommen von einer Zeugenbefragung, aber Franz fährt. Wir sind auf der Autobahn nach Graz. Ich schalte dich mal auf Lautsprecher.«

»Dann spitzt mal die Ohren: Elfriede Meusburger ist am 24. November 2016 verstorben. Sie war die reiche Witwe eines ehemaligen Stickereibesitzers, nach dem Verkauf hatten sie Millionen. Geerbt hat ihre Tochter Marietta. Sie und ihr Mann haben ein Anwesen am See übernommen mit einer kleinen Jacht. Der Schwiegersohn hatte eine schlecht laufende Firma, die durch die ordentliche Finanzspitze aus dem Erbe mittlerweile funktioniert. Das ist aber nicht sein Verdienst, sondern weil er gute Leute angestellt hat. Er selbst arbeitet nicht.« Vith räusperte sich. »Kann man schließlich mit fünfzig nicht mehr erwarten.«

»Hoi, kommt da ein wenig Ironie durch?« Cindy lachte. »Vielen Dank, das fügt sich nahtlos in unsere Serie ein.«

»Im«, es raschelte, offenbar las er den Namen ab, »Schwarz-Vital-Naturheilzentrum kommen Menschen um, die reich sind, und die Erben freuen sich, sehe ich das richtig?«

»Gut und knallhart zusammengefasst. Uns fehlt einfach das Motiv, ich meine, klar die Erben. Aber die sind jedes Mal meilenweit vom Tatort entfernt.«

»Schwierig. Ist Toni auch bei euch?«

»Nein, der hat Urlaub.«

»Wie bitte? Ihr habt einen interessanten Fall und er fährt in den Urlaub?«

»Er weiß nichts davon.« Cindy lehnte sich zurück. Es würde anstrengend sein, die Urlaubsgeschichte aufrechtzuerhalten. Es gab zu viele, die Toni zu gut kannten. Hätte es geschadet, Klaus zu informieren? Schließlich war er sechshundert Kilometer weit weg.

»Meldet euch, solltet ihr Hilfe brauchen«, sagte Vith. »Und wenn du nach Vorarlberg kommst, freue ich mich auf einen Tratsch.«

»Natürlich. Bis bald!« Sie beendete das Gespräch.

Franz überholte einen Lastwagen.

»Das Ganze ist mysteriös. Total schade, dass uns diese Reporterin so überhaupt nicht eingeweiht hat. Sie muss doch was recherchiert haben.« Cindy schüttelte den Kopf. »Unsere erste Vermutung wird schon richtig sein. Irgendwer aus dem Kurheim kam ihr auf die Schliche und das musste sie mit dem Leben bezahlen.«

»Nur was hat sie recherchiert? Für mich wäre schlüssig, dass Doktor Schwarz' Behandlungsmethoden doch nicht so unfehlbar sind wie gedacht.« Franz klopfte mit den Fingern auf das Lenkrad. »Ja, bei manchen Patienten helfen sie, bei manchen richten sie Schaden an und bei manchen sind sie tödlich.«

»Naturheilmittel? Sie werben mit Kräutertees und so Kram. Das ist harmlos.«

»Hast du eine Ahnung, wie viele hochgiftige Pflanzen es gibt? Eisenhut zum Beispiel oder Tollkirsche, Stechapfel, Bilsenkraut ...«

»Seit wann kennst du dich damit aus?«

»Ich hatte mal eine Freundin ...«

»Hätte ich mir denken können.« Cindy lachte. »Lass mich raten, die war Botanikerin?«

»Sie hat das studiert. Viele Beziehungen bilden eben.«
»Na klar!«

Franz setzte den Blinker, sie mussten die Autobahn verlassen. »Wie ist die Adresse von der Kinzmann?«

Anneliese Kinzmann wohnte im selben Altbau wie Toni, in der Wohnung über ihm. Sie freute sich, die Kollegen von ihrem Nachbarn und Tarockpartner kennenzulernen, bot ihnen Zitronenkuchen und Eiskaffee an. Da es immer noch schwül war, nahmen sie beide dankend an und bereuten es nicht.

»Lecker, der erinnert mich an den Kuchen meiner Großtante Grete. Die war zwar eine Nervensäge, aber backen konnte die.« Franz verzog genüsslich das Gesicht, nachdem er ein Stück vom Kuchen probiert hatte.

Frau Kinzmann strahlte. »Es ist ein Rezept von meiner Mutter, Gott hab sie selig, sie konnte ausgezeichnet backen. Bei mir hat es nur für ein paar Standardrezepte gereicht.«

»Genügt doch, um zu beeindrucken«, sagte Franz und nuckelte am Strohhalm und nahm einen Schluck Kaffee.

»Frau Kinzmann, erinnern Sie sich an den Besuch der Reporterin? Frau Kraut?«

»Selbstverständlich tue ich das.« Sie beugte sich vor. »Toni hat mich schon befragt. Als ich ihm das erste Mal von der Sache erzählt habe, hat er sie zu wenig ernst genommen. Als Frau Kraut ermordet wurde, sah es anders aus.«

»Er hat berichtet, dass Sie selbst von Anfang an keinerlei Zweifel am natürlichen Tod Ihrer Tante hatten.«

»Nein.« Sie schüttelte den Kopf. »Warum auch? Hildegard war achtzig, da wundert man sich nicht mehr. Klar gibt es Leute, die neunzig und hundert werden, aber der Durchschnitt ist das nicht.«

»Wie hat sich die Begegnung mit Frau Kraut abgespielt?« Cindy nahm einen Schluck Kaffee und legte ihr iPad neben sich. »Jede Kleinigkeit kann von Bedeutung sein.«

»Lassen Sie mich überlegen.« Sie zog die Stirn kraus. »Sie hat angerufen und wir haben einen Termin ausgemacht. Am Telefon hat sie gesagt, dass es meine Tante betrifft und von einem rätselhaften Todesfall gesprochen. Ich habe sie auf ihren Enkel Linus hingewiesen, doch Frau Kraut meinte, ein Gespräch mit dem Erben würde nichts bringen.«

»So hat sie sich ausgedrückt?« Franz beugte sich leicht vor.

»Genau so.« Frau Kinzmann nickte bekräftigend.

»Und dann kam sie persönlich?« Cindy schob ihren Kuchenteller ein wenig zur Seite, damit ihr iPad besser Platz hatte.

»Ja. Ich habe Kaffee gekocht, sie hat aber kaum an ihrer Tasse genippt, das mal nur so nebenbei. Auf jeden Fall hat sie erklärt, dass der Verdacht bestünde, dass Hildegard nicht eines natürlichen Todes gestorben sei. Ich habe mich gewundert, wegen der geschraubten Ausdrucksweise, nun denke ich, dass sie das Wort Mord hat vermeiden wollen.«

»Wie kam sie darauf?«, fragte Franz. »Hat sie das erwähnt?«

»Ja. Weil in dem Naturheilzentrum in den vergangenen Jahren mehrere Menschen gestorben sind. Das sei eigenartig, denn in Kurheimen gibt es normalerweise keine Todesfälle.«

»Sie hatte eine Liste dabei?«

»Nein, das nicht, sie hat nur davon erzählt. Aber jetzt fällt mir ein, das habe ich Toni vergessen zu sagen.« Sie tippte sich an die Stirn. »Ich bin doch eine kopflose alte Schachtel.«

»Sie gewiss nicht.« Franz lächelte sie an und Cindy verdrehte die Augen. Ihr Kollege konnte das Flirten einfach nicht lassen, sogar bei älteren Damen musste er seine Charmeoffensive loslassen.

»Was war es denn nun?«, fragte Cindy.

»Ein Freund von Tante Hildegard sei zu ihr gekommen. Und der hat gemeint, in diesem Kurzentrum gehe es nicht mit rechten Dingen zu.«

»Ein Freund?«

»Ich habe mich gewundert, denn Tante Hildegard und Freunde? Leider wollte sie mir keinen Namen nennen.«

»Von ihrer Kurheim-Freundin Klara Wörner haben wir erfahren, dass Ihre Tante offenbar frisch verliebt war. Könnte das dieser Freund gewesen sein?«

»Frisch verliebt? Davon weiß ich nichts. Ich erinnere mich, dass Frau Wörner bei der Beerdigung war, aber wir haben nicht miteinander gesprochen, sie ist gleich nach der Zeremonie gegangen.«

»Dieser Freund war nicht da?«

»Das weiß ich nicht. Ich kannte nicht alle Leute.«

»Es ist Ihnen niemand aufgefallen? Ein Herr, der allein saß?«

»Nein, während der Zeremonie habe ich mich nicht umgesehen und danach – nein, ich erinnere mich an nichts Besonderes.«

»Dann kennen Sie den Namen vom neuen Freund Ihrer Tante nicht?« Franz klang frustriert.

Frau Kinzmann schüttelte den Kopf. »Tut mir leid.«

»Nicht den kleinsten Hinweis?«, fragte Cindy. Selbst sie konnte ihre Enttäuschung nicht verbergen.

»Nein, tut mir leid.«

Zu schade. Cindy sah zu Franz, der damit beschäftigt war, den letzten Löffel Eis aus dem Kaffee herauszuholen. »Und aufgrund dieser Vermutungen haben Sie mit Toni darüber gesprochen?«, fragte sie.

»Es hat mir keine Ruhe gelassen. Im Vertrauen, Tante Hildegard war keine Sympathieträgerin.«

»Ein geiziger alter Drachen war sie«, ertönte eine Stimme von der Tür her. »Sag es ruhig!« Ein großer schlanker Mann mit grauem Haar kam näher. »Sind Sie Studenten, die Zeitschriften verkaufen? Wir brauchen nichts.«

»Franz, das sind Kollegen von Toni.« Anneliese war der Auftritt ihres Mannes sichtlich peinlich.

»Tatsächlich?«

Cindy und Franz holten fast gleichzeitig ihrer Ausweise heraus. Er überprüfte sie kurz. »Und ihr denkt wirklich, dass die alte Ziege umgebracht wurde?«

»Philipp, man redet nicht so von Toten.« Frau Kinzmann klang ärgerlich.

»Ach, Unsinn! Ich halte nichts davon, jedem Toten ein Podest zu bauen. Weshalb sollte nach dem Tod alles vergessen sein? Nein, nein, da glaube ich lieber ans Jüngste Gericht.«

»Sobald der Mann kam, war kein Gespräch mehr möglich.« Franz klang grantig. Auch Cindy ärgerte sich, denn Philipp Kinzmann hatte den Dialog an sich gerissen und selbst auf die Fragen geantwortet, aber das war nur Hörensagen. Schließlich war er beim Besuch von Vanessa Kraut nicht dabei gewesen.

»Wenn wir den Namen des Mannes hätten, in den sich die Pototschnigg verliebt hat, kämen wir ein Stück weiter.« Sie waren im Büro und Cindy scrollte sich erneut durch die Berichte von den Weizer Beamten. »Machen wir Feierabend.« Sie seufzte. »Toni hat sich nicht gemeldet.«

»Vielleicht steht nichts Wichtiges an.«

»Außerdem hat er vermutlich Schwierigkeiten, zu telefonieren. Viele Therapien.«

»Irgendwie würde ich da gern zugucken.« Franz grinste verschmitzt.

»Und er muss zudem freundlich sein.« Cindy musste bei dem Gedanken ebenfalls lächeln.

Franz prustete los. »Ich stelle mir Toni gerade vor, wie er an einer Gesprächsrunde teilnimmt.« Er richtete sich auf und verstellte seine Stimme. »Hallo miteinander. Ich bin der Toni und ich leide unter einem Aufmerksamkeitssyndrom.«

Die Tür öffnete sich, Cindy hustete, als sie den Mann erkannte, der hereinkam. Doch Franz hörte es nicht. »Ich würde mir wünschen, dass mir alle hier tunlichst aus dem Weg gingen und mir nicht ständig mit ihren Grußfloskeln demonstrierten, dass ich hier der Wichtigste bin.«

Die Tür klappte und Franz drehte sich ruckartig um. Machacek hatte die Tür hinter sich ins Schloss gedrückt. Er hatte einen Teil von Franz' Schauspielkünsten mitbekommen und sein Gesicht überzog sich mit der vertrauten Röte, denn er war als Choleriker bekannt. Schon holte er Luft, doch Cindy sprang auf und kam ihm zuvor. »Herr Major! Welche Ehre, dass Sie extra kommen, um uns zu unterstützen. Haben Sie Neuigkeiten für uns? Wir bieten Ihnen eine gute Tasse Kaffee im Austausch an.«

Kapitel 11

»Es ist immer dasselbe mit dir, du kannst deine Hose einfach nicht geschlossen halten!« Victor Schwarz geht im Raum auf und ab. »Wenn das rauskommt, dann bist du der Verdächtige Nummer eins!«

»Nur weil wir miteinander im Bett waren?« Markus lacht laut. »Und was macht der werte Herr Chefarzt? Soll ich aufzählen, wer alles auf deiner Bettliste steht?«

»Meine Gespielinnen sind nicht tot.«

»Verdammt, dafür kann ich doch nichts. Du hast einfach Glück, so wahllos wie du Sex hast.«

»Ich verteile meine Spermien nicht beliebig, ich habe Beziehungen.«

»Natürlich. Die große Liebe, was? Und Ute sitzt brav zu Hause und duldet deine Eskapaden.«

»Ich bin diskret. Das ist das, was dir fehlt. Stil und Finesse. Meine Frau weiß es nicht und sie ist meine Königin zu Hause.«

»Und Sabine erwartet, dass sie deine Nachfolgerin wird. Oder denkst du, sie vögelt mit dir, weil du so umwerfend gut beim Sex bist?«

»Noch bin ich nicht aus dem Spiel und brauche daher keinen Nachfolger.« Er stützt sich mit den Händen auf seinen Schreibtisch. »Du lieber Neffe, musst künftig viel lernen, ehe du überhaupt aus dem Status eines Assistenzarztes hinaus bist.«

Markus grinst. »Klar. Dass Sabine dein Bett teilt, ist vermutlich Qualifikation genug.«

»Werde nicht ordinär! Sie ist tüchtig und kompetent. Oder stellst du das infrage?«

»Willst du deine Geliebte zur Nachfolgerin machen?« Markus klingt scharf.

»Wie gesagt, das ist kein Thema.« Victor lässt sich auf den Stuhl sinken und verschränkt die Arme vor der Brust. »Aber von dir lasse ich mir gewiss nichts sagen.«

Markus fährt sich durch das Haar. »Ich bin dein Verwandter, verdammt, der Sohn deiner Schwester.«

»Meine Stiefschwester«, er betont das Wort, »und ich haben uns nie gemocht.« Victor grinst diabolisch. »Auf Familiengefühle musst du nicht appellieren.«

»Warum hast du mich dann eingestellt?«

»Annika ist schon lange tot. Ich kann mich nicht mit ihr versöhnen, vielleicht sieht sie von da oben«, er deutet zur Decke, »dass ich dir was Gutes tue. Sie war so unversöhnlich damals, aber ich verzeihe ihr, weil sie jung war.«

Kurz sieht Markus rote Schleier vor seinen Augen, er schwankt und in seinen Fingern kribbelt es. Er möchte über den Schreibtisch springen, die Hände um Victors Hals legen und ihm das Grinsen aus dem Gesicht würgen.

Das würde alles verderben.

Er fasst sich. »Tatsächlich? Meine Mutter hat wenig von dir gesprochen, nur was für ein egoistischer geldgieriger Mistkerl du bist. Was ist damals passiert?«

»Schnee von gestern.« Victor winkt ab. »Wenn deine Mutter es nicht erzählt hat, soll es im Keller bleiben.

Und warum wolltest du unbedingt bei mir arbeiten?«
Er mustert ihn aus schmalen Augen.

»Ich mag deine Art.« Markus beugt sich zu ihm. »In
diesem Leben kommt man nur voran, indem man über
Leichen geht. Und deine Fußstapfen sind mir ein Vor-
bild, obwohl ich nicht jeden Tritt mitmachen möchte.
Denn bei einem Sturz werde ich an dir vorbeiziehen.«

»Du kleiner Scheißer.« Victor klopft auf den Tisch.
»Solltest du denken, dass deine winzigen Füße meiner
Spur gerecht werden, hast du dich geschnitten.«

»Wir werden sehen.« Markus dreht sich um und ver-
lässt das Büro mit geballten Händen. Der Countdown
läuft. Victor wird es bereuen, ihn dermaßen zu unter-
schätzen.

Kapitel 12

Obwohl Toni in den ersten drei Tagen seines Aufenthalts nicht einen Millimeter im Fall Vanessa Kraut weitergekommen war, blieb seine gute Laune. Im Gegenteil, er hatte sich lange nicht mehr so zufrieden gefühlt. In der Nacht schlief er durch. Normalerweise war das in fremden Betten nicht so. Vermutlich war was dran, dass die Luft hier besser war als in der Stadt.

Sein Tagesplan war gespickt mit Therapien und sportlichen Aktivitäten. Mittlerweile kannte er sämtliche Kurgäste, zumindest vom Sehen, und die meisten vom Personal. Dabei half ihm die Liste, die Franz mit den Informationen über das Personal der Klinik zusammengestellt hatte.

Zudem hatte er die Gegend erkundet. Von der Vorderseite des Naturheilzentrums konnte man nach Fischbach schauen. Der Ort lag eingebettet inmitten von Feldern und bot einen reizvollen Anblick. Ilse wäre begeistert gewesen. Zum Ort war es eine halbe Stunde, er würde abends mal hingehen, es gab einige Kurgäste, die im Dorfkrug noch ein Gläschen tranken, obwohl es nicht so gern gesehen war. Westlich von der Klinik führte der Weg zum Teufelstein, dorthin würde er bald wandern, um sich ein Bild zu machen, wo man die Tote aufgefunden hatte. Östlich hinter dem Zentrum gab es einen schmalen Weg, der an einer Kapelle endete. Sie lag mitten im Wald, hatte einen Turm mit Glocke, die zu jeder vollen Stunde läutete. Innen war der Raum klein, bot Platz für maximal eine Schulklasse mit dreißig Leuten. Der Altar kam Toni mächtig vor, gemessen am Innenraum.

Heute klopfte er an der Tür von Frau Weigandt, der Verwalterin. Die Sache mit dem handgeschriebenen Kassenbon ging ihm nicht aus dem Kopf.

Das Büro war schmal und lang gezogen, es stand nur ein Schreibtisch drin, an dem eine kleine Frau, mit spitzer Nase saß, deren Gesicht von der rot umrandeten Brille dominiert wurde. »Ja, bitte?«, fragte sie und musterte ihn erstaunt durch ihre dicken Brillengläser.

»Ich bin Toni Moser, heute den dritten Tag da. Sie sind die Verwalterin?«

»Das bin ich. Kann ich irgendwas für Sie tun?«

Er zog die Quittung heraus. »Die habe ich bei der Anmeldung bekommen.«

Frau Weigandt nahm ihm das Papier ab. »Stimmt etwas nicht?«

»Sie ist handgeschrieben.«

»Ah das!« Sie lächelte, »so wird der Rezeptionist entlastet, mit den Finanzen kennt er sich nicht aus.« Sie sah zu ihm auf. »Hat er Ihnen nicht gesagt, dass Sie am Schluss …?«

»Hat er. Ich wollte mich nur vergewissern.« Eine dünne Ausrede, dennoch schien Frau Weigandt keinen Verdacht zu schöpfen.

»Wie gesagt, es ist alles in Ordnung.«

Toni ging Richtung Tür zurück. »Frau Weigandt darf ich Sie was fragen?«

»Gern, wenn ich Ihnen helfen kann?« In ihrem Gesicht klebte das hier übliche verbindliche Lächeln.

»Die ermordete Journalistin geht mir nicht aus dem Kopf. Kannten Sie sie?«

Ihre Freundlichkeit verschwand abrupt. Karin Weigandt sah kurz aus wie ein Karpfen, schien nach Luft zu schnappen. »Wie kommen Sie jetzt darauf? Sie hat bei uns als Putzfrau gearbeitet und das nicht einmal gut. Nein, ihr Tod hat nichts mit uns zu tun.« Sie drehte ihren Stuhl wieder zum PC. »Wenn Sie mich entschuldigen, Herr.« Offenbar fiel ihr der Name nicht ein, oder sie nannte ihn absichtlich nicht. »Ich habe zu tun.«

Am Abend telefonierte Toni mit seinem Team und Franz berichtete von den neuesten Erkenntnissen über die finanzielle Situation des Schwarz-Vital-Naturheilzentrums.

»Tatsächlich wird das Ganze, wie schon bekannt, durch eine Stiftung am Laufen gehalten. Das Areal gehörte früher den von Tannenbergs, einer mächtigen Adelsfamilie in der Steiermark, steinreich und unbeliebt. Mit der Aufhebung der Adelstitel 1919 war Freiherr Heimo von Tannenberg nur mehr Herr Tannenberg, was ihn hart getroffen hat, nachzulesen in seiner Biografie im Museum Hartberg. Sein Sohn Otto wurde Arzt, daher hat sein Vater für ihn das Kurheim erbauen lassen. Damals war es eine Heilstätte für Lungenpatienten, hauptsächlich Tuberkulosekranke. Es wurde 1935 fertiggestellt. Doktor Otto Tannenberg hat das Heim bis 1970 geführt, allerdings sind die Tuberkulosepatienten zu der Zeit schon zurückgegangen. Otto Tannenbergs einzige Tochter, Elvira, hat den Arzt Doktor

Willibald Kautschitz geheiratet hat. Der hat 1970 Leitung übernommen und das Heim wurde in ein normales Kurheim umgewandelt sowie einige Umbauten wurden vorgenommen. 1985 hat Kautschitz' Tochter Ute Victor Schwarz geheiratet. Es gibt einen Ehevertrag, Schwarz bekommt bei einer Scheidung nur einen kleinen Anteil. Kautschitz hat zudem 1995 die Stiftung gegründet, damit die Finanzierung der Kuranstalt geregelt ist, was bis heute funktioniert. Die Klinik erhält monatlich festgelegte Beträge sowie Zuschüsse für besondere Bedürfnisse. Es ging das Gerücht um, dass Kautschitz seinen Schwiegersohn nicht mochte und er deswegen Vorsichtsmaßnahmen getroffen hatte, dass er keinen Zugriff auf das Vermögen hat. Kautschitz hatte die Klinikleitung bis ins Jahr 2010, da war er bereits neunundsechzig, nicht abgeben wollen. Doch ein Schlaganfall setzte ihn außer Gefecht, seit dieser Zeit leitet Victor Schwarz offiziell das Kurheim, das damals Teufelstein-Kurzentrum hieß.«

»Was bedeutet dann das zehnjährige Jubiläum, das nächste Woche stattfinden soll?«

»2013 war die feierliche Eröffnung des Schwarz-Vital-Naturheilzentrums. Das Kuratorium der Stiftung hat die Neuerungen bewilligen müssen und einen Zuschuss für die Umstellung und den teilweisen Umbau gegeben. Laut dem Vorsitzenden sehen sie darin ein großes Potenzial und offenbar ist es aufgegangen. Die Patienten zahlen hohe Beträge, dennoch würde der Betrieb ohne die Stiftung nicht laufen. Betrug ist da eher keiner möglich.«

»Wer sind die Leute im Vorstand?«

»Nach Kautschitz hat Schwarz seinen Platz übernommen, aber er allein kann nichts machen. Es sind insgesamt sieben Leute drin, früher waren es Freunde von Kautschitz, jetzt sind es Finanzexperten.«

»Möglicherweise steckt jemand dahinter, der der Klinik schaden will?«, fragte Cindy, Franz hatte auf Lautsprecher gestellt.

»Das glaube ich nicht, dazu liegen die Todesfälle zu weit auseinander.« Toni sah auf die Uhr. In einer halben Stunde war die Abendgesprächsrunde, welch eine Freude. »Gibt's noch etwas Wichtiges?«

»Nein. Bei dir auch nicht? Oder bist du zu sehr damit beschäftigt, Kurschatten abzuwehren?« Das war natürlich die freche Cindy.

»Was, wenn ich sage, dass ich bereits zwei habe? Claudia und Josefa. Sie sind meine Tischnachbarinnen. Claudia ist Schweizerin und verheiratet, aber vermutlich würde sie ihren Mann für mich sofort fallen lassen. Und Josefa, was soll ich sagen? Sie ist einfach ein Männertraum.«

Es war still und Toni freute sich, dass es ihm gelungen war, Cindy mundtot zu machen.

»Ähem.« Franz räusperte sich. »Hast du Anhaltspunkte? Verdächtige?«

Toni gluckste. Er hatte offensichtlich beide verwirrt. »Alle oder keiner. Nein, halt, ein paar würde ich ausschließen, aber nur gefühlsmäßig. Die Masseurin zum Beispiel, die hat mich durchgeknetet, als wäre ich Nudelteig, der durch die Walze muss. Sie hat in einem fort geredet, ich weiß gar nicht mehr was. Sie ist allerdings erst seit dem Sommer hier. Schwester Lena Hütter und der Schnösel-Arzt Markus Weber sind zu kurz da und fallen daher aus. Für die Morde im Kurheim und für den Mord an der Kraut haben sie alle ein Alibi, eben jene Dienstbesprechung. Kann wahr sein oder nicht.«

»Was ist mit der Oberärztin, Sabine Hartmann?«, erklang nun wieder Cindys Stimme. »Die arbeitet seit dem 1. Januar 2017 hier, der erste Todesfall, Frau Ida Karmann, war am 4. Mai dieses Jahres.«

»Okay, Cindy, die wollte ich mir ohnehin näher anschauen. Hatte bis jetzt nichts mit ihr zu tun. Die große Untersuchung hat Schwarz selbst gemacht.«

»Und wie findest du ihn?«, fragte Cindy. »Veit hat erzählt, er sei aalglatt, kaum zu fassen, immer höflich und ein wenig herablassend.« Sie klang hastig. Hatte sie seine Aussage über die Kurschatten wirklich durcheinandergebracht?

»Gute Einschätzung. Zu mir als Patient während der obligatorischen Einstellungsuntersuchung war er zuvorkommend, aber herzlich ist er nicht. Professionell, würde ich sagen. Als ich ihn auf den Mord angesprochen habe, hat er sein Bedauern ausgesprochen und rasch das Thema gewechselt. Es wäre hartnäckig herübergekommen, hätte ich weiter nachgehakt. Ich bin sämtliche Stockwerke abgewandert, konnte aber nichts von Wichtigkeit bemerken.«

»Und sonst? Was treibst du den ganzen Tag?«

»Täglich Wassergymnastik, Massage, Nordic-Walking-Runde, Rückengymnastik und jetzt gleich die Gesprächsrunde zu dem spannenden Thema *Ängste und Sorgen im Alltag – Fallenlassen lernen*.«

Er hörte genau, wie sich seine beiden Teammitglieder das Lachen verbeißen mussten, ein Glucksen drang dennoch an sein Ohr. »Macht euch nur lustig, wenn ich wieder zurück bin, rollen eure Köpfe.«

»Sind wir nicht schon kopflos genug?« Cindy hatte ihre Schlagfertigkeit nicht verloren, zum Glück.

Er musste lachen. »Macht weiter, kriegt raus, was ihr könnt. Schaut euch die Leute von der Zeitung ein zweites Mal an, möglicherweise bin ich hier am komplett falschen Ort und der Mord an der Kraut hat absolut nichts mit ihren Nachforschungen zu tun. Wissen wir, ob sie sich nicht alles nur eingebildet hat und die Todesfälle nur Zufälle waren?«

»Toni, wichtig ist, was du glaubst, nicht, was wir wissen.«

»Endlich siehst du es ein.« Freche Göre, murmelte er vor sich hin.

»Das habe ich gehört«, ertönte es bereits von Cindy. »Ah, fast hätte ich es vergessen. Ich habe heute mit der Gesundheitskasse, wie sich die Krankenkasse nun nennt, telefoniert. Sie zahlen ja nur einen ausgesprochen geringen Teil. Die österreichischen Pflichtversicherungen sehen Doktor Schwarz' Behandlungsmethoden als wissenschaftlich nicht fundiert an und geben keine Empfehlung. Die deutschen Krankenkassen hingegen erstatten einen größeren Beitrag der Rechnungen.«

»Deswegen ist die Mehrheit der Kurgäste aus Deutschland. Was ist mit der Schweiz?«

»Die müssen vermutlich ohnehin alles selbst bezahlen, die Schweiz hat einen enormen Selbstbehalt. Aber ich werde mich erkundigen. Stimmt das mit den Kurschatten?«

»Das ist das endgültige Stichwort, um das Gespräch zu beenden.«

Komplett gelogen war es nicht. Tatsächlich schienen die beiden Damen, die er erwähnt hatte, seine Gesellschaft zu genießen. Und eine davon, Josefa Schmiedbauer aus Stuttgart, nur ein paar Jahre älter als er, Witwe, ließ vom ersten Gespräch weg durchblicken, dass sie an Toni nicht uninteressiert sei. Die zweite Dame, Claudia Lüthi, eine Schweizerin, war Mitte siebzig und redete ohne Unterlass, vorzugsweise über ihren daheimgebliebenen Mann Hans-Ruedi, der sich nicht von der Gesundheit einer Kur hatte überzeugen lassen. Ein weiterer Tischnachbar war Paul Hermann, Ende siebzig. Er stammte aus Lübeck und meckerte über alles.

Da er das Zimmer schräg gegenüber von Toni hatte, waren sie zusammen auf den Weg zur Gesprächsrunde. Toni kannte Frau Dr. Hartmann bis jetzt nur vom Sehen, daher war er gespannt, selbst wenn er sich auf die Gespräche selbst nicht freute. Vermutlich mussten sich zuerst alle vorstellen, das hasste er. Dabei fiel ihm ein deutscher Komiker ein, dessen Sessions immer mit »Hallo erst mal! Ich weiß nicht, ob Sie es wussten ...« begannen. Vielleicht sollte er so anfangen? Ich weiß nicht, ob Sie es wussten, ich bin der Toni und ermittle hier undercover.

»Ich sag's dir, ich mag diese Ärztin nicht.« Paul strich eine Haarsträhne zurück, die sich aus seinem Zopf gelöst hatte. Er war ein Alt-68er, wie er sich selbst nannte und nur hier, weil er wenigstens für ein paar Wochen seiner raffgierigen Familie entgehen wollte. »Zwei Nichten, die immer nur die Hände aufhalten, ein Fass ohne Boden. Eine schlimmer als die anderes.« Er seufzte. »Fallenlassen lernen, was für ein doofes Thema! Früher, da habe ich gekifft und gesoffen, was das Zeug hielt. Das war Fallen genug.«

»Kann ich mir vorstellen.« Toni grinste. Er mochte den Mann, er war unkompliziert und locker, sprach geradeheraus.

»Verdammt, es ist wie in einem Gefängnis hier. Diät, nicht rauchen, kein Alkohol. Tee und Wasser. Und wenn's wenigstens ein guter Earl Grey Tee wäre, aber nein, dieses Gesöff.«

»So schlecht ist er nicht«, sagte Toni. Überraschenderweise mochte er den Tee. Eine Mischung aus Kamille, Lavendel, Minze – niemals hätte er gedacht, dass dies gut schmecken könnte. Den Tee gab es warm und besonders schmackhaft war er als Eistee. »Hast du ihn gar nicht probiert?« Wider Erwarten gefiel es ihm hier gar nicht so schlecht. Am Ende des ersten Tages hatte er noch gedacht, dass er es keinen weiteren Tag hier aushielte, doch nun stellte er überrascht fest, dass sich eine Art Wohlbefinden eingefunden hatte.

»Nein, das Zeug rühre ich nicht an.«

»Warum nicht? Ist doch nur Tee?« Toni hatte immer schon gern Tee getrunken, und zwar alle Sorten, war auch offen für Neues. Daher schmeckte ihm die Mischung des Naturheilzentrums.

»Guten Abend, nehmen Sie bitte alle Platz«, ertönte Dr. Hartmanns Stimme.

»Magst du generell keinen Tee?« Irgendwie ging Toni das nicht aus dem Kopf. Sie setzten sich zu den anderen, alle saßen in einem Kreis.

»Das ist es nicht. Ich tue so, als ob ich ihn trinke, und schütte ihn ins Klo«, raunte Paul. »Das Gesöff ist mir nicht geheuer, du solltest es auch lassen. Ist dir nicht aufgefallen, dass alle gute Laune haben?«

Ehe Toni nachfragen konnte, ergriff die Oberärztin erneut das Wort. »Wenn Sie einen Platz haben, wollen wir beginnen.«

Was meinte Paul damit? Nicht geheuer? Und gute Laune? Aber weiterfragen konnte er jetzt nicht und Toni konzentrierte sich auf Dr. Hartmann. Die obligatorische Vorstellungsrunde war zum Glück nur kurz.

Frau Dr. Hartmann zog einen Notizblock aus ihrem Kittel und eröffnete die Gesprächsrunde. »Heute wollen wir darüber sprechen, was uns belastet.« Sie waren zu acht, drei Männer und fünf Frauen, Toni kannte die meisten bereits vom Speisesaal oder den Therapien. Auch Claudia und Josefa waren dabei. »Wer möchte beginnen?«

Kurz war es still, dann meldete sich Claudia, die ihr langes Haar mit einer Handbewegung zurückschob. »Ich fürchte mich vor dem Alltag, der mich zu Hause erwarten wird. Hier ist alles einfach und unkompliziert, aber wenn ich wieder zurück in Zürich bin, geht der Zirkus von vorne los.«

»Was empfinden sie am schlimmsten zu Hause?« Frau Dr. Hartmann sprach mit weicher Stimme.

»Meinen Mann.«

Die Gruppe lachte, kurz dachte Toni, Claudia hätte einen Witz gemach. Hatte sie nicht bei den Mahlzeiten so von ihrem Hans-Ruedi geschwärmt? Doch sie fuhr gleich heftig fort. »Das ist nicht lächerlich! Mein Hans-

Ruedi hockt zu Hause herum, er tut nichts. Zeitung lesen, fernsehen und in die Luft starren. Er steht nur auf, wenn er zu seinem Stammtisch ins Wirtshaus geht.«

»Und du machst den gesamten Haushalt?«, fragte eine der Frauen, der Name war Toni entfallen.

»Um Himmels willen, wir haben eine Villa mit vierhundert Quadratmetern. Wir haben selbstverständlich Personal. Darum geht es nicht, sondern darum, dass mein Mann so tut, als wäre er neunzig. Wir haben Verpflichtungen, müssen uns in der Gesellschaft sehen lassen und er will immer nur zu Hause bleiben.«

»Vielleicht solltest du allein gehen?« Der beleibte Mann mit überraschend hoher Stimme saß genau neben Toni.

»Das macht keinen guten Eindruck in den Kreisen, in denen ich verkehre. Schließlich ...«

Tonis Gedanken drifteten ab, er sah zum ersten Mal die Ärztin ausführlich an und beobachtete die schlanke Dunkelhaarige. Er schätzte sie um die vierzig, ihr präzises Alter hatte er vergessen, mit etwas zu dunkelrot geschminkten Lippen und blasser Haut. Freilich hatte er genaue Informationen über sämtliche Angestellten dieser Klinik erhalten, daher wusste er, dass Sabine Hartmann in Wien studiert und am AKH Wien ihren Turnus absolviert hatte. Danach hatte sie auf der Inneren Medizin den Facharzt gemacht und arbeitete seit sieben Jahren hier.

Seit dem ersten Todesfall hier.

Obwohl sie zu den Sprechenden hinsah, schien sie nicht zu interessieren, was gesagt wurde. Sie griff auch nicht ein, wie eine gute Gesprächstherapeutin machen würde, sondern ließ die Kurgäste miteinander diskutieren.

Toni überlegte, wie er sie aus der Reserve locken könnte. Für ihn stand fest, dass die Ärztin keinerlei Erfahrung in Gesprächstherapie hatte, ein Zeichen, dass in dieser Klinik gewisse Dinge vernachlässigt wurden.

Erst nach einer Viertelstunde hob Dr. Hartmann die Hand. »Frau Lüthi, ich denke, Sie haben nun einige Anhaltspunkte. Das Beste ist, wenn Sie mit Ihrem Mann ein Gespräch führen und ihm Ihre Punkte plausibel machen.«

Was für ein Gewäsch! Toni schüttelte innerlich den Kopf. Dann meldete er sich.

»Ah, Herr Moser, nicht wahr? Sehr schön. Wie geht es Ihnen bei uns?«

»Ich muss ehrlich sagen, mich belastet der Mordfall, der hier in unmittelbarer Nähe passiert sein soll. Offenbar läuft ein Mörder frei herum und das ist beunruhigend für mich.«

Kurz schien die Oberärztin aus der Fassung gebracht. Sie schlug die Beine übereinander und suchte sichtlich nach Worten. »Herr Moser, ich will Ihnen nicht zu nahe treten, aber sind Sie ein ängstlicher Typ? Der Mord, so es überhaupt einer gewesen ist, hat nichts mit unserem Naturheilzentrum zu tun. Warum sollte es?«

»Weil die Frau hier angestellt.« Toni sah sich in der Runde um. Einige sahen ihn mit großen Augen an, die anderen tuschelten.

»Das ist reiner Zufall. Die Polizei war bereits da, hat alle verhört ...«

»Befragt.« Die etwas schrille Stimme gehörte einer Rothaarigen, die neben Toni bei der Wassergymnastik gewesen war. »Verhört werden nur Verdächtige, ich nehme an, hier hat die Polizei eine Zeugenbefragung durchgeführt.« Sie sah sich um, leichten Triumph in ihren Gesichtszügen.

»Ist das so wichtig?« Die Ärztin stieß den Satz zwischen den Zähnen hervor.

»Ja, schon. In jedem Krimi liest man das. Ist eine bedeutsame Unterscheidung.«

»Nun gut: Die Polizei hat alle befragt, auch die meisten von Ihnen«, allgemeines Nicken, »und niemand wurde verdächtigt.« Dr. Hartmann drehte sich erneut zu Toni. »Ich kann verstehen, dass der Gedanke, hier im Haus schleiche ein Mörder herum, nicht angenehm ist. Aber der Verdacht hat sich nicht bestätigt. Und wenn Sie mich fragen, ist er völlig absurd.«

»Möglich wär's trotzdem.« Paul Hermann kam Toni unerwartet zu Hilfe. »Und Toni hat schon recht, Vorsicht ist die Mutter der Porzellankiste. Dass Sie das dermaßen bagatellisieren, das ist nicht in Ordnung, Frau Doktor.« Er spie das letzte Wort förmlich aus. Das überraschte Toni, es klang, als hasste er die Frau.

Die wirkte irritiert, ihre Stimme vibrierte. »Herr Hermann, keine Aufregung. Natürlich ist es schlimm, wenn ein Mensch zu Tode kommt, noch dazu auf unnatürliche Weise, aber Dinge passieren eben.«

»Dinge passieren?« Josefa wurde laut. »Sie wurde ermordet, erschlagen – das passiert doch nicht einfach so.« Sie sah zu Toni. »Es ist gut, dass du das Thema angeschnitten hast, das wird hier total totgeschwiegen.«

»Totgeschwiegen, das passt.« Ein bärtiger Mann in den Siebzigern aus Bayern, das hatte Toni am Dialekt erkannt, brach in Lachen aus. Er drehte sich nach allen

Seiten um. »Tot, versteht ihr?« Und wieder prustete er los, als wäre es der Witz des Jahrhunderts.

»Beruhigen Sie sich.« Zwei steile Falten bildeten sich auf der Stirn der Ärztin, sie wirkte plötzlich um einiges älter.

»Ich hätte mir ein wenig mehr Betroffenheit erwartet, vom Personal meine ich. Schließlich hat sie hier gearbeitet.« Toni sah in die Runde. »Hat jemand von euch sie gekannt?« Aufgeregt sprachen alle durcheinander, der Bayer stampfte mit dem Fuß auf den Boden auf. »Meine Rede. Die Vanessa war eine höfliche Person, hat immer nett gegrüßt.«

»Wie oft hast du sie gesehen?«, fragte Toni sofort und machte sich eine Notiz im Kopf, mit dem Mann zu sprechen, die er jedoch nach dessen Antwort gleich wieder verwarf.

»Einmal halt.«

»Herr Moser und Herr Watzmann, bitte kriegen Sie sich ein, das tut nichts zur Sache. Frau Kraut war lediglich knapp zwei Wochen bei uns angestellt, niemand kannte sie näher, da ist es verständlich, dass sich unsere Trauer in Grenzen hält. Und wenn ich mich hier umsehe, sind Sie doch alle erst nach dem bedauerlichen Todesfall hierhergekommen.«

Wiederum Getuschel, das Toni mit lauter Stimme übertönte.

»In meiner Schule, ich war zwölf oder so, da ist eine Lehrerin tödlich verunglückt, ein Autounfall. Sie war nicht lange an der Schule und ich kannte sie nicht einmal, dennoch war ich mehr als bestürzt und traurig. Wir sind alle zur Beerdigung gegangen.« Er sah sich um. »Man ist betroffener, wenn es jemanden aus der unmittelbaren Umgebung betrifft. Was meint ihr dazu?«

»Finde ich auch.« Paul klopfte Toni auf die Schulter. »Tausende Tote bei einem Erdbeben in China bekümmern uns nicht so, wie wenn der Nachbar am Strick vom Dachboden baumelt.«

Kurz war es totenstill, alle starrten mit offenem Mund zu dem alten Mann, der kicherte. »Das war nur so ein Beispiel. Mein Nachbar lebt noch.«

»Herr Hermann.« Die Ärztin fühlte sich offenbar bemüßigt, einzugreifen »Bitte, unterlassen Sie solche Scherze. Wir wollen ja nicht, dass unsere Gäste nicht schlafen können.«

»Unsinn! In jedem guten Thriller fließt mehr Blut. Und überhaupt, mich würde auch interessieren, wer diese Journalistin umgebracht hat.«

Wiederum wurde es lauter und Toni bemerkte, dass sich Dr. Hartmann mehrmals auf ihre Lippen biss und die Hände rang. Sie hatte die Situation sichtlich nicht im Griff.

»Ich dachte, sie wäre vom Reinigungspersonal gewesen?«, fragte Claudia, offenbar hatte der Mordfall sie von ihrem Problem bezüglich ihres Ehemanns abgelenkt.

»Sie war getarnt«, flüsterte Paul dermaßen laut, dass es vermutlich bis ans Ende des Zimmers zu hören war.

»Ach, wie spannend. Ich sollte doch öfter Zeitung lesen.« Claudia Lüthi runzelte die Stirn.

»Hat dir die Polizei bei der Befragung nichts gesagt?«, fragte Toni. Er wunderte sich, dass die Schweizerin offenbar nichts wusste.

»Ich wurde nicht befragt, bin ja erst vor vier Tagen angereist. Der Mord ist ja schon eine Weile länger her.«

»Er geschah am 17. September.« Paul fühlte sich offenbar bemüßigt, sie aufzuklären. »Und die Leiche lag droben auf dem Teufelstein, direkt beim Felsen. Angeblich war ein schreckliches Wetter, kalt, Regen, Wind. Wer macht denn unter solchen Umständen eine Wanderung? Das ist doch merkwürdig.«

Die Ärztin sah auf die Uhr. »Leider muss ich an dieser Stelle abbrechen, die Zeit ist um. Wir sehen uns in zwei Tagen wieder.« Ihr Abgang hatte Fluchtcharakter.

»Das ist doch die Höhe! Psychologische Betreuung ist etwas anderes. Das wird in der Schweiz schon besser gehandhabt.« Claudia klang erbost.

»Warum bist du dann hier?«, fragte Alessia, eine Wienerin. Den Namen hatte sich Toni überraschend gemerkt, vermutlich, weil er selten war. Die meisten verließen den Raum und er kam zum Schluss, dass er hier nichts mehr von Bedeutung hören würde.

Gemeinsam mit Paul ging er in den zweiten Stock zurück, auch Paul benutzte nun immer die Treppe, nachdem er von Tonis Abneigung gegen Aufzüge gehört hatte.

»Weshalb magst du die Frau Doktor nicht?«, fragte Toni.

»Kann ich nicht sagen, ist so ein Gefühl.« Hermann zuckte mit den Schultern. »Da ist nichts Warmes in ihr, verstehst du? Durch und durch Eis.«

»Ja?« Toni kannte die Ärztin bisher kaum.

Doch Paul lieferte die Erklärung nach. »Es gibt Menschen, in deren Nähe wird einem sofort warm. Sie haben positive Wellen und dann sind da die anderen, die das Gegenteil sind. Frau Doktor Hartmann erinnert mich an einen Eispickel, kantig und mit einem Charme, der in der Nähe des Gefrierpunkts rangiert.«

Toni fand sie nicht so schlimm, eher ungeeignet. Wie konnte jemand ohne entsprechende Ausbildung eine Gesprächsrunde leiten?

»Und den Tee trinkst du wirklich nicht?«

»Nein, ich will mich doch nicht vergiften! Obwohl meine Nichten bereits schwer auf meinen Tod warten.«

»So schlimm?«

»Sie sind geldgeile Luxusgören. Dabei haben sie von meinem verstorbenen Bruder reichlich geerbt. Aber wie heißt es so schön? Geld kann man nie genug haben.«

»Bist du extrem reich?« Toni musterte ihn, Reichtum hätte er bei Paul nicht vermutet, andererseits konnte er sich dieses Kurheim leisten.

»Ein bisschen was ist da, ich hatte eine Marzipanmanufaktur, zusammen mit meinem Bruder. In Lübeck. Da ist beim Verkauf schon was übrig geblieben.« Er winkte ab, denn sie waren vor seinem Zimmer angekommen. »Ich bin einfach vorsichtig, meine Nichten erben nach meinem Tod ohnehin alles. Aber vorher keinen Cent.«

»Dein Bruder?«

»Ist bei einem Unfall gestorben.«

Toni wurde hellhörig. Paul Hermann wäre ein Kandidat als Mordopfer.

»Gute Nacht, Toni. Und lass das mit dem Teetrinken.«

Kurze Zeit später brachte Schwester Lena eine frische Thermoskanne mit Tee.

»Was genau ist denn da drin?«

»Das ist ein Geheimnis.« Sie lächelte. »Und selbst wenn Sie mich foltern, könnte ich es Ihnen nicht sagen.«

»Sie wissen es auch nicht?«

»Nein. Das Rezept kennen nur wenige, Doktor Schwarz hat Angst, dass es verraten wird.«

»Dann könnte es auch durch eine Analyse festgestellt werden, wenn jemand wirklich drauf aus ist.«

»So leicht geht das nicht. Klar, ein paar Zutaten lassen sich heraus analysieren, aber die präzise Menge nicht. Wäre es so einfach, wäre ja kein Rezept sicher. Wenn ich an die vielen Getränke denke, die auf dem Markt sind!« Lena lachte, es klang glockenhell und erinnerte Toni an Cindy. Deren Lachen hatte ihm von Anfang an gefallen, auch als er sie noch nicht in seinem Team gewollt hatte.

»Das habe ich nicht gewusst!« Toni wusste selbstverständlich genau darüber Bescheid, was im Labor machbar war und was nicht. »Gibt es den Tee bei Ihnen zu kaufen? Für zu Hause?«

»Nein.« Die junge Schwester zuckte bedauernd mit den Schultern. »Der Tee ist als Unterstützung während der Therapien hier gedacht und nicht als Dauerlösung. Die meisten unserer Gäste kommen wieder, habe ich mir sagen lassen, viele sogar jedes Jahr.«

»Jedes Jahr!« Toni fiel die Riesensumme ein, die ein Aufenthalt kostete. Aber es gab offenbar genug reiche Leute, die sich das leisten konnten. Und vermutlich dachten sie sich, je teurer, desto besser. Manche tickten so.

»Gefällt es Ihnen, hier zu arbeiten?«, fragte er.

»Ganz gut. Zum Glück, Stress könnte ich keinen gebrauchen. Darf ich noch Ihren Puls messen?«

»Aber natürlich.« Toni hielt ihr die Hand hin und sie tastete nach seinem Puls und holte ihre Uhr heraus. Sie schob ihre Unterlippe leicht vor und trug danach den Wert auf ihrem Notebook ein. Auch das erinnerte ihn an Cindy, die nirgends ohne ihr iPad hinging. Heutzutage lief alles elektronisch. Wo waren die guten alten Fieberkurven, die am Bett hingen, geblieben? »Sagen Sie, ist das Zentrum momentan voll ausgebucht?«

»Nein, zurzeit nicht. Wir haben zwei freie Zimmer. War Glück für Sie, denn sonst wären Sie nicht so rasch untergekommen.«

»Wäre mir egal gewesen.« Toni gab seiner Stimme einen murrenden Klang. »Mein Arzt hat gedrängt und meine Tochter, sie meint's ja gut, aber man kommt sich doch ein wenig entmündigt vor, wenn alle glauben, dass sie wissen, was einem guttut.«

»Da verstehe ich Sie gut, das Gefühl sollten Sie nicht haben. Tun Sie es nicht für die anderen, sondern für sich, dass Sie sich wieder in Ihrem Körper wohlfühlen.«

»Hm.« Toni wollte das Thema nicht vertiefen, daher kam er nun gleich zum Punkt. »Sagen Sie, haben Sie Frau Kraut gekannt?«

Lena zögerte und wartete ein paar Sekunden mit der Antwort. »Sie meinen die Frau, die am Teufelstein tot gefunden wurde?«

»Ja. Und sie wurde ermordet, stand zumindest in allen Zeitungen.«

»Ich habe sie gekannt, sie war nicht besonders kommunikativ.« Lena sah an Toni vorbei zum Fenster hinaus, er folgte ihrem Blick. Die Dämmerung verwandelte die Umwelt in Grautöne. »Ein paarmal habe ich sie getroffen, und ich fand es komisch, dass sie manchmal in Zimmern war, von denen ich dachte, sie hätte sie schon geputzt.«

»Tatsächlich?«

»Mittlerweile kommt es mir logisch vor, denn sie war ja keine Putzfrau, sondern Journalistin. Sie muss irgendetwas gesucht haben.« Die Schwester schüttelte den Kopf. »Keine Ahnung, was.«

»Haben Sie Ihre Beobachtungen der Polizei mitgeteilt?«

»Nein. Sie wussten bereits, dass sie Journalistin war und spioniert hat. Der Chef war vielleicht auf hundert, kann ich Ihnen sagen.«

»Kann ich mir vorstellen.« Toni wies auf sein Buch, das auf dem Tisch lag. »Wissen Sie, ich lese fürs Leben gern Kriminalromane. Dass ich einmal so hautnah mit einem richtigen Fall konfrontiert werde, das ist unbeschreiblich.«

Lena trat einen Schritt zurück. »Ich muss weiter. Wenn Sie noch was benötigen, klingeln Sie bitte. Sonst eine angenehme Nachtruhe und trinken Sie Ihren Tee, die Kräuter darin entspannen.« Als sie schon bei der Tür war, rief Toni ihr nach.

»Warum war Doktor Schwarz so aufgebracht wegen der Journalistin? Denken Sie, er hat was zu verbergen?«

Er wartete darauf, dass Schwester Lena voller Empörung ihren Chef verteidigen würde. Stattdessen wandte sie sich kurz um und zuckte mit den Schultern. »Wer weiß das schon?«

Mittlerweile war es fast vollständig dunkel geworden. Toni fand, es wäre eine gute Gelegenheit für ein abendliches Telefongespräch. Das Handy steckte er in die Tasche seines Trainingsanzugs und ging zu Fuß die zwei Stockwerke hinunter. Im ersten Stock hörte er durch die halb offene Tür zum Büro der Oberschwester Stimmen. Er trat näher und erkannte Frau Dr. Hartmann.

»... ist völlig eskaliert. Zum Schluss haben alle über die Kraut geredet. Ich sage dir, es war ein Fehler, dass wir nicht eine Psychologin haben kommen lassen. Der Moser war doch zu der Zeit gar kein Kurgast, weshalb hat er das Thema angeschnitten?«

»Er hat es vermutlich in der Zeitung gelesen. Was soll's?« Eine männliche Stimme. War das Dr. Weber oder der Chefarzt selbst?

»Jetzt tu nicht so unschuldig! Deinetwegen haben wir den Dreck am Hals.« Sabine Hartmann klang scharf, ihr Tonfall kippte.

»Eifersüchtig?« In diesem Augenblick erkannte Toni den jungen Arzt an seiner gönnerhaften Betonung. »Mensch, Sabine, das mit uns hätte doch eh keine Zukunft gehabt. Zudem hast du dich lange vorher anders orientiert.«

»Du glaubst, ich bin sauer, weil du sie gebumst hast? Ha!« Ihr Lachen klang eher ärgerlich denn fröhlich. »Deine armseligen Liebeskünste kannst du demonstrieren, bei und mit wem du willst. Ich rede davon, dass du ihr Mörder sein musst.«

»Ich?«

»Klar. Du bist eine halbe Stunde später zur Besprechung erschienen, nicht wahr?«

»Und in der Zeit soll ich sie umgebracht haben? Du bist doch verrückt.«

»Nun, du bist sportlich.« Das war eindeutig die quäkende Stimme der Oberschwester. Sie war also auch dabei. »Ich würde dir zutrauen, innerhalb dieser Zeit den Weg vom Teufelstein herunterzujoggen. Und du hattest ein Motiv.«

»Jetzt wird's aber mächtig interessant. Was soll das sein?«

»Sie hat mit jedem hier angebandelt, das wissen hier alle. Sogar mit Leon.«

Leon? Toni machte sich im Geist eine Notiz.

»Na und? Deswegen soll ich sie umgebracht haben? Lächerlich.«

»Auf jeden Fall können wir dich als Täter nicht ausschließen.« Das war wieder die Oberschwester, sie klang lauter, offenbar kamen sie näher, und Toni flüchtete zurück die Treppe hinauf.

In seinem Zimmer klappte er den Laptop auf und ging die Personalliste durch. Leon Unterberger, achtundzwanzig, abgebrochene Kochlehre in Leoben, seit zehn Jahren im Kurheim als Küchenhilfe angestellt. Das Foto zeigte einen ausgesprochen großen, kräftig gebauten Mann, der als Security wohl jedem Respekt eingeflößt hätte.

Konnte es eine Beziehungstat gewesen sein? Aus Eifersucht? Dann wäre sein Einsatz hier sinnlos und die Todesfälle in der Klinik wirklich Zufälle. Vanessa Kraut war eine schöne Frau gewesen, die offenbar ihren Sex-Appeal eingesetzt hatte, um möglicherweise an Informationen zu kommen. Hatte sich einer ihrer Verehrer mehr erwartet?

Er klappte den Laptop zu und schnappte sich sein Handy. Als er diesmal am Zimmer der Oberschwester vorbeikam, war die Tür geschlossen und kein Lichtschein zu sehen.

Zum Glück regnete es nicht, so konnte er ins Freie.

Der Bürstenkopf an der Rezeption rief ihn zu sich. »Wohin wollen Sie denn? Es ist schon spät.«

»Ich muss noch eine Runde spazieren gehen, danach kann ich besser schlafen.«

Würde er es ihm verbieten? Toni kannte sich mit den Gepflogenheiten von Kurheimen nicht aus, vielleicht durfte man abends nicht mehr raus? Er hätte im Zimmer bleiben sollen, auffallen wollte er nicht.

Doch Daniel Titz deutete nur auf ein aufgeschlagenes Buch. »Tragen Sie sich hier aus. Bis dreiundzwanzig Uhr sollten Sie wieder im Haus sein.«

Austragen, das hätte er fast vergessen!

»Ich bin in einer Viertelstunde wieder da.«

»Trotzdem. Und denken Sie daran, den Eintrag abzuhaken, wenn Sie zurückkommen, andernfalls schicken wir einen Suchtrupp los.«

»Ich will es mir merken.« Toni trug seinen falschen Namen ein. »Ach, übrigens, die Universität beginnt doch nächste Woche? Ist es nicht ein wenig spät für einen Ferienjob?«

Titz' Wangen färbten sich rosa. »Ich habe das mit dem Ferienjob nur gesagt, weil es besser klingt. Mein Studium pausiert gerade, ich weiß nicht so recht, ob ich weitermachen soll.«

»Aha«, sagte Toni nur, dann verließ er das Gebäude. Titz hatte erst nach dem Mord an Vanessa Kraut hier angefangen, seine kleine Lüge hatte bestimmt nichts mit ihr zu tun. Dennoch mochte Toni es nicht, wenn er angelogen wurde, noch dazu aus so einem läppischen Grund.

Draußen holte er tief Luft. Seit Ilse nicht mehr lebte, ging er selten in die Natur, vom Golfplatz abgesehen. Die gepflegten und getrimmten Rasenflächen waren zwar schön, jedoch eindeutig von Menschenhand geschaffen. Seit er hier war, genoss er die Schönheit der Wälder, durch die Nordic Walking Runden hatte er bereits einige Wege rund um das Naturheilzentrum kennengelernt.

Hinter dem Parkplatz begann gleich der Wald, er achtete darauf, dass er auf den Spazierwegen blieb. Von den üblichen Geräuschen abgesehen genoss er die Stille ringsum. Grillen zirpten, auch sonst gab es nächtliche Laute, die Toni als Stadtmensch nicht zuordnen konnte. In der Stadt war immer irgendein Lärm, selbst nachts wurde es nicht völlig ruhig.

Nach ein paar Minuten wählte er Cindys Nummer.

»Hallo, Toni, hab schon gewartet.«

»Unsinn, du weißt doch, dass ich nicht immer die Gelegenheit habe. Das Programm ist hier reichhaltig.« Rasch fasste er das wenige, das ihm an diesem Tag aufgefallen war, zusammen.

»Mord aus Eifersucht wäre zu simpel«, sprach Cindy aus, was er dachte.

»Würde ich auch sagen. Möglich ist zwar alles, aber dass die Kraut in den kurzen zwei Wochen, die sie da war, Herzen gebrochen hat, kann ich mir nicht vorstellen.« Er räusperte sich. »Schwester Lena hat beobachtet, dass sie sich offenbar in Zimmern aufgehalten hat, in denen sie nichts zu suchen hatte.«

»Hilft uns das weiter?«

»Nur als Notiz. Auch Sabine Hartmanns Verhalten bei der Gesprächsrunde war merkwürdig. Sie war überhaupt nicht geeignet so eine Runde zu leiten, warum tut sie es?«

»Aus Ersparnisgründen? Sonst müsste eine Psychologin eingestellt werden.«

»Cindy, wir sprechen hier von einer exklusiven Kurklinik. Geld spielt keine Rolle.«

»Franz hat den exakten finanziellen Hintergrund herausbekommen, viel wirft die Klinik nicht ab, sie kommt gerade mal über die Runden. Ohne die erhebliche Finanzierung durch die Stiftung würde sie keinen Tag überleben.«

»Interessant. – Ehe ich's vergesse, der Rezeptionist Daniel Titz ist erst seit kurzer Zeit angestellt. Wer war es vorher und warum ist die Person gegangen? Das müsstet ihr abchecken.«

»Notiert.«

Dann spitzte er die Ohren, als Cindy die Befragungen der Angehörigen der Verstorbenen zusammenfasste.

»Unter dem Strich lässt sich eines feststellen: Sämtliche Verwandten bezweifeln nicht, dass es ein natürlicher Tod war, und ausnahmslos alle vermissen die Toten nicht, vermutlich, weil sie ein tolles Leben mit deren Geld haben.«

»Trotzdem scheiden sie als Täterin oder Täter aus, denn niemand war gleichzeitig im Kurheim oder in der Nähe.«

»Stimmt, teilweise waren sie Hunderte Kilometer fort. Übrigens, die Kollegen waren ausnahmslos hilfsbereit. Sogar Klaus hat uns geholfen.«

»Du meinst Klaus Vith?« Klaus war ein guter Freund von ihm, der in Bregenz die Abteilung Leib und Leben leitete.

»Genau den. Aber er hat nur bestätigt, was wir ohnehin bereits wussten. Er war nett wie immer.«

Toni grummelte innerlich. Klaus hatte bei einem bundesländerübergreifenden Fall versucht, Cindy als gebürtige Vorarlbergerin ins Land zurückzuholen. Auch hatte sie sich dort in ihren jetzigen Freund David verliebt. Dennoch war Cindy in Graz geblieben.

Das bedeutete nicht, dass er Klaus seinen Versuch nicht übel genommen hatte.

Dann fiel ihm der Tee ein. Er hatte heute Abend keinen Schluck getrunken, und er beschloss, das beizubehalten.

Vielleicht war an Pauls Warnung was dran, obwohl es lächerlich klang.

»Cindy, der Tee muss untersucht werden. Bring bei deinem Besuch ein steriles Gefäß mit. Angeblich sind nur Pflanzen drin, aber das glaube ich nicht. Ich spüre eine Wirkung, das heißt, ich werde das Zeug nicht mehr anrühren. Ein Kurkollege hat ebenfalls Verdacht geschöpft und trinkt ihn nicht.«

»Was für eine Wirkung ist das? Denkst du an Drogen?«

»Eher an synthetische Arzneistoffe.«

»Wozu sollten sie das machen?«

»Cindy, sie verkaufen die Kur als pflanzlich, bio, reine Natur – alles, was jetzt Mode ist. Alle Patienten haben einstimmig gesagt, dass sie sich besser fühlen, und die meisten sind optimistisch und haben gute Laune. Da könnte doch irgendwas im Tee sein.«

»Okay, das ist ja noch eine leichte Aufgabe, Tee ins Labor zu schicken. Wäre das nicht schon längst aufgeflogen?«

»Wo kein Kläger ist«, Toni kratzte sich am Ohr, »aber du hast recht, ich glaube es selbst nicht. Bestimmt sind wirklich nur Kräuter drin. Schmackhaft ist er.«

Ein Geräusch ließ Toni zusammenzucken und hinter den Büschen sah er einen Schatten. Wer war das?

»Was ist los?«, fragte Cindy.

»Ach, Susi, und bring mir bitte meine Regenjacke mit, die blaue, die im Kasten vorn hängt, du weißt schon«, sagte er laut ins Telefon.

»Klar.« Cindy schaltete sofort. »Noch was?«

Der Mann im Dunkeln entpuppte sich als Helmut Reinbacher, er trug einen Rucksack auf dem Rücken. War er bereits länger in der Nähe gewesen? Hatte er gelauscht?

»Lass mich überlegen? Am besten einen Hotdog.« Toni lachte. »Nein vergiss es. Du fehlst mir, denkst du wirklich, dass ich weitere zweieinhalb Wochen hierbleiben muss?«

»Bist du in Gefahr?«, fragte Cindy leise. »Soll ich Veit benachrichtigen?«

»Das wird lang«, sagte Toni. »Nein, nein ich will keinen Besuch, dich ausgenommen, sag das dem Veit.« Er beendete das Gespräch, denn der Hausmeister war nun nahe herangekommen.

»Guten Abend«, sagte Toni höflich. An der gerunzelten Miene Reinbachers und bei dem schwachen Licht, das der Mond zwischen die Bäume schickte, konnte er nicht ablesen, ob der Mann etwas mitbekommen hatte.

Vielleicht war die freie Natur doch nicht so eine geeignete Telefonzelle, es hallte weit hinaus. »Was treibt Sie denn noch heraus?«

»Das müsste ich eher Sie fragen, nicht wahr?« Das feiste Gesicht glättete sich. Jetzt fiel ihm die dunkle Stelle rund um die Nase auf. War der Hausmeister geschlagen worden oder im Suff irgendwo gegen gerannt? »Sie sollten nicht bei Dunkelheit im Wald herumlaufen, das ist für Stadtmenschen gefährlich.«

»Sie haben recht, ich bin ein wenig weit gegangen, wollte nur kurz raus. Ist ja fast dunkel.«

»Geht im Herbst schnell. Sommer ist vorbei.«

»Sie kennen sich offenbar gut aus, dass Sie bei Nacht durch den Wald wandern?«

»Der Wald und ich, wir sind so.« Er kreuzte den Zeigefinger über den Mittelfinger und wies gleich darauf mit der Hand in die entgegensetzte Richtung. »Gehen Sie nur rasch zurück, ehe es komplett finster wird.« Der Mann rülpste und versuchte, das durch Hüsteln zu kaschieren. Wahrscheinlich war er alkoholisiert, Toni hatte bereits mitbekommen, dass er gerne trank.

»In Ordnung.« Toni trat näher zu ihm. »Sind Sie gestürzt?« Er deutete auf das Gesicht des Hausmeisters.

»Das ist nichts, eine kleine Unvorsichtigkeit.« Es klang schroff und abweisend.

»Und was machen Sie so spät im Wald?« Toni gab seiner Stimme einen jovialen Tonfall.

»Ich drehe immer meine Runden, sehe nach dem Rechten, wenn Sie so wollen. Ich schaue noch zum Gymnastikplatz, falls Müll oder so liegen geblieben ist.« Damit schritt er zügig weiter.

Toni spürte, dass er log. Der Gymnastikplatz, bei dem auch er schon einmal eine Yoga-Einheit hatte absolvieren müssen, war tatsächlich nur ungefähr zwanzig Meter weiter. Aber er hatte so eine Ahnung, dass der nicht das Ziel von Reinbacher wäre.

Am liebsten wäre er ihm gefolgt, leider war es zu spät. Zudem kannte er sich im Wald nicht aus, hatte nicht einmal eine Taschenlampe mit.

Was war das eigentliche Ziel des Hausmeisters? Wer hatte ihn geschlagen? Und was hatte er in seinem Rucksack?

Kapitel 13

Reinbacher erlebt in Gedanken erneut den Auftritt des jungen Arztes. Bereuen soll er? Beichten? Der hat sie nicht alle! Er tastet zu seinem Auge. Den Schlag wird er ihm irgendwann heimzahlen, wenn er nicht so betrunken ist! Der Kerl hat nur getroffen, weil er ihn überrascht hatte.

Gerade jetzt, wo Schwarz ihm mehr Geld in Aussicht gestellt hat! Obwohl er ihm nichts von Weber gesagt hat. Ist immer gut, ein Ass im Ärmel zu haben.

Seit die Kraut tot ist, läuft es aus dem Ruder. Gibt's jemanden, den die Schlampe nicht bezirzt hat? Meine Güte, ihn hat sie auch fast gehabt.

Was wollte dieser Kurgast gestern? Weshalb ist er genau an dieser Stelle im Wald gewesen? Abseits vom Weg? Nun passt er jeden Tag auf, dass er nicht noch einmal auftaucht. Was musste der Kerl herumschnüffeln?

Reinbacher dreht sich ein paarmal um, doch heute ist von dem Mann nichts zu sehen. Er muss eben aufpassen. Normalerweise kommen die Gäste ohnehin nicht in die Nähe seiner Hütte, sie liegt nicht direkt am Weg.

Ihm ist schwindlig geworden. Er hätte weniger trinken sollen. Ach, Quatsch, er ist ein Mann, verträgt schon was.

Der Kurgast kommt ihm wieder in den Sinn. Irgendwas an dem Kerl war komisch. Moser heißt er, Esra hat es ihm gesagt. Er mag sie irgendwie, ist ein armer Tropf. Sie kennt den Moser nicht persönlich, weiß es nur vom Schild an der Tür. Was hat er im Wald getan? Mit wem er telefoniert hat? Leider hat er zuerst nichts hören können und danach die Namen Susi und Veit. Zudem ist der Kerl etwas jünger als das Durchschnittsalter ihrer Patienten.

Bockmist, er hört die Flöhe husten. Momentan sind alle sensibel geworden, wegen dieser toten Journalistin. Vor allem Esra ist noch ein wenig durch den Wind, glaubt, es könne auch sie treffen. Arme Haut! Sie braucht den Job, ihr Mann ist abgehauen, das Geld reicht hinten und vorn nicht. Daher wird sie sicher nichts verraten. In den Jahren, seit sie hier arbeitet, hat sie bestimmt einiges mitbekommen. Er selbst weiß schon lange, dass in diesem Naturheilzentrum einiges faul ist. Aber wieso soll er Schwarz auffliegen lassen? Seit dreißig Jahren lebt er gut von ihm. Und vielleicht gelingt es ihm zu gewinnen, anstatt zu verlieren. Muss doch einmal klappen. Gibt schließlich ein Gesetz der Wahrscheinlichkeit. Vorläufig wird die Kuh gemolken, die am fettesten ist.

Natur pur? Quatsch. Aber die Leute wollen ja glauben, was man ihnen weismacht! Dann verdienen sie auch nichts Besseres. Diese Truppe, die glaubt, dass man hervorragende Qualität bekommt, wenn nur der Euro rollt. Tee mit selbst gesammelten Kräutern aus den Wäldern?

Er muss unwillkürlich kichern. Schwarz wird weiterhin zahlen. Vor ihm taucht sein Schuppen auf. Bald würde er ernten.

Er rülpst. Verdammt, der Fusel vom Dorfkrug wird immer schlechter. Gut, dass er gleich da ist und sich ausruhen kann. Morgen würde er weniger trinken. Mühevoll schleppt er sich hinein.

Schon lange hatte er sich hier eingerichtet, Gaskocher, Geschirr, Kühlschrank und das Feldbett, auf das er sich nun fallen ließ.

»Du machst es mir leicht«, hört er eine bekannte Stimme. »Besoffen und wehrlos. Der Geldhahn hat keine Lust mehr.«

Kapitel 14

Vorsichtshalber hatte Cindy ihr braunes Haar unter einer blonden Perücke verborgen. Immerhin war es möglich, dass sie in ihrer Funktion als Kriminalbeamtin kommen musste, da könnte es von Vorteil sein, nicht sofort erkannt zu werden. Kaffeeduft lag in der Luft, so eine Tasse wäre jetzt nicht zu verachten. Es war kurz nach halb drei Uhr am Nachmittag.

Ihre Regenjacke unter dem Arm ging sie zielsicher auf den jungen Mann an der Rezeption zu. Dank Toni wusste sie, dass er Daniel Titz hieß. »Hallöchen«, flötete sie und strich ihr langes Haar gekonnt zurück. Schließlich hatte sie dies vor dem Spiegel geübt. »Ich bin die Susi Moser und möchte gern meinen Papa besuchen, in welchem Zimmer ist er denn?«

Sie beugte sich vor, damit Titz von ihrem reichlich aufgetragenen Parfum eingenebelt wurde.

»Die ... Die Besuchszeit beginnt erst in zwanzig Minuten.« Er stierte in Cindys Ausschnitt.

»So genau wird das doch nicht sein.« Sie sah ihn intensiv an. »Schließlich komme ich extra von Vorarlberg hierher.«

»Tut ... Tut mir leid, aber vermutlich ist er bei einer Therapie.«

»Oh!« Cindy zog einen gekonnten Schmollmund. »Kann ich in seinem Zimmer warten?«

»Nein, ähem, das geht nicht. Wir haben einen Besuchsraum.«

»Wie im Gefängnis.« Sie kicherte und versuchte, ein möglichst albernes Gesicht zu machen. »Wo ist dieser Besuchsraum?«

Er deutete in eine Richtung. »Gleich hinter der Tür, der erste Raum links.«

Cindy bedankte sich. Sie lief jedoch am Besuchsraum vorbei. Ein langer Seitengang zog sich bis zum anderen Flügel, rechts und links waren Therapieräume. Durch die kleinen Glasfenster sah sie eine Gymnastikgruppe, im nächsten eine Gruppe auf Stühlen im Kreis sitzen. Eine von Tonis gefürchteten Gesprächsrunden.

Cindy fand am Ende des Flurs eine braune Tür, die nach Tonis Beschreibung in die Kellerräume führen musste. Sie sah sich um, ehe sie durch die Tür schlüpfte. Im Keller war der gleiche Gang angelegt, rasch durchsuchte sie die dahinterliegenden Räume, es waren Lagerräume mit Kartons, in denen sich medizinische Artikel, Decken und sonstiges Material befanden. Alles wirkte ordentlich aufeinandergestapelt. Ein größerer Turnsaal, der jedoch leer war und auf einer Tür stand »Schwimmbad«. Sie war verschlossen und man kam offenbar nur mit einer Schlüsselkarte hinein. Einer der Räume mündete in die Tiefgarage, sie war nicht sonderlich groß, bot Platz für ungefähr fünfzig Autos. Eine Tür war mit ›Kühlraum‹ beschriftet, er lag auf der anderen Seite des Flurs. Daneben führte eine schmale Treppe hinauf, Cindy betrat sie und stand oben vor der Tür mit Aufschrift »Küche«. Rasch eilte sie wieder hinunter und fand eine Holztür, ohne Beschriftung, die sie zuvor übersehen hatte und die zugesperrt war. Was wohl dahinter sein mochte? Ungewöhnlich war es nicht, dass eine Tür versperrt war. Vielleicht gab es wertvolle Lagerbestände oder Medikamente, die geklaut werden könnten. Dennoch würde es sie interessieren, was es war.

Doch mittlerweile war eine Viertelstunde vergangen. Möglicherweise wartete Toni schon und sollte er Herrn Titz fragen, würde der sich wundern, wo sie abgeblieben wäre. Sie eilte zurück und schlüpfte durch die Tür, dabei stieß sie fast mit einer dunkelhaarigen Frau zusammen, die einen Arztkittel trug. Sofort erkannte sie sie nach dem Foto auf der Website, das musste die Oberärztin Sabine Hartmann sein. Die Ärztin war ein paar Jahre älter als Cindy und trotz Make-up waren die Augenfältchen nicht zu übersehen. Nun runzelte sich zusätzlich ihre Stirn. »Wer sind Sie? Und was haben Sie im Keller gemacht?«

»Ich bin Susi Moser.« Sie lächelte die Ärztin an. »Mein Papi hat mich gebeten, etwas aus seinem Wagen zu holen«, improvisierte sie rasch.

»Wer ist Ihr Vater?«

»Toni Moser. Er ist schon ein paar Tage hier.«

»Natürlich, wir kennen unsere Gäste rasch.« Ihre Stirn glättete sich wieder. »Normalerweise kommt man von der Garage durch die andere Tür herauf, die mündet direkt bei der Rezeption.«

Cindy schlüpfte an Frau Dr. Hartmann vorbei, ehe sie sich mehr darüber wundern konnte, wie Cindy ausgerechnet diesen Ausgang hatte finden können. »Ich muss rasch zu Papi, er wartet auf mich.«

Fast spürte sie die Blicke der Oberärztin in ihrem Rücken, als ob es Laserstrahlen wären. Dennoch drehte sie sich nicht um, erreichte die Tür, durch die sie gekommen war. Ob sich Frau Doktor wunderte, dass sie keinen Autoschlüssel in der Hand gehabt hatte? Andererseits brauchte man bereits für viele Autos den Schlüssel nicht mehr auszupacken, sondern lediglich in der Tasche zu haben.

Toni wartete zum Glück im Besuchsraum, einer gemütlichen Lounge mit Sitzecken und normalen Tischen, die teilweise besetzt waren. Offenbar nutzten einige Angehörige den verregneten Tag für einen Besuch.

»Papi, wie schön, gut schaust du aus!« Cindy umarmte Toni kurz, ehe sie einen Schritt zurücktrat. »Die Kur tut dir gut.«

»Unsinn!« Toni sah sich um und nickte ihr zu. Klar, in dem Raum war kein vertrauliches Gespräch möglich. »Wir müssen hinaus.«

Damit hatte Cindy gerechnet, sie hatte feste Schuhe und ihre Regenjacke angezogen. »Du musst dich noch umziehen.«

»Nein, meine Jacke ist warm genug und einen Schirm kann ich mir beim Bürstenkopf ausleihen.«

»Du meinst den Rezeptionisten?«

»Wen sonst.«

Sie unterhielten sich über Belanglosigkeiten, bis sie den Wald erreichten. »Verrätst du mir, wohin wir gehen?« Cindy fröstelte, als ein Windstoß ihr Regentropfen ins Gesicht blies. Der Regen war nicht stark, dennoch war es alles andere als gemütlich. Es musste schon wichtig sein, wenn Toni sie bei diesem Wetter hinausjagte.

»Müssen wir weit gehen?« Cindy vertraute zwar auf Tonis Gespür, aber ihr war kalt und sie hatte wenig

Lust, lange im Nassen herumzuspazieren. Zudem freute sie sich auf einen Abend mit David.

»Mal schauen.« Toni zuckte mit den Schultern.

Da fiel ihr ihre Turngruppe ein. »Übrigens haben wir mit unserer Gruppe beim Jubiläum hier einen Auftritt. Denkst du, das stört?«

»Wüsste nicht warum, wenn ihr absagt, ist es bloß auffällig.« Er zeigte ein schiefes Grinsen. »Und ich werde zusehen, wie du mit Saltos durch die Luft wirbelst und dir blaue Flecken holst.«

»Da kannst du lang warten.«

»Ehe ich's vergesse, hast du ein Gefäß mitgebracht?«

»Hier.« Cindy angelte zwei Fläschchen aus ihrer Tasche. »Vielleicht solltest du eine Probe vom Morgen- und vom Abendtee nehmen.«

»Das hatte ich vor, ich habe in meinem Zimmer ein Glas Tee vom Vorabend im Schrank versteckt.« Toni steckte die Gefäße in seine Jackentasche und zog den Reißverschluss zu.

»Getrunken hast du es nicht mehr?«

»Nein, aber ich habe diese Nacht schlechter geschlafen und fühle mich heute auch nicht so fit. Oder ich bilde es mir ein, weil Paul, mein Tischnachbar, mich total irregemacht hat.«

»Franz hat die Informationen über den Hausmeister besorgt, die du haben wolltest. Er ist vorbestraft, es sind allerdings Jugendstrafen und eine Ewigkeit her.«

»Lass mich raten: Drogen?«

»Ja, er hat Ecstasy und LSD auf dem Schulhof vertickt, da war er neunzehn. Hat drei Jahre bekommen, die er teilweise abgesessen hat.«

»Seither ist er nicht mehr auffällig geworden? Das ist dreißig Jahre her.«

»Ich denke, er ist kriminell geblieben, er hat sich nur nicht mehr erwischen lassen.«

»Als ich ihn vorgestern im Wald getroffen habe, war er alles andere als erfreut, mich zu sehen. Und wohin er dann verschwunden ist, wäre auch interessant zu wissen.«

»Das war, als du mir nach unserem Telefonat die SMS geschickt hast?«

»Ja. Er ist nachher weiter in den Wald hineingegangen. Wohin wollte er? Zum Ort kommt man da nicht und es ist auch kein Wanderweg.« Toni blieb stehen. »Und gestern hat er mich kaum gegrüßt. Ich habe ihn gefragt, ob er im Wald noch fündig geworden sei.«

»Was hat er geantwortet?«

»Er habe sich nur die Beine vertreten wollen und zudem ginge es mich eh nichts an.«

»Komisch. Beine vertreten. Man sollte meinen, dass er als Hausmeister genug Bewegung hat.«

»Zudem hatte er ein Hämatom im Gesicht. Er hat es eine Unvorsichtigkeit genannt. Sah aber eher nach Prügelei aus.«

»Das hat er sich gut zurechtgelegt.«

»Heute habe ich ihn noch nicht gesehen.« Toni sah zum Himmel und klappte seinen Schirm zu, der Regen machte eine kurze Pause. Das Wasser tropfte von sämtlichen Ästen und Blättern, der Boden lag aufgewühlt und matschig vor ihnen. »In irgendwas ist er auf jeden Fall verwickelt, fragt sich nur, ob er etwas mit dem Mord zu tun hat.«

»Ist das deine berühmte Toni-Nase?«

»Ich erkenne, wenn jemand etwas zu verbergen hat.« Er sah auf die Uhr. »Ist noch reichlich Zeit. Versuchen wir mal, in die Richtung zu gehen, in die ich ihn vorgestern habe verschwinden sehen.«

Cindy sah zweifelnd auf den aufgeweichten Boden, allerdings waren ihre Schuhe ohnehin bereits schmutzig. »Bist du sicher, dass wir zurückfinden? Es ist neblig, kalt und fängt gleich wieder an zu regnen.«

»Seit wann bist du aus Zucker?«

»Findest du zurück?«

»Wir könnten Steine werfen, wie bei Hänsel und Gretel.« Toni grinste schelmisch. »Mensch, Cindy, wir sind hier in der Steiermark, nicht am Amazonas, so dicht ist der Wald hier nicht. Und wir halten uns an den Weg.«

»Der im Matsch kaum zu erkennen ist.«

»So kenne ich dich ja gar nicht.« Toni stapfte voraus und Cindy notgedrungen hinterher. »Sieh mal, die Markierungen auf den Bäumen, das scheint mir der Weg zum Teufelstein zu sein. Da will ich übermorgen hin, an meinem freien Nachmittag. Das Wetter soll schön sein.«

»Toni, es ist gefährlich, wenn du so allein losziehst.«

»Ich bin nicht allein. Paul Hermann, ein Kurgenosse, wird mich begleiten.«

»Er ist eine Zivilperson!«

»Cindy, wir machen eine Wanderung wie jeder andere Kurgast auch. Da ist nichts Gefährliches dran und natürlich weihe ich ihn nicht ein.« Er blieb ruckartig stehen. »Weißt du, was mich wundert? Dass sämtliche Leute vom Personal nur ungern über Vanessa Kraut sprechen. Keiner will sie richtig gekannt haben und ihre Kollegin vom Reinigungsdienst habe ich immer noch nicht erwischt. Alle sagen, die Kraut sei verschlossen gewesen und habe kaum geredet.«

»Klingt das nicht komisch? Die Kraut wollte etwas herausfinden, da muss sie doch mit den Leuten reden. Und jetzt will keiner sie gekannt haben.«

»Sie lügen, das ist klar. Warum?«

Toni blieb abrupt stehen und nun sah es auch Cindy. Eine mittelgroße Hütte, die auf einer Lichtung stand.

»Was ist das?«, fragte Cindy.

»Eine Halterhütte, vermute ich mal. Da wohnten früher die Halterbuben, die aufs Vieh aufpassten. Kann es sein, dass Reinbacher hierher wollte? Am Gymnastikplatz sind wir vorbei.«

»Dann schauen wir es uns an.« Cindy sah zu Toni, der zögerte. »Ja, ich weiß, wir haben keinen Durchsuchungsbeschluss. Aber sei ehrlich, wenn wir Werdenhammer erreichen, so haben wir den Wisch im Nullkommanichts.«

»Meine Tarnung könnte auffliegen.«

»Wieso? Wir sind hier als Vater und Tochter und machen einen Waldspaziergang. Vielleicht gibt's ein Fenster, durch das wir hineinschauen können. Und der Hausmeister wird zu tun haben.«

»Ich habe ihn beim Mittagessen gesehen. Also gut, schauen wir nach.«

Schweigend näherten sie sich der Hütte. Cindy spürte ein Kribbeln im Bauch und hatte eine Vorahnung, dass sich gleich etwas Entscheidendes tun könnte. Sie erreichten die Tür, die mit einem Vorhängeschloss versperrt war, und umrundeten das Gebäude. Am Ende lag ein Holzstapel und Cindy kletterte hinauf. »Vor dem Fenster hängt ein Vorhang, da ist eine Lücke. Drinnen brennt Licht.« Sie musste sich ziemlich verrenken. »Das gibt's doch nicht. Ich schätze, wir haben eine Marihuanaplantage gefunden. Zumindest denke ich, dass es das ist, ich kann nur einen Teil sehen.«

Toni sah sich um. »Hat sich der gute Hausmeister einen lukrativen Nebenverdienst geschaffen?«

»Offenbar.« Sie kletterte wieder hinunter und angelte ihr Handy. »Ich werde mal Veit anrufen. Toni, wo willst du hin?«

Toni war weitergegangen. »Da vorn ist eine Tür, die scheint offen zu sein.« Sie kletterte rasch hinunter und sah Toni hinter der Ecke verschwinden.

Da hörte sie ihn schon rufen. »Verdammt.«

Kapitel 15

»Es ist der Hausmeister.« Toni bückte sich und fühlte kurz nach dem Puls. »Er ist tot.«

Cindy griff zum zweiten Mal innerhalb weniger Minuten nach ihrem Handy.

»Warte.« Toni stand wieder auf. »Bevor alle antanzen, muss ich verschwinden. Lass mich rundumschauen.« Der Tote lag auf einem einfachen Feldbett auf dem Bauch, direkt hinter einer offenen Tür im Anbau. Der war nicht mehr als ein Bretterverschlag. Ein Einschussloch war auf seinem Rücken zu erkennen. Toni warf einen Blick in das Innere des Raumes, sorgfältig darauf bedacht, nichts zu berühren.

»Deine Fußspuren.« Cindy deutete auf den Boden.

Tobi sah zu seinen Füßen. Cindy hatte recht, weiter hinein durfte er nicht. »Der Raum ist durchsucht worden.« Das war eindeutig zu erkennen, Töpfe, Gartengeräte und Erde lagen auf dem Boden verteilt, zwei Säcke mit Düngemittel waren aufgeschnitten und der Inhalt rieselte heraus. Schubladen waren herausgezogen, umgekippt und danach auf den Fußboden geworfen worden.

Im Hauptraum standen Marihuanapflanzen in Töpfen, die von oben mit einem speziellen Licht beleuchtet wurden.

»Ob er das Zeug verkauft hat?«, fragte Cindy.

»Für Eigenbedarf scheint es mir viel, aber zum Verkauf vermutlich zu wenig.«

»Ein paar Freunde, die er versorgt hat?«

Toni sah noch mal in den Bretterverschlag. »Was haben sie gesucht? Oder war's nur einer?«

»Das muss die Spurensicherung feststellen.«

»Ja.« Toni trat wieder zurück. »Könnte Vanessa Kraut das hier entdeckt haben? Sie hat ihn ertappt, wie er gerade etwas verkauft hat?«

»Denkst du, man hat sie hier ermordet und dann zum Teufelstein geschleppt? Ist ein Weg von über einer halben Stunde von hier aus, das erscheint mir viel Aufwand. Zumal man den Hausmeister hier liegen gelassen hat.«

»Es wäre schwierig gewesen, ihn zu transportieren, er wiegt ohne Zweifel das Doppelte von der Kraut.« Toni schüttelte den Kopf. »Nein. Falls es Kunden von ihm waren, oder ein Kunde, hätte derjenige dann nicht die Pflanzen mitgenommen, anstatt hier alles zu verwüsten?«

»Vielleicht könnte er sie bei sich zu Hause nicht halten? Cannabispflanzen brauchen viel Licht.« Cindy hielt ihr Handy hoch. »Ich ruf jetzt an.«

Toni nickte. Er wäre gern geblieben, das hätte jedoch merkwürdig ausgesehen. Nur eine kleine Gruppe war in seine Mission eingeweiht, aber alle, die hier ankamen, würden ihn erkennen. Langsam marschierte er zurück, hörte Cindy telefonieren. Schließlich zog sie Handschuhe an, schnappte sich einen Gartenrechen und versuchte, es so aussehen zu lassen, als wäre er nie da gewesen. Was würde sie sich ausdenken, dass sie hier mitten im Wald war?

Ihr würde schon was einfallen, sie war ein pfiffiges
Mädchen.

Mittlerweile regnete es wieder stärker, seine Spuren
würden zum Glück auch so rasch nicht mehr zu sehen
sein. Er erreichte das Naturheilzentrum eine halbe
Stunde vor dem Abendessen. Paul Hermann schien
schon auf ihn gewartet zu haben. Kaum hatte er sich in
seinem Zimmer aus Schuhen und Jacke gequält und
beides auf den Balkon verfrachtet, da klopfte es und der
ältere Mann trat ins Zimmer, sein gelbweißes Haar wieder ordentlich zu einem Zopf geflochten. »Mensch,
Toni, wo warst du denn?«

»Im Wald, mit meiner Tochter«, sagte er rasch. »Wir
haben einen kleinen Spaziergang gemacht.«

»Bei dem Wetter?«

»Zwischendurch hat es ein wenig aufgehört. Hattest
du Besuch?«

»Besuch? Von meinen habgierigen Nichten? Da leg
ich keinen Wert drauf.« Paul wischte mit der Hand
durch die Luft. »Die warten sehnsüchtig, dass ich den
Löffel abgebe, aber den Gefallen tue ich ihnen nicht.
Für meinen Achtzigsten in eineinhalb Jahren habe ich
ein fantastisches Fest geplant, da musst du auch dabei
sein!«

»Wenn ich kann, gern. Lübeck ist leider ein Stück von
hier, vielleicht ist das der Grund, weshalb deine Nichten nicht zu Besuch kommen können?«

»Pah, die würden mich selbst dann nicht besuchen,
würden sie in Fischbach wohnen. Sie sind die Töchter
meines Bruders, Gott hab ihn selig. Er war zehn Jahre
älter als ich und wir haben gemeinsam die Marzipan-

manufaktur aufgebaut. Edles Marzipan in Konditorqualität. Er ist mit siebzig gestorben, die Töchter haben sein gesamtes Erbe verschleudert. Ich habe sie ausbezahlt und die Firma bis Ende sechzig weitergeführt, sie dann gut verkaufen können. Und jetzt behaupten sie, ich hätte sie übers Ohr gehauen, die gierigen Weiber.«

»Wissen deine Nichten, dass du hier bist? Haben sie dir dieses Kurheim vorgeschlagen?«

Paul runzelte die Stirn. »Du stellst komische Fragen. Natürlich nicht, ich bin froh, wenn ich eine Zeit lang nichts von denen höre, dieses Pack.« Er schüttelte den Kopf.

»Sie haben keine Ahnung, dass du auf Kur bist?«

»Nein, sie denken, ich wäre auf Teneriffa. Das ärgert sie, denn je mehr Geld ich ausgebe, desto weniger bleibt für sie.«

Wenn die Nichten nichts von seinem Aufenthalt hier wussten, dann wäre er nicht in Gefahr. Oder doch?

Der tote Hausmeister ging ihm nicht aus dem Kopf. Und er konnte mit niemandem darüber sprechen. Vermutlich war die Spurensicherung bereits am Tatort. Er vertraute Cindy und Franz, dennoch juckte es ihm in den Fingern, seine Tarnung aufzugeben und einfach in den Wald zurückzukehren.

»Toni, hörst du mir jetzt endlich zu?« Paul sah ihn fest an und konzentrierte sich augenscheinlich auf ihn. Richtig, er wollte ihm was sagen, hatte ihn schließlich abgepasst. »Hier in der Klinik ist etwas faul. Du hattest recht mit dem Tod der Journalistin. Sie ...«

»Hier sind Sie.« Oberschwester Ingrid stand plötzlich in der Tür. »Meine Herren, das Abendessen. Sie sind bereits zehn Minuten zu spät.«

»Das ist wie in einer Kaserne«, maulte Paul. »Wir kommen in ein paar Minuten.«

»Tut mir leid, aber heute ist Sonntag, da schließt die Küche früher und das Personal hat sich seine Freizeit auch verdient. Bitte, gehen Sie jetzt.« Die Oberschwester sah aus, als würde sie sie beide packen und persönlich zum Essen hinunterzerren wollen.

»Oberschwester«, sagte er scharf, »bitte lassen Sie diesen militärischen Tonfall. Wir zahlen einen Batzen Geld für den Aufenthalt hier, da ist eine höfliche Behandlung wohl drin.«

Die hagere Frau presste die Lippen zusammen, nickte und verließ den Raum.

»Der hast du's aber gegeben, Toni.« Paul schlug ihm auf die Schulter.

»Was ist nun so Wichtiges?«

Paul sah zur Tür und legte den Finger auf die Lippen und flüsterte. »Jetzt nicht. Die Schachtel steht bestimmt vor der Tür.« Er zog Toni hinaus. »Lassen wir uns überraschen, was es heute wieder zum Essen gibt.«

Toni folgte ihm zögernd. Zu gern hätte er gewusst, was der Alte ihm sagen wollte. Vor dem Zimmer wartete tatsächlich die Oberschwester und hielt ihn zurück. »Herr Moser, auf ein Wort.« Toni sah Paul nach, der zügig zur Treppe ging und offenbar vergessen zu haben schien, dass Toni ihn begleiten wollte.

»Ja?« Er sah die Frau an, sie wirkte verhärmt, hatte diesen Zug um den Mund, der auf Unzufriedenheit und Frust hinwies.

»Herr Hermann hat eine beginnende Demenz«, erklärte sie und ihre Stimme war so leise, dass er sie nur schwer verstand. »Sie dürfen nicht alles ernst nehmen, was er Ihnen erzählt.«

»Mir ist bis jetzt nicht aufgefallen, dass er Beeinträchtigungen hat.« Er hörte sich selbst richtig schroff reden.

»Das ist verständlich, es ist nicht gleich offensichtlich. Demenz ist schleichend, und Herr Hermann steht am Anfang. Er vermischt Gegenwart mit Vergangenheit. Hat er Ihnen die Geschichte von den beiden Nichten erzählt?«

»Ja.« Toni runzelte die Stirn. »Sie sind die Töchter seines verstorbenen Bruders. Stimmt das nicht?«

»Seine Nichten sind zusammen mit seinem Bruder und dessen Frau verunglückt. Ein Autounfall auf der Autobahn, alle waren sofort tot.«

Toni kroch eine Gänsehaut über den Rücken. »Sind Sie sicher?«

»Ja. Ich bin überzeugt, wenn Sie ihn morgen danach fragen, wird er es Ihnen erzählen. Das Märchen von den habgierigen Erbinnen, das ist sein Ding, damit umzugehen. Da kann er sich einreden, dass er deswegen keinen Kontakt zu ihnen hat, nicht weil sie tot sind.«

»Wie lange ist der Unfall her?«

»Fünfzehn Jahre oder so?« Die Oberschwester zuckte mit den Schultern. »Sehr lange, die Mädchen waren noch Kinder, zwölf, dreizehn Jahre alt.«

»Er hat gesagt, sein Bruder wäre siebzig gewesen bei seinem Tod?«

»Auch das ist nicht wahr. Er war Ende vierzig, Paul Hermann war der ältere Bruder.«

Bisher hatte Toni Paul als vernünftigen Zeugen angesehen, nun zweifelte er, was er dem Mann glauben konnte und was nicht. Was hatte er loswerden wollen?

Etwas Wahres oder etwas, das ihm die falsche Erinnerung einflößte?

»Es tut mir leid«, sagte die Oberschwester sanft und in ihren Augen las er einen Anflug von Mitleid.

»Wer hat ihn hergebracht? Ich meine, wer sind seine nächsten Angehörigen?« Und Erben, fügte er in Gedanken dazu.

»Er ist allein aus Lübeck hergekommen.«

Dann stimmte wenigstens der Ort, den Paul angegeben hatte. Sie gingen nebeneinander zur Treppe. »Oberschwester, Sie haben gesagt, dass Sie Frau Kraut kaum kannten. Aber Sie haben sie eingestellt und Sie waren auch so etwas wie ihre Chefin.«

Über die kantigen Gesichtszüge schien ein Vorhang zu fallen. »Was interessiert Sie so an der Sache? Vanessa Kraut war erst knapp zwei Wochen hier, da ist es nur natürlich, dass sie mir fremd geblieben ist.«

»Wissen Sie, ob die Polizei schon etwas herausgefunden hat?«

»Nein.« Sie klang wieder harsch. »Das muss Sie wirklich nicht beschäftigen.«

»Paul, ich meine Herr Hermann und ich wollen morgen an unserem freien Nachmittag zum Teufelstein wandern.«

»Das ist relativ anstrengend! Warum um Himmels willen möchten Sie dahin?«

»Anstrengend? Da habe ich anderes gehört. Es soll eine schöne Wanderung sein, von hier aus eine knappe Stunde. Morgen passt das Wetter und, um ehrlich zu sein, Paul will da unbedingt hin.«

»Wegen des Mordes? Da ist gewiss nichts mehr zu finden! Vor allem nach diesen heftigen Regenfällen.«

»Das wissen wir. Aber schließlich pilgern auch jedes Jahr zahlreiche Menschen nach Hinterkaifeck.«

»Was soll das sein?«

»Ein Bauernhof bei Gröbern in Bayern, wo im Jahr 1922 eine gesamte Familie umgebracht wurde. Der Fall wurde nie aufgeklärt.«

»Das ist ja furchtbar! Wenn ich mir vorstelle, welche Unruhe hier eintritt, sollten scharenweise Menschen zum Teufelstein pilgern.«

»Tun sie das nicht jetzt schon?« Sie waren beim Treppenhaus angekommen. Toni war froh, dass auch die Oberschwester die Treppe nahm. Paul war mit dem Aufzug gefahren. »Der Teufelstein und der gleichnamige Felsen sind ein beliebtes Wanderziel.«

»Ja, weil es eine schöne Gegend ist, nicht weil dort ein Mord passiert ist.«

Dr. Schwarz kam ihnen die Treppe herauf entgegen. Er nickte ihm zu, wobei sein Blick länger auf seiner Begleiterin lag. Toni spürte, dass sich die Oberschwester neben ihm anspannte.

Wo die Treppe eine Kurve machte, sah Toni durch das große Fenster einen Polizeihubschrauber über dem Wald, der sich langsam senkte. »Was ist denn hier los?«, fragte er mit einer ordentlichen Portion Aufregung in der Stimme.

»Polizei? Was die für ein Theater machen wegen der Toten am Teufelstein!« Auch die Oberschwester trat ans Fenster.

»Wird sich schon legen.« Schwarz war offenbar umgekehrt und klang gleichgültig. Aus dem Augenwinkel sah Toni, dass er eine Hand auf die Schulter der Oberschwester legte, die ihn jedoch abschüttelte.

Interessant!

Langsam ging er weiter hinunter, erst am Fuß der Treppe bemerkte er, dass die beiden ihm nicht gefolgt waren. Er warf einen Blick zurück. Dr. Schwarz redete auf die Oberschwester ein, leise, dass er kein Wort verstehen konnte. Ohne Zweifel war aus der steifen Haltung der Frau zu erkennen, dass sie sich unwohl fühlte.

Was war zwischen dem Chefarzt und der Oberschwester? Oder sollte er besser fragen: Was war nicht mehr?

Toni erreichte den Speisesaal. Paul saß an seinem Platz und hatte sich bereits am Büfett bedient.

»Toni, wo steckst du denn solange?«, fragte Claudia Lüthi. »Ist ja fast nichts mehr übrig.«

Toni warf einen Blick auf die Anrichte, man sah deutlich, dass sich viele an den kalten Speisen bedient hatten. Sein Appetit hielt sich ohnehin in Grenzen, er musste auf jeden Fall bald telefonieren. Ob sein Team schon mehr wusste? Es würde bestimmt nicht lange dauern, bis alle vom Mord an dem Hausmeister erfahren würden.

Ohne bewusst darauf zu achten, nahm er sich ein wenig vom Büfett und setzte sich zu den anderen an den Tisch. In seinem Kopf rotierten die Gedanken.

»Toni, bist du morgen auch zur Wassergymnastik um neun eingeteilt?«, fragte Josefa, die zweite Dame am Tisch. Sie war nur wenige Jahre älter als Toni und sah ihn nun direkt an. Ihm fiel auf, dass sie sich geschminkt hatte. Und das Kleid hatte er ebenfalls nie vorher an ihr gesehen.

»Ich habe nicht auf meinen Plan geschaut.« Das stimmte nicht ganz, aber Toni hatte keine Lust, sich über Wassergymnastik und sonstige Termine zu unterhalten. Rasch schob er sich einen Bissen in den Mund und sah wieder Reinbacher im Schlamm liegen, das Einschussloch im Rücken.

Er war im Schlaf erschossen worden.

»Du bist wie mein Hans-Ruedi«, sagte Claudia. »Dem ist auch immer alles egal, Hauptsache er muss nicht aus dem Haus.«

»Du weißt gar nicht, wie glücklich du dich schätzen kannst, dass dein Mann noch da ist.« Josefa spießte so heftig ein Salatblatt auf, dass die Gabel am Teller ein unangenehm quietschendes Geräusch erzeugte. »Witwe zu sein ist nicht schön.«

»Das sag ich ja gar nicht.«

Toni hörte dem Geplänkel der Damen nicht mehr zu und beugte sich zu Paul. »Sag mal, hast du heute was Besonderes gesehen?« Er sprach leise.

»Schwarz und die Hartmann haben sich geküsst.« Paul sah ihn nicht an.

Der Chefarzt und die Oberärztin?

»Meinst du nicht Oberschwester Ingrid?«

»Ich weiß doch, was ich gesehen habe.« Paul nahm einen Schluck Wasser, Toni war bereits aufgefallen, dass er ausschließlich Wasser trank. Die Geschichte von den Nichten existierte wohl nur in seiner Fantasie, aber verfolgt fühlte sich der alte Mann offenbar trotzdem.

Toni beschloss, ihn direkt zu fragen. »Sag mal Paul, der Unfall damals, wo die gesamte Familie deines Bruders umgekommen ist, das war schlimm, nicht wahr?«

In diesem Augenblick entstand ein Aufruhr an der Tür, eine junge Frau und Dr. Schwarz standen im Türrahmen. Toni erkannte die zierliche Person, die ein straff sitzendes mausgraues Kostüm trug. Die Verwalterin, Karin Weigandt. Mit ihr musste er sich ein zweites Mal unterhalten. Die Gebärdensprache der beiden war aufschlussreich. Sie gestikulierte, Schwarz zog sie an sich. Weinte sie?

»Da ist was passiert!« Claudia klang aufgeregt und sie deutete zum Fenster.

Durch die Scheibe sah man das Blaulicht des Polizeiwagens.

Kapitel 16

Den Toten abzutransportieren, war nicht einfach, da der Weg nur ein Wanderweg war. Vermutlich hatte sich Helmut Reinbacher genau deswegen den Platz für seine Plantage ausgesucht. Der Wagen von der hiesigen Bestattung war ein Allradauto, dennoch mussten die zwei Bediensteten die Leiche im Plastiksack einmal um das Gebäude und nach vorn tragen.

Überall wimmelte es von Leuten in Schutzanzügen. Die Spurensicherung war an der Arbeit.

»Denkst du, der Mord hat etwas mit Vanessa Kraut zu tun?«, fragte Veit. Sie standen unter dem Vordach, der Regen hatte leider nicht aufgehört. Franz und Anna Steiner waren in die Scheune gegangen, beide schienen von der Plantage fasziniert zu sein.

»Wenn zwei Morde innerhalb kürzester Zeit an einem Ort passieren, an dem das normalerweise nicht passiert, dann ist die Wahrscheinlichkeit hoch.« Cindy hob den Zeigefinger. »Toni hat allerdings Zweifel.«

»Wirklich?« Veit strich verwundert über seinen Bart.

»Ja. Schade, dass er nicht hier sein kann. Wir müssen alles tun, damit seine Tarnung nicht auffliegt.«

»Aber er wird wissen wollen, was wir herausgefunden haben.«

»Du scheinst ihn schon gut zu kennen.« Cindy grinste. »Wir haben ja noch nichts. Die Obduktion findet erst morgen statt. Den Todeszeitpunkt können wir auch so eingrenzen. Toni hat den Hausmeister zu Mittag beim Essen getroffen, wir haben ihn um sechzehn Uhr gefunden, also irgendwo dazwischen.«

»Es ist faszinierend.« Franz kam zurück, die Kapuze seiner Regenjacke tief ins Gesicht gezogen. »Ich habe nie zuvor eine Cannabiszucht gesehen. Würde mich wundern, was er mit dem Zeug machen wollte? Es übersteigt eindeutig die erlaubte Anzahl für den Eigenbedarf, allerdings erscheint es mir für eine gezielte Zucht zu wenig. Ich habe dreißig Töpfe gezählt.«

»Viel Geld bringt das ja nicht.« Annas tiefe Stimme war für Cindy immer noch ungewöhnlich.

»Ich denke, wir sollten den Chefarzt informieren und Toni befragen.« Sie malte Gänsefüßchen in der Luft.

»Und wo?« Franz wischte mit dem Handrücken über sein nasses Gesicht. »Nicht im Zentrum selbst, da könnten die Wände Ohren haben.«

»Wir haben bis heute keine Beweise, ob etwas faul an diesem sogenannten Naturheilzentrum ist. Möglicherweise hat sich Vanessa Kraut alles nur zusammengesponnen.« Veit zuckte mit den Schultern.

»Ich bin nach wie vor überzeugt, dass Zehetgruber Unterlagen zurückhält. Er wusste was«, sagte Franz.

»Habt ihr ihm nochmals auf den Zahn gefühlt?«, fragte Anna.

»Ja. Hat aber nichts gebracht. Vielleicht hätten wir schärfer mit ihm umgehen sollen!« Franz klang bedauernd.

»Beugehaft oder so?« Cindy musste ihn einfach necken, zudem stieß sie ihm mit dem Ellbogen in die

Seite. »Ich bin mir nicht so sicher, ob er von ihr Unterlagen bekommen hat, oder auch nur mündliche Informationen. Weshalb sollte er nicht dazu beitragen wollen, den Mord an seiner Ex aufzuklären?«

»Ausgenommen, er hat selbst was damit zu tun.«

»Franz, das hatten wir schon. Er hat ein wasserdichtes Alibi, war zu Besuch bei seinen Eltern und danach im Wirtshaus. Auch wenn der Wirt sich nicht erinnern kann, wie lange er geblieben ist, war Zehetgruber angetrunken.« Cindy vermisste ihr iPad, das sie im Wagen gelassen hatte, als Toni in den Wald wollte. Aber sie erinnerte sich sehr gut an die Aussagen vom Ehepaar Zehetgruber und vom Wirt. »Ich bin nach wie vor überzeugt, dass die zahlreichen Todesfälle hier nicht mit rechten Dingen zugehen. Nur sehen wir die Zusammenhänge nicht. Und wie passt der Mord am Hausmeister hinein?«

»Wusste er zu viel?« Anna zog ihre Kapuze gerade. »Genau wie Vanessa Kraut, aus diesem Grund musste er sterben.« Es klang eifrig.

»Hatte Reinbacher Familie?«, fragte Franz. »Ich habe mir das nicht gemerkt.«

Veit schüttelte den Kopf. »Nein, er war alleinstehend.«

»Auf jeden Fall gehen wir jetzt zurück, hier können wir nichts mehr tun. Und wir sprechen mit Schwarz. Und Toni hat bestimmt schon Tee abzweigen können, er wollte ja, dass ich ihn ins Labor schicke.«

»Entschuldigung.« Eine junge Frau im Schutzanzug trat auf sie zu und hielt ein in Plastik verpacktes Foto hin. »Das Bild hatte der Tote in seiner Jackentasche. Als wir die Leiche umgedreht haben, ist es herausgefallen.«

Cindy griff danach, es war ein altes, etwas blass gewordenes Foto, auf dem ein junges Mädchen mit dunklem Haar zu sehen war. Sie saß auf einem Traktor in einem Overall und blickte lächelnd in die Kamera. Auf der Rückseite stand ein Datum, mit blauer Tinte von Hand geschrieben:

27. August 1981.

Dr. Schwarz schien vom Tod seines Hausmeisters ehrlich erschüttert. Cindy hatte Anna mitgenommen, um ihm die schlechte Nachricht zu überbringen. Nun saß der Chefarzt über seinen Schreibtisch gebeugt und schüttelte ein ums andere Mal den Kopf. »Er war so eine gute Seele, ich begreife das nicht!« Er wirkte nun wirklich so alt, wie er war: vierundsechzig. Ohne Frage war er immer noch ein attraktiver Mann, das graue Haar stand ihm, seine tiefblauen Augen blickten vertrauenerweckend in einem weitgehend faltenfreien Gesicht.

»Was wir über ihn gehört haben, ist, dass er Alkoholiker war.«

»Das stimmt leider. Seit seinem Sechzigsten vor vier Jahren, ist er ein wenig aus dem Ruder gelaufen. Er trinkt und raucht Hasch. Aber er hat seine Arbeit trotzdem gewissenhaft erledigt. Und nächstes Jahr wäre er in Pension gegangen.« Schwarz schluckte. »Erschossen, sagen Sie? Und im Wald? Was tat er denn dort? Bei dem Wetter?«

»Sie wussten, dass Herr Reinbacher Hasch geraucht hat? War Ihnen auch bewusst, dass er eine Cannabis-Plantage angelegt hat?«, fragte Cindy.

»Wie bitte?« Wie er den Mund so aufriss, wirkte er grotesk und komplett überrumpelt. Entweder er hatte nichts geahnt oder er war ein exzellenter Schauspieler. »Wozu sollte er das machen? Für seinen Eigenbedarf?«

»Dazu ist sie zu groß, wir haben etwa dreißig Töpfe gefunden, die mit künstlichem Licht versorgt wurden. Mehr wissen wir noch nicht, wir stehen erst am Anfang unserer Ermittlungen. Kannten Sie Herrn Reinbacher gut?«

»Nun ja, er arbeitet schon lange hier, ich habe ihn quasi von meinem Vorgänger, Herrn Doktor Kautschitz, übernommen.«

»Was wissen Sie über ihn?«

»Er war mal verheiratet, lang ist's her, seine große Liebe, hat er erzählt. Aber ihr war es zu eng hier, die Ehe hat wohl kein Jahr gehalten. Und gelernt hat er nichts, Lehre abgebrochen, ein paar Gelegenheitsjobs, bis Doktor Kautschitz ihm die Chance als Hausmeister gegeben hat. Damals hatte das Kurheim den Schwerpunkt für Leute mit Asthma oder sonstigen Lungenkrankheiten, im Laufe der Jahre kamen vermehrt andere her. Die Luft hier ist nämlich von besonderer Qualität. Ganz vorher war es eine Tuberkulosestation.«

Cindy wusste natürlich über die Geschichte des Hauses Bescheid und kam zum Thema zurück. »Hatte Herr Reinbacher mit irgendjemandem Streit? Oder hatte er sonstige Probleme?«

»Nicht dass ich wüsste.« Dr. Schwarz griff nach einem Kugelschreiber, drehte ihn in den Fingern und schien zu überlegen. Er hatte unheimlich lange Finger, dünn wie Spinnenbeine. Rasch sah Cindy wieder zu seinen Augen.

»Hatten Sie selbst einen guten Draht zu ihm?«, fragte Anna. »Entschuldigen Sie, aber Sie wirken betroffen.«

»Er ist, Pardon, war verlässlich, immer zur Stelle, wenn etwas zu reparieren war. Er hatte enormen Hausverstand und hat fast für jedes Problem eine passable Lösung gefunden.« Der Arzt seufzte und ließ den Kugelschreiber um seinen Zeigefinger kreisen. »Soweit ich mich erinnere, hat er nie aufgegeben und immer dafür gesorgt, dass alles wieder funktioniert.« Erneut schüttelte er den Kopf. »Es wird schwer sein, ihn zu ersetzen.«

»Sie mochten ihn?«, fragte Anna.

»Ja. Wir haben uns öfter mal unterhalten, wenn wir uns begegnet sind, was ja nicht so oft der Fall war.«

»Und Sie wussten nicht, dass er Cannabis anbaut? Obwohl sie so befreundet waren?« Cindy ließ ihn nicht aus den Augen.

»Ich erwähnte schon, so dicke Freunde waren wir nicht, wir haben einander respektiert, aber privat haben wir uns nicht getroffen. Auf einer Weihnachtsfeier, im vorletzten Jahr? – oder war es das Jahr davor? – egal. Auf jeden Fall hat er ziemlich viel getrunken und mir über seine gescheiterte Ehe erzählt. Er konnte es wohl nie verwinden, dass sie ihn verlassen hat. Seit diesem Abend haben wir uns herzlicher gegrüßt, wenn Sie verstehen, was ich meine, aber mehr war da nicht.«

Weshalb hatte er dann dermaßen betroffen reagiert? Theater? Wozu? Der Tod der Journalistin hatte ihn nicht halb so erschüttert, wie sie von Anna wusste.

»Herr Doktor Schwarz« Cindy beugte sich vor. »Sehen Sie einen Zusammenhang zwischen den beiden Morden? Erst stirbt eine Journalistin am Teufelstein und kaum vier Wochen später Ihr Hausmeister.«

Der Kuli landete mit einem *klack* auf dem Schreibtisch. »Sie denken, die beiden Ereignisse hängen zusammen? Hatte Frau Kraut auch was mit Cannabis zu tun?«

»Nein, zumindest haben wir nichts diesbezüglich entdecken können. Aber dies ist eine friedliche Gegend, nicht wahr? Und jetzt werden innerhalb weniger Wochen zwei Menschen ermordet.«

»Ein böser Zufall!« Er griff erneut nach dem Kuli und beschäftigte seine Finger damit.

»Haben sich Vanessa Kraut und der Herr Reinbacher gekannt?«

»Sie fragen Sachen!« Er warf den Kuli auf den Schreibtisch, erhob sich und ging zum Tisch, auf dem ein Wasserkrug mit Gläsern stand. »Woher soll ich das wissen? Ich selbst habe Frau Kraut doch nur flüchtig gekannt, nein, sogar das ist übertrieben. Ich habe sie gesehen und mal gegrüßt, das ist alles. Sie war ja nur kurz bei uns.«

»Sie wissen, dass sie Journalistin war, und offenbar als Mitglied des Reinigungsteams spioniert hat. Was könnte das gewesen sein, wonach sie gesucht hat?«

»Verdammt, das haben Ihre Kollegen schon zigmal gefragt.« Er warf Anna einen bösen Blick zu, es war das erste Mal, dass Schwarz die Beherrschung verlor, fasste sich gleich wieder. »Entschuldigung, Sie tun ja nur Ihre Pflicht.«

Er goss sich ein Glas ein, wobei Cindy wiederum seine ungewöhnlichen Spinnenfinger auffielen. Offenbar wollte er sich mit der Antwort Zeit lassen, denn er trank langsam ein paar Schlucke. Danach stellte er das halb leere Glas ab und drehte sich wieder um. »Ich kann Ihnen diese Frage auch heute nicht beantworten. Möglicherweise wollte sie Therapieansätze ausspionieren. Mein Naturheilzentrum hat einen exzellenten Ruf und viele Menschen, die nirgendwo Besserung bekommen haben, sind bei uns wieder glücklich geworden.«

»Dennoch ist die Sterberate in Ihrem Kurheim auffallend hoch.«

»Es waren alles natürliche Todesfälle.« Er kam zum Schreibtisch zurück und glitt geschmeidig auf seinen Stuhl. »Sie müssen bedenken, dass zu uns hauptsächlich ältere Jahrgänge kommen. Der Tod kann immer eintreten, logisch wird statistisch gesehen die Chance mit höherem Alter größer. Es ist zwar bedauerlich, dass wir Todesfälle hatten, aber im Grunde genommen wären diese Menschen auch zu Hause gestorben.«

»Können Sie sich vorstellen, dass Vanessa Kraut dies anders beurteilt und deswegen Arbeit in Ihrem Zentrum angenommen hat?«

»Fragen Sie mich das im Ernst?« Der Chefarzt lehnte sich zurück und schlug die Beine übereinander. »Sie denken, dass Vanessa Kraut hier spioniert und etwas – weiß der Teufel was – gefunden hat? Und aus diesem Grund wurde sie getötet? Von mir?« Er hob beide Hände. »Um Himmels willen, das klingt nach einem schlechten Kriminalfilm. Zudem habe ich ein Alibi, wie Ihre Kollegen bereits wissen.«

»Stimmt, Sie waren beim Meeting. Eine Besprechung, bei der passenderweise alle Ärzte und Schwestern dabei waren.« Anna hatte ihr Notizbuch gezogen. Soweit Cindy wusste, hatte Veit die Befragung von Victor Schwarz durchgeführt und natürlich einen Bericht verfasst.

»Richtig.« Schwarz schlug die Beine übereinander.

Cindy schob ihr iPad zurecht. »Und wo waren Sie heute Nachmittag, sagen wir, zwischen dreizehn und sechzehn Uhr?«

»Mittagessen und danach hatte ich zwei Untersuchungen von Neuankömmlingen. Meine Ärzte und ich teilen uns diese Untersuchungen auf, heute war ich dran. Aber bitte, beunruhigen Sie die Patienten nicht mit Ihren Fragen.«

»Kann sonst noch jemand bezeugen, dass Sie anwesend waren? Dann müssen wir das nicht tun«, sagte wieder Anna.

Sie machte sich gut. Cindy hatte zuerst Bedenken gehabt, sie mitzunehmen, doch die Kollegin mit der tiefen Stimme schien ein Gefühl für passende Fragen zu haben.

»Natürlich. Schwester Lena hat mir die Patienten gebracht und sie danach wieder abgeholt. Dabei hat sie mich mehrmals gesehen.«

Nun griff Cindy nach dem Foto und legte es vor ihn auf den Tisch. »Kennen Sie diese Frau?«

Sämtliche Farbe schwand aus seinem Gesicht und es schien, als ob er sekundenlang keine Luft bekäme. Doch auch diesmal fasste er sich rasch. »Nein«, sagte er schließlich, seine Stimme ruhig und beherrscht. »Ich dachte einen Moment, aber es ist nur eine entfernte Ähnlichkeit, nein.«

Er log eindeutig.

»Mit wem haben Sie sie verwechselt? Sie wirkten deutlich betroffen.«

»Es war nur ein Flash.« Er schob das Bild zurück. »Wie gesagt, ich kenne sie nicht.«

»Trotzdem, mit wem haben Sie sie verwechselt?« Anna wollte nicht lockerlassen. Gut so.

»Mit einer ehemaligen Schulkollegin.«

»Und was verbindet sie mit dieser, dass Sie so erschrocken sind?«

Cindy applaudierte Anna innerlich. Schwarz rang offensichtlich um eine Antwort. »Sie ist tot«, sagte er schließlich.

Cindy war sich sicher, dass das gelogen war. Die Frau auf dem Bild musste eine andere Bedeutung haben. Dennoch stand sie auf. »In diesem Fall sind wir fertig für heute. Wir werden ohnehin noch mit allen vom Personal sprechen müssen. Dabei können wir Ihr Alibi mit Schwester Lena abklären.«

»Vielen Dank, Herr Doktor Schwarz.« Anna erhob sich ebenfalls und hielt ihm die Hand hin. Er nickte bloß und sie ließ den Arm wieder sinken.

Gemeinsam gingen sie die Treppe hinunter.

»Das mit dem Mädchen hat er sich ausgedacht, warum hast du nicht weitergefragt?«, fragte Anna.

»Hätte nichts gebracht, er hätte dichtgemacht oder uns weiter was vorgelogen. Wir müssen so schnell wie möglich herausfinden, wer das Mädchen ist.«

Anna nickte, schließlich gab sie sich einen Ruck. »War ich total blöd? Ich war zum ersten Mal bei so einem wichtigen Verhör dabei. Tut mir leid, wenn meine Fragen unsinnig waren.«

»Im Gegenteil. Gut gemacht.«

Anna schien sich über das Lob zu freuen. »Cindy, war dir auch ein wenig unheimlich bei dem Mann?«

»Er ist aalglatt. Und er hat Dreck am Stecken, dessen bin ich mir sicher. Wie souverän er über die Todesfälle hinweggegangen ist.«

»Ist mir auch aufgefallen. Wie informieren wir jetzt Toni?«

»Ganz einfach.« Sie hatten das Erdgeschoss erreicht. »Du gehst zur Rezeption und bittest, dass man Herrn Moser herunterschickt. Dann bringst du ihn zum Wagen, dort können wir ungestört reden.«

Anna sah sie überrascht an, doch Cindy kam ihrer Frage zuvor. »Ich kann das nicht tun, ich war als Tonis Tochter hier. Zwar mit blonder Perücke, aber ich will das Risiko trotzdem nicht eingehen, dass mich der Bürstenkopf wiedererkennt.«

»Bürstenkopf?« Anna grinste und ging direkt zum Rezeptionisten. Cindy sah sich kurz im Foyer um. Mehrere Kurgäste waren anwesend, unterhielten sich aufgeregt und deuteten zum Polizeiauto. Das war schlecht. Sie würden alle mitbekommen, wenn Toni mit ihnen zum Auto kam.

Anna trat kurze Zeit später zu ihr, mittlerweile waren die Gäste auf sie aufmerksam geworden, steckten die Köpfe zusammen und tuschelten, vermutlich über sie beide. Da Anna in Uniform war, war sie unschwer als Polizistin zu erkennen.

Toni kam fünf Minuten später. »Ich bin Toni Moser. Wie kann ich Ihnen behilflich sein?«, fragte er laut, sodass es alle mitbekamen.

»Herr Moser, wir haben erfahren, dass Sie heute Mittag einer der Letzten waren, die mit Herrn Reinbacher gesprochen haben?« Cindy beugte sich zu ihm und raunte. »Wir wollten zum Wagen gehen, denkst du, das ist zu auffällig?«

»Das stimmt«, antwortete Toni laut und fügte leise hinzu. »Unterbrich mich, wenn ich zu erzählen anfange, und dann verschwinden wir.«

Cindy nickte und Toni begann. »Herr Reinbacher und ich haben kurz geplaudert, er hat mir über den Anbau ...«

»Herr Moser«, Cindy sah sich betont auffällig um, »ich denke, wir setzen uns einen Moment in den Wagen draußen, da können wir uns ungestört unterhalten.«

»Ist das unbedingt nötig?« Toni sprach lauthals mit missmutigem Tonfall.

»Ja, tut mir leid.«

Nun marschierten sie zur Tür hinaus, Cindy spürte die zahlreichen Blicke wie Nadelstiche. Sie atmete auf, als sie den Kleinbus der Weizer Polizei erreichten, in dem schon Veit und Franz warteten. Anna, Toni und Cindy kletterten hinten hinein. Rasch fasste sie das Wesentliche der Befragung von Dr. Schwarz zusammen.

»Das bringt uns nicht weiter.« Bedauernd schüttelte Toni den Kopf. »Befragt noch die anderen vom Personal, Veit und Anna, ihr übernehmt das. Das Risiko, dass Cindy erkannt wird, wollen wir so gering wie möglich halten.« Er zog zwei Fläschchen aus der Tasche. »Hier

habe ich Tee für euch, der Morgentee und der Abendtee.«

»Geht ins Labor.« Franz griff vom Vordersitz danach
und verstaute sie in einer Plastiktüte.

Cindy fasst kurz den Bericht über Reinbacher zusammen. »Die Spurensicherung ist dran und der Leichen-
wagen ist Richtung Graz unterwegs, Erpel wird die Obduktion gleich um acht Uhr morgens vornehmen.
Denkst du, dass die Morde zusammenhängen?«

»Das ist naheliegend, aber sicher bin ich mir nicht.
Die Kraut wurde erschlagen, Reinbacher erschossen.
Die Verstorbenen im Kurheim wurden vergiftet, wenn
überhaupt was dran sein sollte.« Toni seufzte. »Wir tap-
pen komplett im Dunklen, ich komme mir vor, wie in
einem Labyrinth.«

»Gibt's bei dir was Neues?«, fragte Franz.

»Nicht mehr, als ich Cindy heute Nachmittag erzählt
habe.« Toni lehnte sich zurück und berichtete von Paul.
»Der Chefarzt hat offenbar ein Verhältnis mit seiner
Oberärztin. Zudem hatte oder hat er auch etwas mit der
Oberschwester Ingrid. Und heute hat er sogar die Verwalterin, Karin Weigandt, umarmt. Daraus würde ich
jedoch noch nichts schließen.«

»Ein umtriebiger Genosse.« Franz zog eine Grimasse.

»Was habt ihr über Paul Hermann?« Toni sah zu
Cindy.

Die scrollte in ihrem iPad. »Achtundsiebzig Jahre alt,
stammt aus Lübeck, hatte zusammen mit seinem Bruder eine Marzipanmanufaktur, der Bruder ist vor
zwanzig Jahren bei einem Autounfall verstorben, er
war einundfünfzig, mit ihm im Wagen waren Frau und
zwei Kinder.«

»Zwei Mädchen.« Toni nickte.

»Richtig. Sie sind alle gestorben. Die Firma hat er allein weitergeführt, sie vor neun Jahren verkauft.«

»Sonstige Verwandte?« Er sah zu Franz, der nickte.

»Ich kümmer mich drum.«

»Wir haben den Chefarzt unter die Lupe genommen, er ist – wie hat Franz gesagt – wirklich umtriebig.« Veit grinste, senkte jedoch auf einen Blick von Toni die Augen und zog sein Notizbuch heraus. »Er soll zahlreiche Affären gehabt haben, ist verheiratet, seine Frau heißt Ute, sie ist die Tochter des Vorbesitzers Doktor Willibald Kautschitz und Historikerin. Man munkelte damals, dass Kautschitz seinen Schwiegersohn nicht mochte und für einen Goldgräber hielt. Deswegen hat er das Kurzentrum weit über sein Pensionsalter hinaus nicht abgegeben und besagte Stiftung gegründet. Doch mit siebzig hatte er einen Schlaganfall und so wurde Victor Schwarz mit fünfzig endlich zum Leiter. Das Paar hat keine Kinder.«

»Habt ihr mit der Frau sprechen können?«

»Leider, nein. Frau Doktor Kautschitz-Schwarz ist selten zu Hause, sondern meist im Ausland, sie leitet Reisen zu historischen Plätzen.«

»Ihr müsst das sofort nachholen, wenn sie wieder da ist.«

»Denkt ihr, sie weiß von den Affären ihres Mannes?«, fragte Anna.

»Davon dürft ihr kein Wort sagen. Ihr könnt sie fragen, ob sie glaubt, dass er treu ist, aber wir haben nichts Konkretes, nur Vermutungen. Zudem wissen wir nicht, ob es überhaupt für unseren Fall – für einen der beiden Fälle oder beide – relevant ist.« Toni legte seine Hand auf den Griff der Autotür. »Ich werde mir eine glaubhafte Geschichte für alle Insassen einfallen lassen.«

»Irgendwie kommt es mir vor, als ob wir keinen Schritt weitergekommen sind.« Cindy seufzte frustriert auf.

»Die Klinik finanziert sich durch eine Stiftung. Karin Weigandt ist die Verwalterin vor Ort.«

»Stimmt, die Frau ist ein wenig seltsam. Das mit den handgeschriebenen Quittungen für die Anzahlung ist ebenfalls merkwürdig«, sagte Toni. »Zudem der Streit mit Doktor Schwarz und die anschließende Umarmung, als ob er sie trösten wollte! Verdammt, ich hätte schon längst ein zweites Mal mit ihr sprechen sollen.«

»Toni, du bist nicht Supermann und kannst nicht in wenigen Tagen alles machen. Du hast schließlich Therapien.« Cindy legte ihm die Hand auf die Schulter.

»Die sind lästig, obwohl ich dadurch bereits mit fast allen Kurgästen sprechen konnte.«

»Denkst du, Schwarz hatte was mit der Weigandt?« Franz grinste. »Der lässt offenbar nichts anbrennen.«

»Möglich.« Toni hob die Schultern.

»Ich kenne da auch jemanden, der kein Frauenverächter ist.« Cindy sah grinsend zu Franz.

»Ich habe immer nur eine am Start.« Er funkelte sie empört an. »Nicht so fies wie Schwarz.«

Toni hob die Hand. »Ihr wisst aber schon, dass ihn seine Promiskuität nicht automatisch zu einem Mörder macht?«

»Auf jeden Fall verschafft ihm das keine Sympathiepunkte.« Cindy schnaubte.

»Armer David.« Franz zog die Nase kraus. »Sollte er mal untreu sein, würdest du ihn gleich erschießen?«

»Beide, damit es sich lohnt!«

»Zurück zur Arbeit.« Toni klang scharf und Cindy konzentrierte sich wieder auf ihn. »Ihr haltet mich über die Obduktion und auch sonst auf dem Laufenden. Und ihr«, er sah zu Veit und Anna, »ihr befragt ein weiteres Mal das Personal des Zentrums. Jeder Tratsch, jedes Gerücht, alles, was über Reinbacher herauszufinden ist. Und bei Schwarz hakt ihr noch einmal wegen des Fotos nach. Nach seiner Reaktion kannte er die Frau. Hoffentlich finden wir bald heraus, wer sie ist oder war. Das könnte der entscheidende Schlüssel sein.«

»Klar.« Anna nickte. Toni winkte mit der Hand und kletterte aus dem Wagen. Kurz war es still, während ihm alle nachsahen, wie er auf das hell erleuchtete Kurheim zuging.

Kurze Zeit später waren Franz und Cindy auf dem Rückweg.

»Wir sollten Zehetgruber fester auf den Zahn fühlen. Die Kraut muss doch was hinterlassen haben! Sie hat zwei Wochen in dem Kurheim gearbeitet, in der Zeit hat sie bestimmt was entdeckt.« Franz klopfte energisch auf dem Sitz. »Machen wir das, Cindy?«

Sie sah auf die Uhr und gähnte, schließlich war sie den ganzen Tag auf den Beinen gewesen. Das Training mit ihrer Turngruppe versäumte sie ohnehin bereits, dabei war nächste Woche der Auftritt. »Wir entscheiden das morgen. Feierabend.«

Kapitel 17

Victor benimmt sich wie ein verliebter Gockel! Dabei ist die Frau fünfundzwanzig Jahre jünger als er. Bestimmt treiben sie es auf dem Sofa in seinem Büro. Schließlich hat sie selbst einiges an Zeit mit ihm auf besagtem Möbelstück verbracht. Oder sollte sie sagen: verplempert?

Die Sabine wird bald draufkommen, dass er seine Frauen öfter als die Unterwäsche wechselt. Wobei wechseln nicht der richtige Ausdruck ist, wenn er Lust hat, nimmt er jede, die grad verfügbar ist.

Ingrid ärgert sich, dass sie diesem Kerl nachtrauert. Und dass sie bis heute noch für seine Reize empfänglich ist, vor allem wenn er sich fürsorglich zeigt.

Sie hat doch schon seit Langem andere Pläne gemacht. Und darin spielt auch Sabine Hartmann eine Rolle, eine entscheidende sogar. Da ist so ein bisschen Sex mit einem Narzissten nichts dagegen. Sie hat das Richtige getan, schließlich muss sie für Leon vorsorgen. Der Junge wird sie sein Leben lang brauchen. Jede Mutter auf der ganzen Welt würde ihr recht geben. Sofern sie nicht so eine Rabenmutter ist wie ihre eigene.

Rasch schiebt sie den Gedanken weg.

Reinbacher ist tot. Sie kann es nicht begreifen. Der Kerl war ein Saufkopf, trotzdem liebenswert. Hat niemandem was getan. Und tüchtig war er. Reparieren konnte er alles. Schade, dass er sich in den letzten Jahren so hat gehen lassen. War ja nie mehr nüchtern anzutreffen.

Dass schon wieder Polizei da ist, passt ihr nicht. Es ist bekannt, dass die Landpolizei keine Erfahrung mit schweren Delikten hat. Leider sind Sonderermittler da, vom LKA Graz. Die stören gewaltig.

Womöglich kommen sie auf die Idee, hier weiterzusuchen? Und stellen unangenehme Fragen wie die Kraut?

Überrascht bleibt Ingrid stehen, als sie die rundliche Dame aus dem Aufzug steigen sieht. Frau Dr. Kautschitz-Schwarz trägt wieder eins ihrer altbackenen Kostüme. Hat ihr niemand gesagt, dass sie darin aussieht, wie eine hineingepresste Wurst? Dazu diese schreckliche Brille auf der dicken Nase! Und die Frisur, ein langer grau melierter Zopf, auf den sie angeblich so stolz ist, wie Victor ihr mal anvertraut hat.

»Oberschwester Ingrid, wie schön, dass sie immer noch hier sind«, hört sie die Stimme. »Wie geht es Ihnen denn?«

Wo soll sie sonst sein? So nahe ist ihre Pensionszeit auch wieder nicht.

»Danke schön, gut. Kommen Sie gerade von einer ihrer interessanten Reisen?«

»Ja, es war ein Erlebnis, selbst für mich, da ich bereits mehrmals dort war. Wir haben Bulgarien unsicher gemacht, Sofia, Veliko Tarnovo, Varna – ach, das würde zu weit führen, hier alles einzeln aufzuschlüsseln, es war einfach ein Traum und so eine begeisterte Gruppe habe ich schon lange nicht mehr erlebt.« Sie ist nun nahe herangekommen und Ingrid riecht ihr teures Parfüm, angenehm fruchtig. »Sie müssen einmal zu einem meiner Dia-Vorträge kommen, ich schicke Ihnen das nächste Mal eine Einladung.«

»Darauf freue ich mich.« Sie zeigt ein falsches Lächeln. Dia-Vortrag! Die Frau lebt total hinter dem Mond! Wer guckt sich denn so was heutzutage an? Ingrid ist auch nicht mehr die Jüngste, doch so eine fade Performance kann sich Frau Dr. Kautschitz-Schwarz an den Hut stecken.

»Ist mein Mann in seinem Büro?«

»Ja, doch.« Sie zögert. Soll sie seine Frau daran hindern, ihren Mann zu sehen? Und was er sonst alles während der Arbeitszeit treibt? »Ähm, Frau Doktor Hartmann ist bei ihm.« Manchmal fragt sie sich, ob die gute Frau trotz ihrer akademischen Titel nicht komplett verblödet ist. In all den Jahren hat sie nie gemerkt, wie perfide ihr Mann sie hintergeht.

»Aber das macht doch nichts. Wie geht es der Guten? Ich habe sie länger nicht mehr gesehen, ich sollte hier öfter vorbeischauen.«

»Sie haben eine wichtige Besprechung. Herr Doktor Schwarz wollte nicht gestört werden.« Ingrid legt eine verzweifelte Dringlichkeit in die Worte, genug, um Ute neugierig zu machen. Niemand wird ihr später vorwerfen können, dass sie nicht wenigstens versucht hätte, die Ehefrau aufzuhalten.

Es gelingt. Kurz blinzelt Dr. Kautschitz-Schwarz, doch dann geht sie weiter. Ihr grauer Zopf wippt bei ihrem schwungvollen Gang. Ein solches Tempo hätte Ingrid ihr bei ihrer Körperfülle gar nicht zugetraut. »Ich werde ihn nicht lange aufhalten.« Sie winkt mit einer Hand.

Ingrid sieht ihr nach, wie sie den Flur hinuntereilt bis zum Ende, energisch klopft und unmittelbar danach die Tür aufreißt.

Man muss ihr zugutehalten, dass sie nicht spitz aufschreit, wie man es von amerikanischen Filmen gewohnt ist. Vielmehr erstarrt sie und wirkt wie eine Steinfigur.

Kapitel 18

Nach den tagelangen Regengüssen entwickelte die Sonne für Ende September eine enorme Kraft. Toni hatte seine Jacke um den Bauch geknotet und wanderte im T-Shirt.

Was für eine saudumme Idee, dass sie beim Mittagessen davon gesprochen hatten! Paul freute sich auf ihre gemeinsame Wanderung zum Teufelstein und gegen seine Begleitung hatte Toni gewiss nichts. Aber nun waren Josefa und Claudia mit von der Partie, die sich, ohne groß zu fragen, einfach angeschlossen hatten.

»Wird es euch nicht zu anstrengend?« Toni fiel auf, dass Claudia ein wenig zurückfiel.

»Nein.« Sie lachte auf. »Ich bin gebürtig aus dem Engadin, da bin ich andere Höhen gewohnt. Hier gibt es nur Hügel im Vergleich zu den Schweizer Bergen.«

Er verkniff sich die Bemerkung, dass sie seit vierzig Jahren in Zürich lebte und die Schweizer Berge vermutlich nur mehr von der Ferne sah.

»Ich bin eine geübte Wanderin.« Josefa hatte sich wie eine Klette an ihn gehängt und riss ihn immer wieder aus seinen Überlegungen. Sein Handy hatte er eingesteckt, Cindy wollte sich wegen der Laborergebnisse und der Obduktion melden. Er hoffte auf akzeptablen Handyempfang und dass er sich von den anderen würde entfernen können, sodass er ungestört reden konnte. Das sollte hier im Gelände kein Problem sein.

»Wanderst du jedes Wochenende? Toni? Woran denkst du?«

Mit Gewalt konzentrierte er sich wieder auf die Frau neben ihm, die ihm unverblümte Avancen machte. Ihre Brillengläser hatten sich im Sonnenlicht dunkel verfärbt, sodass er ihre Augen nicht mehr erkennen konnte, der dunkle Pagenkopf umrahmte ein Gesicht, das nur wenige Falten aufwies. Sie war attraktiv, keine Frage, doch selbst unter anderen Umständen hätte er sich nicht für sie interessiert.

Seit dem Tod seiner Frau Ilse vor fast zehn Jahren hatte er keine Frau mehr als interessant gefunden. Und der Flirt mit einer Staatsanwältin hatte ihn ebenfalls gelehrt, dass er für unverbindliche Affären nicht geschaffen war.

»Ich bin absolut kein Wanderer«, sagte er daher, obwohl er hin und wieder gern in die Berge fuhr. Golfspielen war ja auch eine gewisse Art von Wandern. »Das mache ich nur hier, weil es dazugehört.«

»Wirklich?« Josefas Gesichtszüge entgleisten. »Was hast du denn für Hobbys?«

»Motorradfahren.« Er log, weil er wusste, dass dies viele Frauen abschreckte.

Leider war es ein Missgriff. »Das ist ja wunderbar! Mein verstorbener Mann war auch Motorradfahrer. Bist du bei einem Klub?« Josefa lang begeistert.

Was war ihm da bloß eingefallen!

Claudia war es, die ihn rettete. »Ihr werdet euch jetzt nicht über Motorräder unterhalten. Es gibt nichts

Langweiligeres. Sag mal, Toni, was hast du sonst noch für Hobbys?«

Gott sei Dank! Er hätte Claudia umarmen mögen. Er machte sich eine Notiz im Kopf, den Spruch ›Lügen haben kurze Beine‹ künftig zu beherzigen.

»Ich spiele Golf«, sagte er bereitwillig. »Leidenschaftlich schlecht.«

Josefa kicherte. »Hauptsache Spaß. Weißt du, was man über Golfspieler sagt?«

»Vergiss es.« Toni winkte ab. »Alles erstunken und erlogen.«

»Ich habe es versucht.« Sie zuckte mit den Schultern. »Aber nachdem ich den Schläger dauernd in den Boden gerammt habe, habe ich aufgegeben.«

»Ja, Ausdauer und Geduld braucht es schon. Ich habe viel üben müssen.«

»Mein Hans-Ruedi hat sämtliche Geschäfte am Golfplatz abgewickelt.« Claudia Lüthi wirkte fast triumphierend. »Da treiben sich die erfolgreichen Leute herum, hat er gesagt. Und auch Frauen, daher bin ich meist mitgegangen.«

»So sind sie, die Frauen.« Paul grinste. »Kaum haste Geld, biste was.«

»Wenn du damit meinst, dass mir ein Mann, der was aus sich gemacht hat, wichtiger ist als ein Penner, dann hast du recht.« Josefa sprach scharf, offenbar hatte er einen wunden Punkt bei ihr getroffen.

»Ist doch wahr.« Paul ließ nicht locker. »Da redet ihr Frauen von Emanzipation und Selbstständigkeit, aber wenn's drauf ankommt, dann hängt ihr euch an die Brieftasche von uns Männern.« Paul blieb stehen und holte ein Taschentuch aus der Hosentasche, mit dem er sich den Schweiß von der Stirn wischte. »Puh, kaum zu glauben, wie heiß es heute ist. Nach dem Regen die letzten Tage. Bei so einem Wetter wäre die Kraut wohl nicht ausgerutscht.«

Toni spannte sich an. »Ausgerutscht? Du weißt doch, sie wurde ermordet.«

Paul sah ihn an, Tränen sammelten sich in seinen Augen. »Hab ich vergessen«, murmelte er. »Das passiert häufig in letzter Zeit. Glaubst du, dass ich senil werde? Das will ich nicht.«

Er legte ihm die Hand auf die Schulter. »Du bist nicht senil, Paul! Wir alle vergessen hin und wieder was.«

Paul nickte, schien jedoch nicht überzeugt, wie er so mit gesenktem Kopf weiterging. Toni überlegte, ob er nach seinen Nichten fragen sollte.

»Ach, Pauli, du bist eben der Älteste hier.« Claudia ging auf einmal neben ihm, drückte seinen Arm. »Da ist es nicht so schlimm, wenn du dement wirst.«

Toni setzte an, um etwas auf diese taktlose und keineswegs hilfreiche Bemerkung zu sagen, da kicherte sie schon los. »Späßle! An den Schweizer Humor musst du dich gewöhnen.«

»So witzig ist das nicht.« Toni ärgerte sich auch aus einem anderen Grund: Er war wieder nicht mit Paul allein. Verdammt, er wollte endlich herausbekommen, was Paul beobachtet hatte. Konnte ihm das helfen, was die Aufklärung des Mordes – der Morde – betraf? Oder war es nur in der Fantasie eines alten Mannes entstanden?

»Ich sehe schon den Teufelstein.« Claudia klang begeistert wie ein Kind. »Ich habe nachgelesen, da gibt es eine Legende. Der Teufel wollte einen Turm bis zum

Himmel bauen, damit er wieder dort aufgenommen wird.«

»Da ist er wohl nicht weit gekommen«, sagte Toni.

»Die Zeit war zu knapp.« Josefa holte eine Flasche Wasser aus ihrer Tasche und nahm einen Schluck. »Heiß ist es, puh. Was die Kraut wohl hier oben wollte? Bei Regen?«

»Hat was gesucht«, sagte Paul, »oder wollte jemanden treffen.«

Toni sah ihn stirnrunzelnd an. Das klang selbstsicher. Wusste der alte Mann doch mehr?

»Nun, ich habe keine Lust, mir den Kopf zu zerbrechen, was diese Journalistin hier tat«, sagte Claudia. »Zudem kann ich es mir denken. Wollen wir weiter?«

»Wie meinst du das?« Toni war überrascht über Claudias sicher hervorgebrachtes Statement.

»Wissen doch alle, der Hausmeister hat mit Drogen gehandelt. Sie wollte die illegale Fabrik aufdecken. Vermutlich ist er ihr Mörder.«

»Und wer hat ihn dann umgebracht?« Josefa rückte zu ihr auf und verstaute ihre Flasche wieder in ihrer Tasche.

»Das ist die Kardinalfrage.« Claudia grinste.

Der Felsen Teufelstein tauchte vor ihren auf, jener Felsen, neben dem vor wenigen Wochen Vanessa Kraut tot aufgefunden worden war. Jetzt waren einige Menschen dort, der schroffe Stein war ein beliebtes Ausflugsziel. Und nach der langanhaltenden Regenperiode zog es vermutlich alle hinaus.

»Drogendealer unter sich. Das kennt man ja vom Fernsehen.« Claudia wischte mit der Hand durch die Luft. »Was sagst du, Toni?«

Blödsinn.

Stattdessen nickte er. »Klingt logisch.«

»Das musst du der Polizei sagen, Claudia.« Josefa klang eifrig, die beiden Frauen gingen nebeneinanderher. Toni blieb stehen und sah zu, wie sich Claudia und Josefa entfernten, ihre Stimmen wurden leiser. Paul war weiter vorn, er schien außergewöhnlich fit zu sein.

Toni atmete durch und genoss die Stille um ihn herum. Er sah sich um, hinter ihnen kam eine Familie, er hatte nur kurz Zeit, die Umgebung in Ruhe in sich aufzunehmen.

Was hatte Vanessa Kraut bewogen, bei unwirtlichem Regen hierherzukommen? Sie war eine geübte Kletterin und bestimmt auf ihren Touren manchmal von Wettereinbrüchen überrascht worden. Aber dass sie gezielt bei Schlechtwetter einen Ausflug unternahm? Das ergab keinen Sinn. Sie musste hergelockt worden sein. Hatte man ihr Informationen versprochen? War es ihr Mörder, der sie hier erwartet hatte? Oder ein Informant, und das Gespräch war eskaliert?

Alles nur Spekulationen!

Wie passte Reinbacher ins Bild? Waren es zwei komplett verschiedene Fälle? Die aus Zufall in dieser idyllischen Gegend passierten?

»Guten Morgen!« Der Familienvater hatte ihn erreicht, er trug ein Kind in einem Tragekorb auf dem Rücken, das eingeschlafen war. Zwei größere Kinder rannten an ihm vorbei.

»Guten Morgen. Da hat es jemand bequem bei Ihnen.« Toni deutete auf das Kleine, das den Kopf an den Rücken des Papas gebettet hatte.

»Das macht sie immer.« Der Vater lachte. Die Mutter kam hinzu und gemeinsam wanderten sie die letzten fünfzig Meter zum Felsen.

Einige Wanderer hatten Picknickdecken ausgebreitet, zwei Kinder spielten Ball und ein paar bestiegen den etwa sechs Meter hohen Teufelstein. Nichts wies mehr auf den tragischen Vorfall hin, der Regen hatte sämtliche Spuren verwischt, sodass die Spurensicherung das Gebiet nicht lange hatte absperren müssen. Freilich schnappte er unter den Besucherinnen und Besuchern das Wort »Mord« auf, aber es war zum Glück nicht das Hauptthema.

Toni sah am Teufelstein hoch, der ihn um einige Meter überragte. Kurz überlegte er, ob er es wagen sollte und begann spontan mit dem Aufstieg. Es war nicht allzu schwer, hinaufzukommen, eiserne Halteklammern waren zu diesem Zweck angebracht. Für eine Kletterin wie Vanessa Kraut ein Spaziergang, den sie vermutlich mit geschlossenen Augen bewältigt hätte. Zum Klettern war sie nicht hergekommen, selbst wenn das Wetter für sie eine Herausforderung dargestellt hätte. Heute war der Felsen trocken, am Tag des Mordes war er vermutlich nass und rutschig gewesen. Toni stand oben und sah sich um, wobei er versuchte, das Lachen und die Stimmen um sich herum auszublenden. Hatte Vanessa Kraut das ebenso gemacht? Hatte sie trotz Regen hier gestanden und in die Landschaft geguckt? Warum?

Der Teufelstein war nicht der einzige Felsen, aber der höchste. Zahlreiche flache Felsen waren in der Wiese verteilt. Manche nur Platten, ein paar erhoben sich ein wenig mehr.

Er sah hinunter auf den Platz, auf dem Vanessa Kraut gelegen hatte. Er erkannte die Felskonstellation vom Polizeifoto.

»He, Toni, du starrst Löcher in die Luft. Fall nicht runter!« Josefa stand unten und trank einen Schluck aus ihrer Wasserflasche. Andere Kletterer kamen nun herauf, der Platz wurde eng, sodass Toni sich an den Abstieg machte.

»Wie war's da oben?«, fragte Josefa.

»Ich habe überlegt, ob Vanessa Kraut hier heraufgeklettert ist, trotz Regen«, antwortete er, ohne groß nachzudenken. Sie war Boulderin gewesen und konnte Freeclimbing. Dieser Felsen hier war selbst bei Regen keine Herausforderung für sie gewesen. Warum war sie also hergekommen?

»Die geht dir gar nicht aus dem Kopf, was? Wär doch zu jung für dich gewesen.« Josefa kicherte und Toni kam in den Sinn, dass in ihrer Flasche etwas anderes als Wasser war.

»Nein, das muss ich zugeben«, sagte er ruhig. »Zwei Morde sind passiert, das lässt einen nicht kalt.«

»Was sieht man denn von oben?« Claudia kam hinzu.

»Toni will einen Mord aufklären.« Josefa kicherte erneut, hatte keine Ahnung, dass ihre Worte der Wahrheit entsprachen.

»Tatsächlich? Warum nicht? Manchmal haben Hobbydetektive mehr Glück als die Polizei, liest man doch in jedem Krimi.«

»Eine Schweizerin«, erklang eine bekannte Stimme von hinten. Erleichtert sah Toni, dass der Familienvater herangekommen war, den er vorhin mit der Kleinen am Rücken getroffen hatte. »Ich wette, Sie sind gewaltigere Bergtouren gewohnt.« Er trat neben Claudia. »Ich war schon mal auf dem Matterhorn und auf dem Piz Bernina. Das waren wundervolle Gipfel. Überhaupt ist die Schweiz ein atemberaubendes Land.«

»Das freut mich.« Claudia lächelte geschmeichelt. »Und so vielfältig. Auch unsere Seen sind eine Reise wert und die Städte!«

Toni war froh, dass die beiden Frauen abgelenkt wurden, denn nun beteiligte sich Josefa ebenfalls am Gespräch. Er sah sich nach Paul um, endlich schien sich eine Möglichkeit der Unterhaltung zu ergeben.

Der ältere Mann hatte seine Jacke auf einem der Felsbrocken ausgebreitet, und saß darauf, Toni holte seine Wasserflasche aus dem Rucksack.

»Wie war der Ausblick von oben?«, fragte Paul. »Für mich ist so was leider vorbei, mit meinen Knieprothesen kann ich nicht einmal auf einen Stuhl klettern, zumindest auf keinen hohen.«

»Musst du ja nicht.« Toni setzte sich neben ihn auf den flachen Felsen.

»Ganz schön Trubel hier.«

»Stimmt. Dennoch beachtet uns hier niemand. Was wolltest du mir erzählen?«

Paul sah ihn an. »Wovon sprichst du?«

»Du hast es erwähnt.« Toni seufzte innerlich. »Vanessa Kraut, erinnerst du dich? Dir ist noch was eingefallen, etwas, das du gesehen hast.«

Paul schwieg, rieb über seine Stirn, wie immer, wenn er nachdachte. »War es wichtig?«, fragte er schließlich leise.

»Ich weiß es nicht.« Toni war enttäuscht. Vermutlich hatte er dem Ganzen zu viel Bedeutung beigemessen.

»Meist vergesse ich bedeutsame Dinge.« Paul schüttelte den Kopf. »Und ich merke mir, dass die Oberschwester heute rote Pantoffeln anhatte. So was Nebensächliches.«

»Rote Pantoffeln?« Toni war auf einmal abgelenkt. Die Person hinter dem Felsen, die kannte er doch?

»Normalerweise hat sie so geschnürte Gesundheitsschuhe an, diese hässlichen Dinger mit orthopädischen Einlegesohlen und so. Heute nicht.«

»Stimmt. Vielleicht wollte sie modisch sein.« Toni sagte es mit Blick auf den Mann, von dem er nun sein komplettes Gesicht sah.

Dr. Markus Weber.

Er schraubte die Flasche zu, stellte sie ab, stand auf und überbrückte die fünfzehn Meter zu dem jungen Arzt, der den Blick nach unten gerichtet hielt und offensichtlich den Boden absuchte.

»Ist Ihnen etwas hinuntergefallen?«, fragte Toni. Weber zuckte zusammen und hob den Kopf. War es Erleichterung, die über seine Züge glitt?

»Ah, Herr Moser. Haben Sie das schöne Wetter für einen Ausflug genutzt?«

»Nach dem tagelangen Regen war das ein Muss.« Toni deutete zum Boden. »Kann ich Ihnen helfen?«

»Wie bitte?«

»Na, Sie suchen doch etwas.«

»Nein, nein.« Es klang ein wenig gepresst. »Ich habe eine Eidechse gesehen, nennen Sie mich kindisch, aber ich liebe diese Zeitgenossen.« Er verzog sein Gesicht zu einem Grinsen, das eher grotesk als fröhlich wirkte.

»Wie schön«, rief Toni übermäßig aufgekratzt aus. Er sah, dass Josefa nähergekommen war. »Josefa, stell dir vor, hier gibt es Eidechsen. Und Doktor Weber hat ebenfalls einen Ausflug hierher unternommen, ist das nicht nett?«

Josefa wirkte leicht irritiert, schließlich hatte Toni nie zuvor in einem dermaßen übertriebenen Tonfall gesprochen.

»Doktor Weber, was für eine Überraschung!«, gellte es und Claudia ließ ihre neue Bekanntschaft stehen, um zu dem Arzt zu eilen. Weber wirkte ein wenig gequält, während Toni die Gelegenheit wahrnahm und den Boden scannte. Der Arzt hatte irgendwas gesucht, nur was? Mit den Eidechsen hatte er Toni eine Steilvorlage geliefert, selbst zu suchen. Warum hatte Weber gelogen? Hätte er etwas Harmloses verloren, hätte er es sagen können.

Die zwei Frauen nahmen den Arzt ordentlich in Beschlag, redeten auf ihn ein und – wie Toni mitbekam – wollten ihn überreden, in Fischbach gemeinsam ein Glas Wein trinken zu gehen.

Etwas blitzte am Boden, Toni bückte sich. Es war ein Kettchen. Als er es hochhob, stellte er fest, dass es gerissen war. Zudem war es mit getrocknetem Schlamm bedeckt, vermutlich war es durch die zahlreichen Fußtritte wieder unter der Erde zum Vorschein gekommen.

»Geben Sie es mir.« Markus Weber war plötzlich neben ihm und wollte danach greifen, doch Toni war schneller und zog es weg.

»Wieso sollte ich es Ihnen überlassen?«

»Weil ich es schon vorhin habe glitzern sehen.«

»Vorhin haben Sie abgestritten, dass Sie etwas suchen.« Toni legte den Kopf schräg. »Eidechsen, Sie erinnern sich?«

»Jaja, ich wollte nicht, dass alle Leute aufmerksam werden. Geben Sie es mir.« Dr. Weber klang fordernd.

»Was wollen Sie damit machen?«

»Ich glaube, es gehört einer Freundin von mir.« Weber sah sich um, denn Josefa und Claudia waren herangekommen und bauten sich rechts und links von ihm auf. Auch andere wurden aufmerksam.

»Vielleicht lebt die Besitzerin ja nicht mehr?«

Weber blieb ihm sekundenlang eine Antwort schuldig, ehe er empört ausrief. »Was soll der Unsinn?«

»Das Kettchen ist eindeutig gerissen. Möglicherweise wurde es der Besitzerin vom Hals gezerrt? Am 17. September gab es doch hier diesen Mord, nicht wahr? Wir haben darüber geredet, erinnern Sie sich?«

»Ich habe Ihnen gesagt, dass Sie zu viele Kriminalromane lesen!« Weber sprach zornig, sein Gesicht war rot angelaufen. »Außerdem lag die Tote auf der anderen Seite.«

»Woher wissen Sie denn das?« Claudia sah Markus Weber mit gerunzelter Stirn an und stemmte ihre Hände in die Hüfte.

»Meine Güte, die Polizei hat es erwähnt.« Er streckte wieder die Hand aus. »Geben Sie mir das Ding.«

Toni ließ es in seiner Faust verschwinden. »Nein, ich werde es zur Polizei bringen. Sollte es Ihrer Freundin gehören, kann sie es von dort abholen.«

»O mein Gott, dann machen Sie das.« Markus Weber drehte sich um und stapfte davon.

»Denkst du, er hat sie umgebracht?«, wisperte Josefa. »Er ist doch normal so nett. Dermaßen wütend habe ich ihn noch nie erlebt.«

Toni sah ihm nach.

»Was machst du nun mit dem Schmuck? Darf ich ihn ansehen?« Claudia streckte ihre Hand aus.

Toni wollte ihn ihr nicht überlassen, auch wenn er bezweifelte, dass die Spurensicherung verwertbare Spuren finden würde. Außerdem, woher wusste er, dass das Kettchen Vanessa Kraut gehört hatte? Webers Reaktion war zwar eigenartig, konnte aber einen komplett anderen Zusammenhang haben.

»Ich bringe die Kette zur Polizei, die werden schon wissen, was zu tun ist.«

»Mensch, Toni, sei doch nicht so. Zeig es uns wenigstens.« Josefa sprach mit ihrer schmeichlerischsten Stimme.

»Ich habe es bereits eingesteckt.« Toni beugte sich zu ihnen und wählte einen verschwörerischen Tonfall, um sie abzulenken. »Wie habt ihr die Reaktion von Doktor Weber gefunden? Denkt ihr, dass er was mit dem Mord an Frau Kraut zu tun hat?«

Claudia schlug sich die Hand vor den Mund und Josefa wirkte nicht weniger entsetzt. »Du denkst, er ist der Mörder?«

»Das weiß ich nicht. Aber komisch war er, da sind wir uns doch einig?«

»Auf jeden Fall.« Claudia deutete auf den Felsen. »Ich schau mal auf die andere Seite, wo die Tote gelegen haben soll.«

»Ich komm mit.« Josefa sah erwartungsvoll zu Toni. Doch der schüttelte den Kopf. »Ich geh zu Paul, er ist schon lange allein.«

Mit zügigen Schritten erreichte er den alten Mann, der zu seiner Überraschung stand und zum Weg sah.

»Was ist los, Paul?«

»Doktor Weber war da.« Er wirkte aufgeregt. »Und ich weiß wieder, was ich dir sagen wollte.«

»Ja?«

»Er hatte was mit diesem Zimmermädchen, die, die ermordet wurde.«

»Du meinst Frau Kraut?« Toni runzelte die Stirn. Soweit er wusste, war Paul erst einen Tag vor ihm angereist, zu einer Zeit, da Vanessa Kraut schon lange tot war.

»Ja.« Er drehte sich zu Toni und dem fiel auf, dass Pauls Hände zitterten. »Ich habe sie aus seinem Zimmer kommen sehen. Blödsinn, nicht ich, ich war ja noch nicht da. Aber es wurde mir erzählt.«

»Ja?« Toni blieb skeptisch. »Sie hat dort sauber gemacht, vermute ich mal.«

Paul schüttelte energisch den Kopf. »Das ist es ja. Sie hatte keinen Putzwagen dabei und im Hinausgehen hat sie sich die Bluse zugeknöpft.«

»Und woher weißt du das?«

Ein Schatten fiel über sein Gesicht wie ein Vorhang. »Weiß nicht mehr.«

Dann war seine Aussage leider nichts wert.

Nach dem Abendessen spazierten sie nach Fischbach. Der Ort war überschaubar, dennoch gefiel Toni das Flair. Jeder grüßte und zeigte ein freundliches Lächeln.

Die Kirche stand leicht erhöht, kurz nahmen sie im Inneren Platz. Danach wanderten sie zurück Richtung Gmoa und fanden sich im gut besuchten Dorfkrug ein, einer gemütlichen Wirtschaft. Anna Steiner kam ebenfalls dorthin und Toni konnte sich mit ihr unterhalten, ohne dass es auffiel. Bei dieser Gelegenheit gab er ihr die Halskette zur Untersuchung.

»Weber ist der Einzige, dessen Alibi ein wenig wacklig ist«, erklärte ihm Anna. »Er ist zu dieser Besprechung, bei der angeblich alle waren, knapp dreißig Minuten später gekommen. Weil er es vergessen hatte, war seine Ausrede. Theoretisch könnte er den Mord begangen haben, müsste aber in einigem Tempo heruntergerannt sein und sich dann in Rekordzeit umgezogen haben.«

»Bei dem Wetter muss er komplett durchnässt gewesen sein. Und es ist unwahrscheinlich, dass ihn niemand gesehen hat. Dennoch war sein Verhalten am Teufelstein komisch. Außerdem hatte er angeblich ein Verhältnis mit der Toten.«

»Ja, hat uns Cindy auch gesagt.«

»Ich muss wieder rüber.« Toni sah zu der Gruppe, die schon alle zu ihm sahen. »Bis dann.« Er ging zu den anderen zurück.

»Bist du noch mal verhört worden?«, fragte Paul.

»Befragt.« Claudia hob den Zeigefinger. »Das ist ein entscheidender Unterschied. Sonst hätten sie ihn doch gleich verhaftet.«

Kapitel 19

Cindy hasste Obduktionen, Franz liebte sie. Daher war keine Frage, wer von ihnen dem Doppeldoktor zusah. Sie vertiefte sich stattdessen ein weiteres Mal in die Berichte von Veit und Anna. Sie waren übersichtlich abgefasst und sie hatten sich mit den Befragungen der Zeugen Mühe gegeben. Dennoch konnte Cindy nichts finden, was irgendwie suspekt wäre. Wenn Franz zurückkam, wollten sie noch einmal mit Zehetgruber sprechen, sie hatte ihn für vierzehn Uhr einbestellt.

Eine E-Mail vom Labor brachte endlich einen Ansatz: Der Tee war analysiert worden. Tonis Verdacht hatte sich bestätigt, im Morgentee fanden sich Spuren von Amphetaminen, im Tee für die Nacht Benzodiazepine. Die Mengen waren nicht hoch, zusammen mit den im Tee befindlichen Kräutern hatten sie eine gewisse Wirkung, die jedoch nicht als gesundheitsschädlich bezeichnet werden konnte. Man müsste schon mehrere Liter Tee konsumieren, um sich zu vergiften.

Die mysteriösen Todesfälle konnten nicht durch den Konsum des Tees herbeigeführt worden sein. Aber die Substanzen waren der Beweis dafür, dass das Naturheilzentrum nicht so natürlich agierte, wie es sich den Anschein geben wollte. Es klopfte und Gruppeninspektor Lindner kam herein.

»Guten Morgen, Cindy. Ich suche Toni.«

»Er ist nicht hier. Ist im Urlaub, weißt du doch.«

Karl Lindner entgleisten die Gesichtszüge. »Ich dachte, er käme sofort zurück. Wir sind schließlich in laufenden Ermittlungen.«

»Anweisung von oben.« Cindy deutete mit dem Finger zur Decke. Mochte Lindner das interpretieren, wie er wollte.

»Trotzdem. Normal geht er doch immer im Juni oder Juli, und er kündigt das an.«

»Diesmal hat er spontan etwas gemacht. Überstunden waren genug da.« Cindy wischte mit der Hand durch die Luft. »Was gibt's Karl? Kann ich dir irgendwie helfen?«

»Leitest du jetzt die Ermittlungen wegen Vanessa Kraut?«

»Mehr oder weniger.«

»Ich hoffe, du machst Witze mit dem weniger.« Karls Mundwinkel verzogen sich leicht. »Hat Franz auch frei?«

»Nein, er musste zu einer Obduktion. Gestern wurde Helmut Reinbacher, der Hausmeister des Naturheilzentrums, tot aufgefunden.«

»Weiß ich doch.« Karl winkte ab. »Gibts da einen Zusammenhang?«

»Wissen wir nicht.« Cindy stand auf. »Wie kann ich ...?«

»Wir haben die Handydaten von Vanessa Krauts Anbieter erhalten und als letzte Nummer ist eine Martina Schmidt drauf.«

»Richtig, die Handyliste! Wer ist Martina Schmidt?«

»Offenbar eine alte Schulfreundin. Sie hat gut zehn Minuten mit ihr gesprochen, daher habe ich sie einbestellt.«

»Gut gemacht. Noch jemand?«

»Zehetgruber mehrmals, sie hat oft nicht angenommen.«

»Aha, das ist interessant. Dabei hat er behauptet, er hätte mit ihr abgeschlossen und dann ruft er sie an. Wann kommt Frau Schmidt?«

»Sie wartet schon draußen.«

»Herein mit ihr.«

Lindner riss die Tür auf. »Sie können hereinkommen.«

Eine groß gewachsene gertenschlanke Frau kam durch die Tür. Cindy hatte sofort das Bild eines biegsamen Baumes vor Augen. »Guten Morgen.« Sie stand auf und trat der Frau entgegen. »Ich bin Bezirksinspektorin Cindy Panzenböck, in Vertretung von Chefinspektor Toni. Wir bearbeiten hier den Fall Vanessa Kraut. Sie waren mit ihr befreundet?«

»Nicht mehr.« Sie überragte Cindy um fast zwei Köpfe, daher deutete diese zu dem Stuhl vor ihrem Schreibtisch. Sonst bekäme sie Genickstarre. »Bitte nehmen Sie Platz. Auch du, Karl.« Bei Befragungen war es besser, wenn eine zweite Person dabei war, und Lindner zog sich ohne zu trödeln ebenfalls einen Stuhl heran.

»Wie ist Ihr vollständiger Name?«

»Martina Schmidt.«

»Haben Sie mit Frau Kraut zusammengearbeitet?«

»Nein. Wir sind zusammen zur Schule gegangen, waren dort beste Freundinnen. Aber nach der Matura hat es sich verlaufen, wie es so ist, und wir haben uns seit Jahren nicht gesehen. Bei den Klassentreffen sind nie alle da, wir haben uns immer verpasst. Daher hat es mich erstaunt, als sie vor ein paar Wochen angerufen hat.« Martina Schmidt schlug die Beine übereinander. »Darf ich hier eine Zigarette rauchen?«

»Tut mir leid, hier ist Rauchverbot, wie in allen öffentlichen Räumen.« Cindy war verwundert über die Frage.

»Ich bin nikotinsüchtig.« Frau Schmidt wirkte verlegen, als sie die Beinposition erneut wechselte. »Zum Glück raucht mein Chef auch päckchenweise.«

»Wo arbeiten Sie denn?«

»In einer Softwarefirma.«

Cindy nahm ihre Daten auf. »Jetzt erzählen Sie mal. Frau Kraut hat Sie angerufen. Wann war das genau?«

»Den Tag kann ich nicht mehr sagen, so erste Septemberwoche. Oder zweite? Es war an einem Vormittag im Büro, sie hat den Festnetzanschluss gewählt. Es war viel zu tun und ehrlich gesagt war es mir lästig. Ich habe sie gefragt, ob wir das Gespräch nicht auf den Abend verschieben können, auf die Freizeit. Sie hat vehement abgelehnt und mir etwas von einem Undercover-Einsatz erzählt. Hat geredet wie ein Buch.« Frau Schmidt rutschte auf ihrem Stuhl nach vorn. »Ich habe nicht zugehört, hatte andere Dinge im Kopf. Und zum Schluss hat sie gesagt, wenn ihr was passieren sollte, muss ich in der Hütte nachschauen.«

»Welche Hütte?« Das war eine vage Beschreibung.

»Das weiß ich nicht. Ich wollte nachfragen, aber sie hat aufgelegt. Ein paar Tage später habe ich von ihrem Tod in der Zeitung gelesen.«

»Hat sie keine präzisere Angabe gemacht?«

»Nein. Aber sie hat das Wort merkwürdig ausgesprochen, zuerst Hütt und dann kam erst das E, es klang fast wie ein Umlaut Ä, wenn Sie verstehen. Leider habe ich nicht nachgehakt. Wie gesagt, es war viel zu tun an diesem Tag. Ich habe mich zu wenig auf sie konzentriert. Unsere Freundschaft hatte sich abgekühlt und es war mir nicht wichtig genug.« Sie schluckte. »Und jetzt ist sie tot.«

»Sie hätten ihren Tod nicht verhindern können«, sprach nun Lindner. »Aber Sie können entscheidend dazu beitragen, den Mörder zu finden, wenn Sie sich an jedes Detail erinnern. Klang Frau Kraut nervös, aufgeregt oder sonst irgendwie anders?«

»Ja, schon. Allerdings habe ich sie jahrelang nicht gesehen, daher hat es mich nicht so verwundert, wie die Tatsache, dass sie sich überhaupt an mich gewandt hat.«

»Weshalb ist Ihre Freundschaft zerbrochen?«, fragte Cindy.

»So kann man es nicht sagen. Wir haben uns nur in unterschiedliche Richtungen entwickelt und unsere Treffen sind sukzessive eingeschlafen.«

Cindy sah auf ihr iPad und überlegte, ob Martina Schmidts Aussage ihnen helfen konnte. Lindner hatte die Frau zur Tür begleitet und kam zurück.

»Was hältst du von ihr und ihrem Bericht?«, fragte Cindy.

Lindner schüttelte den Kopf. »Da kann ich mir kein Bild machen. Komisch, dass die Kraut sich an jemanden wendet, zu dem sie seit Jahren null Kontakt hatte.«

»Für mich würde es Sinn ergeben, wenn sie irgendetwas Wichtiges bei ihr deponiert hätte. Dann würden der oder die Mörder eher bei näheren Freunden suchen als bei einer ehemaligen Freundin. Wobei«, Cindy seufzte, »das ergibt keinen Sinn. Sie können ja auf ihrem Handy nachsehen und checken, wen sie als Letztes angerufen hat.«

»Sofern er das Handy hat. Gefunden wurde es ja nicht.«

»Nein. Und die Kraut wird so geistesgegenwärtig gewesen sein und die Anrufliste gelöscht haben. Wir haben die Daten vom Server.«

»Hoffentlich. Sonst wäre die Schmidt in Gefahr.«

Franz polterte herein. »Hi, das war vielleicht was. Oh, hallo, Karl, was führt dich zu uns?«

»Er hat mich bei Martina Schmidts Befragung unterstützt. Was war bei dir?«

»Wer ist Martina Schmidt?«

»Erst du.« Cindy deutete auf seinen Stuhl.

»Tja, ich habe tatsächlich Neuigkeiten.« Franz wirkte aufgeregt, doch wie immer wollte er eine Show abziehen.

»Kurz und präzise. Es ist keine deiner dich anbetenden Damen hier.«

Er zog einen Flunsch. »Stell mich nicht immer als Casanova hin.« Dann wurde er ernst. »Also, Reinbacher wurde zwar in den Rücken geschossen, gestorben ist er aber an einer Überdosis Propofol.«

»Wie bitte?« Lindner sah Franz direkt an. »Wozu dann der Schuss?«

»Selbstmord?« Cindy musste dem älteren Gruppeninspektor recht geben.

»Erpel geht davon aus, dass es sich um mindestens zwei Täter handelt. Der Tod trat kurz nach Mittag ein, zwischen eins und zwei, er hat eine Einstichstelle am Arm gefunden. Der Schuss hat ihn getroffen, als er bereits tot war.«

Cindy war wie immer beeindruckt, wie viel der Gerichtsmediziner herausfinden konnte. »Dann stellt sich die Frage, ob der zweite Täter gewusst hat, dass Reinbacher schon tot war. Und wieso hat niemand den Schuss gehört? Es war schließlich helllichter Tag?«

»Dort ist Jagdgebiet, da fällt ein Schuss nicht auf.« Franz ging zum Kaffeeautomaten.

»Gejagt wird in der Früh und am Abend.« Lindner rieb sich die Stirn. »Zudem hat es geregnet.« Er sah auf die Uhr und sprang hastig auf. »Entschuldigung, ich habe eine Besprechung, hätte ich bald vergessen. Meldet euch, wenn ihr Hilfe braucht. Ach ja, und, Cindy, ruf den Chef an, was er an die Presse geben darf.« Die Tür klappte hinter ihm zu, Cindy starrte ihm kurz nach, überrascht über den überstürzten Abgang.

»Chef?«, fragte Franz. »Meint er Werdenhammer?«

Cindy winkte ab. »Unnötig, der ist eh auf dem Laufenden.«

»Was machen wir jetzt mit dieser Info.«

»Toni kann ich momentan nicht erreichen. Therapiezeit.« Rasch informierte sie Franz über Martina Schmidts Aussagen.

»Hütte?« Franz setzte sich an seinen Schreibtisch und schrieb das Wort auf. »Ist das alles, was wir haben? Denkst du, diese Schmidt hat was zurückgehalten?«

»Glaube ich nicht. Eher, dass sie was überhört hat. Sie gab selbst zu, dass sie unkonzentriert und unwillig war, weil sie im Stress war.«

»Eine Hütte«, murmelte Franz. »Ist damit Reinbachers Hütte gemeint? Oder steht eine neben dem Kurheim?«

»Laut Plan ist mir kein Nebengebäude aufgefallen, der Schuppen vom Gärtner abgesehen. Weiter weg im Wald ist eine Kapelle, aber die kann man kaum als Hütte bezeichnen. Behalten wir das im Hinterkopf.« Sie stand auf. »Und jetzt auf zu Zehetgruber. Ich habe nur auf dich gewartet.«

Zehetgruber sah aus, als hätte er wochenlang nicht geschlafen. Die ungesund fahle Gesichtsfarbe, dunkle Ringe unter den Augen sowie die schweren Augenlider und das ungekämmte Haar vertieften den Eindruck. Sie saßen in der Lobby der Zeitungsredaktion auf einer der Sitzgruppen, offenbar wollte der Journalist sie nicht erneut in sein Büro bitten.

»Herr Zehetgruber, ich nehme an, Sie wissen, weshalb wir schon wieder hier sind.« Cindy ließ sich auf dem Sitz ihm gegenüber nieder.

»Wir haben die Handyliste von Frau Kraut und Sie sind der Vorletzte, mit dem sie telefoniert hat. Sie hat zahlreiche Anrufe von Ihnen abgeblockt, doch zwei Tage vor ihrem Tod hat sie Sie angerufen und Sie haben knapp zwei Minuten mit ihr gesprochen. Was hat sie gewollt?«

Seine Hände zitterten, als er zu seiner Kaffeetasse griff. »Ich habe einen großen Fehler gemacht. Ich habe sie beschimpft, dabei wollte sie mir etwas Wichtiges sagen.« Er holte ein Taschentuch heraus und wischte sich den Schweiß von der Stirn. Dunkle Flecken unter der Achsel zeichneten sich auf seinem Hemd ab. »Und danach habe ich das Gespräch beendet, ohne sie zu Wort kommen zu lassen.«

»Weshalb haben Sie sie beschimpft?« Franz stand an die Tür gelehnt, die Hände in den Hosentaschen.

»Ich bin ihr nachgefahren.« Robert Zehetgruber sprach leise und senkte den Kopf.

»Wann?« Cindy tippte bereits wieder mit.

»Es war so zwei Tage nach ihrem Aufbruch.«

»Sie war doch undercover dort?«

»Ihre Tarnung hätte ich nicht platzen lassen. Ich dachte«, er schluckte mehrere Male, »ähm, ich wollte sehen, ob es eine zweite Chance für uns beide gibt.«

»Sie sind doch neu liiert.«

»Unsinn, das ist nur eine Bettgeschichte. Und da die Affäre zwischen Vanessa und dem Chef beendet schien, hoffte ich, sie würde zu mir zurückkommen.«

»Dem war nicht so?«

»Nein.« Er trank einen Schluck und stellte die Tasse mit einem Klirren zurück. »Ich habe sie in flagranti erwischt. Wissen Sie, das ist im Kino immer lustig, der Trottel, der seine Frau beim Fremdgehen ertappt. Aber es war nur furchtbar. Sie haben nicht einmal das Zimmer abgeschlossen, ich bin hineingeplatzt, als die beiden, nun ja, es war mittendrin.«

»Wie sind Sie denn ins Kurheim hineingekommen? Und woher wussten sie, welches Zimmer sie hat?«, fragte Franz. Eine berechtigte Frage. Sie selbst war kaum an dem Bürstenkopf vorbeigekommen.

»Bin über die Hintertür rein, war nicht schwer. Ein Küchenmädchen hat mir den Weg zum Personaltrakt gezeigt, im dritten Stock oben. Da war ihr Name an der Tür.«

»Was haben Sie gemacht, als Sie die beiden gesehen haben?«, fragte Cindy.

»Ich bin wieder raus, bevor sie mich bemerkt haben.«

»Haben Sie den Mann erkannt?«

»Zuerst nicht, ich wusste nur, es muss ein Arzt sein, denn seine weiße Kleidung lag im Zimmer verstreut. Wieder in Graz habe ich im Internet auf der Website des Naturheilzentrums nachgeschaut und ihn gefunden. Er heißt Markus Weber.« Er verbarg den Kopf zwischen den Händen. »Als sie mich dann einige Tage später angerufen und um Hilfe gebeten hat, bin ich ausgerastet, habe sie beschimpft und nicht zu Wort kommen lassen. Das werde ich mir nie verzeihen. Vielleicht könnte sie noch leben.«

»Hat sie eine Hütte erwähnt?«

Überrascht sah er sie an. »Was? Möglich, nein, ich weiß es nicht. Wie gesagt, ich habe sie kaum zu Wort kommen lassen. Warum?«

Franz war nachdenklich, während der Rückfahrt verhielt er sich einsilbig.

»Worüber grübelst du?«, fragte Cindy schließlich, die diesmal das Fahrzeug lenkte.

»Ob es stimmen kann. Dass, hätte er ihr zugehört, sie noch am Leben wäre?«

»Er konnte mit dem Wort genauso wenig anfangen, wie die Schmidt.«

»Mir ist eingefallen, dass der Besucherparkplatz beim Naturheilzentrum eine Überwachungskamera hat. Wir sollten ...«

Wieso hatten sie nicht schon längst daran gedacht?

»Genial! Wow, Franz, in deinem Kopf sind offenbar nicht nur nackte Brüste drin.« Sie klopfte ihm auf die

Schulter. Sein Gesichtsausdruck wechselte von beleidigt zu geschmeichelt. »Vielleicht können wir sogar die Nummernschilder erkennen?«

»Der Wagen von Zehetgruber ist so auffällig, den sieht man.«

Sie erreichten ihr Büro und Franz setzte sich sofort an den Computer.

Die Tür wurde aufgerissen und Major Machacek stürmte herein. Der oberste Polizeichef war bekannt für seine polternden Auftritte. »Habt ihr endlich was?« Seine Stimme dröhnte.

»Wir untersuchen gerade ...« Franz brach ab, als Machacek mit der Hand heftig durch die Luft fuhr. Wie so oft beeindruckte Cindy, wie sich in seiner blank polierten Glatze das Licht spiegelte. Manchmal glich er einer Tomate, je nachdem wie hitzig er sich aufregte.

Und das tat er gern und oft.

»Ich weiß nicht, ob das mit Toni so eine gute Idee war. Er fehlt hier an allen Ecken und Enden. Ich meine, ihr zwei seid ja noch fast ein Teenagerpaar.«

»Danke auch.« Cindy empörte sich immer, wenn ihre Kompetenz aufgrund ihres jugendlichen Aussehens angezweifelt wurde. »Nichts für ungut!« Er ließ sich auf einen Stuhl sinken. »Haben Sie wenigstens irgendwas, das ich unserer Pressesprecherin weitergeben kann?«

Stimmt, die Presse! Lindner hatte es erwähnt.

»Wir haben alles im Griff, Herr Major.« Cindy stand auf und gab ihm eine kurze Zusammenfassung.

»Viele Verdächtige, keine Beweise.« Der Polizeichef seufzte. »Umgekehrt würd's auch nichts nützen.«

Machaceks Wutausbruch entlud sich prompt über ihrem Haupt.

Kapitel 20

Dr. Sabine Hartmann ist immer schon eine Opportunistin gewesen und sie schämt sich nicht, das zuzugeben. Als sie die Chance bekommen hat, den Job im Vital-Naturheilzentrum des charismatischen Dr. Schwarz anzunehmen, hat sie sofort zugegriffen. Ihn zu verführen, das war ein Kinderspiel, weil er ohnehin mit jeder schläft, die ihm über den Weg läuft.

Doch nun sind sie ertappt. Und zwar in einer Situation, in der es kein Herausreden gibt. Ihre beiden verschlungenen Körper, Victor zwischen ihren Beinen tief in ihr, da nützt kein Schönreden. Sie fahren auseinander, Victor zieht mit Lichtgeschwindigkeit seine Hosen hoch, sie ist nicht so rasch. Zweifellos hat er mehr Übung. Aber sie hat auch eindeutig zusätzliche Arbeit: Aufrichten, Kittel hinunterziehen und Bluse zuknöpfen.

Ute bewahrt Contenance, das muss man ihr lassen. Sie steht schweigend und wartet, bis sie sich präsentabel gemacht hat, dann ertönen ihre Worte wie Messerklingen durch den Raum. »Möchtest du hier oder zu Hause sprechen, Victor?«

Der sieht aus wie ein geprügelter Hund, was für ein Weichei.

Das wird unangenehm für ihn und leichte Schadenfreude macht sich in ihr breit. Für ihre Pläne braucht sie ihn nicht.

Das Ganze ist einen Tag her und Sabine ist erneut in Victors Büro. Dieses Mal nicht auf dem Sofa liegend, sondern aufrecht vor dem Schreibtisch stehend. »Und, hast du klein beigegeben?«, fragt sie, und spürt selbst die Boshaftigkeit in ihrer Stimme.

»Wir lassen uns scheiden.« Er klingt ruhig und selbstsicher.

»Wie jetzt? Ich dachte, deiner Frau gehört hier fast alles?«

»Stimmt. Aber ich werde nicht länger nach ihrer Pfeife tanzen.« Er tritt auf sie zu und zieht sie an sich. »Wir beide fliegen nächste Woche dorthin, wo es uns nur noch gut gehen wird. Das Geld ist an einem sicheren Ort, dort holen wir es und dann beginnt unser Leben neu. Was sagst du dazu?«

Meint er das ernst? Er ist im Pensionsalter, sie muss weitere zwanzig Jahre arbeiten. Und sie wird sich gewiss nicht auf ein Luftschloss mit ihm einlassen.

Ein Kuss lenkt sie ab. Es klopft.

»Doktor Schwarz, Herr Kuster möchte sich verabschieden.« Es ist Schwester Lena. Sabine mag die junge Schwester, sie ist noch voller Enthusiasmus und Arbeitseifer. Früher, viel früher, da war sie auch so.

Victor löst sich von ihr. »Bin gleich wieder da und dann besprechen wir das Ganze.«

Sie bleibt in seinem Büro, gedämpft klingen Stimmen herein. Eine halb offene Schublade fällt ihr ins Auge. Langsam geht sie zum Schreibtisch, aus einer Laune heraus zieht sie sie auf.

Ein Flugticket. Ausgestellt auf Victor Schwarz. Für den zwölften, das ist in einer Woche. Sie hebt es hoch, darunter ist eine Patientenakte. Und andere Papiere.
Aber kein zweites Ticket.
Damit sind die Weichen gestellt.

Kapitel 21

Langsam kam ein wenig Licht ins Dunkel. Es waren zwar nur Mosaiksteinchen, aber irgendwann würde es ein großes Bild ergeben, da war sich Toni sicher. Für sein tägliches Telefonat mit Cindy war er wieder ein gutes Stück in den Wald spaziert. Er traute seinem Zimmer nicht, die Tür war zu dünn.

Der Tee war nicht rein pflanzlich. Das hatte er geahnt.

»Aber die Dosis ist nicht gefährlich«, sagte Cindy. »Laut Labor müsste man mehrere Kannen Tee trinken.«

»Ich weiß natürlich nicht, ob alle hier den Tee in der gleichen Zusammensetzung erhalten.«

»Dennoch sind die darin enthaltenen Substanzen nicht dazu geeignet, jemanden zu vergiften. Und davon müssen wir bei den Todesfällen, die als Herzversagen deklariert werden, ausgehen.« Cindy fasste das Ergebnis von Reinbachers Obduktion zusammen.

»Propofol? Das ist eine Überraschung.« Toni überlegte, ob die anderen Toten ... Nein, Spekulation. »Da hat jemand auf den Toten geschossen? Um von der eigentlichen Todesursache abzulenken? Oder er wusste nicht, dass Reinbacher bereits tot war?«

»Ich gehe vom Zweiten aus.«

»Ist wahrscheinlicher.« Toni seufzte. »Hat auf jeden Fall mit den paar Cannabispflanzen nichts zu tun.

Cindy, ich möchte, dass dieser Schuppen noch mal untersucht wird.«

»Toni, unsere Leute waren überall.«

»Vielleicht nicht. Möglicherweise ist dieser Schuppen nur Tarnung für etwas anderes. Ich bin überzeugt, dass man nicht speziell auf Geheimtüren geachtet hat. Mich erinnert das an diese Kirche, unter der man eine ältere Kirche gefunden hat. Sie sollen sich morgen mit einem großen Team umsehen.«

»Da brauche ich aber eine Genehmigung, du bist ja offiziell nicht da.«

»Sprich mit Werdenhammer.«

»Denkst du, dass die beiden Mordfälle keinen Zusammenhang haben?« Er hörte Cindy leicht husten.

»Es wäre schon ein großer Zufall, wenn zwei Morde in dieser Gegend hier unabhängig voneinander passieren. Ich glaube, sie gehören zusammen, nur haben wir nicht erkannt, wie. Aber das werden wir.« Er sprach grimmig, denn er war fest entschlossen, das Rätsel zu lösen.

»Genau wie die Todesfälle in der Kurklinik.«

»Ja. Paul Hermann, einer der Kurgäste, hat viel beobachtet, leider kann ich nicht alles ernst nehmen. Er leidet unter Demenz. Heute hat er mir erzählt, dass Vanessa Kraut und Markus Weber, einer der Ärzte hier, ein Verhältnis hatten.«

»Das stimmt, wollte ich dir gerade erzählen. Franz und ich haben ein weiteres Mal Zehetgruber in die Mangel genommen. Die Telefonliste von der Kraut ist da und ihre letzten Telefonate hat sie mit Zehetgruber und einer alten Schulfreundin geführt.«

»Und?«

»Zehetgruber hat zugegeben, dass er zwei Wochen
vor ihrem Tod ins Kurheim gefahren ist und sie besuchen wollte.«

»Warum denn das?«

»Offenbar ist er noch verliebt in sie gewesen. Er hat
sie in flagranti ertappt und nachher auf der Website
des Kurheims Markus Weber erkannt.«

»Verdammt, es juckt mich, Weber zu befragen. Er hat
mir erklärt, die Tote kaum gekannt zu haben. Setzt Veit
Hödl auf ihn an.«

»Unbedingt.«

»Und ich werde ihn auch fragen, schließlich weiß ich
es von Paul.«

»Toni sei vorsichtig. Es gab schon zwei Tote.«

»Bis zwei kann ich zählen! Du nimmst offenbar deine
Rolle als Tochter zu ernst.«

»Ich will nicht, dass du der Nächste bist.«

»Ich auch nicht. Und wir wissen nicht, ob die Toten
denselben Mörder haben.«

»Das macht die Sache aber jetzt nicht sicherer, oder?«
Sie klang besorgt. »Reinbacher wurde sogar von zwei
verschiedenen Menschen ermordet, wenn man so
will.«

»Was hat Zehetgruber sonst gewusst?« Toni lenkte bewusst ab.

»Nichts. Leider hat er sie bei ihrem Telefonat nicht zu
Wort kommen lassen, hat sie nur angeschrien und ihr
Vorwürfe gemacht. Die macht er sich jetzt, weil er
denkt, sie könnte noch leben, hätte er sie angehört. So
wie Frau Schmidt.«

»Wer?«

»Martina Schmidt, eine alte Schulfreundin, die lange nichts von ihr gehört hat, war die letzte Person, mit der die Kraut telefoniert hat. Doch die Schmidt hatte weder Zeit noch Lust, mit Vanessa zu telefonieren, und hat sie abgewimmelt. Sie hat sich leider nur ein Wort gemerkt: Hütte.«

»Welche Hütte?«

»Das frage ich dich, gibt es eine im Zentrum? Eine Gartenhütte oder so?«

»Nein, nur den Geräteschuppen, der ist zu groß für eine Hütte.«

»Dann sagt es uns nichts. Übrigens, Franz überprüft gerade die Überwachungskamera von Parkplatz bei euch.«

»Gute Idee, Cindy.« Da war sein Team wieder mal auf Zack.

»Nicht ich, Franz hatte die.«

Toni fasste die Wanderung zum Teufelstein zusammen. »Anna bringt dir die Kette, ich konnte heute kurz mit ihr sprechen. Schickt sie ins Labor, obwohl ich keine Hoffnung habe, dass was zu finden ist. Und dann zeigt ihr sie Zehetgruber, möglicherweise erkennt er sie.«

»Sie könnte auch irgendjemandem gehören, bei den vielen Menschen, die immer zum Teufelstein pilgern.«

»Ist richtig, aber Webers Reaktion sagt mir etwas anderes. Ich muss, habe Wassergymnastik.«

Toni war unzufrieden. Vor der Gymnastikstunde hatte er Markus Weber nicht mehr gesehen und danach wäre er vielleicht schon aus dem Haus. Während er neben Paul ins dreißig Grad warme Wasser glitt, ließ er erneut alles Revue passieren. Der Hausmeister, Vanessa Kraut und die zahlreichen Toten hier im Kurheim – wie gehörte das zusammen?

Paul stieß ihn in die Seite. »Wollen wir heute Abend wieder Canasta spielen?«

»Heute nicht.« Toni musste sich einfach alles noch einmal durch den Kopf gehen lassen, da konnte er sich nicht durch Kartenspiele ablenken. Und Josefas Allüren konnte er schon gar nicht ertragen. »Ich bin müde.«

»Tatsächlich?« Paul kicherte. »Bei mir scheint die Kur endlich zu wirken, ich fühle mich heute zum ersten Mal wieder wie vierzig.« Er hüpfte im Wasser in die Höhe und fiel mit einem Platschen zurück.

»Bravo!« Claudia klatschte in die Hände.

Toni wunderte sich über den veränderten Paul. Hatte er nun doch von dem Tee getrunken? Schaden würde es ihm wohl nicht. Aber sobald der Mord aufgeklärt wäre, würden sie die zweifelhaften Methoden des Naturheilzentrums aufdecken. Was für ein Etikettenschwindel!

»Ihr Lieben«, flötete die Gymnastiklehrerin. »Jeder holt sich eine Wasserschlange und dann starten wir. Ich habe heute Musik mitgebracht, ihr macht einfach die Bewegungen nach, so gut ihr könnt.«

Ein flotter Marsch ertönte und die rothaarige Frau stellte sich mit gespreizten Armen und Beinen auf, die Nudel hoch über dem Kopf. Automatisch machte er die Übungen mit.

Was war es, das Vanessa Kraut herausgefunden hatte und wofür sie sterben musste? Nudel nach rechts. Hatte Markus Weber etwas damit zu tun? Hatte sie ihn gezielt verführt oder war es einfach nur eine Affäre?

Nudel nach links. Er musste aufpassen, dass er nicht überall Verbrechen sah. Bestimmt gab es auch ein paar Unschuldige. Nudel nach rechts.

»Herr Moser, wir sind schon bei der nächsten Übung«, hörte er auf einmal den Rotschopf und schuldbewusst begab er sich in die neue Position mit der Nudel nach vorn.

»Du siehst aus wie frisch verliebt.« Claudia kicherte über ihren dummen Scherz, Toni ging nicht darauf ein.

»Wollen wir heute Abend in den Dorfkrug?«, fragte Josefa. Sie dachte doch wohl nicht, dass Claudias Aussage stimmte?

»Heute nicht, ich muss meinen spannenden Thriller fertig lesen.«

Die Musik verstummte abrupt. »Herrschaften, Sie müssen sich schon konzentrieren. Diese Übungen sind aufeinander abgestimmt, da ist es kontraproduktiv, eine auszulassen. Zudem sollten Körper und Geist im Einklang sein, Ablenkungen sind störend.«

»Ich komm mir vor, wie in der Schule früher.« Claudia kicherte erneut.

Das Abendessen war eine Qual. Claudia redete fast ohne Pause und ihre sogenannten Anekdoten zogen sich in die Länge, ohne je zum Schluss zu kommen. Josefa versuchte ihn mehrmals zu überreden, noch einmal in den Dorfkrug mitzugehen. Paul aß mit großem Appetit, wie Toni auffiel.

Claudia und Josefa schlossen sich einer Gruppe an, die nach Fischbach ging. Paul verzog sich in sein Zimmer vor den Fernsehapparat, da Toni seine zweite Bitte um ein Kartenspiel erneut ausschlug. Er hatte gesehen, dass Markus Weber in seinem Zimmer verschwunden war.

Minuten später klopfte er an die Tür. Weber saß am Schreibtisch vor dem Computer. »Herr Moser? Kann ich etwas für Sie tun?«

»Ja. Ich wollte nur sagen, dass ich die Kette der Polizistin übergeben habe. Das können Sie Ihrer Freundin ausrichten.«

»Das werde ich, danke.« Er sah wieder zum Bildschirm. »Dann wünsche ich Ihnen eine gute Nacht.«

»Da wäre noch etwas.« Toni trat näher.

»Ja?«

»Warum haben Sie gesagt, dass Sie Frau Kraut kaum gekannt haben?«

Weber blinzelte kurz, doch er blieb gelassen. »Weil es die Wahrheit ist.«

»Sie hatten eine Affäre mit ihr.«

»Sagt wer?«

»Habe ich von mehreren Seiten gehört.« Toni wollte weder Paul anschwärzen noch die andere Quelle preisgeben.

»Ich wette, es war Paul Hermann?« Weber zog seine Augen zusammen, doch dann hatte er sich wieder im Griff. »An Ihnen ist ein Kriminalist verloren gegangen.« Er lachte kurz auf. »Sie dürfen nicht alles glauben, was Herr Hermann sagt, er ist dement. Oberschwester Ingrid hat schon berichtet, dass er sich von zwei Nichten verfolgt fühlt, die es gar nicht mehr gibt.«

Toni schwieg.

»Es geht Sie zwar nichts an, aber egal, wer es gesagt hat, es ist unwahr.« Weber sprach selbstsicher. »Frau Kraut hat hier sauber gemacht, mehr nicht. Dass sie

Journalistin war, wusste hier niemand, und wonach sie gesucht hat, schon gar nicht. Und jetzt lassen Sie mich bitte meinen Bericht zu Ende schreiben, ich mache ohnehin bereits Überstunden.«

»Dann wünsche ich Ihnen gute Nacht.«

Weber antwortete nicht, Toni verließ den Raum. Dass Zehetgruber das Verhältnis von Weber und Kraut bestätigt hatte, konnte er ihm natürlich nicht sagen, ohne die Tarnung aufzugeben.

Auf dem Weg zu seinem Zimmer begegnete er Schwester Lena, sie wirkte verstört, wollte hastig bei Toni vorbei. »Was ist passiert?«

»Ach, nichts.« Sie schluckte. »Ich komm einfach mit Frau Doktor Hartmann nicht klar. Sie hat eine dermaßen miese Laune heute.«

»Das tut mir leid.«

»Sie ist sonst nicht so. Keine Ahnung, was ihr über die Leber gelaufen ist.«

»Lassen Sie den Kopf nicht hängen, vielleicht hat sie privaten Ärger.« Wusste die junge Schwester von der Affäre mit dem Chefarzt? »Ist sie eigentlich verheiratet?«

»Nein, aber sie hat einen Freund hier im Krankenhaus. Ich glaube, es ist Doktor Weber.«

»Doktor Weber?« Toni musste die Überraschung nicht spielen.

»Na ja, ich hab die beiden mal gesehen, sie waren zusammen unten im Lager, es wirkte vertraut.«

Das war ja eine ganz neue Variante.

»Und klar, Doktor Weber ist ein gutes Stück jünger, ich hab gehört, er soll nichts anbrennen lassen. Aber, psst, verraten Sie nicht, dass Sie es von mir haben.«

»Gewiss nicht.« Toni sah der jungen Schwester nach. Was war das für eine Dreiecksgeschichte zwischen den Ärzten?

Er klopfte an Pauls Tür, der öffnete ihm im Schlafmantel. »Ah, Toni, jetzt bin ich schon umgezogen. Es kommt ein Krimi im Fernsehen, willst du mitschauen?«

»Nein, ich wollte dich was fragen: Kann es sein, dass Doktor Weber mit Frau Doktor Hartmann ebenfalls was am Laufen hat?«

Paul schien nachzudenken. Seine Augen bekamen den bekannt wässrigen Glanz und Toni bereute, ihn gefragt zu haben. Offenbar driftete er wieder in die Demenz ab. »Ist schon gut, nicht so wichtig. Ich bin nur eine neugierige Tratschtante.« Er sprach mit beschwichtigendem Tonfall.

Am nächsten Morgen vermisste er Paul beim Frühstück.

»Hat wohl verschlafen, der Gute«, bemerkte Claudia und schaufelte sich einen Löffel Bio-Müsli in den Mund.

»Komisch ist es schon, er ist sonst immer als Erster wach.« Josefa schälte einen Apfel und schnitt ihn in Schnitze. »Er wird wohl nicht krank sein?«

»So ein Pech. Gerade heute, wo wieder Nordic Walking auf dem Programm steht.« Claudia kicherte, denn Paul hasste diese Wanderungen mit Stöcken, wie er es nannte.

Toni trank einen Schluck Kaffee oder die Brühe, die man hier so bezeichnete. Ein komisches Gefühl stieg in ihm auf. »Ich sehe mal nach ihm.«

Unruhe erfasste ihn, als er die Stufen hinaufeilte und an Pauls Zimmertür klopfte. »Paul? Bist du wach?« Er trommelte heftiger. Drinnen rührte sich nichts. Er rüttelte an der Tür, sie war abgeschlossen. Beklemmung ergriff ihn und er rannte förmlich zum Schwesternzimmer im Stock darunter. Oberschwester Ingrid saß vor dem Computer und tippte.

»Oberschwester, können Sie das Zimmer von Herrn Hermann aufsperren?«

»Warum? Er wird unten beim Frühstück sitzen.«

»Nein, ist er nicht. Ich glaube, es ist ihm was passiert.« Toni sprach hektisch. Die hagere Frau stand auf und holte einen Schlüssel aus der Tasche. »Wahrscheinlich hat er verschlafen, das soll vorkommen.« Sie hatte keine Eile, mit Toni in den oberen Stock zu kommen. Die Treppe nahm kein Ende, ungeduldig überholte Toni die Krankenschwester. Offenbar schien sie endlich zu merken, dass Beschleunigung angebracht wäre, und wurde schneller. »Ich wette, er freut sich nicht, wenn wir ihn wecken. Möglicherweise beginnen seine Therapien erst später oder er hat einfach keinen Hunger auf Frühstück.«

Seit wann nahm die Oberschwester das so locker? Sonst war sie immer auf Pünktlichkeit bedacht.

»Er hat nie verschlafen. Seit ich ihn kenne, nicht.«

»Nun, so lang ist das nicht der Fall, nicht wahr? Sind es vier Tage? Fünf?« Endlich waren sie vor der Zimmertür angelangt. Schwester Ingrid klopfte. »Herr Hermann, hören Sie mich? Hallo?«

»Ich habe vorhin schon eine Ewigkeit geklopft.«

»Trotzdem kann ich nicht so umstandslos in das Zimmer eines Gastes hinein.« Es klang überheblich.

Toni hätte sie am liebsten geschüttelt. »Entweder Sie sperren auf, oder ich trete die Tür ein.«

Die Oberschwester zuckte zurück. »Ist ja schon gut.« Langsam zog sie den Schlüsselbund aus ihrer Kitteltasche. Toni musste sich zusammenreißen, um ihr die Schlüssel nicht aus der Hand zu reißen, so in Zeitlupe waren ihre Bewegungen. Weshalb zögerte sie so? Hatte sie nie zuvor bei einem Gast nachsehen müssen?

Bei den Verstorbenen beispielsweise?

»Paul, wir kommen jetzt hinein.« Toni sprach lauter. Das bekannte Geräusch des Aufzugs ertöne am unteren Ende des Gangs, eine Gruppe Frauen stieg aus, tratschend und lachend. Offenbar hatten sie ihr Frühstück beendet.

»Machen Sie endlich auf.« Toni war bereits auf hundert.

»Herr Moser, es ist besser, Sie gehen in Ihr Zimmer. Ich werde eine zweite Person vom Personal holen, Schwester Lena muss hier irgendwo sein.«

Das war Toni zu viel. Er nahm ihr kurzerhand den Schlüssel aus der Hand und schob ihn ins Schloss.

»Herr Moser, das dürfen Sie nicht!« Ihre Stimme klang schrill.

»Machen Sie nicht so ein Aufsehen«, zischte er. Es war zu spät, aus dem Augenwinkel sah er, wie die Frauen näher kamen. »Und halten Sie die anderen zurück.« Verdammt, er hatte eine böse Vorahnung, was ihn erwarten würde. Sein Magen krampfte sich zusammen.

Er öffnete die Tür. »Paul?«

Beherzt trat er ein. Paul konnte nicht mehr antworten, Toni sah zuerst seine nackten Füße und dann den leblosen Körper. Sie waren zu spät.

Ein Blick nach oben sagte ihm, dass sie sehr viel zu spät waren. Selbst wenn Schwester Ingrid sich mehr beeilt hätte.

»O Gott, er hat sich aufgehängt!« Die Oberschwester klang halb erstickt. »Ich wusste nicht, dass es ihm so schlecht ging, dass er suizidgefährdet war.«

Die zwei Frauen kreischten. Toni drehte sich um und schob sie hinaus. »Ich bitte Sie, gehen Sie auf Ihre Zimmer oder wieder hinunter in den Speiseraum.«

»Er hat sich umgebracht, nicht wahr?« Frau Mader, eine rundliche Dame, die an eine liebenswerte Vorlese-Oma erinnerte, war grün im Gesicht. »Ist er tot?«

»Ja.« Es gab nichts zu beschönigen. Die Frauen entfernten sich, aufgeregt redend und vermutlich würde sich die Nachricht innerhalb kürzester Zeit im Kurheim herumsprechen.

Toni ging zurück, die Oberschwester lehnte an der Wand. »Das ist ja furchtbar.« Ihre Stimme klang wie ein altersschwacher Traktor. »Ich muss Doktor Schwarz benachrichtigen.«

»Zuerst die Polizei«, sprach Toni in bestimmtem Tonfall. Er fischte sein Handy aus der Hosentasche.

»Nein, nein, lassen Sie das.« Es kam wieder Leben in die Oberschwester. »Ich rufe Doktor Schwarz, er wird wissen, was zu tun ist.«

»Das weiß ich auch. Die Polizei muss den Fall untersuchen.«

»Wir können nicht schon wieder die Polizei im Haus haben. Unsere Gäste werden irritiert sein, wenn jetzt zum dritten Mal in der kurzen Zeit die Polizei antanzt.« Mit jedem Wort wurde ihre Stimme fester.

»Schwester Ingrid, ob es Ihnen zusagt oder nicht, die Polizei muss kommen.«

»Wozu? Ist doch eindeutig Selbstmord.« Sie hatte ihre Fassung endgültig wieder zurück. »Bitte lassen Sie mich zuerst Doktor Schwarz verständigen.«

»Niemand hindert Sie daran.« Hatte es Sinn, seine Tarnung aufrechtzuerhalten? Hätte er Pauls Tod verhindern können?

Schließlich wählte er den Polizeinotruf. »Hier ist Toni Moser, ich bin zurzeit Gast im Naturheilzentrum in Fischbach. Wir haben soeben, einen Toten gefunden, einen Kurgast.« Er fixierte die Oberschwester, die das Gespräch mit aufgerissenen Augen verfolgte. »Nein, kein Selbstmord. Es spricht alles für Mord.«

Schwester Ingrid schrie auf und hielt sich gleich darauf die Hand vor den Mund.

Kapitel 22

Cindy sah ihrem Freund immer gern beim Training zu. Heute wollten sie endlich mal wieder miteinander was essen gehen, daher holte sie ihn ab. David hatte sich für Pizza entschieden. Er war heute mit den Jüngeren beschäftigt, den elf- bis vierzehnjährigen Turnern. Sie trainierten Riesenfelgen mit Saltoabgängen über die Schnitzelgrube vom Reck. David stand auf einer erhöht angebrachten Vorrichtung, die es ihm ermöglichte, Hilfestellung zu leisten. Wie hypnotisiert verfolgte Cindy die Drehbewegungen der jungen Turner, während ihre Gedanken im Kopf ebenso rotierten.

David hatte ihr kurz zugewinkt, ließ sich aber nicht ablenken.

Sollte sie in die Cafeteria gehen? Die Turnstunde endete um halb sechs, dauerte also weitere zwanzig Minuten. Nein, sie hatte heute genug Kaffee gehabt.

Was für ein Tag war das gewesen!

Der Mord an Paul Hermann passte so überhaupt nicht ins Schema. Sie erinnerte sich an das Gespräch mit Toni. Sie hatten so getan, als würden sie ihn befragen.

Toni war erschüttert über den Tod des älteren Mannes, in den wenigen Tagen hatten sie sich offenbar angefreundet.

»Paul hätte es niemals geschafft, auf den Stuhl zu klettern, geschweige denn das Seil um den Deckenbalken zu bekommen.«

»Eine Person allein hätte das vermutlich auch nicht gestemmt?«, fragte sie.

»Paul war klein und leicht. Aber du hast recht, einen Körper hochzuheben und aufzuhängen«, er brach kurz ab, ehe er fortfahren konnte, »das braucht enorme Kraft. Unser Doppeldoktor wird hoffentlich feststellen können, wie er gestorben ist.«

Erpel wollte die Obduktion gleich am nächsten Tag vornehmen, leider war er bei der Hochzeit seiner Nichte in Innsbruck. Toni hatte darauf bestanden, dass der erfahrene Gerichtsmediziner die Obduktion selbst durchführte.

Paul war nun der dritte Tote. Er passte nicht nur wegen der anderen Todesart nicht ins Schema. Oder ergab genau das wieder Sinn? Sein Vermögen war nicht dermaßen riesig, auch wenn er selbst gut davon hatte leben können.

»Ich hätte besser auf ihn aufpassen müssen.« Toni wirkte geknickt und Cindy tat er leid. »Er war misstrauisch, hat den Tee nicht getrunken. Vielleicht war es nicht nur die Neugierde eines alten Menschen, sondern er hat aus einem bestimmten Grund möglichst viele Informationen gesammelt. Wobei ich nicht weiß, was daran stimmte. Er war dement.«

»Sagt die Oberschwester.« Cindy zuckte mit den Schultern. »Er ist ein wenig vergesslich gewesen, ja. Könnte man von dir auch behaupten, zumindest, was das Merken von Namen betrifft.«

»Jajaja.« Sie wusste, dass Toni nicht gern an seine Schwächen erinnert wurde. Und das Verwechseln von Namen gehörte dazu. Sein Gehirn stufte Namen von Zeugen und Menschen, denen er nur einmal begegnete, als unwichtig ein, hatte er mal erklärt.

Vermutlich nur eine Ausrede, weil er sich die Namen gar nicht merken wollte!

»Habt ihr etwas über ihn herausgefunden?«

»Nicht viel, er hatte eine schöne Wohnung in Lübeck, ist ab und zu verreist, hatte sein Auskommen. Seine letzte Reise war eine Bustour in Frankreich, organisiert von einem Reisebüro. Die Loireschlösser.«

Toni stand wie erstarrt. »Loireschlösser?«

»Ist nicht ungewöhnlich«, beeilte sich Cindy zu sagen. »Viele Menschen reisen dorthin.«

»Stimmt. Aber Anneliese hat erwähnt, dass ihre Tante, also Hildegard Pototschnigg ebenfalls auf ihrer letzten Reise dort gewesen sein könnte.«

»Du willst damit sagen, die beiden waren zur selben Zeit dort? Und kannten sich?«

»Das müsst ihr jetzt herausfinden. Ich bin auf Kur.«

»He, worüber denkst du schon wieder nach?« David war unbemerkt herangekommen und riss Cindy jäh aus ihren Gedanken.

Cindy sah hoch und bemerkte, dass sie die Einzigen im Turnsaal waren. »Wo sind die anderen?«

»Weg, die Turnstunde ist aus, es ist zehn nach halb sechs.« David legte den Arm um ihre Schultern und drückte sie an sich.

»Sie haben enorme Fortschritte gemacht. Wann sind denn die österreichischen Meisterschaften?«

»Im Mai. Die Mannschaft habe ich nun komplett und ja, wir werden Vorarlberg Konkurrenz machen.«

»Das bezweifle ich nicht. Wobei ich nicht in deiner Haut stecken möchte, wenn dir die Ehemaligen aus Dornbirn böse sind.«

»So schlimm wird's nicht werden.« Er küsste sie und wie immer gelang es Cindy, für ein paar Minuten abzuschalten. Doch als sie sich von ihm löste, kamen die Gedanken mit Wucht zurück. David schien das zu spüren, er war stets aufmerksam ihren Emotionen gegenüber, das liebte sie besonders an ihm. »Gibt's was Neues vom Kurheim?«

»Ja. Noch ein Toter.« Verdammt, sie sollte ihm nicht so viel erzählen. Im Prinzip durfte sie das gar nicht, aber sie hatte festgestellt, dass es ihr weiterhalf, über die Fälle zu sprechen. Natürlich nur in anonymisierter Form und lediglich in groben Zügen beziehungsweise von den Dingen, die ohnehin öffentlich waren.

Er zuckte zusammen und es tat ihr leid, davon angefangen zu haben. David war kein Polizist, sondern Sportlehrer und Turntrainer. Seit er Cindys Freund war, hatte er einiges miterleben müssen und Cindy wusste, dass er sich Sorgen um sie machte. Kurz nach Beginn ihrer Beziehung hatte er sie schon mal aus einer brenzligen Situation gerettet.

»Ist Toni nicht in Gefahr?«

»Er kann auf sich aufpassen«, behauptete sie, obwohl sie sich selbst Gedanken machte, ob es nicht gescheiter wäre, seinen Undercover-Einsatz zu beenden. »Und dieser Tote unterscheidet sich von den anderen. Es sollte wohl ein Selbstmord vorgetäuscht werden, allerdings dilettantisch.«

»Wie?«

»Er wurde erhängt.«

David atmete kurz durch.

»Sorry.« Sie umarmte ihn. »Zieh dich um, dann gehen wir Pizza essen.«

Er nickte. Schon wieder hatte sie ihn belastet. Leider stand diese Information bereits im Internet. Von Toni wusste sie, dass ein paar Frauen einen Blick ins Zimmer geworfen hatten, die Nachricht hatte sich rasch im Kurheim verbreitet. Daher waren Leute vom Kriseninterventionsteam, kurz KIT genannt, hingefahren.

Ihr Handy klingelte. »Franz? Was gibt's?«

»Erpel hat sich gemeldet, er möchte die Obduktion heute noch machen.«

Manchmal war ein zu eifriger Gerichtsmediziner auch ein Problem. Aber Cindy wusste, dass Toni sich freuen würde, so bald als möglich ein Ergebnis zu haben.

»Du musst nicht mitkommen«, sagte Franz. »Ich mach das schon.«

Doch ihre Neugier siegte. »Nein, ich komme mit. David und ich wollten zwar Pizza essen gehen, aber …«

»Gibst du mir einen Korb?« David stand vor ihr, strich sich eine blonde Strähne aus der Stirn, dabei war seine Narbe am Unterarm zu sehen. Er hatte sich beide Unterarmknochen gebrochen, als er bei einer Drehung am Reck mit dem Reckband hängen geblieben war.

»Es tut mir leid.« Cindy sprach wieder ins Mikrofon. »Wann beginnt er?«

»Um sieben.«

»Ich werde da sein.« Sie drehte sich zu David. »Für Pizza reicht die Zeit nicht, aber wie wäre es mit einer Bosna am Zwölfer?«

»Super.«

Auch Franz stimmte sofort zu. »Gute Idee.«

Christian, der Besitzer vom Zwölfer-Standl, freute sich, Cindy zu sehen, mittlerweile kannte er auch David. »Wo ist Toni?«, fragte er sofort. »Ich habe ihn schon länger nicht mehr gesehen.«

»Das stimmt, er macht Urlaub.«

»Urlaub?« Christian sah sie ungläubig an. »Toni und Urlaub, das kann nicht stimmen.«

»Irgendwann erwischt es jeden.«

Es war einiges los am Zwölfer-Standl am Hauptplatz, so bestellten sie beide nur rasch einen Hotdog mit Cola und stellten sich an einen der Stehtische.

»Ihr hättet Toni besser auf Fortbildung schicken sollen.« David biss in seinen Hotdog.

»Stimmt, hätten die Leute eher geglaubt.«

»Denkst du, dass wir die Aufführung im Naturheilzentrum trotzdem machen sollen? Das Geld könnten wir gut gebrauchen.«

Richtig, der Auftritt!

»Der ist am Wochenende, nicht wahr?«

»Die Feier zum zehnjährigen Jubiläum.« David beugte sich zu ihr. »Vergessen?«

»Wenn sie dann noch was zu feiern haben.«

»Wie jetzt?«

»Na ja, wir suchen nach wie vor Mörder, einen, mehrere, wer weiß? Außerdem arbeitet die Klinik nicht nur mit Naturprodukten, mit dem sie wirbt, wenn das rauskommt, und das wird es. Sobald wir unseren Fall abgeschlossen haben, wird das Zentrum überprüft und möglicherweise geschlossen werden.«

»Wow.«

»Also ich kann nicht sagen, wann wir fertig werden. Andererseits«, sie leckte sich Ketchup von der Lippe, »so ein Auftritt ist eine gute Ablenkung. Ich kann nichts versprechen, aber wenn die Jubiläumsfeier stattfindet, dann ist das Turnteam dabei.«

»Gut.« Er grinste. »Und du musst mehr üben kommen.«

»Ja, Herr Trainer.«

Christian kam zu ihnen an den Tisch. »Ausgerechnet jetzt, wo es so einen spannenden Fall gibt, ist Toni im Urlaub!« Er schüttelte den Kopf. »Das glaube ich nicht. Käme die Geschichte im Fernsehen, bei so einer Realityshow: Wahr oder unwahr, würde ich auf gelogen tippen.«

»Was meinst du mit dem *Fall*?«, fragte Cindy. »Und spannend und so?«

»Ist doch alles in der Zeitung. Und sogar noch ein dritter Mord jetzt im Internet.«

»Was steht denn da?«

»Ein Kurgast hat sich erhängt, aber es bestehen fundierte Zweifel, dass er es nicht selbst getan hat.«

»Das steht im Internet?« Cindy schüttelte den Kopf. »Das ist ja mehr, als ich weiß!«

»Echt?« Christian zog wieder ab. Er wirkte etwas enttäuscht, vermutlich hätte er gern die neuesten Informationen mit seinen Stammgästen geteilt.

»Der Verkehr ist heute die Hölle!« Franz klang atemlos und er hatte Gruppeninspektor Lindner mitgebracht. Beide bestellten sich ebenfalls etwas zu essen.

»Ich denke, ich lasse euch jetzt allein, bestimmt wollt ihr über den Fall sprechen.« David beugte sich zu Cindy und gab ihr einen Kuss auf die Wange.

»Ich komme, so schnell ich kann.«

»Das weiß ich.« Seine Stimme klang weich. Meist hatte er Verständnis, wenn es bei ihr mal später wurde. Sie sah ihm enttäuscht nach, heute war einer der wenigen Abende, an denen er früher heimkam. Lieber wäre sie mit ihm gegangen.

Lindner hatte sich eine Flasche Bier geholt, allerdings alkoholfrei. »Habt ihr schon ein paar Ideen?«, fragte er kauend.

»Wenn wir nur wüssten, was genau Vanessa Kraut herausgefunden hat.«

»Die kryptische Info von ihrer Freundin hilft uns auch nicht weiter.« Franz stopfte das letzte Stück seines Hotdogs in den Mund. Cindy staunte immer wieder, wie rasch er essen konnte, sie hatte früher angefangen und noch die Hälfte übrig.

Lindner nickte. »Toni fehlt einfach. Kannst du ihn nicht erreichen, damit er uns beim Denken hilft?«

»Er geht nicht ran, immer nur Mailbox.« Cindy biss erneut ab, hoffentlich wurden ihre Wangen nicht rot, bei der Lüge. Sie brannten wie Feuer. Aber in Gegenwart von Lindner konnte sie Toni schlecht anrufen.

Erpel führte die Obduktion gründlich wie immer durch. Seine Meinung tat er schon rasch kund: Paul Hermann war ermordet worden. Er listete sämtliche

Beweise auf, Cindy hätte ihm bereits nach dem ersten geglaubt.

Und dann kam das Ergebnis vom Laborschnelltest: Hermann hatte eine überdurchschnittlich hohe Menge an Barbituraten im Blut. Nicht genug, ihn umzubringen, aber ausreichend, ihn komplett außer Gefecht zu setzen.

Kapitel 23

Sabine angelt sich vom Nachtkästchen Feuerzeug und Zigaretten. Die Zigarette danach ist ein absolutes Muss für sie, obwohl es der Mann neben ihr hasst. Sie knipst das Feuerzeug an, nimmt den ersten Zug und bläst die Luft ins Zimmer.

»Muss das sein?« Er richtet sich halb auf und stützt sich auf seinen Ellbogen. »Überleg mal, wie viel Geld du sparen könntest, würdest du es nicht immer für diese Glimmstängel ausgeben.«

»Unsinn! Dann würde ich mir etwas anderes leisten.« Sie raucht mit Genuss. Von diesem kleinen Stinker würde sie sich nichts sagen lassen.

»Denkst du, er tut es? Die Scheidung, meine ich?«, fragt er und spielt auf Victor an. »Das muss ein Anblick gewesen sein, sein auf und ab wippender nackter Hintern zwischen deinen Beinen.« Er kichert.

Auch Sabine muss lachen. »Ihr Gesicht war filmreif, schade, dass mein Handy zu weit weg lag für einen Schnappschuss. Und Victor möchte seine Schäflein ins Trockene bringen. Bei einer Scheidung guckt er in die Röhre.« Sie nimmt rasch ein paar Züge und merkt, wie er den Kopf wegdreht. Was für ein Weichei, wegen des bisschen Rauchs! »Er möchte vorher abhauen.«

»Mit dir?«

»Sagt er. Aber ich habe das Flugticket gefunden. Nach Georgetown auf den Kaimaninseln.«

»Wow. Ohne dich?«

»Ich hab nur ein Ticket gesehen. Zum Glück habe ich mich rechtzeitig anders orientiert.« Sie nimmt einen weiteren Zug. »Vermisst du sie?«

»Wen?«

»Diese Möchtegern-Mata-Hari? Immerhin hast du gewisse Qualitäten von ihr geschätzt.«

Er grinst. »Nun, du vergnügst dich auch mit Vincent.«

»Vergnügen?« Sie drückt die Zigarette auf dem Aschenbecher am Nachtkästchen aus, dreht sich zu ihm und küsst ihn. Es ist ihr eine Genugtuung, dass sie weiß, wie sehr er den Rauchgeschmack hasst. Hier hat sie das Sagen.

Dennoch erwidert er den Kuss und als sie mit der Hand nach unten tastet, spürt sie bereits wieder seine Erregung. Die Kraut war Geschichte.

O ja, sie hat ihn in der Hand. Im wahrsten Sinn des Wortes. Und er würde ihr nützlich sein bis zum Schluss. Was danach käme, war ihr egal. Sie wollte endlich leben, raus aus diesem Kaff und nicht mehr nach der Pfeife irgendeines Mannes tanzen.

Sie würden ihr blaues Wunder erleben, und zwar beide.

Kapitel 24

Toni war zwiegespalten, ob er seine Tarnung aufgeben sollte oder nicht. Im Schwarz-Vital-Naturheilzentrum herrschte Ausnahmezustand. Nach der dritten Leiche ließ sich nichts länger glätten oder vertuschen. Die meisten hier sprachen bereits von einem Serienmörder. Nie zuvor war es im Frühstücksraum so laut gewesen.

»Sollten wir nicht lieber nach Hause fahren? Womöglich sind wir die Nächsten.« Claudia sprach in ihrem theatralischen Tonfall. Toni hätte sein gesamtes Erspartes gewettet, dass dies eine rein rhetorische Frage war. Niemals würde die Dame die Heimreise antreten; sie könnte ja etwas verpassen.

»Warum hat der arme Paul das getan?« Josefas Stirn lag in Falten. So nervtötend sie in ihrer Art war, Toni nachzustellen, so mitfühlend war sie auch. »Ich habe nichts davon bemerkt, dass er depressiv wäre.«

»Laut Oberschwester war er dement«, erklärte ihre Claudia. »Und ein Selbstmord wird bezweifelt, das weißt du doch.«

»Das ist mir nicht aufgefallen.« Josefa schüttelte ihren Kopf, sodass ihr Pagenkopf mitwippte. »Natürlich, er hat ab und zu etwas vergessen, aber, meine Güte, das passiert uns doch allen einmal. Und an Mord will ich auch nicht glauben! Wer tut denn so was? Paul war so ein liebenswerter Mensch.«

»Herr Moser?«

Toni drehte sich um. Schwester Lena eilte auf ihn zu. »Herr Doktor Schwarz möchte gern mit Ihnen sprechen. Sind Sie so lieb und gehen in sein Büro?«

»Natürlich.« Er stand auf.

»Hast du eine Untersuchung?« Josefa sah ihn an.

»Möglich.« Toni glaubte eher, dass der Chefarzt mit ihm über Paul reden wollte. »Bis später, die Damen.«

Langsam stieg er die Treppe hinauf. Dr. Schwarz hatte sein Büro im dritten Stock, die Tür war nur angelehnt und er hörte ihn mit einer Frau streiten.

»Glaub ja nicht, dass ich dir nur einen Cent von meinem Geld überlassen werde.«

»Du hast deinen Standpunkt deutlich gemacht.« Die Stimme des Chefarztes klang ruhig mit einem kalten Unterton.

»Ja, aber ich glaube, du hast es nicht begriffen. Dir wird nichts bleiben, gar nichts. Die Klinik wird jemand anderes übernehmen, der macht vielleicht wieder etwas Lukrativeres draus. Naturheilzentrum, so ein Quatsch! Weiß doch jeder, dass das nichts bringt. Deine Tees kannst du jetzt alle in den Abfluss schütten und ...«

»Ute, ich erwarte einen Patienten. Dein Gekeife sollte ihm erspart bleiben.«

»Ach ja? Genierst du dich? Möchtest du nicht, dass sich herumspricht, dass du ein alter geiler Bock bist, der auf alles springt, was nur annähernd weiblich ist?«

»Da meine Frau es vorzieht, in der Weltgeschichte herumzugondeln ...«

»Ach, jetzt bin ich schuld? Das ist doch das Letzte!«

Toni klopfte heftig gegen die Tür. Der Ehestreit brachte ihn nicht weiter und er hasste solche Szenarien.

Statt dass die Leute dankbar waren, einander zu haben, stritten sie. Er hätte viel dafür gegeben, würde seine Ilse noch leben.

»Entschuldigung, aber die Tür war offen«, sagte er, um zu signalisieren, dass jeder hätte mithören können. Es war lediglich Glück, dass niemand sonst da war.

»Ah, Herr Moser, kommen Sie herein.« Schwarz schien wenig verlegen, die Frau vor ihm hingegen hatte hochrote Wangen, ob wegen des Streits oder aus Scham, konnte er nicht einschätzen. Sie musste zu ihm aufsehen, reichte gerade bis zu seiner Brust, und flüchtig dachte er, dass ihr das rosafarbene Kostüm nicht vorteilhaft stand. Wie ein Schweinchen wirkte sie. Warum zogen sich manche Menschen dermaßen ungünstig an? Sahen sie nicht in den Spiegel?

»Das ist meine Frau, wir leben in Scheidung«, erklärte Schwarz.

Das war nicht zu überhören gewesen.

»Das tut mir leid.« Toni sagte es trotzdem und sah dabei vor allem die Frau an. »Es muss schwer für Sie sein, eine Trennung ist nie einfach.«

»Ich hätte ihn nie heiraten dürfen.«

»Sind Sie auch Ärztin?«, fragte er rasch, obwohl er die Antwort kannte. Konnte die Frau etwas mit dem Mord an Vanessa Kraut zu tun haben? Eifersucht war ein starkes Motiv.

»Ich bin Historikerin und leite Reisegruppen.«

»Ute, das interessiert meine Patienten nicht.« Schwarz klang gönnerhaft und ungehalten zugleich. »Geh nach Hause, wir besprechen später alles.«

»Im Gegenteil.« Toni bemühte sein charmantestes Lächeln. »Historische Reisen, das klingt hochinteressant. Ich war mal mit Historical Facts in Athen, das war eine meiner schönsten und interessantesten Exkursionen.«

»Wirklich? Ich leite oft Reisen für dieses Unternehmen, vielleicht sehen wir uns mal?«

»Möglich.« Damals mit Ilse hatte er mehr unternommen. Möglicherweise sollte er das wieder tun? Nein, das gehörte der Vergangenheit an.

»Herr Moser, bitte, setzen Sie sich.« Schwarz wies auf den Stuhl vor seinem Schreibtisch. »Und, Ute, mach die Tür hinter dir zu.«

»Auf Wiedersehen Frau Doktor Schwarz, hat mich außerordentlich gefreut«, sagte Toni höflich.

»Mich auch. Hoffentlich bis bald.« Die rosa Dame verließ das Büro und Schwarz atmete sichtlich erleichtert auf.

»Tut mir leid, dass Sie das anhören mussten. Meine Frau und ich führen bedauerlicherweise einen Rosenkrieg.« Er ließ sich ebenfalls nieder und verschränkte seine Hände über dem Tisch. »Herr Moser, ich habe gehört, dass Sie heute den armen Herrn Hermann gefunden haben.«

»Das stimmt. Er hat beim Frühstück gefehlt und da habe ich bei ihm geklopft. Die Oberschwester hat das Zimmer aufgeschlossen.«

»Sie hat mir erzählt, dass Sie sofort von einem Mord ausgegangen sind. Darf ich fragen, warum?«

Das überraschte Toni. Er hätte gedacht, dass er als Chefarzt intelligent genug wäre und niemals annehmen könnte, dass der alte Mann dazu in der Lage wäre, sich selbst zu erhängen.

»Paul, also Herr Hermann, hätte auf keinen Stuhl klettern können, er hatte zwei Knieprothesen, er konnte seine Knie nicht mehr genug beugen.«

»Manchmal wachsen Menschen über sich hinaus, wenn sie etwas unbedingt wollen. Mir kam Herr Hermann leicht depressiv vor, zudem hatte er einen Verfolgungswahn von Leuten, die es gar nicht mehr gibt.«

»Schwester Ingrid hat es mir erzählt. Ich muss zugeben, dass ich ihm die Sache mit den habgierigen Nichten als Erbschleicherinnen abgenommen habe. Ich glaube aber mittlerweile, dass er diese Story bewusst wählte, weil er mit seiner Trauer nicht umgehen kann, bis heute nicht.«

»Sind Sie Psychologe?« Schwarz hatte seine Augen zu Schlitzen verzogen und wirkte abschätzend.

»Natürlich nicht, nein.«

»Dann sparen Sie sich solche Mutmaßungen, sie stimmen nicht. Herrn Hermanns Demenz war schlicht und einfach weiter fortgeschritten als gedacht. Diese Menschen leben gern in der Vergangenheit.«

»Würde er sich dann seine Nichten nicht als Kinder vorstellen? Sie sind als Mädchen gestorben, waren zwölf und vierzehn Jahre alt, er hingegen sah sie als junge Frauen.«

»Das ist verschieden.« Schwarz winkte ab und Toni wusste, dass er log. Dass er rasch das Thema wechselte, bestätigte dies. »Weswegen glauben Sie noch, dass Herr

Hermann sich nicht selbst getötet hat? Das eine ist mal nur eine Mutmaßung, dass Sie es ihm nicht zutrauen.«

»Die Körpergröße. Paul war nicht groß genug, dass er das Seil hätte um den Deckenbalken schlingen können. Er war ungefähr eins fünfundsechzig, selbst auf dem Stuhl stehend wäre es für ihn unmöglich gewesen, den Balken zu erreichen.«

»Das ist auch eine vage Aussage. Er wird es geworfen haben.«

»Vom Stuhl aus?« Toni schüttelte den Kopf. »Stellen Sie sich den alten Mann vor, der auf dem Stuhl, wacklig auf zwei Knieprothesen, ein Seil über den Balken wirft, mehrmals, bis er endlich trifft. Danach muss er es noch fest verknoten, es sich um den Hals legen und springen – nein.«

Schwarz schien zu überlegen, fuhr sich durchs Haar und seufzte. »Ich hatte gehofft, dass es kein Mord wäre.« Er stand auf, schob den Schreibtischstuhl zum Schreibtisch, stellte sich dahinter und stützte sich auf die Hände. »Das Prestige unseres Zentrums geht dahin, ich weiß nicht, wie viel mehr es noch verkraften wird. Erst diese Journalistin, dann unser Hausmeister und jetzt ein Patient. Da ist doch wer dran, der uns den Erfolg neidet!«

»Sie glauben, dass jemand mordet, um Ihrer Klinik Schaden zuzufügen?«

»Ja, momentan kann ich nichts anderes draus schließen. Die Buchungen sind zurückgegangen, die meisten schreiben, sie wollen abwarten, bis alles geklärt ist. Dabei weiß ich gar nicht, wie und wann das sein wird.«

Toni beschloss, sich weiter vorzuwagen. »Wissen Sie, was für ein Gerücht umgeht?«

»Es gehen viele um, auf welches spielen Sie an?« Er zog den Stuhl wieder zurück und setzte sich.

»In den letzten Jahren gab es einige Todesfälle in Ihrem Zentrum. Statistisch gesehen fällt es auf.«

Schwarz' linke Augenbraue zuckte, sonst blieb er ruhig. »Ich würde sagen, dass dies schlicht und einfach Pech war. Zu uns kommen hauptsächlich ältere Menschen, wie in jedem Kurheim. Unser Durchschnittsalter ist fünfundsiebzig. Die meisten, die hierherkommen, haben Vorerkrankungen, teilweise sind sie schwer beeinträchtigt. Und ein bis zwei Todesfälle im Jahr, da kann man jetzt nicht von einer Serie sprechen. Darf ich fragen, woher Sie Ihre Informationen haben? Gibt es da eine Statistik, von der ich nichts weiß?«

»Es stand im Internet, und zwar von der Zeitung, für die Vanessa Kraut gearbeitet hat«, sagte er glatt. »Ich nehme an, das war der Grund, weshalb sie sich hier eingeschlichen hat.«

Toni spürte, dass Victor Schwarz wieder selbstsicher wurde. Er schlug die Beine übereinander und lehnte sich zurück. »Mir ist es ein absolutes Rätsel, was die Dame hier zu finden erhofft hat. Als ich erfahren habe, dass sie Journalistin war, war mein erster Gedanke, dass sie eine Art Industriespionage betrieben hat und hinter die Rezepte unserer Tees und Kräutermischungen kommen wollte.«

»Ah, Ihre Mischungen.« Toni rutschte auf seinem Stuhl nach vorn. »Kann es sein, dass da andere Zutaten drin sind? Außer Kräutern meine ich?«

»Was denken Sie!« Victor ordnete seine Beine und richtete sich auf. »Unterstellen Sie mir Betrug? Dass ich mit natürlichen Methoden werbe und den Patienten Drogen unterschiebe?«

»Ihr Hausmeister hat vermutlich mit Drogen gehandelt.«

»Cannabis, ich bitte Sie! Das sind doch keine Drogen!«

Toni machte sich eine geistige Notiz, dass Schwarz offenbar nicht mehr abstritt, dass der Hausmeister Cannabis angebaut hatte.

»Und Paul, also Herr Hermann, war überzeugt davon, dass Ihre Tees nicht astrein sind. Daher hat er sich geweigert, sie zu trinken.«

»Und deswegen glauben Sie, hätte ich ihn umgebracht?« Schwarz schlug mit der Hand auf den Tisch. »Jetzt gehen Sie zu weit!«

»Das haben Sie gesagt.«

»Ich denke, wir überlassen die Untersuchungen der Polizei. Auch wenn Sie sich aufführen wie bei einer Inquisition, so sind Sie kein Ermittler.«

»Sie haben mich gefragt.«

Der Arzt stand auf. »Danke für das informative Gespräch. Sie haben natürlich das Recht auf Ihre Meinung.«

»Ich liebe Krimis.« Toni grinste. »Und in den meisten Fällen finde ich den Mörder heraus.«

»Das ist bei Krimis im Fernsehen nicht so schwer. Oft sieht man ja die Perspektive des Mörders.« Es klang abfällig. »Ich schaue mir das triviale Zeug nicht an.«

Auf dem Flur sah er Esra Demir. Endlich, die Putzfrau hatte er schon lange sprechen wollen. »Frau Demir?«

Sie drehte sich um, sah ihn überrascht an.

»Darf ich Sie fragen, ob Sie Vanessa Kraut gut gekannt haben? Sie waren doch mit ihr im Team.«

»Wir putzten in getrennten Zimmern.« Sie schob ihren Wagen bereits weiter, Toni holte sie ein.

»Sie mussten doch miteinander sprechen und sich die Arbeit einteilen.«

Abrupt blieb sie stehen. »Was wollen Sie von mir?« Sie sprach gut Deutsch. »Ich habe keine Zeit, muss fertig werden. Und ich kann Ihnen auch nichts sagen, Vanessa und ich waren keine Freundinnen.«

Sie verschwand im nächsten Zimmer und er beschloss, es ein andcres Mal wieder zu versuchen.

Zurück in seinem Zimmer sah Toni, dass Cindy schon zweimal probiert hatte, ihn zu erreichen. Rasch rief er sie an.

»Paul Hermann hatte jede Menge Barbiturate im Körper, er hat vermutlich nichts mehr mitbekommen.«

»In diesem Zustand hätte er nicht auf den Stuhl steigen können. Ein zusätzlicher Beweis, dass es niemals Selbstmord hatte sein können.«

»Der Doppeldoktor hat das eindeutig ausgeschlossen. Er hat blaue Flecken an den Oberarmen und am Brustkorb gefunden, die darauf hinweisen, dass man ihn grob angefasst hat. Vermutlich um ihn festzuhalten und danach hochzuheben.«

»Um ihn in diese Höhe zu bringen, bedarf es einer starken Person.«

»Oder sie waren zu zweit. Das Schlafmittel wurde ihm übrigens injiziert, Erpel hat die Einstichstelle in der Ellenbeuge gefunden.«

Der arme Paul! Bestimmt hatte er sich gewehrt. Und niemand hatte ihn gehört.

»Toni, was hat der Mann gewusst? Erbmäßig ergibt sein Tod nämlich keinen Sinn. Er hatte zwar Vermögen, aber das ist im Vergleich zu den anderen Mordopfern nicht der Rede wert.«

»Was hast du herausgefunden?«

»Seine Familie lebt nicht mehr, niemand. Mit seinem Angesparten konnte er sich schöne Urlaube leisten, er lebte in einer Dreizimmer-Mietwohnung in der Lübecker Altstadt.«

»Cousin oder so gibt's auch nicht?«

»Wer erbt?«

»Er hat verfügt, dass sein Erbe in seine ehemalige Firma einfließt, die er an einen Konzern verkauft hat.«

»Wäre das ein Motiv?«

»Nein. Die Firma schreibt schwarze Zahlen und wie gesagt, das Erbe ist ein relativ kleiner Betrag.« Cindy hustete kurz. »Ich hoffe, ich habe mich nicht verkühlt. David und ich waren gestern abends weg.«

»Muss auch mal sein.« Toni hatte Verständnis für das verliebte Paar. David hatte Cindy damals über den Tod ihres Kollegen Niklas hinweggeholfen, der einem Mord zum Opfer gefallen war. Das gesamte Team, ihn eingeschlossen, hatte sehr darunter gelitten. »Okay, dann konzentrieren wir uns darauf, wem Paul hätte gefährlich werden können. Die Art und Weise, wie er getötet wurde, unterscheidet sich von den anderen Todesfällen.« Toni berichtete Cindy von seinem Gespräch mit Victor Schwarz. »Er hat über die Theorie gelacht, dass die Todesfälle im Haus nicht natürlich gewesen sein könnten.«

»Ich denke, er weiß, dass alle eingeäschert wurden und daher eine nachträgliche gerichtsmedizinische

Untersuchung nicht möglich sein wird. – Halt, Franz winkt mir gerade, er hat was Neues. Ich schalte ihn dazu.«

»Die Loire Schlösser, Toni. Ich habe deine Bekannte, Frau Kinzmann, angerufen, sie kennt das Reisebüro, über das ihre Tante die Reise gebucht hat. Stell dir vor, sie haben mir die Liste geschickt und du wirst es nicht glauben, da steht Paul Hermann mit drauf. Die beiden haben sich dort getroffen.«

»Wahnsinn!« Das konnte der Durchbruch sein, die Verbindung, die sie gesucht hatten.

Paul war aus einem bestimmten Grund ins Naturheilzentrum gekommen. War er derjenige, der Vanessa auf den Plan gerufen hatte?

»Jetzt ergibt alles einen Sinn«, rief Cindy aus. »Hildegard hat von jemandem gesprochen, den sie kennengelernt hat, zumindest hat Frau Wörner, ihre Kurfreundin, das erwähnt. Das war bestimmt Paul Hermann.«

Und er war tot. Was hätte er alles erzählen können, würde er noch leben?

Grenzenlose Enttäuschung überflutete Toni. Er war so nah dran gewesen und hatte es nicht gewusst!

Cindy fuhr bereits fort. »Veit hat mit der Ärztin gesprochen, die die Totenschau bei Frau Pototschnigg vorgenommen hat. Sie ist neu, du weißt ja, dass er alte Doktor Heppichler verstorben ist. Frau Doktor Schuster hat eben nur Frau Pototschnigg zu Gesicht bekommen. Sie hat keinen Anlass für Fremdverschulden gesehen. Allerdings ist der Tod von Doktor Heppichler ein wenig komisch, meinen Veit und Anna.«

»Wie das?«

»Doktor Schwarz hat erzählt, dass er ausgewandert ist und auf Teneriffa lebte. Aber Frau Doktor Schuster wusste, dass er im Urlaub verstorben sei. Er sei dort begraben worden.«

»Woher weiß sie das?«

»Von seinem Bruder. Veit spricht morgen mit ihm. Es ist sein einziger Verwandter, Kinder hatte er keine, seit ein paar Jahren war er Witwer.«

Da hatten wir eine Gemeinsamkeit, dachte Toni bei sich. Diese Erkenntnis nützte jedoch für die Aufklärung des Falles wenig.

»Toni, Franz und ich glauben, dass wir es mit verschiedenen Tätern zu tun haben. Möglicherweise gibt es Zusammenhänge, muss aber nicht zwangsläufig sein.«

»Das hatten wir doch schon, dass es mehrere sein können.«

Sein Handy piepte und machte ihn auf seine nächste Therapie aufmerksam. Gymnastik unter dem Titel »Ein gesunder Rücken kann Berge verrücken.«

Einfallsreich. Dennoch würde er am liebsten schwänzen. Einfach so weitermachen, da Paul tot war? Und nun, da er gehört hatte, dass der alte Mann ein wichtiger Zeuge hätte sein können, war ihm die Lust auf alles vergangen.

Zudem hatte er ihn gemocht.

»Ich muss Schluss machen«, sagte er übergangslos, da sein Hals verdächtig eng wurde.

Kapitel 25

Franz sah hoch, als Cindy das Büro betrat. »Ich habe sautolle Neuigkeiten.« Er wippte auf und ab, wie immer, wenn er aufgeregt war.

»Und?« Cindy ließ sich einen Becher Kaffee aus dem Apparat. »Wo ist die Milch?«

»Scheiße, habe vergessen einzukaufen. Jaja, ich weiß, ich wäre dran gewesen.« Franz klang zerknirscht. Am besten, sie besorgte alles selbst, Franz hatte ein Hirn wie ein Nudelsieb, was das Einkaufen anging. »Wenn du hörst, was ich dir gleich erzählen werde, dann willst du die Milch nicht mehr.«

»Kann ich mir nicht vorstellen.«

»Das Parkplatzfoto der Überwachungskamera. Veit hat es eben gemailt. Voilà! Da benötigen wir nicht mal eine Kennzeichenabfrage.« Er legte es vor sie hin. Sie sah es sofort. Manchmal war es besser, ein weniger auffälliges Auto zu fahren.

»Der Wagen, den er als Foto in seinem Büro hängen hat.«

»Klar.« Für sie war das monströse Auto einfach nur unpraktisch. »Wir müssen noch mal mit dem Wirt sprechen, sein Alibi war ohnehin wacklig.«

»Habe ich getan und ihn aus dem Bett geklingelt, halb neun ist für ihn mitten in der Nacht.« Er grinste schadenfroh.

»Und?«, fragte sie ungeduldig.

»Er hat zugegeben, dass Zehetgruber erst gegen dreiundzwanzig Uhr gekommen sei. Nach dem Kaffeetrinken mit seinen Eltern und seiner Ankunft im Lokal sind einige Stunden übrig.«

»Gute Arbeit.«

»Danke schön.« Er verneigte sich und zog dabei einen imaginären Hut.

»Na, das wird er uns erklären müssen. Fahren wir gleich los?«

»Moment, Veit hat noch was. Er hat um Rückruf gebeten.«

Cindy zog sich einen Stuhl zu Franz' Schreibtisch und kurz darauf erschien Veits Glatzkopf auf dem Bildschirm. »Guten Morgen, ihr zwei.«

»Morgen.« Cindy nahm einen Schluck Kaffee und verzog das Gesicht. Mit Milch mochte sie ihn lieber. »Du hast Neuigkeiten?«

»Frau Doktor Schuster ist etwas eingefallen. Sie hat erzählt, dass Vanessa Kraut bei ihr gewesen sei. Das habe ich vergessen zu erwähnen.«

»Was?« Cindy beugte sich vor. »Das ist ja komplett neu. Wann? Und was wollte sie?«

»Die zweite Frage kann ich dir leichter beantworten. Sie hat ebenfalls nach den Toten gefragt und die Schuster konnte ihr nicht mehr sagen als uns jetzt. Beim Datum konnte sie sich nicht genau erinnern, irgendwann im August, meinte sie. Sie hat mir erneut versichert, dass sie beim Tod von Hildegard Pototschnigg keinerlei Verdacht geschöpft hätte, dass Fremdverschulden vor-

liegen könnte. Hätte sie allerdings von den vorange-
gangenen Todesfällen gewusst, hätte sie anders reagiert.«

»Kannte sie Doktor Heppichler gut?«

»Nein. Der Mann war ziemlich verschlossen und
schroff, vor allem nach dem Tod seiner Frau. Sie haben
nur dienstlich miteinander verkehrt.« Veit hob die
Schultern. »Er sei nach Teneriffa ausgewandert, sie
habe keinen Kontakt zu ihm gehabt und erst von Heppichlers Bruder von seinem Tod erfahren. Interessanter ist mein Gespräch mit besagtem Bruder.«

Cindy nippte erneut an ihrem Kaffee. »Ja?« Offenbar
hatte auch Veit einen Hang zur Dramatik, da könnten
sich Franz und Veit zusammentun.

»Faszinierend ist, dass Heppichler am Tag vor dem
Tod seines Bruders mit ihm telefoniert hat. Stellt euch
vor, Samuel Heppichler wollte heimkehren, weil er sich
auf der Insel nicht wohlgefühlt hat. Und er hat erzählt,
dass er Besuch bekommen wird, eine befreundete Kollegin.«

»Frau Doktor Schuster? Hatte sie doch mehr Kontakt
zu ihrem Vorgänger, als sie zugeben wollte?«

»Nein, die war es nicht. Die beiden mochten sich nicht
besonders, Herr Heppichler, also der Bruder, meinte,
dass Frau Doktor Schuster seinem Bruder immer Nachlässigkeit vorgeworfen habe.«

»Wie ist das zu verstehen?«

»Er hat Krankmeldungen ausgestellt für jeden, der es
wollte, hat sich für Untersuchungen nicht genug Zeit
genommen und offenbar sogar einmal eine Blinddarm-
entzündung übersehen. Der Patient, ein Kind, ist bei

Doktor Schuster gelandet, die ihn dann sofort ins Krankenhaus überwiesen hat.«

»Und konnte der Bruder das bestätigen?«, fragte Franz. »Oder waren es nur Verleumdungen?«

»Dazu wollte er sich nicht äußern, er sagte nur so durch die Blume, dass sich sein Bruder seit dem Tod seiner Frau offenbar verändert und den Lebensmut sowie die Freude an der Arbeit verloren habe.«

»Wisst ihr denn, wer ihn besuchen wollte?«, fragte Franz. Das interessierte auch Cindy weit mehr als die Frage, ob der Doktor seinen Job ordentlich ausgeführt hatte.

»Leider konnte er sich an keinen Namen erinnern. Oder ob sein Bruder ihn überhaupt genannt hat. Nun kommt's: Samuel hat offen gesagt, dass er noch einiges in Ordnung bringen müsste.«

»Oha!« Franz sah Cindy an, die nickte. Es konnte durchaus sein, dass Heppichler das schlechte Gewissen geplagt hatte.

»Ja, das ist Bruno Heppichler im Kopf geblieben, leider hat er nicht nachgefragt, weil er froh war, dass Samuel zurückkehren wollte. Bruno hat die Idee seines Bruders, nach Teneriffa auszuwandern, nie für gut befunden. Am nächsten Tag kam dann die Nachricht von seinem Tod. Er sei während einer Wanderung von den Klippen gestürzt.«

»War da diese Kollegin bei seinem Unfall dabei?« Sie mussten herausbekommen, wer es war, und sie befragen.

»Nein, zumindest wurde er allein gefunden, von anderen Wanderern. Er war auf dem Teneriffa-Rundwanderweg um Taganana und durch den Barranco de Afur unterwegs, eine sechsstündige Wanderung.«

»Verdammt schade, dass er nicht noch einmal mit seinem Bruder telefoniert hat. Nun haben wir keine Chance herauszufinden, wer die Kollegin war und ob sie dort war oder nicht.« Franz verschränkte sichtlich verärgert seine Arme vor der Brust.

»Wurde der Leichnam überstellt?« Cindy dachte über eine Exhumierung nach. Möglicherweise konnte Erpel etwas herausfinden.

»Er hat ein Begräbnis auf Teneriffa erhalten, die Kosten für eine Überstellung waren seinem Bruder zu teuer.«

»Hat Bruno Heppichler alles geerbt?«

»Ja. Und er war überrascht, dass das Erbe so groß war.«

Cindy wählte kurz darauf Tonis Nummer, doch er war nicht erreichbar. »Franz, wir haben das Datum von Heppichlers Unfall, nicht wahr?«

»Ja, das war der 4. März in diesem Jahr.«

»Vielleicht sollten wir die Passagierlisten checken. Welcher Flughafen ist es?«

»Teneriffa Süd. Ich fange mal mit Wien an.«

»Wow.« Franz kannte sich gut in Geografie aus und interessierte sich besonders für die einzelnen Flughäfen. So sollte es Cindy nicht wundern, dass er den Namen des Flughafens parat hatte, dennoch war sie immer wieder erstaunt darüber.

»Ich guck mal nach. Die betreffende Dame müsste am 4. März angereist sein, nicht wahr?«

»Checke vom zweiten bis zum vierten.« Sie überlegte kurz. »Ich fahre noch einmal zu Zehetgruber. Und ich präsentiere ihm das Foto.«

»Soll ich nicht mitkommen?« Franz klickte bereits auf seinem PC herum.

»Nein, ich frage Lindner.«

Zehetgruber war mitten in einem Meeting und kam nur unwillig aus dem Konferenzraum. »Frau Panzenböckle«, sagte er ungehalten. »Sie schon wieder. Ich bin in einer Besprechung, aber das können Sie natürlich nicht abschätzen.«

»Panzenböck«, sprach Cindy in betont liebenswürdigem Tonfall. »Aber das müssen Sie sich natürlich nicht merken. Das ist übrigens mein Kollege, Gruppeninspektor Lindner.«

Der Journalist räusperte sich und fing sich offenbar. »Entschuldigen Sie, meine Bemerkung war unpassend. Und ich muss mir leider zu viele Namen zu oft im Kopf behalten, da kann es schon passieren.«

»Natürlich. Wollen wir in Ihr Büro gehen?«

»Ich sollte eigentlich wieder rein.« Er deutete zur Tür.

»Sie hätten auch eigentlich die Wahrheit sagen sollen.« Cindys Tonfall wurde nun scharf. Der Mann machte ihnen unnötig Arbeit, weil er alles nur etappenweise preisgab.

Und log.

»Wie meinen Sie das?« Er fuhr sich durch seinen Bart und blickte über die Schulter zurück, als die Tür klappte und eine Dame herauskam. »Dauert das länger, Robert? Wir müssen zu einem Ergebnis kommen.«

»Ich weiß es nicht.«

Die Dame war stark überschminkt, Mitte fünfzig und ihre Parfümwolke reichte bis zu Cindy, obwohl sie drei Meter Abstand hatte. »Sollte es etwas Privates sein, dann verschiebe das bitte.« Ihr Blick glitt abschätzend über Cindy und danach streifte er Lindner flüchtig, der mit seiner Uniform deutlich als Polizist zu erkennen war. »Falls er zu schnell gefahren ist, wird sich das wohl rascher klären lassen. Unsere Zeit ist knapp bemessen.«

Cindy holte ihren Ausweis heraus, trat zu der Dame. »Bezirksinspektorin Panzenböck, meine Zeit ist auch nicht unbegrenzt und die Aufklärung mehrerer Morde ist definitiv wichtig genug, Ihr ach so bedeutendes Meeting zu unterbrechen. Vielleicht machen Sie mal Überstunden, dann wissen Sie, wie es uns geht. Wer sind Sie überhaupt? Können Sie sich ausweisen?«

Die ältere Frau trat zurück, sichtlich entsetzt. »Mord? Was hast du mit Mord zu tun, Robert?« Sie klang plötzlich schrill.

»Ihr Name?« Cindy würde nicht lockerlassen. Aus dem Augenwinkel sah sie Lindner schmunzeln, er wusste bereits, dass sie in Rage geriet, wenn man sie geringschätzig behandelte.

»Ich bin Manuela Galehr.« Sie schluckte. »Die Chefredakteurin für Kultur, es tut mir leid, das konnte ich ja nicht ahnen.«

Dass die Frau gleich zurückruderte, versöhnte Cindy etwas. Sie war es aufgrund ihres jugendlichen Aussehens gewohnt, unterschätzt zu werden und reagierte daher manchmal zu scharf. Mit ruhiger Stimme wandte sie sich erneut an Zehetgruber. »Wo können wir uns ungestört unterhalten?«

»Mein Büro«, sagte er ergeben und direkt zu Frau Galehr. »Macht ohne mich weiter, ich schließe mich dann
der Mehrheit an.«

Er ging mit gesenktem Kopf voran, ließ sie in sein
Büro eintreten und schloss die Tür hinter ihnen. Sein
Schreibtisch sah diesmal chaotisch aus, mehrere Akten
und Zettel verteilten sich darauf, eine benützte Kaffeetasse sowie leere Verpackungen von Schokoriegeln. Zehetgruber setzte sich, Cindy nahm sich jedoch keine
Zeit dazu und legte gleich die ausgedruckte Fotografie
des Parkplatzes auf den Tisch. »Sie haben uns angelogen. Nicht das Telefongespräch war Ihr letzter Kontakt
zu Vanessa Kraut, Sie waren am Tag ihrer Ermordung
in Fischbach.« Mit dem Finger deutete sie auf seinen
Wagen. »Das ist Ihr Audi R8. Sie stecken ziemlich tief in
der Tinte. Kann es sein, dass Sie den Ausflug mit Ihrer
Ex-Freundin unternommen haben, es kam zum Streit
und Sie haben sie erschlagen?«

»Nein, um Himmels willen, das habe ich nicht!« Er
hob beide Hände in die Höhe und sah Hilfe suchend zu
Lindner. Der verfolgte den Dialog, mischte sich aber
nicht ein, wie abgesprochen.

»Wie war es dann?«

»Ich bin hingefahren, ja, das war dumm von mir. Es
hat in Strömen geregnet und ich habe sicher zwanzig
Minuten im Wagen gesessen, bevor ich sie angerufen
und um ein Gespräch gebeten habe.«

»Was wollten Sie damit erreichen? Sie haben Ihre
Freundin in flagranti erwischt, haben Sie sich eine Versöhnung gewünscht?«

»Wie gesagt, es war nicht das erste Mal, dass sie Sex im Austausch für Informationen nimmt. Ich wollte sie fragen, ob das nur so eine Sache war.«

»Sie waren doch schon getrennt?« Lindner sah ihn direkt an.

»Ja, aber ich ...« Er fuhr sich erneut ein paarmal durch seinen Bart. »Sie können das nicht verstehen. Vanessa war eine Hammerfrau, ich wollte sie nicht ohne einen letzten Versuch aufgeben.«

»Was sagt Ihre jetzige Freundin dazu?« Cindy sah auf ihn herab. Sie wurde nicht schlau aus ihm.

»Das ist doch nur eine Bettgeschichte. Und zudem vorbei.«

»Erzählen Sie weiter, was passierte dann? Sie haben sie angerufen, kam sie zu Ihnen oder sind Sie hineingegangen?«

»Sie hat mich abgewimmelt. Wollte mich nicht sehen, doch ich war hartnäckig.« Er schluckte. »Endlich ist sie herausgekommen, schon in Regenkleidung und festen Schuhen. Sie hat mir gesagt, dass sie sich mit einem Informanten trifft und dass sie keine Zeit für mich hätte.«

Jetzt wussten sie, weshalb Vanessa Kraut trotz Regen die Wanderung zum Teufelstein unternommen hat.

»Und dann?«

»Sie ist alleine los, ich schwöre es.«

»Tja, Ihr Wagen hatte aber noch länger am Parkplatz gestanden. Die Videoaufnahmen zeigen, dass Sie den Parkplatz erst um zweiundzwanzig Uhr verlassen haben. Und dass Sie ausgestiegen sind. Wo waren Sie in dieser Zeit, wenn Sie nicht mit Frau Kraut mitgegangen sind? Sind Sie ihr heimlich gefolgt?«

»Nein!« Er fuhr sich erneut durch den Bart. »Ich habe eine Weile im Auto gesessen und gehofft, dass sie bald zurückkommt.«

»Haben Sie mitgekriegt, ob ihr jemand nachgegangen ist?«

Er zuckte zusammen. »Es sind einige Leute ein und aus gegangen.« Er tippte sich an die Stirn. »Zum Teufel, Sie denken, der Mörder könnte ihr gefolgt sein? Scheiße, wenn ich besser aufgepasst hätte!«

»Erinnern Sie sich an irgendjemand Speziellen?«

»Der Kerl, mit dem sie mich betrogen hat, kam heraus. Allerdings ist er gleich in sein Auto gestiegen, einen weißen Fiat, und Richtung Fischbach weggefahren. Dann noch ein paar Frauen. Aber es hat ja aus allen Eimern geschüttet, da bleiben die meisten im Haus. Ich bin eine Viertelstunde später in den Ort gegangen, habe was getrunken.«

»Zu Fuß? Bei strömendem Regen, wie Sie soeben sagten?«, fragte Lindner.

»Ich war zornig.« Zehetgruber stand auf und trat ans Fenster. »Ich musste Dampf ablassen und der Regen hat mich abgekühlt.« Er drehte sich wieder zu ihnen um. »Vielleicht kennen Sie das Gefühl, wenn man innerlich vor Frust platzt. Ich habe gewusst, dass Vanessa mir nicht guttut, aber da war etwas in mir, das mich immer wieder zu ihr getrieben hat.«

»Das Dumme ist nur, dass Sie kein Alibi haben.« Cindy ließ ihn nicht aus den Augen. »Könnte es sich nicht folgendermaßen abgespielt haben: Sie saßen im Wagen, wurden immer wütender, sind schließlich ausgestiegen und Vanessa zum Teufelstein hinterhergelaufen. Den Weg kann man nicht verfehlen, das heißt,

Sie mussten sie zwangsläufig irgendwann einholen oder ihr auf dem Rückweg begegnen.«

»Nein!« Er brüllte es. »So war es nicht. Ich bin ihr nicht nachgegangen, ganz ehrlich, ich bin nicht unbedingt der Typ Scout, wenn Sie verstehen. Zudem habe ich keinen Regenschutz dabeigehabt, nur einen Schirm. Und Halbschuhe. Das ist nicht geeignet für eine Wanderung im Matsch. Meine Schuhe waren selbst auf dem Weg ins Dorf durchweicht, im Wald wären sie vermutlich komplett auseinandergebrochen.«

»Tatsache ist, dass Sie kein Alibi haben.«

Er zog ein langes Gesicht und fuhr sich hektisch ein paarmal über den Bart. Schließlich hob er den Zeigefinger. »Der Wirt vom Dorfkrug in Fischbach!«, sagte er erleichtert. »Der muss mich gesehen haben.«

»Das werden wir überprüfen. Wann sind Sie dann vom Dorf zurückgekehrt und heimgefahren?« Cindy war sich nicht sicher, ob der Wirt eines gut besuchten Gasthofes sich an einen unbekannten Mann würde erinnern können.

»Ich weiß es nicht.«

»Sie wissen nicht, wie lange Sie in der Wirtschaft waren?«, fragte Lindner nach. »Oder wann Sie weggefahren sind?«

»Ganz ehrlich: Ich hab ein paar Bier getrunken, vermutlich hätte ich nicht mehr Auto fahren dürfen. Ich war sicher zwei Stunden da und mir war zum Heulen. Ich weiß, das klingt jämmerlich, aber ich konnte nicht anders. Es war stockdunkel, als ich heimgefahren bin, muss es schon zehn gewesen sein.«

»Ja, könnte hinkommen, der Wirt in Graz erinnert sich, dass Sie gegen elf bei ihm waren.« Cindy schüttelte den Kopf. »Das sieht nicht gut aus für Sie. Warum haben Sie uns das alles nicht bei unserer ersten Befragung erzählt?«

»Ich habe gedacht, das macht mich schuldig.« Er sah auf seine Hände, die mit einem Kuli spielten.

Der Mann ging Cindy auf die Nerven. »Sie haben ein Motiv, Sie waren in der Nähe vom Tatort und Sie haben kein Alibi.«

Lindner runzelte die Stirn, er wechselte einen Blick mit Cindy. Sie verstand ihn sofort, er fragte sich, ob sie ihn festnehmen sollten. Sie schüttelte leicht den Kopf, sie hatten zu wenig in der Hand. Denn plötzlich kam ihr etwas anderes in den Sinn. Hätten sie sich mehr mit der eifersüchtigen Lisa-Maria beschäftigen müssen?

»Wusste Frau Weiler, dass Sie nach Fischbach gefahren sind?«

»Sie hat es mitbekommen, ja. Und sie war wütend deswegen, hat mir die Hölle heißgemacht.«

»Und sie hat Ihnen offenbar verziehen?« Cindy erinnerte sich an die erste Begegnung mit Zehetgruber, damals war die junge Frau hinzugekommen und hatte einen besitzergreifenden Eindruck gemacht.

»Wir hatten uns zu dem Zeitpunkt ausgesprochen. Ich habe ihr nicht die ewige Liebe beteuert oder so was. Doch ich habe ihr erklärt, dass mit Vanessa ein für alle Mal Schluss ist. Da haben wir uns vorläufig versöhnt.«

»Vorläufig?«

Er seufzte tief. »Ähm, ja, sie hat nach dem Gespräch mit Ihnen und Ihrem Kollegen mitbekommen, dass ich von Vanessas Tod betroffen war und, nun ja, gesagt, dass sie und ich, also dass es nicht vor dem Altar enden wird. Daher haben wir uns endgültig getrennt.«

Hätte er das nicht gleich sagen können? Eifersucht war ein starkes Motiv. »Wo finden wir Frau Weiler?«

Er strich sich über den Bart. »Sie arbeitet nicht mehr hier, hat gekündigt.«

Die junge Frau musste wirklich total verliebt gewesen sein, wenn sie einen aussichtsreichen Praktikantenjob einer unerfüllten Liebe wegen hinwirft.

»In diesem Fall brauchen wir ihre Adresse.«

Zehetgruber ging zurück zu seinem Schreibtisch, setzte sich, klaubte ein Zettelchen aus der Zettelbox vor ihm und schrieb.

Cindy nahm es ihm ab. »Sie halten sich weiterhin zu unserer Verfügung, Ihr Alibi werden wir prüfen. Gibt es sonst irgendeine Kleinigkeit« – sie betonte das Wort – »die Sie uns verschwiegen haben?«

»Ich habe Vanessa nicht umgebracht.«

Sie schwiegen, bis sie im Wagen saßen. »Hättest du ihn mitgenommen?«, fragte Cindy den älteren Kollegen.

»Zuerst dachte ich Ja, aber ich denke nicht, dass er sie umgebracht hat. Er ist ein vernarrter Trottel«, bemerkte Lindner. »Leider habe ich das oft erlebt, dass vor allem Männer nicht bemerken, wenn eine Beziehung nur noch Asche ist. Das ist auch der Grund für viele Femizide.«

»Das würde ja wieder dafürsprechen, dass Zehetgruber doch schuldig sein könnte.«

»Weißt du, was zusätzlich dagegenspricht? Hast du dir seine Figur angesehen? Er wirkt nicht so, dass er bei Regen einen Berg erklimmt, um seine Angebetete ein weiteres Mal von seiner Liebe zu überzeugen.«

Cindy sah Zehetgrubers füllige Statur vor sich, den Bart und den gepflegten Haarschopf. »Vermutlich hast du recht.« Sie startete den Motor.

Hinter der verschlossenen Wohnungstür hörten sie aufgebrachte Stimmen. »Du hast versprochen, das Auto zu putzen, aber es ist immer noch voller Dreck und das seit Wochen«, ertönte es gellend.

»Ich mach das schon, hatte keine Zeit.«

»Jaja! Faule Ausreden! Jetzt, wo du keinen Job mehr hast ...«

Cindy klingelte. Lisa-Maria Weiler wohnte offenbar in einer WG. Sie wirkte blass und schmal, wie sie da in der offenen Tür stand. Eine zweite Frau verschwand gerade hinter einer Zimmertür.

»Wir haben ein paar Fragen an Sie.« Cindy hob ihren Ausweis hoch, falls die junge Frau sie nicht wiedererkannte. »Das ist mein Kollege Gruppeninspektor Lindner.«

Lisa-Maria beachtete die Karte gar nicht, ging voraus und führte die beiden Beamten in einen Wohnraum mit einer gepolsterten Sitzecke. Dort ließ sie sich nieder und griff nach einer Tasse Tee, die auf dem Tischchen stand.

»Sie wohnen hier mit einer Freundin?«

»Mit zweien, sie studieren auch.«

»Sie haben Ihren Job gekündigt?« Cindy ließ sich ihr gegenüber nieder, während Lindner hinter der jungen Frau stehen blieb.

»Können Sie sich nicht vorstellen, warum? Robert ist meine große Liebe und für ihn war ich nur eine Affäre.

Er hat bis zum Schluss gehofft, dass Vanessa ihn zurücknimmt. Er wollte nicht einsehen, dass sie eine elende Schlampe war!«

»Sie waren eifersüchtig?«

»Eifersucht klingt banal.« Sie nahm einen Schluck. »Robert hatte eine ungesunde Abhängigkeit zu Vanessa entwickelt. Wissen Sie, was eine toxische Beziehung ist? Genau das hatte er zu ihr. Sie war nicht gut für ihn, hat ihn am Gummiband zu sich gezogen, wenn sie ihn brauchte und am nächsten Tag fortgeschnippt.«

»Sie wussten, dass er ihr nach Fischbach gefolgt war?«

»Ja. Als ich spontan ins Büro kam, hatte er die Website von diesem Naturheilzentrum offen, hat sich informiert.« Sie drehte die Tasse zwischen ihren Händen. »Robert war so fahrig, so angespannt und nicht er selbst an dem Tag. Ich war sauer, dass er da hinwollte. Doch er hat gesagt, er müsste es tun, denn Vanessa könnte in Gefahr sein. Als ob er für die dumme Urschel verantwortlich gewesen wäre! Was tut sie auch so was! Undercover, so ein Quatsch. Ist sie als Agentin ausgebildet? Nein. Nicht einmal mehr heimbringen wollte er mich, dabei weiß er, dass ich keinen eigenen Wagen habe.«

Nicht jeder hatte ein Auto, auch Cindy nicht. Schließlich gab es in Graz genug öffentliche Verkehrsmittel. Doch das sagte sie nicht laut. »Sie haben versucht, ihn davon abzuhalten, zu ihr zu fahren?«

»Natürlich. Es war ein Scheißwetter an dem Tag. Die Straßen waren klitschnass, zweimal hatte ich Aquaplaning. Und sein Angeberauto ist nicht wirklich für solche Verhältnisse geschaffen, selbst wenn er das behauptet.«

»Sie hatten Aquaplaning? Sie haben doch kein Auto?«
Lindner klang ruhig, Lisa-Maria drehte sich zu ihm,
gleich wieder zu Cindy.

»Im Radio haben sie es gesagt.« Es hörte sich an, als
wäre es ihr in dem Moment eingefallen. »Die Landstra-
ßen waren überschwemmt.«

Cindy wechselte einen Blick mit Lindner, der leicht
nickte.

»Das kam nicht im Radio«, sagte sie scharf. »Sie sind
ebenfalls nach Fischbach gefahren, nicht wahr? Sie
sind Ihrem Freund gefolgt.« Es war ein Schuss ins
Blaue.

Frau Weilers Schultern sackten nach vorn. Doch sie
schüttelte den Kopf. »Wie denn? Ich habe ja kein Auto.«
Ihre Stimme zitterte.

»Frau Weiler, als wir hier ankamen, haben wir einen
Streit mit Ihrer Freundin mitbekommen. Dass ihr Wagen schmutzig sei. Wir können ihn von der Spurensicherung untersuchen lassen und die wird feststellen,
dass der Schmutz von der Gegend in Fischbach stammt.
Ersparen Sie uns die Zeit und reden Sie.«

Sie seufzte. »Gut, ich habe mir von Yvette den Wagen
geborgt.«

»Sie war es, die sich gerade beschwert hat, dass Sie ihr
Auto nicht geputzt hätten?«

»Ja, sie ist die Einzige, die ein Auto hat. Einen alten
VW Golf. Ich habe Roberts Audi R8 sofort entdeckt,
trotz Regen, bin sogar direkt an ihm vorbeigefahren, er
hat nur zum Haus hinübergesehen.«

»Hat er Sie nicht gesehen?«

»Nein, ich habe hinter anderen Autos geparkt, außerdem kennt er Yvettes VW nicht.«

»Sie sind im Wagen geblieben. Was ist passiert?«

»Ich konnte direkt zum Eingang sehen. Als Vanessa herauskam, ist Robert zu ihr und die beiden haben sich gestritten. Zumindest mit den Händen gestikuliert, hören konnte ich nichts.«

»Das haben Sie gesehen, obwohl es stark regnete?«

»Es war zu dieser Zeit etwas schwächer.« Sie verzog verächtlich die Mundwinkel. »Er hat sich bald alles verrenkt, nur um den Schirm über sie zu halten.«

»Und danach?«

»Robert ist zu seinem Wagen zurück, er sah schlimm aus. Hat sich mehrmals über die Wangen gewischt, wahrscheinlich hat er geweint.«

Oder es war wegen des Regens.

»Und weiter?«

»Er ist im Wagen geblieben, ich habe überlegt, ob ich zu ihm gehen soll. Dann habe ich mich aber nicht getraut. Schließlich ist er ausgestiegen, hat seinen Schirm aufgespannt und ist in einem ziemlichen Tempo Richtung Dorf gegangen.«

»Nicht in Richtung Teufelstein?«

»Nein.«

»Das wissen Sie genau?«

»Ich bin in Weiz aufgewachsen, war in meiner Kindheit oft am Teufelstein.«

»Und Sie sind im Auto geblieben?«

»Ja.«

»Das müssen Stunden gewesen sein.«

»Ich hab nicht auf die Uhr gesehen, war verzweifelt.«

»Als Zehetgruber zurückkam, sind Sie dann gefahren?«

»Es war dunkel und hat stark geregnet, ich bin kurz nach ihm los. Hab ihn natürlich nicht eingeholt, wäre ja lächerlich, einen Sportwagen einholen zu wollen.«

Cindy beugte sich vor und sah sie scharf an. »Ich glaube Ihnen nicht, dass Sie stundenlang im Auto gehockt sind. Sie sind ausgestiegen und auf den Teufelstein gegangen.«

Lisa-Maria starrte Cindy an, dann schlug sie die Hände vors Gesicht und schluchzte. »Ich hab gewusst, dass das passieren wird. Aber ich schwöre, sie hat noch gelebt, als ich ging!«

Kapitel 26

Die Zeit wird knapp. Er sieht zu Lena. Sie hat den Plan ersonnen und nun sollten sie ihn bald durchziehen.

Schwarz wird büßen.

Vanessa hätte helfen können, stattdessen hat ihr Tod eine Menge Staub aufgewirbelt, dann Reinbacher und nun Hermann. Das mit Reinbacher tut ihm nicht leid, der alte Säufer hat den Tod verdient. Schade, dass er so leicht gestorben ist.

Bedauerlich, dass Karin so sauer geworden ist. Hat sie wirklich geglaubt, dass er in sie verliebt wäre? Glücklicherweise steckt sie selbst zu tief drin, als dass sie ihn verraten würde. Sie hatten ein paarmal miteinander geschlafen, das ist doch keine Geschichte für immer. Ebenso mit Vanessa wäre es das nicht gewesen. Sie war einfach eine tolle Frau, die ihm eindeutige Avancen gemacht hatte. Welcher Mann hätte da widerstehen können?

Nicht mal Vincent!

Dabei hat die Journalistin nur an Informationen herankommen wollen.

Mittlerweile hat er durchschaut, was in diesem Kurheim vor sich geht. Wie die Schichten einer Zwiebel hat sich alles entblättert. Und dass Zwiebeln irgendwann faul werden, das weiß jedes Kind. Vieles hat er von Vanessa erfahren.

Es ist ihm egal, was alle treiben. Ihn interessiert nur einer.

Und er wird endlich büßen, sein Lebenswerk wird zerschlagen. Die zahlreichen Demütigungen der letzten Jahre werden gesühnt werden. Gerechtigkeit siegt eben doch.

Abgerechnet wird am Schluss.

Kapitel 27

Morgen sollte die große Jubiläumsfeier stattfinden. Würde sie abgesagt werden? Mittlerweile drei Todesfälle innerhalb weniger Wochen wären Grund genug. Doch Toni hatte nichts gehört, die Festivitäten würden wohl durchgezogen werden.

Lisa-Maria Weiler war vorläufig festgenommen worden, aber Toni glaubte nicht an die Schuld der jungen Frau. Nicht in Verbindung mit den anderen Morden.

In Tonis Kopf wollte sich das Puzzle nicht zusammenfügen.

Gab es einen Zusammenhang oder nicht? Die Vorfälle in der Kurklinik, die tote Journalistin, der Hausmeister und jetzt Paul.

Paul und Hildegard Pototschnigg waren gemeinsam auf dieser Busreise gewesen. Er war sich sicher, dass die beiden den Kontakt gehalten hatten und Paul derjenige gewesen war, der Vanessa Kraut auf den Plan gerufen hatte.

Ein ziehender Schmerz machte sich in seinem Inneren breit, wenn er an den alten Mann dachte. Ein schlauer Fuchs war er gewesen. Womöglich hatte er die Demenz nur vorgetäuscht? Von Anfang an hatte Paul Zweifel an der Kur gehabt und den Tee nicht getrunken. Nur weshalb? Warum war Toni der Sache nicht intensiver nachgegangen? Claudia und Josefa waren ebenfalls am Boden zerstört, sie klebten wie Kletten an Toni und er war froh, dass er für kurze Zeit an die frische Luft vors Haus hatte flüchten können.

»Herr Moser?« Er drehte sich um, sah Schwester Lena auf ihn zukommen. »Wie geht es Ihnen denn?«

»Danke.« Mit der Frage war er momentan leicht überfordert. Wer hatte ihn das in letzter Zeit gefragt?

»Der Tod von Herrn Hermann geht Ihnen bestimmt nahe.« Lena kam aufatmend vor ihm zum Stehen.

»Schwester Lena, sind Sie gerannt?«

»Doktor Schwarz möchte eine Gesprächsrunde mit Ihnen machen.«

»Mit mir?«

»Nicht mit Ihnen allein. Alle, die Herrn Hermann näher kannten, die Zimmernachbarn, seine Tischgenossinnen und wer sonst noch kommen mag. Heute Abend gleich nach dem Abendessen.«

»Ich werde da sein. Wo findet das statt?«

»Im großen Gruppenraum, Doktor Schwarz weiß ja nicht, wie viele kommen. Aber er hat mich gebeten, die engeren Bekannten von Herrn Hermann zu motivieren.« Sie lächelte. »Ich bin froh, dass Sie es mir so leicht machen. Frau Lüthi weigert sich.«

Toni tat die junge Schwester leid. Und er konnte Claudia verstehen, er hätte sich auch vor diesem Termin gedrückt, hätte er nicht einen Mord aufzuklären. Victor Schwarz war einer der Hauptverdächtigen. Wer war sein Helfer? Den alten Mann allein auf den Stuhl zu heben, das vermochte niemand.

Toni konzentrierte sich wieder auf die aufgelöste Schwester Lena vor ihm.

»Alle anderen konnten Sie überzeugen?«

»Ja, die meisten reden ja gern.«

»Frau Lüthi normalerweise auch.« Claudia war doch diejenige, die ständig plappern konnte und das, ohne Luft zu holen.

»Eben. Ich denke, sie steht unter Schock.«

»Ich rede mit ihr.«

»Das würden Sie tun? Lieben Dank, ich habe so viel zu tun.«

»Ich mache es gern, gehen Sie nur an Ihre Arbeit.« Toni sah der sichtlich erleichterten Schwester nach. Vermutlich wäre Dr. Schwarz nicht erfreut, wenn jemand fehlte. Er ging ins Haus zurück und die Treppe hoch.

Andererseits war das hier kein Gefängnis, zwingen konnte er niemanden und auch nicht vom Personal verlangen, dies zu tun. Seine Gedanken waren erneut bei Paul, als er Stimmen hörte. Es war die Oberschwester, die mit jemandem diskutierte. Beim Näherkommen schnappte er Wortfetzen auf.

»Heute nicht« und »Nie darf ich, was ich will« – die Tür klappte und zu Tonis Überraschung kam der kräftige Hilfskoch heraus. Wie hieß er? Irgendwas mit L, Leo, Lars, Ludwig. Toni schüttelte den Kopf, fürs Namenmerken war immer Cindy zuständig.

Was tat der Mann vom Küchenpersonal hier bei Schwester Ingrid? Als Oberschwester hatte sie doch mit den Küchenangelegenheiten nichts zu tun?

»Leon!«, rief die Oberschwester ihm nach. Sie trat in die offene Tür zu ihrem Büro, da Toni noch weiter unten auf der Treppe stand, konnte sie ihn nicht sehen.

Richtig, Leon war der Name!

Der kräftige Mann kam die Treppe herab und drehte sich nicht mehr um. Die Oberschwester verschwand wieder in ihrem Zimmer und ihren Gemütszustand konnte Toni erkennen, da sie mit lautem Knall die Tür zuschlug.

Der junge Mann näherte sich ihm.

»Ärger?«, fragte Toni, doch Leon beachtete ihn nicht, eilte an ihm vorbei.

In seinem Zimmer zog er Jacke und Schuhe aus, es war Zeit fürs Abendessen. Vor der Tür zu Pauls Zimmer blieb er kurz stehen. »Ich werde die Sache aufklären, Paul«, murmelte er. »Das verspreche ich.«

Im Speisesaal saßen Josefa und Claudia. Beide wirkten bedrückt, Claudia hielt den Kopf gesenkt. Dass ihr Pauls Tod so naheging, brachte ihr einige Sympathiepunkte bei Toni ein.

»Heute nach dem Abendessen gibt es ein Gespräch mit Doktor Schwarz«, sagte er scheinbar beiläufig.

»Claudia möchte nicht hingehen.« Josefa strich ihr über den Arm. »Willst du es dir nicht überlegen? Es würde dir guttun!«

»Was soll ich da? Dieses psychologische Gebrabbel richtet mehr Schaden als Nutzen an.«

»Ich würde es versuchen.« Toni nahm sich ein Stück Brot und biss hinein. »Hinausgehen kannst du jederzeit.«

»Ich habe Paul nicht geglaubt!« Claudia sah Toni direkt an. »Er hat mir am Vorabend erzählt, dass ihn jemand umbringen will.«

»Was?« Toni ließ die Hand mit dem Brot sinken.

»Er war doch dement.« Josefa schüttelte den Kopf. »Ich bin überzeugt, dass er nicht wusste, was ihm bevorstand.« Nun wandte sie sich direkt an ihn. »Nicht wahr, Toni?« »Er hat auch von seinen Nichten erzählt, dabei sind sie beide tot.«

»Das stimmt.« Er beugte sich zu Claudia. »Wann war das und erinnerst du dich an den genauen Wortlaut?«

»Nach dem Abendessen. Er wollte Karten spielen, doch ich hatte Kopfschmerzen. Daraufhin hat er mich schief angesehen. ›Schmerzen werde ich bald keine mehr haben. Sie werden mich umbringen, aber dadurch kommt der Stein ins Rollen.‹ Genau, das hat er gesagt.«

Toni seufzte innerlich. Er hatte in Paul nur einen alten Mann gesehen, einen Kurgast, ein bisschen schrullig und geringfügig dement. Nun hatte er ein schlechtes Gewissen, dass er sich zu wenig mit ihm befasst und seine kryptischen Bemerkungen nicht beachtet hatte.

Rasch stand er auf. »Ich muss kurz ins Zimmer, komme gleich wieder.« Eine Antwort wartete er nicht ab.

Ein paar Minuten später hatte er Cindy an der Strippe. »Konntet ihr herausfinden, ob Paul Hermann Vanessa Kraut aufgesucht hat?«

»Leider nicht. Vielleicht ist für dich interessant, dass Hermann kein Handy hatte. Zumindest haben wir keins gefunden.«

»Er muss eines gehabt haben, sonst hätte er den Kontakt zur Pototschnigg nicht halten können.«

»Möglich, vielleicht hatte er eins. Wir bleiben dran. Wir haben auch Neuigkeiten. Lisa-Maria Weiler hat erzählt, was angeblich auf dem Berg oben passiert ist.«

»Und?« Er sah auf die Uhr, zu lange sollte er nicht fernbleiben.

»Sie haben sich gestritten, Lisa-Maria wollte, dass Vanessa Robert in Ruhe lässt. Die Kraut hat herablassend reagiert und ihr sogar die Halskette gezeigt, die sie angeblich von Robert bekommen hat. Lisa-Maria hat im Zorn die Kette abgerissen und auf den Boden geworfen.«

»Das ist die Kette, die Markus Weber mir abluchsen wollte?«

»Ja. Vanessa ist vor Lisa-Maria um den Felsen geflüchtet, dort haben sie zu rangeln begonnen. Dabei ist Vanessas Handtasche – du erinnerst dich an den kleinen Rucksack? – aufgesprungen und der Inhalt ins Gras gekippt. Sie hat hysterisch gekreischt, es hat ja in Strömen geregnet, hat auf den Boden gekniet und angefangen, alles einzusammeln.«

Auf dem Boden.

»Dann könnte Lisa-Maria doch die Mörderin sein? Wir wissen, dass Vanessa durch einen Schlag auf den Hinterkopf gestorben ist.«

»Die Kraut hat eine Menge Drohungen ausgestoßen, von wegen, sie würde Lisa-Maria anzeigen und sie würde keinen Fuß mehr in die Redaktion setzen können. Die ist dann weggerannt, hat sich nicht umgesehen. Für mich war glaubhaft, was sie erzählt hat. Ich traue ihr nicht zu, dass sie sich einen Ast gesucht und auf die Kraut eingeschlagen hat. Sondern vielmehr, dass der Mörder der ominöse angebliche Informant gewesen sein muss.«

»Vanessa Kraut krabbelt auf dem Boden herum und sammelt ihre Sachen ein. Für den Mörder die ideale Position. Da muss die Weiler doch was gesehen oder gehört haben. Ist ihr niemand entgegengekommen?«

»Nein. Entweder ist der Mörder später gekommen oder er hat sich hinter dem Felsen versteckt.«

»Der große Unbekannte?«

»Ich weiß, Toni, das klingt eigenartig, aber ich halte sie nicht für den Typ kalt berechnende Mörderin. Es wäre möglich, wenn Vanessa Kraut durch einen Sturz gestorben wäre, durch einen Stoß und unglücklich gestürzt, eine Affekthandlung. Aber das hat Erpel ausgeschlossen, das heißt, sie wurde gezielt durch einen Schlag auf den Kopf getötet. Das traue ich der Weiler einfach nicht zu.«

Er erinnerte sich an das junge Mädchen mit dem Zuviel an Make-up. »Ich auch nicht.«

»Vielleicht hätte ich es eher in Betracht gezogen, wären jetzt die anderen Morde nicht passiert«, sprach Cindy weiter.

»Die keinen Zusammenhang haben müssen.«

»Mensch, Toni! Fischbach, ein kleiner Ort, eine ruhige Gegend. Kaum zu glauben, dass da mehrere Mörder am Werk sind.«

»Doch, davon bin ich mittlerweile überzeugt. Die Morde tragen alle eine andere Handschrift. Vanessa Kraut wurde erschlagen, Reinbacher vergiftet und erschossen, und Paul erhängt. Das heißt aber nicht, dass die Mörder nicht irgendwie zusammengehören und voneinander wissen.«

Cindy schwieg ein paar Sekunden, schien zu überlegen, ehe sie antwortete. »Begonnen hat alles mit den Todesfällen im Kurheim. Langsam glaube ich ebenfalls, dass da mehrere drinstecken.«

»Cindy, hat deine Turngruppe was gehört? Findet die Feier statt?«

»Wir haben keine Absage bekommen.«

Toni sah auf die Uhr. »Ich muss zurück. Bleibt am Ball.«

»Ich bitte Sie alle um Verständnis, dass die große Jubiläumsfeier morgen trotzdem stattfinden muss«, Schwarz knetete während des Sprechens seine Hände. »Mir ist bewusst, dass dies manchen von Ihnen pietätlos vorkommen mag, aber das Fest wurde mit enormem Aufwand und Kosten geplant. Würden wir es absagen, wäre die Zukunft des Schwarz-Vital-Naturheilzentrums in Gefahr. Wir werden selbstverständlich in einer Gedenkminute die Toten gebührend würdigen.«

Es war totenstill. Die Anwesenden schienen geschockt oder es war ihnen egal. Toni selbst wusste nicht, was er davon halten sollte. Er brachte ein gewisses Maß an Verständnis auf, so eine Riesenfeier trotz allem durchzuziehen, es fühlte sich dennoch falsch an. Das Schweigen nützte Schwarz aus, um gleich weiterzureden.

»Wir vom Personal sind tief erschüttert über den kürzlichen Tod von Paul Hermann.« Victor Schwarz saß auf einem der Stühle, die in einem Kreis angeordnet waren. Toni hasste diese Gesprächsrunden, von denen er schon ein paar hatte mitmachen müssen, und hätte sich gewiss davor gedrückt, wenn er nicht hoffte,

Anhaltspunkte für den Mord zu finden. Es waren fünfzehn Kurgäste erschienen, sowie Schwester Lena, Oberschwester Ingrid und Frau Dr. Hartmann. »Die Polizei hat festgestellt, dass Paul ermordet wurde. Auch wenn mir das unbegreiflich scheint, so müssen wir den Fachleuten glauben.« Er schwieg kurz, alle Blicke waren auf ihn gerichtet.

»Wer war es?« Claudia sah sich im Kreis um. »Einer von uns muss es gewesen sein. Jemand, der stark genug war, den bedauernswerten Paul hochzuheben.«

»Was unterstellst du uns da?« Rene hob beide Arme in die Höhe. Das Gesicht des behäbigen Glatzkopfs war knallrot angelaufen. »Weshalb sollte einer von uns hier Paul umbringen? Ich kannte ihn ja kaum. Überhaupt, was wäre das Motiv?«

»Nur mit der Ruhe.« Schwarz stand auf und trat in die Mitte. »Niemand wird hier verdächtigt. Wir sind hier zusammengekommen, um über Herrn Hermanns Tod zu sprechen, denn ich kann mir vorstellen, in welchem Ausmaß Sie das belastet. Wie haben Sie alle Herrn Hermann erlebt und was denken Sie über seine Ermordung? Ich möchte, dass jede Person hier zu Wort kommt und frei spricht, was sie bedrückt. Machen Sie den Anfang, Herr Moser?« Der Chefarzt deutete unmissverständlich auf Toni.

Der seufzte innerlich. Zumindest hatte er ein wenig Zeit, bis Schwarz sich wieder auf seinen Platz gesetzt hatte.

»Paul und ich haben uns gut verstanden.« Toni verspürte Wehmut bei seinen Worten, sprach jedoch gleich weiter, da alle ihn erwartungsvoll ansahen. »Wir haben bei den Mahlzeiten am selben Tisch gesessen, haben uns immer bestens unterhalten«, er sah zu Claudia und Josefa, die beide nickten, »und einiges von unserer Freizeit miteinander verbracht. Er war ein leidenschaftlicher Kartenspieler. Viele glaubten, er sei dement.« Er sah Oberschwester Ingrid an, die seinem Blick auswich. »Er hat sich zeitweise verfolgt gefühlt, von Nichten gesprochen, die bereits Jahre zuvor verstorben waren. Nun frage ich mich, ob er nicht recht hatte. Hat ihn tatsächlich jemand bedroht? Ihm Angst gemacht? Und wer erbt nun sein Vermögen?«

»Ja, das ist vielleicht der Mörder«, rief Claudia aus. »Wer ist der Erbe?« Sie sah zu Schwarz, der mit den Schultern zuckte.

»Ich habe keine Ahnung, wer erbt. Woher soll ich das wissen?« Er klang fast ein wenig ungehalten. »Hoffentlich findet das die Polizei heraus. Danke für Ihre Worte, Herr Moser. Möchten Sie weitermachen, Frau Lüthi?«

»Ich habe ihn gemocht, sogar sehr. Er war ein liebenswerter alter Herr, da könnte sich mein Hans-Ruedi eine Scheibe von abschneiden. Am Abend ...«

Toni beobachtete jeden Einzelnen der Gruppe. Schwarz hatte sich zurückgelehnt, schien aber aufmerksam zuzuhören. So viel Empathie hätte er dem Chefarzt gar nicht zugetraut. Auch Schwester Lena war bei der Sache, die Oberschwester hingegen hatte die Arme verschränkt und wirkte abwesend.

Zum Glück hielten sich die meisten kurz, sprachen über Paul und das eine oder andere Erlebnis. Dennoch war es fast elf, als Schwarz die Versammlung endlich auflöste und allen nahelegte, heute die doppelte Portion Tee zu trinken, um besser schlafen zu können.

Toni wusste ja warum.

Die meisten gingen hinaus, die Tür stand offen, auch Schwarz war bereits gegangen.

Aus einer Laune heraus half Toni mit, die Stühle zur Seite zu räumen, als Leon Unterberger hereinkam und direkt zur Oberschwester trabte. Die packte ihn am Arm, zog ihn hinaus und redete auf ihn ein. Leider konnte Toni kein Wort verstehen.

»Ist Herr Unterberger ein Bekannter von Schwester Ingrid?«, fragte er Schwester Lena, die den letzten Stuhl auf den Stapel hob.

Sie lachte. »Kann man so sagen. Er ist ihr Sohn.«

»Ihr Sohn?« Das überraschte Toni. Die hagere Schwester und der Kleiderschrank von Kerl?

»Ja. Er ist ein wenig zurückgeblieben, offenbar hatte er bei der Geburt keinen Sauerstoff bekommen oder so«, erklärte Lena. »Genau weiß ich es nicht, nur was halt gemunkelt wird. Er arbeitet in der Küche.«

»Ja, das habe ich mitbekommen.« Toni starrte Lena an, ohne sie zu sehen. In seinem Gehirn klickten gleich mehrere Schalter. »Na klar«, murmelte er.

»Wie bitte?«

Er konzentrierte sich wieder auf die Frau vor ihm. »Jetzt ist mir klar, weshalb ich die beiden so oft miteinander gesehen habe«, sagte er rasch. »Gute Nacht.«

Die Oberschwester und ihr Sohn! Langsam stieg er die Treppen hoch. Sie waren die ganze Zeit auf der falschen Fährte gewesen. Er erreichte den ersten Stock und sah Licht im Zimmer von Schwester Ingrid.

Ohne lange zu überlegen, klopfte er und trat gleich darauf ein. Die Schwester saß an ihrem Schreibtisch. »Kann ich noch etwas für Sie tun, Herr Moser? Es ist schon spät.« Sie klang höflich, dennoch mit einem wenig erfreuten Tonfall.

»Ich habe herausgefunden, dass Leon Ihr Sohn ist.«

»Ja, und? Was ist daran so ungewöhnlich, dass Sie spätabends in mein Zimmer kommen?«

»Ein kräftiger Bursche.«

Sie runzelte die Stirn, presste die Lippen zusammen, schwieg jedoch.

»Stark genug, um einen Mann hochzuheben.«

»Was wollen Sie damit andeuten?«

»Dass er Paul Hermann ermordet hat. Mit Ihrer Hilfe?«

Die Oberschwester sprang auf. »Was soll der Unsinn! Verlassen Sie sofort mein Büro.«

»Nein. Ich habe lange überlegt, wer hier im Kurheim kräftig genug sein könnte, einen Mann hochzuheben und zu erhängen.«

»Und weil mein Leon zufällig stark ist, verdächtigen Sie ihn? Und mich gleich mit?« Sie kam um den Schreibtisch herum und baute sich vor ihm auf. Sie war groß genug, um ihm auf Augenhöhe zu begegnen. »Am besten, Sie gehen jetzt in Ihr Bett. Offenbar hat Paul Hermanns Verrücktheit auf Sie abgefärbt.«

»Ah, war er verrückt? Nicht mehr dement?«

»Er war dement.«

»Ich will Ihnen sagen, wie es war. Paul Hermann war der Freund der verstorbenen Hildegard Pototschnigg. Er hat die Journalistin Vanessa Kraut informiert, dass er nicht an ihren natürlichen Tod glaubte. Doch als Frau Kraut stirbt, ist er selbst hergekommen. Er hat Sie mit ein paar Dingen konfrontiert, die für Sie unangenehm waren. Daher haben Sie überall herumerzählt, er sei dement, während Sie ihn bereits – und das wusste er – zum Tode verurteilt haben.«

»Sie fantasieren!« Ihre Stimme klang fest, doch Toni entgingen weder das leichte Zittern noch die fehlende Farbe auf den Wangen.

»Ich dachte, Schwarz hätte etwas mit den zahlreichen Todesfällen hier zu tun, aber Sie als Schwester haben natürlich auch Zugriff.«

»Victor! Dieser selbstverliebte Affe, der seine Hose nicht zubehalten kann. Mit jeder hier hat er rumgemacht, die nicht bei drei auf dem Baum war. Geschieht ihm recht, dass er nun auf Frauen gestoßen ist, die es ihm gleichtun.«

»Wie Vanessa Kraut?«

»Diese Schlampe! Hab gleich gemerkt, dass mit der was nicht stimmt. Überall hat sie herumgeschnüffelt, statt zu putzen.«

»Haben Sie sie deswegen erschlagen?«

Sie runzelte die Stirn und setzte sich auf die Kante des Schreibtischs. »Nein. Sie war nur eine harmlose Nummer, hatte keinen Durchblick. Dazu war sie nicht clever genug. Außerdem war ich zur Tatzeit bei der Besprechung, erinnern Sie sich?«

»Wer war es dann?«

»Weiß ich nicht und ist mir egal.«

»Und Reinbacher?«

»Er war ein Idiot. Den habe ich ebenso nicht auf dem Gewissen, ich habe nicht einmal eine Waffe. Bei ihm vermute ich, dass es Victor war. Helmut hatte ihn irgendwie in der Hand, sonst hätte er dem alten Saufkopf längst gekündigt, anstatt seine Hand über ihn zu halten. Stattdessen hat er ein üppiges Gehalt gekriegt. Wobei er das Geld ohnehin nur versoffen und verzockt hat.«

»Selbst wenn Sie in diesen beiden Mordfällen unschuldig sein sollten, so bleiben die Kurgäste, die angeblich an Herzversagen verstorben sind.«

»Es waren Ekel, allesamt. Ihre Angehörigen haben mir ihr Leid geklagt. Steinreiche Widerlinge, die alle tyrannisiert und kurzgehalten haben. Niemand hat sie betrauert, das kann ich Ihnen versichern.«

»Sie haben mit den Angehörigen gemeinsame Sache gemacht?« In Tonis Hirn rückte ein Mosaiksteinchen an seinen Platz. »Und Doktor Heppichler war mit von der Partie.«

»Ja, seine Frau hatte ALS, er ist mit ihr nach Frankreich, da hat ein Arzt mit einer neuartigen Therapie geworben. Sie wurde dort behandelt. Hat auch funktioniert, zuerst. Sie ist nach vier Jahren trotzdem gestorben. Und er ist bald darauf in Pension gegangen. Erst war es einfach, er ist nach Teneriffa gezogen.«

»Dort hatte er einen Unfall, der keiner war.«

»Er hatte Heimweh, der alte Trottel, hat von Rückkehr gefaselt. Und er hatte urplötzlich ein schlechtes Gewissen. Wollte reinen Tisch machen, das konnten wir doch nicht zulassen. Damit hätte er uns alle ans Messer geliefert. Deswegen haben wir uns darum gekümmert. Er ist bedauerlicherweise von den Klippen gestürzt. Ein alter Mann sollte eben nicht dort spazieren gehen.«

»Wer ist *wir*?«

Die Oberschwester grinste. »Das würden Sie wohl gern wissen?«

»Schwarz?«

»Der Lustmolch, der es mit jeder treibt?«

»Auch mit Ihnen?«

Sie presste kurz ihre Lippen zusammen, dann nickte sie. »Tut nichts zur Sache.«

»Was ist mit Paul?«

»Wie schon erwähnt, ein Kollateralschaden. Die Kraut muss mich in Verdacht gehabt haben. Nur so ist zu erklären, dass er mich förmlich verfolgt hat. Beweisen konnte er nichts. Er hat die Pototschnigg auf einer Reise kennengelernt und sich mit ihr angefreundet. Das wussten wir nicht, ich kannte nur ihren Enkel Linus, der hat sie mal besucht. Wir waren uns sofort einig.«

Toni musste kurz Luft holen angesichts dieser Gefühlskälte. »Sind Sie stets gleich mit der potenziellen Kundschaft ins Geschäft gekommen?«

»Nicht immer. Aber ich habe genug Erfahrung und Einfühlungsvermögen, um zu erkennen, wer über Leichen gehen würde.«

Diese Frau von Einfühlungsvermögen sprechen zu hören, drehte ihm fast den Magen um.

»Und Doktor Heppichler hat jedes Mal Herzversagen diagnostiziert und auf eine Obduktion verzichtet.«

»Natürlich auf Wunsch der Angehörigen.« Sie verzog das Gesicht. »Herr Moser, Sie hätten Ihre Nase nicht so tief hineinstecken sollen. Sie wissen, dass wir Sie nicht leben lassen können.«

Als Toni den Luftzug spürte, war es zu spät. Er wurde von hinten gepackt und sein Körper fand sich in Leon Unterbergers fester Umklammerung. Woher war der so plötzlich gekommen?

Er brüllte kurz auf, doch Ingrid hatte bereits ein Stück Paketband in den Fingern, das sie ihm geschickt über den Mund klebte und über die Kopfstütze des Stuhls weiterzog. Damit wurde sein Kopf komplett bewegungsunfähig. Danach war es ein Leichtes, auch seine Hände und Füße zu verkleben.

Toni verfluchte sich innerlich. Wie hatte er so unvorsichtig sein können? Seine Befreiungsversuche gingen ins Leere, zudem hatte er das Gefühl, zu wenig Luft zu bekommen, denn das Klebeband reichte die halbe Nase hinauf.

»Was machen wir mit ihm?« Leon hatte eine hohe Stimme für seine riesenhafte Statur. »So wie mit dem alten Mann?«

Toni lief es eiskalt den Rücken hinunter. Er meinte Paul.

»Nein, nein, so viel Aufwand braucht es nicht. Wir bringen ihn zur Kapelle in den Bunker«, erklärte Ingrid Keller mit einem bösartigen Grinsen. »Da findet ihn niemand und wir ersparen uns, dass wir uns weiter mit ihm abgeben müssen.«

War das die kleine Kapelle im Wald? Aber wo war dort ein Bunker?

»Ist er dann auch tot?« Leon klang eifrig.

»Mausetot.«

Die Oberschwester legte ihr Handy neben sich und setzte sich an den Schreibtisch. »Sie werden jetzt für Ihre Tochter eine Ansage auf Band sprechen, wortwörtlich. Davon abzuweichen, wird Ihnen nichts bringen.« Sie zog ein Blatt Papier zu sich und schrieb ein paar Worte darauf. »Denn sollten Sie vom Text abweichen, wiederholen wir die Aufnahme, solange bis es passt.«

Toni schüttelte den Kopf, der Druck auf seinen Körper wurde stärker.

Ingrid Keller stand auf, wandte sich um und hantierte mit dem Rücken zu ihm auf der Ablage vor dem Fenster. »Ich werde Sie schon überzeugen.« Sie drehte sich erneut um. Zuerst sah Toni nur das hämische Lächeln im Gesicht, doch dann wanderte sein Blick auf die aufgezogene Spritze in ihrer Hand. Langsam trat sie auf ihn zu. Die Nadel glänzte im Licht.

Toni hasste Spritzen fast ebenso wie Aufzüge.

Kapitel 28

»Ich kann Toni nicht erreichen.« Cindy spürte, dass irgendetwas nicht stimmte. Gestern Abend nach der Gesprächsrunde hatte er nicht angerufen, das hatte sie nicht erwartet. Der Morgen verging, es war kurz vor elf. Cindy hatte ihr Handy extra direkt neben sich liegen. Sie landete immer nur bei der Mailbox. »Toni, bitte melde dich. Ich mache mir Sorgen«, sprach sie mehrmals darauf.

»Wird nichts nützen«, erklärte Franz. »Das ist so ähnlich, wie wenn du einen Knopf beim Aufzug mehrfach drückst, deswegen kommt er auch nicht schneller.«

»Verdammt, das weiß ich.« Cindy fuhr sich durch die Haare, dabei streifte sie das Haargummi ab. »Ich fühle, dass er in Gefahr ist.«

»Wann habt ihr euren Auftritt?«

»Am Nachmittag, vier oder fünf Uhr.« Sie schüttelte den Kopf. »Dann kann es zu spät sein.«

»Probiere es mal bei der Rezeption. Du bist schließlich seine Tochter.«

»Klar.« Sie tippte sich an die Stirn. Auf das Naheliegende war sie nicht gekommen. Rasch wählte sie die Nummer des Naturheilzentrums. »Könnte ich bitte meinen Vater, Herrn Moser sprechen?«

»Tut mir leid, er ist in einer Therapie.«

»Können Sie ihn nicht ausnahmsweise herausholen? Es wäre wahnsinnig dringend. Sagen Sie ihm, es geht um Tante Anneliese.«

»Ich sehe mal auf dem Plan nach, wo er ist.«

»Das wäre wirklich nett.« Cindy hoffte inständig, dass nur Tonis Handy kaputt oder der Akku leer war oder dass es sonst irgendeinen harmlosen Grund gab. Cindy hörte Musik, er hatte sie auf eine Warteschleife gelegt. »Atemlos« von Helene Fischer, meine Güte, sie hatte jetzt keinen Nerv für Schlager.

»Tut mir leid, die Oberschwester lässt ausrichten, dass er beim Nordic Walking ist. Ich notiere mir, dass er Sie anruft, sobald die Gruppe zurück ist.«

»Hat der Leiter kein Handy dabei? Könnten Sie nicht versuchen, ihn zu erreichen?« Cindys Stimme kippte fast, sie musste sich zusammenreißen.

»Er hat ein Handy, falls ein Notfall eintritt und jemandem aus der Gruppe was passiert. Aber er hat Anweisung, es auf lautlos zu stellen, also nein, das klappt nicht. Machen Sie sich keine Sorgen, in zwei Stunden sind sie zurück.«

»Zwei Stunden?«

Cindy hörte Stimmen im Hintergrund und kurz darauf war der Rezeptionist wieder zu hören. »Ich muss jetzt Schluss machen, ich richte es aus.«

Sie wollte Werdenhammer anrufen, doch seine Sekretärin sagte, er komme heute direkt zum Gericht und erst ab ein Uhr ins Büro.

»Da stimmt irgendwas einfach nicht!« Zum ersten Mal fühlte sich Cindy überfordert. Was war Toni passiert? In welches Wespennest war er gestoßen? »Denkst du, sie haben …« Sie befeuchtete ihre Lippen und brachte das Wort nicht heraus.

»Jetzt mal nicht den Teufel an die Wand.« Franz stand auf und legte den Arm um sie. »Toni ist wie eine Katze, fällt immer auf die Füße. Vielleicht stimmt es ja mit der Nordic Walking Tour.«

»Es findet bestimmt eine Tour statt, aber ich bezweifle, dass Toni dabei ist. Er hätte einen Weg gefunden, mit uns zu telefonieren, wenn sein Handy kaputt ist oder so.«

»Wir könnten das Kurheim stürmen und alles durchsuchen.«

»Womöglich ist es wirklich harmlos, auf ein bloßes Gefühl hin, kann ich nicht das Einsatzkommando losschicken.« Sie nahm erneut ihr Handy und wählte Veits Nummer. »Veit, Toni ist verschwunden.« Eine Begrüßung sparte sie sich.

»Bist du sicher?«

»Er hat sich seit gestern Abend nicht mehr gemeldet.«

»Wann genau hast du das letzte Mal mit ihm gesprochen?«

»Ungefähr um sieben Uhr. Er wollte zu einer Gruppenstunde, die der Chefarzt einberufen hat, um den Tod von Paul Hermann aufzuarbeiten.«

»Dann ist es bestimmt spät geworden.«

»Er hätte trotzdem angerufen, spätestens heute. Jetzt ist er angeblich mit seiner Nordic-Walking-Gruppe weg, ich erreiche nur die Mailbox.«

»Möchtest du, dass Anna und ich hinfahren?«

»Ja. Findet einen Vorwand, dass er noch einmal aussagen muss oder so.«

»Kein Problem. Wir fahren sofort.«

»Danke.« Cindy ließ sich auf den Stuhl hinter ihrem Schreibtisch fallen. »Ich hoffe, dass mich mein Gefühl täuscht. Das Ganze war zu schlecht organisiert. Undercover! Wir sind nicht der Geheimdienst.«

»Bestimmt meldet er sich bald.« Franz' Worte sollten tröstend klingen, doch sie klangen halbherzig. »Ich glaub es nicht!« Franz sprang auf und sah zu Cindy. »Paul Hermann war bei Vanessa Kraut.«

»Woher weißt du das jetzt?«

»Ich habe eine E-Mail von Roland Petrovic im Posteingang. Er schreibt, dass Paul Hermann auf der Besucherliste des Medienhauses steht.«

»Auf einmal?«

»Zuerst wollten sie die Liste ja nicht herausgeben.«

»Sonst noch was?«

»Nein. Er war zwei Stunden da, das war im Juli. Das ist ein paar Wochen vor dem Undercover-Einsatz.«

»Wir haben es ohnehin vermutet.« Cindy seufzte. »Verdammt, Toni, melde dich.«

War Toni unvorsichtig gewesen? Hatte er etwas herausgefunden und der Mörder hatte kurzen Prozess gemacht und ...

Ja was? Ihn ruhiggestellt? Eingesperrt? Getötet? So wie die Kraut? Cindy fröstelte, trotz der sommerlichen Temperaturen.

»Scheiße. Hoffentlich stimmt das mit dem Nordic Walking.«

Franz nickte nur. »Cindy, wir müssen zu Werdenhammer.«

»Eine offizielle Durchsuchung wird möglicherweise nichts ergeben.« War Toni schon tot? Mussten sie nach seiner Leiche suchen?

Nein, das glaubte sie nicht. Bei der groß angelegten Jubiläumsfeier eine Leiche verschwinden zu lassen, das konnte sie sich nicht vorstellen. Toni musste noch leben.

Oder seine Leiche irgendwo versteckt sein.

Nein, diesen Gedanken schob sie von sich. Toni war nicht tot, sie durften nicht zu spät kommen.

Bei Nik waren sie damals zu spät, meldete sich eine Stimme in ihr. Sie dachte nicht mehr so oft an den jungen Kollegen, der so grausam ermordet worden war, wie unmittelbar nach dem Geschehen, doch manchmal sah sie die Bilder heute noch vor sich.

Nein, nicht Toni!

Kurz entschlossen rief sie David an. »Du musst die Nummer umstellen, ohne mich.«

»Wie bitte? Wie stellst du dir das vor? Du bist eine Schlüsselfigur.«

»Das Publikum wird es nicht merken. Franz und ich müssen das Zentrum durchsuchen.«

»Warum das?«

»Toni ist verschwunden.«

»Heilige Scheiße.« Sie hörte etwas zu Boden fallen.

»David?«

»War nur mein Becher, nichts passiert. Ihr denkt, dass er irgendwo – eingesperrt ist?« Die Pause vor dem Wort »eingesperrt« war deutlich.

Sie musste sich beherrschen, um nicht zu heulen.

»Ja. Es wäre zu auffällig, eine Leiche während des Festivals hinauszutragen.« Das bedeutete nicht, dass man eine Leiche nicht kurzfristig irgendwo verstecken konnte.

Energisch schob sie den Gedanken von sich.

»Es sind viele Menschen da, Journalisten und sonstige Besucher. Der Landeshauptmann wird erwartet.« Cindy hoffte, dass sie sich nicht irrte.

»David, stell was um. Wenn ich krank wäre, müsstest du das auch.«

»Ja.« Kurz und bündig, auf David war Verlass.

»Danke.« Sie wollte das Gespräch beenden, da hörte sie ihn rufen.

»Cindy, Moment!«

»Ja?«

»Ist es gefährlich für die Gruppe? Wir haben Kinder dabei, wie du weißt.«

»Ja. Nein, meine ich.« Zumindest hoffte sie das. »Bis später.«

Cindy legte ihr Handy ab und fing einen Blick von Franz auf. »Was?«

»Angenommen es stecken mehr Personen drin, es gibt mehrere Mörder, wovon wir nun fast ausgehen, in dem Fall sind die Zivilpersonen sehr wohl in Gefahr.«

»Ja, sind sie.« Sie spürte einen Kloß im Hals. »Aber es ist Tonis einzige Chance. Wenn wir das Festival absagen, dann ...«

»... könnten wir das Haus stürmen und nach Toni suchen.«

»Wir würden ihn nicht finden. Das Haus ist ein Altbau und hat viele Winkel, Gänge, Geheimräume. Wir haben keine Chance.«

Werdenhammers Schnurrbart zitterte, Cindy erlebte den toughen Staatsanwalt zum ersten Mal nervös. »Wie lange hat sich Toni nicht gemeldet?«

»Gestern Abend zum letzten Mal.« Cindy sah Werdenhammer direkt an. »Das hat er nie gemacht, wir haben vereinbart, dass er sich zweimal täglich meldet.«

»Und er war nicht bei dieser Nordic-Walking-Gruppe?«

»Nein. Die Oberschwester meinte, er sei allein spazieren gegangen. Dies habe er öfter getan. Das stimmt auch, nur heute ist ein Therapietag und er würde die Therapien nicht schwänzen. Seine Tarnung als Kurgast hat er ernst genommen.«

»Was ist mit Hödl und Steiner? Sie haben die beiden doch hingeschickt?«

»Man hat ihnen gesagt, Toni sei auf einer Wanderung, sie sollten in ein paar Stunden wiederkommen.«

»Dann müssen wir rasch handeln. Ihr Plan mit dem Auftritt der Turngruppe ist gut.« Werdenhammer griff zum Telefon. »Sie fahren hin mit der Gruppe und tun so, als gehörten Sie dazu.«

»Cindy gehört doch dazu«, rief Franz aus. Sie stieß ihn in die Seite.

»Ich schicke Ihnen die Kavallerie nach.«

Cindy wartete nicht länger. »Los, der Bus mit der Gruppe fährt in dreißig Minuten vom Bahnhof weg. Wir müssten uns beeilen.«

»Du willst mit dem Bus fahren?«

»Nein, sie sollen uns in Fischbach aufgabeln.«

Eine Stunde später erreichten sie Fischbach und Franz parkte den Wagen auf dem Parkplatz des Dorfhotels.

»Wo bleibt der Bus?« Franz trat von einem Bein aufs andere. »Es wird schon dämmrig.«

»Übertreib mal nicht. Es ist erst halb vier und dunkler, weil es bewölkt ist.« In Cindys Innerem sah es anders aus. In diesem Moment klingelte ihr Handy.

Toni!

»Liesl, mach dir keine Sorgen«, flüsterte es aus dem Handy. »Ich habe eine spezielle Schweigetherapie, habe vergessen, dir das zu sagen. Ich darf bis morgen nicht kommunizieren. Das reinigt den Geist.«

»Wie bitte? Was bedeutet das?« Im letzten Moment fügte sie »Papa« hinzu. So verhielt sich Toni doch nicht?

»Das ist ein spezielles Programm.« Es klickte.

»Was ist mit dem Fest?«, rief Cindy, die Verbindung war unterbrochen.

Da stimmte was nicht!

Kurz überflutete sie Freude. Toni war am Leben. Doch gleich darauf zitterte sie. Er war in Gefahr, wurde irgendwo eingesperrt und womöglich war das die letzte Nachricht, die er hatte absetzen können. Weshalb nannte er sie Liesl? Sie hatten Susi ausgemacht. Schweigetherapie? Quatsch! Warum hatte er so rasch aufgelegt?

In diesem Moment bog der Bus um die Kurve.

»Sag schon, was ist passiert?« Richtig, Franz hatte ja nichts hören können!

»Toni hat sich gemeldet.« Sie wiederholte seine Worte.

»Sollen wir die Aktion abblasen?«

»Nein.« Cindy spürte den Kloß im Hals, doch dann riss sie sich am Riemen und fasste das Gespräch kurz zusammen. »Die haben eine Veranstaltung, da machen sie natürlich keinen Workshop. Es war ein Tonband, verdammt.« Sie war den Tränen noch nie so nahe gewesen, ohne weinen zu dürfen. »Und was bedeutet Liesl?«

»Keine Ahnung.«

Der Bus stand bereits und David sprang heraus. »Was ist los, warum steigt ihr nicht ein? Näher kann der Chauffeur nicht hinfahren.«

Cindy und Franz eilten die paar Meter hinüber. Sie setzten sich in die vorderste Reihe. »Was ist passiert?« Natürlich merkte David sofort, was mit ihr los war. Dazu kannten sie sich schon zu gut.

»Toni steckt tief in der Scheiße«, murmelte sie. »Und ich weiß nicht, ob wir rechtzeitig kommen.«

»Cindy, wir schaffen das!« Franz bemühte sich sichtlich um einen zuversichtlichen Tonfall, was ihm jedoch leider misslang. Sie las ihm vom Gesicht ab, dass er an Nik dachte.

Auch ihn hatte der Tod des Kollegen vor zwei Jahren mitgenommen. David hatte Cindy geholfen, darüber hinwegzukommen. Doch nun war es plötzlich, als wäre es gestern passiert.

Bei Nik waren sie zu spät gekommen, das durfte nun auf keinen Fall passieren.

Sie erreichten das Kurzentrum, das bereits mit zahlreichen Fähnchengirlanden geschmückt war. Daniel Titz eilte heraus. »Sie können nicht hier stehen bleiben!« Er gestikulierte mit seinen Händen. »Das ist nur die Anfahrt. Der Parkplatz ist, wenn Sie hier nach rechts fahren.«

»Wir haben Turngeräte auszuladen«, erklärte David. »Danach fährt der Bus sofort zum Parkplatz.«

»Nun gut, aber machen Sie schnell.« Titz eilte wieder zurück.

»Der ist vielleicht schlecht drauf«, meine Danuta, die Tanzchoreografin, die schon auf dem Weg zum Anhänger war. Die Gruppe war es gewohnt, die Matten und sonstigen Utensilien selbst hineinzutragen.

David wandte sich an Cindy. »Weißt du, wo wir hinmüssen?«

»Ich schätze, der Bürstenkopf da drin wird es uns sagen.« Am liebsten hätte sie sich sofort auf die Suche nach Toni gemacht. Brachte jede Minute ihn dem Tod näher?

Sie trugen die Matten durchs Foyer und gelangten in den geräumigen Festsaal.

»Wow!« Danuta blieb stehen. »Manche Gemeinden wären froh, wenn sie so einen großen Veranstaltungssaal hätten.«

»Was für eine Riesenbühne!« Olivia, mit neun Jahren die Jüngste unter den Turnerinnen, sprang begeistert die Treppe hinauf.

»Scheint wirklich genug Platz zu sein.« David dirigierte das Team. Unverzüglich wurden die Matten ausgerollt. Cindy legte ihre Handtasche auf einen der Tische und sprang auf die Bühne. Sie und David halfen mit, die Matten geradezurücken. Danach sah sie sich im Saal um, die Tische waren gedeckt und mit Blumen dekoriert. Eine umkränzte Zehn hing groß über der Bühne, ein Rednerpult stand bereit.

Franz trat hinzu. »Werdenhammer hat sich gemeldet.« Er hob sein Handy hoch. »Du hast nicht abgenommen.«

»Shit.« Sie sah zu ihrer Handtasche. »Was gibt's?«

»Er hat mit Machacek gesprochen, es klappt alles. Sie warten auf deinen Einsatzbefehl.«

»O Mann!« Sie hatte nie zuvor einen dermaßen großen Einsatz geleitet. Es hing so viel davon ab. Sie spürte plötzlich Davids Arm um ihre Schultern. »Du schaffst das. Und wir rocken die Bühne. Ich habe im Bus mit Danuta gesprochen, welche Teile wir doppelt machen, da deine Akrobatik ausfällt.«

Sie nickte und war ihrem Freund unendlich dankbar. »Wenn wir nur schon anfangen könnten zu suchen.«

»Bald. Sieh mal, die ersten Zuschauerinnen kommen.« Tatsächlich betraten drei ältere Damen den Saal und sahen prüfend über die Tische.

»Wir gehen uns aufwärmen«, sagte David und drückte Cindy kurz.

Immer mehr Besucher strömten herein, so gelang es Cindy und Franz, sich dazuzumischen und langsam in die Gegenrichtung zu bewegen.

»Wenn mir Toni gesagt hätte, wem er auf die Füße tritt.«

»Denkst du, seine Tarnung ist aufgeflogen?« Franz kratzte sich am Kopf.

»Das weiß ich nicht. Aber wenn, muss derjenige wissen, dass die Polizei nicht ruhen wird, bis sie ihn gefunden hat.«

»Tot oder lebendig«, murmelte Franz.

Noch nie war sich Cindy dermaßen unsicher gewesen, was sie tun sollte. »Wir gehen mal in sein Zimmer.«

Auch im Foyer herrschte reger Betrieb, der Bürstenkopf war in seinem Element und gestikulierte, wohl um den Weg zu zeigen. Eine Musikkapelle marschierte ein, sie trugen blaue Uniformen. So gelangten sie zur Treppe.

»Weißt du, wo sein Zimmer ist?«

»Ja, das letzte hinten im zweiten Stock hat er gesagt.«

»Dann nichts wie rauf und lassen wir uns nicht von der gestrengen Oberschwester erwischen. Sonst gibt's Stubenarrest mit Einlauf.«

Franz' flache Witze munterten Cindy überraschend auf. Das Zimmer der Oberschwester im ersten Stock war leer, sie gelangten ungesehen in den zweiten.

»Denkst du, er hat uns einen Hinweis hinterlassen?«

»Ich habe keine Ahnung, ob er dazu Zeit hatte.« Sie erreichten seine Zimmertür, natürlich war sie verschlossen. Franz holte sein Mini-Werkzeug heraus. Cindy sah sich um.

Kurze Zeit später standen sie im Zimmer. Das Bett war unbenützt, ohne Zweifel hatte Toni die Nacht nicht hier verbracht. Kein gutes Zeichen.

Sie sahen im Schrank nach, seine Sachen waren ordentlich aufgehängt und gestapelt, ein Sack mit Wäsche stand im Eck. Auch im Badezimmer fanden sie nichts.

»Wo würde Toni etwas verstecken?« Cindy hob die Bettdecke, Franz riss die Matratze hoch. Sie kontrollierten alle Schubladen, dabei war Cindy von Anfang an klar, dass es ein Versteck sein musste. Toni hätte einen Hinweis nicht offen in die Schublade gelegt.

Cindy griff unter das Kopfkissen und hielt kurz darauf Tonis Handy in der Hand. Es war ausgeschaltet.

»Das ist schlecht.« Franz sprach es aus. Cindy schaltete es ein, sie kannte sein Passwort. »Der letzte Anruf geht zu mir, das war, bevor wir in den Bus gestiegen sind. Die Tonbandaufnahme.« Cindy überlegte kurz. »Das bedeutet, jemand muss das Handy hier abgelegt haben.«

Franz hob den Thriller vom Nachttisch und blätterte darin. Ein Post-it-Zettelchen klebte auf einer der Seiten.

»Leon Unterberger, Oberschwester Ingrid, Doktor Hartmann, Heppichler.«

Schweigend reichte Franz den Zettel an Cindy weiter. »Denkst du, das ist ein Hinweis, wen er in Verdacht hatte?«

»Wer ist Leon?«

»Er arbeitet in der Küche, soll behindert sein, aber ein Riegel von einem Mann. Der zerquetscht jeden wie eine Fliege.«

»Horch, die Veranstaltung beginnt.« Von unten war Musik zu hören. Ihr Handy meldete sich. »Veit? Wo seid ihr?«

»Wir haben den Gartenschuppen angesehen und die Hütte, wo der Rasenmäher steht. Leider keine Spur von Toni. Wir machen mit dem Keller weiter.«

Auch das Wort »Hütte« hatte sie bis jetzt nicht weitergebracht.

»In Ordnung, wir gehen in den dritten Stock zu den Untersuchungsräumen und Büros.«

»Sollen wir uns nicht die Oberschwester vornehmen?«, fragte Franz.

»Was sollen wir ihr sagen? Dass ihr Name auf einem Zettel steht?«

»Was machen Sie hier?«

Sie drehten sich um und erstarrten.

»Wer sind Sie?«

Kapitel 29

»Dümmer hättet ihr euch nicht verhalten können?« Sabine Hartmann tippt der Oberschwester direkt in die Seite. Ihr Blick fällt auf Leon, der mit gesenktem Kopf auf einem Stuhl sitzt. »Wo ist er jetzt? Wir haben heute diese Veranstaltung, da steigen zig Leute im Haus herum! Der Landeshauptmann kommt, vermutlich mit Security.«

»Er hat nur eine Tochter und ich habe ihn mit ihr telefonieren lassen.«

»Du hast was? Geht's noch? Dann hat er ihr bestimmt irgendeinen Hinweis gegeben.«

»Nein, das konnte er nicht, ich habe ihn den Text vorlesen lassen.«

Sabine Hartmann lässt sich auf den Stuhl fallen. »Wir waren uns einig, dass es ohne Heppichler nicht weitergehen kann.«

»Sabine, keine Panik. Wir mussten ihn beseitigen, er hat irgendwie erraten, dass wir hinter den Todesfällen stecken. Wie Hermann.«

»Weißt du, was er sonst wem erzählt hat? Du wolltest das mit der Pototschnigg. Weil du zu gierig geworden bist. Heppichler ist nicht mehr da. Und recht habe ich gehabt. Ihretwegen ist erst die Journalistin aufgetaucht, dann dieser alte Mann als Hobby-Möchtegern-

Detektiv hat offenbar einen zweiten angesteckt. Was kommt denn noch?«

»Beruhige dich! Der Moser ist kaltgestellt. Bis jetzt hat niemand nach ihm gefragt.«

»Das kann ja noch kommen.« Sabine Hartmann steht auf und geht zum Fenster. »Da unten ist schon einiges los. Die Leute spazieren überall herum. Was ist, wenn man ihn findet?«

»Keine Chance.«

Sabine dreht sich um, ihr Gesicht ist rot angelaufen. »Verdammt, die Pototschnigg war ein Fehler!« Sabine beugt sich zu Ingrid und tippt zornig mit dem Finger auf sie. »Du hättest warten oder den Hintergrund besser recherchieren sollen.«

»Das konnte doch niemand ahnen! Sie hatte nur den einen Enkel. Linus. Und so viel, wie er uns abgegeben hat, das war zu verführerisch.«

»Er hat dir ihre Bekanntschaft zu Hermann verschwiegen. Der alte Mann hat mächtig Ärger gemacht. Und angeblich gibt's auch eine Nichte von ihr.«

»Ich bin überzeugt, dass Linus von der frisch erwachten Liebe seiner Oma«, sie malte Gänsefüßchen in der Luft, »nichts wusste. Und was seine Tante betrifft, da hat er glaubhaft versichert, dass sie sich nicht grün waren.«

»Der wollte seine Großmutter loswerden. Und wenn das rauskommt, kann er seine Hände in Unschuld waschen, nicht wahr? Den Schuldschein hast du ihm zurückgegeben.«

»Nicht ohne ihn zu fotografieren.« Die Oberschwester verzieht die Lippen zu einem Grinsen. »Denkst du, ich hätte mich nicht abgesichert? Habe ich bei allen so gemacht.«

Kurz ist Sabine still, ehe sie weiterspricht. »Auf jeden Fall hätte das Riesenbaby ihn nicht umbringen müssen, verdammt.«

»Nenn meinen Sohn nicht so.« Der Tonfall der Oberschwester ist scharf.

Sabine beachtet ihren Einwurf nicht und fährt fort. »Und derart dilettantisch! Als Selbstmord wäre das doch nie durchgegangen.« Sie sah zu Leon. »Sag auch etwas! Reden kannst du ja.«

»Mama hat es gesagt.« Der Riese deutet auf Ingrid.

»Mit Doktor Heppichler wäre alles gut gegangen.« Ingrid zuckt mit den Schultern. »War Pech, dass Moser darauf bestanden hat, die Tür zu öffnen.«

»Wann kapierst du endlich, dass Heppichler nicht mehr da ist?« Sabines Stimme schnappt fast über. »Zudem hätte das selbst Heppichler nicht hingekriegt. Schließlich hat schon dieser Laie, dieser Moser, gewusst, dass es Hermann niemals auf einen Stuhl geschafft hätte. Außerdem weiß jedes Kind, dass Selbstmord gemeldet werden muss und auf dem Obduktionstisch landet.«

Nun duckt sich Ingrid und sieht zu Boden.

»Hast du nicht bedacht, was?« Sabine klingt höhnisch. »Wir können froh sein, dass die Schuster bei der Pototschnigg keinen Verdacht geschöpft hat.« Sie räuspert sich. »Einen weiteren Fall darf es nicht mehr geben. Und betet, dass dieser Moser nicht gefunden wird, weder lebendig noch tot.«

Kapitel 30

Ein paar Stunden zuvor

Er war in die Falle getappt. Wie ein Anfänger! Toni ärgerte sich über sich selbst. Was musste er die Oberschwester mit seinem Verdacht konfrontieren? Weil er nicht gedacht hatte, dass die hagere Frau ihm gefährlich werden könnte? Ob Cindy den Hinweis verstanden hatte? Würde sie auf die kleine Kapelle hinter dem Zentrum kommen?

Zumindest war ihm die Betäubung erspart geblieben.

Sie fuhren ihn mit einem Rollstuhl durch den dunklen Waldweg, Hände und Füße mit Klebebändern zusammengebunden. Natürlich war niemand unterwegs, es musste nach Mitternacht sein. Selbst wenn, sie hatten eine Decke über ihn gebreitet und eine Gesichtsmaske über seinem verklebten Mund fixiert. Er konnte nicht um Hilfe rufen. Leon schob ihn tatsächlich in die kleine Kapelle, an den Sitzbänken vorbei bis zum Altar. Hier ging Ingrid zu einer Heiligenfigur am Rand, rückte diese an den Rand und betätigte einen Hebel dahinter.

Der Altar schob sich zur Seite und offenbarte eine steile Treppe. Tonis Zuversicht sank. Konnte sein Team diese geheime Vorrichtung ausfindig machen?

Leon zerschnitt mit einem Messer die Klebebänder an den Füßen.

»Sie können freiwillig hinunterspazieren oder wir helfen nach.« Die Oberschwester tönte scharf und unerbittlich. Er entschloss sich, zu gehen. Unverletzt gab es Hoffnung auf Entkommen, ein gebrochenes Bein verringerte diese Chance. Die Stufen waren extrem steil, er musste aufpassen, nicht zu stürzen. Kurz erwog er, sich einfach auf die Oberschwester, die vor ihm ging, fallen zu lassen. Doch das verwarf er in Sekundenschnelle, denn Leon war hinter ihm. Am Fuß des Abgangs tat sich ein kleiner Raum auf, der an einer schmalen Holztür endete, die mit zwei Eisenriegeln versperrt war. Ingrid öffnete die Tür, trat zur Seite und Leon stieß ihn hinein.

Er stolperte in eine Art Schutzraum, eine schwache Glühbirne spendete Licht. Mehrere Holzpritschen standen im Raum verteilt, es war staubig, voller Spinnweben und kühl.

Zeit, sich länger umzusehen, blieb ihm nicht, er wurde auf eine der Pritschen gestoßen. Leon hielt ihn fest, während die Schwester ihm den Arm abband. Mit aller Kraft bäumte er sich auf, doch der Riese legte sich quer über ihn, sodass er kaum Luft bekam. Im trüben Licht konnte er die Spritze erkennen. Wie hatte er nur so dumm sein können! Der Einstich pikste, kurz darauf wurde es dunkel um ihn.

Der pelzige Geschmack in seinem Mund war lästig und er hätte viel für einen Schluck Wasser gegeben.

Es war totenstill in dem kalten Kellerraum. Toni war froh, dass er gestern seinen Pullover angezogen hatte, sonst würde er erbärmlich frieren. Seine Uhr war beim Aufprall zerbrochen, doch er hatte immer schon ein gutes Zeitgefühl gehabt. Allerdings war er betäubt worden und konnte nicht genau abschätzen, wie lange er im Nirwana gewesen war. Erleichtert registrierte er, dass sie sämtliche Klebebänder entfernt hatten, er sah sie nirgendwo herumliegen. Was war das für ein Schutzraum? Ob man hier früher Leute eingesperrt hatte? Oder war es ein Versteck? Die Glühbirne verbreitete nur trübes Licht, aber sie brannte um Glück. So untersuchte Toni systematisch den Raum, klopfte die Wände ab, suchte nach Ritzen und konzentrierte sich schließlich auf die Holztür. Sie war massiv. Er erinnerte sich an den winzigen Vorraum, von wo aus die steile Treppe hinauf in die Kapelle führte. Selbst mit seiner lautesten Stimme würde ihn vermutlich niemand hören.

Es sah alles andere als gut aus. Toni wusste das. Dennoch gab er die Hoffnung nicht auf.

Verflixt, er brauchte was zu trinken. Er musste sich ablenken. Einiges war ihm klar, aber noch nicht alles. Er setzte sich auf die Pritsche zurück und fasste seine Erkenntnisse zusammen.

Die Oberschwester und ihr Sohn steckten hinter den Todesfällen. Im Auftrag der Angehörigen. Das war ungeheuerlich! Nur wer noch? Doktor Heppichler war ihr Verbündeter gewesen, zusätzlich musste aber auch ein Arzt vom Kurheim den Tod feststellen. Schwarz? Die Hartmann? Weber schied aus, der war zu kurz an der Klinik.

»Ach, Ilse«, sprach er mit seiner verstorbenen Frau, »ich bin wie ein Idiot in die Falle getappt. Kann sein, dass ich schon bald bei dir bin.«

Er sah das Foto seiner Frau vor sich, mit dem er auch zu Hause seine Fälle besprach. »Was meinst du? Schwarz oder Hartmann?«

Er scrollte seine Gedanken noch einmal zum Anfang.

»Paul hat Hildegard Pototschnigg auf einer Reise kennengelernt. Paul, der zwar in guten Verhältnissen lebt, stößt auf die millionenschwere Pototschnigg. Sie verlieben sich, doch sie hat die Kur schon gebucht. Danach will sie zu ihm reisen. Sie stirbt unerwartet und aus irgendeinem Grund beginnt Paul daran zu zweifeln, dass es Herzversagen war. Vermutlich hat er bemerkt, dass sie besser gelaunt ist, sie hat ihm vom Tee erzählt. Hat sie die Verbindung zum Tee gesehen oder erst Paul später? Das werde ich wohl nicht herausfinden. Paul wendet sich an Vanessa Kraut. Vielleicht hat er Artikel von ihr gelesen? Oder er geht einfach blind zu einer Grazer Zeitung, weil er sich davon mehr verspricht als von einer deutschen? Oder war er sogar vorher bei der Polizei und ist nicht erhört worden? Vanessa Kraut glaubt ihm und will eine Story draus machen, schleicht sich undercover ein. Ihr Tod ist für Paul ein Zeichen, dass hier wirklich nicht alles mit rechten Dingen zugeht. Und er kommt ebenfalls hierher.« Toni fährt sich durchs Haar. »Warum ist Paul mit seinem Wissen nicht zur Polizei gegangen?«

Wie viel einfacher wäre es gewesen, hätten sie ihre Erkenntnisse zusammengeworfen! Wäre er doch nur früher dahintergekommen, dass Paul dasselbe suchte wie er: Mörder.

Toni wurde müde und legte sich zurück. Er musste eingenickt sein, denn plötzlich rumpelte es an der Tür und sie wurde aufgerissen.

In der Tür stand Sabine Hartmann, hinter ihm Esra Demir. »Gott sei Dank, Sie leben noch!« Frau Demir stürzte zu ihm hin. »Wie geht es Ihnen? Ich habe mir gleich gedacht, dass die Oberschwester und ihr Sohn nichts Gutes im Sinn haben.«

Welcher Enthusiasmus bei einer Frau, die keine zwei Worte mit ihm wechseln wollte!

»Wie haben Sie mich gefunden?«

Meine Güte, das war knapp. Erleichterung durchflutete Toni, als er sich aufrichtete.

»Ich habe in der Nacht das Büro von Doktor Schwarz geputzt und dabei aus dem Fenster gesehen. Die Oberschwester und Ihr Sohn haben einen Rollstuhl Richtung Kapellenweg gefahren. Das kam mir da schon komisch vor. Es war ja spät, ich putze die Büros und Therapieräume immer am Abend, aber diesmal bin ich nicht dazu gekommen, weil meine Tochter ...« Sie brach ab. »Auf jeden Fall, heute Morgen, als Sie nicht in Ihrem Zimmer waren und das Bett unberührt, dachte ich, dass etwas nicht stimmt. Daher bin ich zur Kapelle gerannt, aber sie war leer.« Sie sprach hektisch und gestikulierte dabei.

Toni stand auf und sah, dass Dr. Hartmann mit verschränkten Armen am Türrahmen lehnte. Sein innerer Alarm dröhnte plötzlich laut. Die Frau wirkte komplett gelassen, obwohl sie in diesem Augenblick einen eingesperrten Kurgast gefunden hatte. Er wollte sprechen, doch seine Zunge fühlte sich dick an, es klappte erst beim dritten Versuch.

»Ich bedanke mich.«

»Danken Sie der Frau Doktor, ich wollte aufgeben und Hilfe holen. Aber sie kannte diesen geheimen

Raum. Ist das nicht unglaublich?« Ehrfürchtig bewundernd sah sich Esra um. »Ich wusste nicht, dass es den gibt.«

»Dann bedanke ich mich auch bei Ihnen, Frau Doktor.« Toni ging zur Tür. Sobald er zu einem Wasserhahn käme, würde er sich dranhängen.

Gott, war er durstig!

»Ja, raus aus diesem Loch. Weshalb hat die Oberschwester Sie eingesperrt? Sie war es doch, nicht wahr?« Frau Demir rang ihre Hände. »Vanessa hatte recht, mein Gott. Ich hätte sie unterstützen müssen. Jetzt wird alles aufgeklärt. Frau Doktor Hartmann hat schon die Polizei angerufen.«

»Bleiben Sie stehen, beide.« Dr. Hartmanns Stimme klang scharf.

Esra erstarrte neben ihm. Er überlegte eine Sekunde lang, ob er Sabine Hartmann anspringen sollte, die Frau war um einiges leichter als er.

Die Waffe in ihrer Hand überzeugte ihn vom Gegenteil.

»Ich muss Sie leider enttäuschen.« Die Oberärztin sprach ruhig. »Ich habe nichts dergleichen getan.« Sie stand mitten in der schmalen Tür und schien nicht gewillt, den Weg freizugeben.

»Wie bitte?« Frau Demir klappte die Kinnlade herunter. »Sie haben doch gesagt ...«

»Tja, manche Dinge sollte man selbst sofort erledigen.« Die Ärztin grinste spöttisch. »Aber Sie waren ja so erpicht darauf, Herrn Mosers Versteck zu finden, dass Sie gar nicht bemerkt haben, mit wem ich telefoniere.«

»Ich habe mir schon gedacht, dass Sie mit drinstecken. Sie oder Schwarz.« Toni sah der Ärztin fest in die

Augen, sie hatten ungefähr die gleiche Größe. »Oder beide?«

»Herr Moser, ich habe Ihnen gesagt, dass es nichts bringt, wenn Sie zu viele Krimis lesen.« Ihre Stimme klang kalt und Toni wusste, dass das alles Mögliche bedeuten konnte, nur nicht seine Rettung. »Schwarz ist ein selbstverliebter Gockel.«

»Vanessa Kraut ist Ihnen also auf die Schliche gekommen?« Er musste die Frau ablenken, möglicherweise bot sich eine Chance, sie zu entwaffnen.

Die Hartmann lachte. »Ach, Herr Moser! Die Kraut hat sich für eine große Investigativjournalistin gehalten. Und die da«, sie wies auf Frau Demir, »hat sich anstecken lassen?« Sie wandte sich jetzt direkt ihr zu. »Sie sind eine Putzfrau. Die Aufgaben einer Putzfrau haben Sie wohl falsch verstanden? Aufräumen, putzen und schweigen. Auf keinen Fall spionieren oder schnüffeln. Warum mussten Sie hier die Retterin in der Not spielen?«

»Bitte, lassen Sie mich gehen, ich habe eine Tochter, sie ist erst dreizehn.« Frau Demir weinte.

»Alt genug, um nicht mehr an Mamas Rockzipfel zu hängen«, meinte die Ärztin kaltherzig. »Am besten, Sie setzen sich wieder hin.« Sie deutete zu den Pritschen.

Toni ging zurück, blieb aber an die Wand gelehnt stehen. Frau Demir schluchzte auf und ließ sich auf eine der Liegen fallen.

»Respekt, Frau Doktor. Das war eine ausgeklügelte Sache. Die Oberschwester vergiftet die Patienten mit einer Überdosis, sie winken die Leichen durch und behaupten, es sei ein natürlicher Tod, der Totenbeschauer ebenfalls und die Angehörigen bezahlen. Was für ein lukrativ skrupelloses Geschäftsmodell.«

Die Oberärztin grinste. »Ja, da haben Ihre dilettantischen Ermittlungsversuche doch etwas gebracht. Sie sterben im Bewusstsein, ein paar Morde aufgeklärt zu haben. Wenn es Ihnen Seelenfrieden gibt, soll es mir recht sein.« Sie lachte auf. »Ich hatte kurz den Verdacht, Sie wären Privatdetektiv oder so, aber so dämlich stellt sich kein echter Ermittler an.«

Danke auch! Toni knirschte innerlich mit den Zähnen, doch zu einem gewissen Teil musste er ihr recht geben.

Er hatte Fehler gemacht und jetzt saß er in der Tinte.

»Solange der Gemeindearzt mitmachte und in keinem der Fälle eine Obduktion anordnete, hat Ihr Modell funktioniert, zumal die Angehörigen mitspielten. Eine gerichtsmedizinische Untersuchung hätte den Mord gleich beim ersten Opfer aufgedeckt.«

»Stimmt.« Sie zuckte mit den Schultern. »Ist ja alles gut gegangen.«

»Leider wurde der alte Arzt pensioniert.«

»Auch das ist richtig.«

»Deswegen sind Sie ihm nachgereist und haben ihn von den Klippen gestoßen.«

»Nein«, sagte sie überraschend. »Das war nicht nötig, er hat dies selbst zuwege gebracht. Ich wollte mit ihm reden, doch er nicht mit mir. Er ist diesen Klippenweg förmlich hochgerannt. Ich habe ihm nachgerufen, da hat er sich erschreckt und ist abgestürzt.«

Sollte ihre Aussage stimmen, war sein Tod wirklich ein Unfall.

»Und wer hat Vanessa Kraut umgebracht?«

»Damit habe ich nichts zu tun.« Sie hob beide Arme in die Höhe. »Die dumme Nuss! Ich habe sie gleich erkannt, sie hatte ja einen Account auf Instagram. Dachte, dass Kopftuch und Brille genügten.«

Komischerweise glaubte Toni ihr.

»Und Reinbacher?«

»Der alte Saufkopf! Um den ist es nicht schade.« Sie machte einen Schritt zurück. »Ich habe Victor im Verdacht, er hat mal so etwas angedeutet, dass der Kerl ihn erpresst hat. Er hat ja auch ein viel zu hohes Gehalt bekommen für seine magere Arbeit. Wenn es stimmen sollte, bewahrheitet sich der Spruch: Erpresser leben nun mal nicht ewig.«

»Er hat den Chefarzt erpresst?« Verdammt, er brauchte dringend einen Schluck Wasser.

»Genug jetzt.« Die Ärztin lächelte, es wirkte verzerrt. »Die Plauderstunde ist vorbei. Ihr könnt ja miteinander reden, das verkürzt die Zeit bis zum Sterben. Hier wird euch niemand finden, kaum einer kennt den Raum. Und falls jemand durch Zufall darauf stoßen sollte, wird es zu spät sein. Seid froh, dass ich euch das Licht anlasse.« Sie machte einen weiteren Schritt rückwärts.

»Bitte!« Esra lief zu ihr und erwischte sie am Ärmel. »Haben Sie ein Herz. Ich verschwinde aus der Klinik, werde kein Wort verlieren!«

Mit ungeahnten Kräften schüttelte die Oberärztin sie ab und gab ihr einen derart heftigen Stoß, dass sie nach hinten stolperte und auf den Boden knallte. Gleich darauf richtete Dr. Hartmann die Waffe erneut auf sie. »Jeder ist sich selbst der Nächste! Ich dachte, Sie wollten den hier«, sie wies auf Toni, »retten? Haha, das war ein minimales Stückchen Selbstlosigkeit, nicht wahr?«

Sekunden später fiel die Tür ins Schloss und die Riegel wurden vorgeschoben.

Frau Demir rieb sich den Hintern. »Da bin ich dumm in die Falle gerannt.« Sie klang nicht mehr hysterisch, wofür Toni dankbar war. »Tut mir leid, ich konnte nicht ahnen, dass die Oberärztin mit drinsteckt. Ich bin echt blöd, hätte es mir denken können, weil sie doch die Vorrichtung kannte. Ich habe gehört, wie sie mit der Polizei gesprochen hat, aber sie hat vermutlich keine Nummer gewählt.«

»Sie haben es versucht.« Toni ging zu ihr und fragte besorgt: »Sind Sie verletzt?«

»Geht schon.« Sie rappelte sich mit Tonis Hilfe hoch.

»Wissen Sie, ob die Veranstaltung bereits im Gange ist?«

»Nein, es ist erst drei Uhr vorbei. Haben wir eine Chance, dass sie uns finden?« Sie klang zaghaft.

»Ich weiß es nicht.« Er seufzte. »Sie hätten Sie da nicht hineinziehen dürfen.«

Sie senkte den Kopf. »Sie wären dumm gewesen, mich laufen zu lassen. Meine Tochter ist erst dreizehn. Mein Mann ist bei einem Unfall auf der Baustelle ums Leben gekommen, als Laura sechs war. Sie hat lange gebraucht, bis sie darüber hinweggekommen ist. Wenn ich jetzt auch ...« Sie holte tief Luft. »Ich habe so eine Wut auf mich! Ich hätte Frau Doktor Hartmann nicht vertrauen dürfen.«

»Das konnten Sie nicht ahnen.«

»Doch. Vanessa hat mir gesagt, dass hier Menschen sterben und dass sie gekommen ist, um Licht in die Sache zu bringen. Aber ich habe die Augen zugedrückt, weil der Job gut bezahlt ist. Ich arbeite seit zwanzig Jahren hier und seit ich alleinerziehend bin, brauche ich das Geld umso dringender. Vanessa hatte die Ärzte alle im Verdacht, ich habe das verdrängt.«

Warum hatte sie dann nicht mit Toni gesprochen? Weil sie niemandem mehr vertraut hat, beantwortete er sich die Frage selbst im Kopf.

»Was hat Frau Kraut herausgefunden?«

»Sie hat sich an Schwarz herangemacht und mit ihm geschlafen.«

»Mit Schwarz? Ich dachte mit Weber?«

»Mit dem auch. Sie hat mir erklärt, auf diese Weise käme sie am leichtesten an Informationen. Schließlich war sie eine schöne Frau, warum sollte sie das nicht ausnützen?«

Konnte doch Zehetgruber etwas mit dem Mord an ihr zu tun haben? War es ihm auf einmal zu viel geworden, dass seine Freundin Sex als Mittel einsetzte?

Esra sprach bereits weiter.

»Solange Doktor Kautschitz der Klinikchef war, gab es keinen einzigen Todesfall, und mittlerweile sind es acht in den zehn Jahren, seit Doktor Schwarz übernommen hat. Nein, erst seit die Hartmann da ist, seit sieben Jahren. Hat Vanessa herausgefunden.«

»Das muss nicht bedeuten, dass Schwarz unschuldig ist.«

»Keine Ahnung. Der alte Doktor Kautschitz mochte ihn nicht, aber er war halt sein Schwiegersohn. Er hätte bis achtzig weitergearbeitet, hätte er nicht den Schlaganfall gehabt.« Sie sah ihn direkt an. »Sind Sie auch Journalist? Wie Vanessa?«

»Nein. Ich bin Polizist und arbeite für die Abteilung Leib und Leben in Graz.«

Das schien Frau Demir die Sprache zu verschlagen.

»Frau Demir, darf ich Sie was fragen? Als ich mich vor ein paar Tagen mit Ihnen unterhalten habe, haben Sie beteuert, dass Sie Vanessa Kraut kaum gekannt haben und Sie nur putzen und anschließend wieder nach Hause gehen. Ich glaube nämlich nicht, dass Sie erst Verdacht geschöpft haben, als Vanessa aufgetaucht ist.«

Sie schwieg und sah zu Boden.

Toni versuchte es erneut. »Bitte, es kam Ihnen doch komisch vor, dass plötzlich Menschen starben. Auch wenn es nur ein Fall pro Jahr war.«

Sie nickte und sprach zögernd. »Am Anfang habe ich es nicht verstanden. Als Frau Karmann vor sieben Jahren gestorben ist, habe ich mir nichts gedacht. Sie war sechsundachtzig und, na ja, alte Leute sterben, auch wenn nie zuvor jemand gestorben war. Ein Jahr später starb Herr Riedl, er war erst siebzig und hat mir erzählt, dass er fit ist. Er wollte auf den Mont Blanc nach der Kur, und dann lag er auf einmal tot im Bett. Ich war schockiert, denn ich mochte ihn.«

»Sie haben trotzdem nichts gesagt.«

»Nein. Mein Mann war kurz zuvor gestorben und ich war froh um den Job. Und es ging mich nichts an, ich bin ja nur die Putzfrau.«

»Was ist mit Ihrer Kollegin? Ich nehme an, dass Sie nicht allein geputzt haben, das ist ein großes Haus!«

»Das Personal hat sehr oft gewechselt, ich kann mich gar nicht mehr an alle erinnern. Edda war ein wenig länger da, ich glaube so zwei Jahre, die meisten blieben nur ein paar Monate. Vanessa hat mich von Anfang an eingeweiht, aber ich wollte ihr nicht beim Spionieren helfen.« Ihre Stimme erstickte.

»Sie haben ihr alles erzählt, was Sie auch mir gesagt haben?«

»Ja.«

»Hat Frau Kraut etwas herausgefunden?«

»Sie war im Büro von Doktor Schwarz und hat sich in seinen Computer gehackt.«

»Und?«

»Sie hat entdeckt, dass der Doktor Konten im Ausland hat. Das hat sie auf einen Stick kopiert, den hat sie jemandem gegeben.«

»Nicht Ihnen?«

»Nein, sie wollte mich nicht hineinziehen. Sie hat eine zweite Person informiert, sie hat mir nicht gesagt, wen. Nur, dass die Person eigene Pläne hätte.«

»Dann hat Doktor Schwarz mit den Mordfällen nichts zu tun?«

»Vanessa war sich nicht sicher. Sie wollte seine sonstigen Machenschaften nicht aufdecken, denn so hätte sie den Mörder der Senioren nicht mehr weitersuchen können.«

Tonis Zunge klebte fast bei jedem Wort fest. Sein Durst steigerte sich und beeinträchtigte seine Konzentrationsfähigkeit. Er schwieg, um sich zu sammeln, ehe er schließlich weitersprach.

»Involviert sind oder waren der ehemalige Gemeindearzt Heppichler, Hartmann, die Oberschwester und ihr Sohn ...«

»Leon? Nein, der kann nichts wissen. Er ist behindert und tut einfach nur, was seine Mutter sagt. Die Zusammenhänge versteht er nicht.«

»Das ist möglich. Ob er begreift, dass es Unrecht ist, kann ich nicht sagen, aber dass er Menschen getötet hat, das weiß er.« Toni erinnerte sich an seine Bemerkung über Paul. »Was ist mit dem Hausmeister? Wissen Sie etwas von der Erpressung, die die Hartmann erwähnt hat?«

»Reinbacher hat gesoffen, das wurde in den letzten Jahren schlimmer. Trotzdem war er geschickt und hat seine Arbeit gemacht. Ich wüsste nicht, was er gegen den Doktor in der Hand gehabt haben soll. Allerdings hat Schwarz Vanessa bezüglich Reinbacher angelogen.«

»Ja?«

»Er meinte, er sei es seinem Schwiegervater schuldig, Reinbacher sei schon bei Doktor Kautschitz angestellt gewesen. Aber ich habe ihr gesagt, dass das gelogen ist. Denn ich bin länger hier, Reinbacher ist kurz nach dem Chefwechsel vor dreizehn Jahren gekommen.«

Das war interessant.

»Was ist mit Doktor Weber?«

»Doktor Weber ist seit zweieinhalb, höchstens drei Jahren hier. Er ist der Neffe vom Chef, aber sie mögen sich nicht, man hört sie oft streiten.«

»Und Schwester Lena?«

»Die ist erst seit ein paar Monaten hier.«

Dann schieden diese beiden aus. Dennoch war das Verhalten des jungen Arztes eigenartig gewesen.

»Was ist mit Frau Weigandt? Der Verwalterin?«

»Die ist erst seit letztem Jahr hier, sie ist ein Mäuschen. Und sie hat auch mit Schwarz geschlafen.«

Toni brummte der Schädel. Schön langsam verlor er den Überblick, wer mit wem ein Verhältnis hatte oder gehabt hatte.

Mittlerweile konnte er an fast nichts anderes mehr denken als an einen Krug voll Flüssigkeit, egal was.

»Vanessa hat vermutet, dass sie seine Komplizin beim Betrug ist, aber mit den Morden kann sie nichts zu tun haben.«

»In diesem Jahr gab es wieder einen Todesfall, Frau Pototschnigg«, ergriff Toni wieder das Wort, »die Nachfolgerin von Doktor Heppichler, Frau Doktor Schuster hat nichts Suspektes an ihrem Tod gefunden und keine Obduktion angeordnet.«

»Ja.« Sie tippte sich an die Stirn. »Richtig. Dann ist nichts dran an den Morden?«

Toni bewegte die Zunge, um von irgendwoher noch Speichel zu bekommen. »Wären wir sonst hier eingesperrt? Frau Doktor Schuster mag jetzt beim ersten Fall keinen Verdacht geschöpft haben, beim nächsten aber sicher.«

»Und Paul Hermann?«

»Das war ein Fehler. Die Oberschwester und ihr Sohn haben es als Selbstmord darstellen wollen. Allerdings hat sie dabei vergessen, dass bei jedem Selbstmord automatisch eine Obduktion vorgenommen wird. Nicht einmal Doktor Heppichler hätte das ändern können.« Seine Zunge schlug beim Sprechen an, sodass er lispelte.

»Geht es Ihnen nicht gut?«, fragte Esra.

»Ich bin entsetzlich durstig. Habe seit gestern Nachmittag nichts mehr getrunken.«

»Oje.« Ein Geräusch wie ein unterdrücktes Schluchzen drang zu ihm. »Halten Sie durch! Denken Sie, dass wir gerettet werden?«

»Das wollen wir doch stark hoffen.« Er sank auf die Pritsche zurück.

Während er in den Schlaf hinüberglitt, sortierte er ein weiteres Mal seine Gedanken. Wie ein Blitz durchfuhr es ihn. Warum hatte er nicht früher dran gedacht? Es gab eine einzige Person, die bei der Besprechung am 17. September nicht anwesend gewesen war. Die genug Zeit gehabt hätte, zum Teufelstein zu wandern.

Kapitel 31

Das war knapp! Die Schwesternschülerin, die frische Handtücher verteilt hatte, war von ihren Polizeiausweisen beeindruckt gewesen. Leider konnte sie ihnen nicht weiterhelfen, sie hatte ihren ersten Arbeitstag.

Mittlerweile war die Jubiläumsveranstaltung in vollem Gange, der Auftritt des Turnteams musste soeben angefangen haben.

»Schwarz und die anderen sind hier«, meldete Anna per SMS-Nachricht. Anna war im Festsaal und behielt im Auge, wer im Saal war. Veit und ein junger Kollege durchforschten die Kellerräume.

Das war das Zeichen für Franz und Cindy in den dritten Stock zu gehen. Es war immerhin möglich, dass Toni in einem dieser Räume versteckt war. »Fang du von rechts an, ich von links.«

Franz nickte und verschwand im Büro der Oberärztin Hartmann, während Cindy weitereilte und am Ende des Flurs das Refugium des Chefs erreichte. Sie öffnete die Tür, zum Glück war sie unverschlossen und blieb überrascht stehen. Der Schreibtisch war sauber aufgeräumt, nicht eine Akte lag darauf, ganz anders als bei ihrem ersten Besuch. Die Couch in der Ecke wirkte ebenfalls unberührt, alle Kissen glatt aufgeschüttelt. Sie eilte zum Schreibtisch und öffnete die Schubladen der Reihe nach, fand jedoch nichts Nennenswertes, Kugelschreiber, Bleistifte, Schreibblöcke, Textmarker, ein paar Vordrucke von Formularen.

Der Aktenschrank in der Ecke zog sie an, er war verschlossen. Cindy war nicht sonderlich geübt im Aufbrechen von Schränken, doch sie schaffte es.

»Darf ich fragen, was Sie hier tun?«, ertönte eine kalte Stimme hinter ihr. Langsam drehte sie sich um und zu ihrem Erschrecken war es Dr. Schwarz, der in der Tür stand und sie böse ansah.

Dann erkannte er sie und sein Gesicht zeigte Überraschung. »Sie sind die Polizistin.«

»Cindy Panzenböck.« Sie zog automatisch ihren Ausweis aus der Tasche. »Herr Moser ist verschwunden.«

»Und Sie haben gedacht, er hätte sich im Aktenschrank versteckt? Nun, wenn er sich nicht gerade in einen Holzwurm verwandelt hat, ist er wohl kaum hier. Er wird im Festsaal sein.« Es klang kühl.

»Nein. Er ist seit gestern abgängig. Wussten Sie das nicht?«

»Das kann nicht stimmen!« Er setzte sich hinter seinen Schreibtisch. »Niemand hat mir davon berichtet.«

»Tatsächlich?« Cindy trat näher. Es war an der Zeit, die Karten auf den Tisch zu legen, er sollte wissen, dass es keine Kleinigkeit war, einen Chefinspektor verschwinden zu lassen. »Sie müssen wissen, dass Herr Moser in Wirklichkeit mein Chef beim LKA Graz ist.«

»Das glaube ich jetzt nicht! Ich verstehe gar nichts. Herr Moser hat doch die Kur mitgemacht?« Schwarz wirkte überrascht, sollte er kein Eins-A-Schauspieler sein, so war es echt.

»Spielen sie nicht den Ahnungslosen! In Ihrem Kurheim wurden innerhalb von sieben Jahren acht Menschen ermordet ...«

»Wie bitte?« Er schlug mit der flachen Hand auf den Tisch. »Jetzt reicht es aber. Was soll das? Geht es um diese Journalistin, die sich bei uns eingeschlichen hat, oder um Herrn Reinbacher? Dazu habe ich Ihren Kollegen schon alles gesagt.«

»Und um Herrn Hermann.«

»Ja.« Er ging um seinen Schreibtisch herum und trat ans Fenster. »Mir ist das alles ein Rätsel. Denken Sie nicht, dass mich das nicht selbst nächtelang beschäftigt?«

»Ihr Tee ist mit Medikamenten versetzt. Wir haben das im Labor überprüfen lassen.«

Er zuckte mit den Schultern. »Dann wissen Sie auch, dass es sich um geringfügige Mengen handelt.«

»Die Menge spielt keine Rolle. Es geht vielmehr darum, dass Sie Ihre Klinik damit bewerben, dass Sie ausschließlich Heilmittel auf Pflanzenbasis verwenden. Da können Sie keine chemischen Substanzen hineinmischen.«

»Was wissen denn Sie!« Er fuhr mit der Hand durch die Luft. »Die heutige Gesellschaft ist es gewohnt, hier eine Pille zu nehmen, da eine Pille zu schlucken. Schon in der Fernsehwerbung wird suggeriert, dass es für alles ein Mittelchen gibt. Schlaflosigkeit, schlechte Laune, Rückenschmerzen, Migräne, Darmbeschwerden – einfach ein Medikament kaufen. Das heißt, die meisten Körper sind kontaminiert und meine Kräuter greifen nicht.«

»Daher nehmen Sie die chemische Keule.«

»Nur am Anfang, die Dosis wird bis zum Ende des Kuraufenthaltes reduziert. Die Menschen wollen schnellen Erfolg, was soll ich machen?«

»Doch ein paar sind trotzdem dran gestorben?«

»Niemals, dazu ist die Dosis zu gering.«

Cindy sah ihn an, er wirkte nicht wie ein Lügner. »Frau Kraut hat sich bei Ihnen eingeschlichen, wie Sie es nennen, weil Kurgäste gestorben sind. In den letzten sieben Jahren insgesamt acht Menschen.« Sie betonte die Zahl. »Das ist ungewöhnlich hoch für ein Kurheim.«

»Das mag stimmen. Aber bei allen Todesfällen hat der Gemeindearzt die natürliche Todesursache bestätigt. Sie können ihn fragen.«

»Doktor Heppichler, der im letzten Jahr pensioniert wurde und seinen Lebensabend auf Teneriffa verbringen wollte?«

»Genau das tut er. Ich hoffe, es geht ihm gut.«

»Wie man's nimmt. Er ist im Frühjahr von den Klippen gestürzt.«

Schwarz ging zu seinem Schreibtisch zurück und ließ sich auf den Stuhl dahinter sinken. »Das wusste ich nicht.«

»Nein?«

»Nein, warum auch? Wir hatten keinen Kontakt. Wenn Sie es wissen wollen, wir verstanden uns nicht besonders. Heppichler ist – war ein Vertreter der Schulmedizin, während ich auf natürliche Heilmethoden setze.«

»Das heißt, Sie haben sich nicht mal auf ein Bier getroffen oder so?«

»Gott bewahre!«

»In diesem Fall sind Sie sich nur bei der Leichenschau begegnet?«

»Nein. Die Todesfälle haben sich während meiner Abwesenheit ereignet. Meist in den Nachtdiensten von Doktor Hartmann ...« Er brach abrupt ab. »Natürlich! Sie hat das eingefädelt.«

»Du bist ein Schnellmerker.«

Cindy schnellte herum und blickte direkt in den Lauf einer Waffe, eine Heckler & Koch USP. Die Oberärztin stand in der offenen Tür und grinste. »Wolltest du abhauen, Victor? Mit deinem Einzelticket nach Georgetown?« Sie legte eine besondere Betonung auf »Einzel«.

»Legen Sie die Waffe weg«, sagte Cindy scharf.

»Warum sollte ich das tun?«

»Sie ist von der Polizei«, erklärte Victor.

»Tatsächlich? Die Polizei, dein Freund und Helfer.« Sabine Hartmann klang höhnisch. »Nur zu spät. Denkst du, ich habe dich nicht durchschaut, Victor? Du hast dich jahrelang bereichert, Geld auf deinem Konto im Ausland angehäuft. Naturmedizin, dass ich nicht lache! Es ging dir immer nur ums Geld.«

»So haben Sie sich hinter seinem Rücken ein eigenes lukratives Geschäft aufgebaut.« In Cindys Gehirn klickte es mehrmals. »Hat es sich gelohnt?«

Die Ärztin sah sie nicht an, hielt ihre Waffe weiterhin auf Schwarz gerichtet. »Das musste ich tun. Die Absichten dieses jämmerlichen Würstchens waren sonnenklar. Ja, lieber Victor, erinnerst du dich an Frau Karmann? Ihr Tod hat uns die Erkenntnis gebracht, sie hatte wirklich einen Herzinfarkt, offenbar war für sie die Barbituratsdosis zu hoch, oder sie hat selbst noch was genommen. Die Angehörigen haben eine Obduktion verweigert und sich das etwas kosten lassen. Ingrid, Heppichler und ich haben jeweils einen fünfstelligen Betrag erhalten. Das haben wir weiterentwickelt.«

»Ihr habt absichtlich Menschen umgebracht?« Schwarz' Gesichtsfarbe wechselte zu Rot.

»Es ging jahrelang gut und wäre es früher herausgekommen, hätten die Akten auf dich gezeigt.« Sie deutete auf den Aktenschrank. »Überall taucht dein Name auf. Auch die Verbindung zu deinen Konten habe ich kopiert. Wir wollten einen astreinen Selbstmord arrangieren, aber da sogar eine Polizistin da ist, wird es noch glaubhafter. Erst erschießt du sie und danach dich selbst, als du dahinterkommst, dass sie von der Polizei ist.«

»Damit kommen Sie nicht durch.« Cindy unterdrückte mit Gewalt das Zittern in ihrer Stimme. »Was haben Sie mit Toni gemacht?«

»Toni?« Die Hartmann runzelte die Stirn. »Ah, Sie meinen Moser? Nun, da muss ich nichts mehr tun, der ist an einem Ort, wo ihn niemand so schnell findet. Vermutlich ist er schon recht durstig, verdursten geht ratzfatz.«

Ein paar Sekunden lang atmete Cindy erleichtert auf. Das bedeutete, dass Toni am Leben war. Das Gefühl schwand sofort. Sie hatte keine Ahnung, wo er war. Und sie befand sich selbst momentan nicht gerade in einer hoffnungsvollen Position.

Es sah nicht gut aus. Weder für Toni noch für sie. Es wurde Zeit, dass Franz oder Veit hereinkam. Wo steckten sie?

»Was ist mit Reinbacher?«, fragte sie und schob sich unauffällig näher an die Ärztin heran. Die fuchtelte mit ihrer Pistole durch die Luft.

»Der versoffene Hausmeister mit seiner Cannabiskultur? Pah, keine Ahnung, der hat mich nie interessiert.« Sie deutete auf Victor. »Aber Victor war auffällig nett zu ihm.«

»Weil er ein armer Tropf war.«

»Und du bist ja so ein mitfühlender Mensch.« Sabines Gesicht verzog sich zu einer hässlichen Fratze. »Du hast mit jeder, wirklich jeder Frau, die dir über den Weg gelaufen ist, was angefangen.«

»Das ist kein Verbrechen.« Schwarz schlug auf den Tisch.

»Sogar mit Vanessa, die als Putzfrau hier war! Ekelhaft. Hast nicht mal gemerkt, dass sie dich ausspioniert hat.«

»Du hast unschuldige Menschen umgebracht, verdammt.«

»Ich? Nein, ich habe nur den Tod festgestellt und Heppichler hat es amtlich abgesegnet. Mir kann man nichts nachweisen, gar nichts.« Cindy sah, wie sich ihre Finger um die Heckler & Koch krampften. Unerfahrene Leute waren das Schlimmste. »Du hattest nur deine Betrügereien im Kopf. Denkst du, ich weiß nicht, weshalb die Kurgäste die Anzahlung in bar mitbringen mussten? Wie viele Millionen hast du gescheffelt? Die kleine Weigandt hat dir dabei geholfen, nicht wahr? Der hast du vermutlich auch alles geschworen.«

»Zumindest war ich nicht mit ihm im Bett«, ertönte eine Stimme von der Tür. Die Verwalterin kam herein, scheinbar unbeeindruckt von der Waffe, die auf Schwarz gerichtet war.

»Du kommst genau richtig«, sagte Victor Schwarz ruhig.

Die Oberärztin sah zu der Verwalterin, war für eine Sekunde abgelenkt. Das nützte Cindy aus, indem sie auf sie zusprang und umwarf. Sabine Hartmann brüllte auf, da ihr Kopf gegen die Wand knallte, hielt die Heckler & Koch jedoch verbissen fest. Cindy packte ihr Handgelenk und verdrehte es, die Pistole fiel auf den Boden. Rasch griff sie danach und sprang auf. Die Oberärztin wimmerte und massierte sich den Hinterkopf. Karin Weigandt war neben Schwarz getreten.

»Jetzt mal Klartext. Wohin haben Sie Herrn Moser gebracht?« Cindy klang schrill in ihren eigenen Ohren.

»Gute Aktion, reicht aber nicht.« Oberschwester Ingrid stand in der Tür und grinste. Auch in ihrer Hand lag eine Waffe, eine SIG Sauer P 228, die unmissverständlich auf Cindy gerichtet war.

Offenbar kam man nicht nur in den USA leicht zu Waffen. Cindy ließ die Heckler & Koch sinken und trat zurück. Die Ärztin stand langsam auf und rieb sich weiterhin den Kopf.

»Na, Victor, du großer Frauenheld, da staunst du jetzt!« Die Oberschwester blieb in der Tür stehen. Sie sah zu Cindy. »Waffe auf den Boden«, schnauzte sie. »Und schieben Sie sie her.«

Cindy legte die Pistole hin und kickte sie zur Schwester. Sie schlitterte an ihr vorbei und kam am Ende des Raums zum Liegen, außer Reichweite von allen Beteiligten.

»Und die liebe Weigandt. Ihretwegen haben wir den gesamten Schlamassel, nicht wahr?« Die Oberschwester sprach betont liebenswürdig.

»Wer im Glashaus sitzt.« Karin Weigandt wirkte ungerührt und verschränkte die Arme. »Sie sind Mörderinnen. Wer von Ihnen hat den Stick von der Kraut erhalten?«

»Glauben Sie, dass Sie in der Position sind, Fragen zu stellen?« Oberschwester Ingrid klang höhnisch. »Mit dem Mord an der Kraut haben wir nichts zu tun, wir waren bei der Besprechung. Wo waren Sie?«

Cindy sah zur Weigandt, die in Gelächter ausbrach. »Die Kraut wollte den Todesfällen auf die Spur kommen und hat in Victors Computer herumgeschnüffelt. Ich konnte nicht zulassen, dass sie unser lukratives Geschäftsmodell aufdeckt.«

O Gott! War das gerade ein Geständnis? Die kleine unscheinbare Verwalterin war Vanessa Krauts Mörderin?

Kurz hörte Cindy nur ein Rauschen, bis sie bemerkte, dass die Oberschwester mit ihr sprach.

»… Sie suchen Ihren Vater? Einen tollen Stunt haben Sie da abgeliefert, wird bedauerlicherweise nichts nützen. Ich hasse es, wenn Unschuldige hineingezogen werden, ist aber leider nicht zu ändern.«

Was für eine Farce!

»Was ist mit den ganzen alten Leuten, die Sie getötet haben? Waren die schuldig?«

»Meine Güte, das waren alles knausrige Ekelpakete, die ihre Angehörigen mit ihrem Vermögen tyrannisiert und kleingehalten haben. Um die war es nicht schade. Die Erben waren glücklich.«

Cindy war über die kalte, herzlose Art der Schwester schockiert. »Unglaublich, dass Sie Krankenschwester geworden sind.«

Sie kniff die Augen zusammen. »Woher wissen Sie überhaupt davon? Sind Sie Journalistin wie diese Kraut?« Ihre SIG-Sauer bewegte sich kurz. »Denken Sie, ich war gern Krankenschwester? Ich musste die Schule abbrechen, als ich schwanger wurde und der Mistkerl mich sitzen gelassen hat. Trotzdem habe ich sogar mit Leon im Gepäck die Ausbildung geschafft, gemocht habe ich meinen Beruf nie. Für einen Hungerlohn Kot und Erbrochenes wegwischen? Sich das Gejammer der Leute anhören? Ein Albtraum!« Sie zeigte mit der Waffe auf Schwarz. »Du, Victor, hast mir das Blaue vom Himmel versprochen. Doch als sich die Frauen bei dir die Türklinke in die Hand gegeben haben, da wusste ich, dass für mich nicht ein Cent von deinem Reichtum abfallen würde. Die Klinik ist dir in den Schoß gefallen, jeder weiß, dass du nur aus diesem Grund geheiratet hast. Dein Schwiegervater wusste das, aber gegen die rosa Brille seiner Tochter war er machtlos. Die da«, sie wies auf Sabine Hartmann, die sich immer noch mit schmerzverzerrtem Gesicht den Hinterkopf rieb, »die war schlauer als du. Sie hat dich sofort durchschaut. Sie hat gecheckt, dass du der große Absahner warst und heimlich massenhaft Geld auf die Seite geschafft hast.« Ingrid Keller erschien Cindy ungeübt im Umgang mit Schusswaffen, das waren die Gefährlichsten.

Eine Glocke läutete, ein hoher heller Klang. Cindy durchfuhr es heiß.

Liesl hatte Toni sie genannt! Zum Teufel, weshalb war sie nicht gleich dahintergekommen. Liesl, die Glocke auf dem Schloßberg in Graz! Vor drei Jahren hatten sie einen Fall bearbeitet, da war ein Mensch von eben jener Glocke erschlagen worden.

»Was machen wir mit ihnen?« Die Ärztin lehnte sich an die Wand, sie sah blass aus. Vermutlich hatte sie durch den Aufprall eine leichte Gehirnerschütterung.

»Das ist ein Problem, nicht wahr?« Cindy vibrierte innerlich. Wo war Toni? »Wenn Sie uns umbringen, wohin mit den Leichen, wenn Sie uns leben lassen, werden wir reden.«

Wo blieben Franz und Veit? Die müssten doch endlich hier ankommen!

»Sperren wir sie hier ein, bis das Fest vorbei ist.« Oberschwester Ingrids Hand mit der Waffe zitterte leicht.

»Aber nicht lebend. Knall sie ab«, sagte Dr. Hartmann mit kalter Stimme.

Die Oberschwester nickte und spannte den Hahn.

»Was ist denn hier los?« Endlich! Franz! »Waffe weg!«

»Sieht so aus, als kämen wir zur rechten Zeit.« Und Veit!

Cindy atmete kurz heftig durch.

Die Oberschwester fuhr herum, Veit hatte schon ihren Arm gepackt und entwaffnete sie. Cindy rieb sich den Ellbogen, der ebenfalls Bekanntschaft mit dem harten Boden gemacht hatte. Es gab viel zu sagen, doch sie sprach das Erste aus, was ihr in den Sinn kam.

»Woher kam das Glockengeläut?«

»Natürlich, die Glocke!« Franz begriff es offenbar im selben Moment.

»Das ist unsere Kapelle, sie liegt etwa hundert Meter weiter im Wald da oben, man kann sie von hier aus nicht sehen, weil der Wald dicht geworden ist.«

Schwarz deutete aus dem Fenster. Für das, was er eben erlebt hatte, klang er erstaunlich abgeklärt.

Cindy sah zur Oberschwester, die mit hängenden Armen neben Veit stand. »Und dort habt ihr Toni versteckt?«

»Ich weiß nicht, wovon Sie sprechen.« Die Ärztin massierte sich immer noch den Kopf. »Ich brauche eine Tablette. Und ein Röntgen.«

»Sie werden es überleben«, blaffte Franz sie an. »Sie sagen uns jetzt, wo unser Kollege ist.«

»Kollege?« Sie wurde grün im Gesicht und begann zu würgen. »Mir ist übel.«

Veit sprang hinzu. »Ich begleite Sie auf die Toilette.«

Sie stützte sich auf ihn, Veit hielt sie fest.

Cindy an wandte sich Ingrid Keller. »Dann verraten Sie es uns.«

Doch die schüttelte heftig den Kopf. »Ich habe nichts damit zu tun.«

Cindy griff nach ihrem Handy und hatte kurz darauf Karl Lindner an der Strippe. »Es gibt eine Kapelle im Wald«, sagte sie rasch.

»Haben wir gesehen.«

»Dort soll Toni sein. Ihr könnt die Deckung aufgeben.«

»Alles klar.« Seine tiefe Stimme beruhigte Cindy ein wenig. War Toni noch am Leben? Gab es eine Chance?

»Die Polizei durchsucht das Gelände«, sagte sie und sah von Schwarz zur Schwester. »Sie könnten Strafmilderung erhalten, wenn Sie uns sagen, wo er ist.«

»Strafmilderung wofür?« Schwarz verschränkte die Arme vor der Brust. »Was wollen Sie mir anhängen?«

»Mord an Vanessa Kraut zum Beispiel?« Sie sah dabei Karin Weigandt an. Die sah zu Boden und schwieg.

»Helmut Reinbacher?«

»Ich habe nichts damit zu tun, mit keinem der Morde.« Er klang kalt.

»Das wird sich herausstellen. Wo ist Toni Moser?« Sie sah erneut zu Ingrid Keller.

Die schwieg mit zusammengepressten Lippen, ihr fiel allerdings auf, dass sie schräg zur Tür sah.

»Glauben Sie nicht, dass Sie sich verdrücken können, mein Kollege war mal Staatsmeister im Hundertmeterlauf. Sie würden keine drei Meter kommen.« Aus dem Augenwinkel sah sie Franz grinsen. Tatsächlich konnte er ein ordentliches Tempo entwickeln, war jedoch niemals Meister gewesen.

»Wir können Ihnen auch Handschellen anlegen, wenn Ihnen das lieber ist.« Franz hielt ein Paar hoch. Er sah zu Schwarz. »Ihnen übrigens ebenfalls.«

Der zuckte mit den Schultern. »Wieso sollte ich flüchten? Ich bin unschuldig.«

»Kooperation wird strafmildernd angerechnet.« Cindy hätte die beiden am liebsten geschüttelt.

Schwarz verschränkte die Arme vor der Brust. »Ich weiß von nichts, habe mir nichts zuschulden kommen lassen.« Er zeigte auf die Oberschwester. »Das ist allein auf dem Mist der Frauen gewachsen. Sie haben es nicht verkraftet, dass sie für mich nur Liebeleien waren. Affären sind keine Straftat.«

»Neidische Frauen.« Karin Weigandt kicherte, in Cindys Ohren hysterisch.

»Was ist mit euren Unterschlagungen?« Schwester Ingrids Stimme klang schrill. Sie deutete auf Karin Weigandt. »Sie haben mitgemacht. Respekt, das hätte ich Ihnen niemals zugetraut. Auch Mord nicht.«

»Mit euren Morden habe ich nichts zu tun.« Karin schüttelte heftig den Kopf.

Veit kam zurück, die Oberärztin sah blass aus. Er brachte sie zur Couch und sie legte sich darauf. »Ich habe eine Gehirnerschütterung«, jammerte sie. »Ich werde vor Gericht gehen, wegen roher Gewalt.«

»Das ist mir grad scheißegal!« Die Worte kamen scharf von Cindys Lippen. Sie trat an die Liege. »Sie spucken jetzt endlich aus, wo Herr Moser ist!«

»Sonst?« Die Ärztin grinste und wirkte auf einmal nicht mehr so krank. »Sie haben nichts gegen mich in der Hand.«

»Sie haben Menschen umgebracht, mit Barbituraten, die Sie im täglichen Kräutertee versteckt haben.«

»Das war nicht ich.« Ihr Kopf sank zurück und sie stöhnte leicht. Cindy gönnte ihr die Schmerzen. Offenbar hatte sie eine sadistische Ader.

»Sie waren alle beteiligt«, sagte Franz und deutete auf die Oberschwester. »Sie haben es verabreicht.«

»Alle Patienten haben den Tee bekommen«, rief diese aus und sah zu Schwarz. »Er hat es angeordnet.«

»Aber keine tödliche Dosis.« Er hob beide Arme in die Höhe. »Ich will doch meine Kurgäste nicht vergiften, sondern nur Wohlbefinden erzeugen.«

»Sie haben die Menge auf eine todbringende Dosis erhöht.« Franz deutete mit dem Finger auf Ingrid. »Im Einvernehmen mit den Angehörigen. Und Sie«, er zeigte nun auf die Oberärztin, »haben den Tod als natürlichen Tod abgesegnet. Der Gemeindearzt war mit an Bord. Wegen der ALS-Behandlung seiner Frau war ihm das Geld willkommen, doch als sie starb, hat er nur mehr halbherzig mitgemacht. Nach seiner Pensionierung war er nicht bereit, in seinem Exil auf Teneriffa zu bleiben und musste ebenfalls sterben.«

»Hahaha«, ertönte es von der Liege.

»Sie verdienen einen Preis als beste Märchenerzählerin.« Auch Ingrid Keller klang hämisch, dennoch lag ein leichtes Zittern darunter. »Und Sie werden sehen, dass in der Kapelle nichts ist, gar nichts.«

Ein Poltern vor der Tür, weibliche Stimmen und plötzlich standen zwei ältere Damen im Zimmer. Die eine war Mitte siebzig, hatte blondiertes Haar zu einer Hochsteckfrisur aufgetürmt und beachtlich glitzernde Creolen in den Ohren. »Der Chefarzt muss etwas unternehmen, sonst rufen wir die Polizei«, rief sie mit unverkennbarem Schweizer Akzent.

»So ist es! Wir gehen nicht eher, bis eine Suchaktion nach Toni gestartet wird.« Die zweite Dame schien ein wenig jünger zu sein, hatte einen dunklen Pagenkopf und eine Brille mit dicken Gläsern. Cindy hörte das Wienerische heraus. Das mussten Claudia Lüthi und Josefa Schmiedbauer sein, Tonis Tischnachbarinnen. Die beiden waren dermaßen in Rage, dass sie direkt den Schreibtisch ansteuerten und davor stehen blieben, ohne sich vorher umgesehen zu haben. »Wir lassen uns nicht länger hinhalten. Von wegen, er ist auf einer Wanderung oder sonst wo. Er ist verschwunden, verstehen Sie? Und jetzt tun Sie was.«

Der Gesichtsausdruck des Chefarztes war nicht anders, als hilflos zu nennen, er sah zu Cindy und schließlich zu Veit.

Cindy erlöste ihn. »Sie sind Frau Lüthi und Frau Schmiedbauer?«, fragte sie.

Beide drehten sich zu ihr um und schienen jetzt erst die anderen Personen zu bemerken. Veits Uniform fiel ihnen ins Auge. »Oh, wir haben Sie nicht gesehen. Da ist ja schon Polizei. Sind Sie wegen Toni, ich meine Herrn Moser, hier?«

Cindys Handy klingelte, es war Lindner. »Wir haben die Kapelle von oben bis unten durchsucht, leider keine Spur von Toni.« Es war laut genug, dass ihn alle im Raum hören konnten.

»Habe ich es nicht gesagt?« Die Oberschwester brach in gackerndes Gelächter aus. »Ihr werdet nichts finden.«

Enttäuschung kroch durch Cindys Glieder und für einen Moment dachte sie, zusammensacken zu müssen. »Gibt es eine andere Glocke irgendwo?«, fragte sie Schwarz. »Denken Sie nach. Sollte mein Kollege sterben, wird es für Sie Folgen haben.«

Der schüttelte den Kopf, doch plötzlich rief er aus. »Der Luftschutzbunker! Er ist unter der Kapelle.« Er sah zur Oberschwester. »Ich habe ihn dir am Anfang mal gezeigt, erinnerst du dich?«

Die hagere Frau sackte sichtlich zusammen, Cindys Herz schlug einen Purzelbaum. »Karl, hast du gehört? Da muss ein Bunker sein«, sprach sie ins Funkgerät.

»Da ist nichts, wir haben keine Tür oder so gefunden.«

»Er ist unter dem Altar, ein geheimer Mechanismus, kompliziert.« Schwarz stand auf. »Ich zeige es Ihnen.«

»Lass es sein, Victor.« Oberschwester Ingrid fasste seinen Ärmel. »Du schneidest dir ins eigene Fleisch.«

Er schüttelte sie ab. »Ich habe die Morde nicht begangen und ich möchte nicht daran beteiligt sein«, sagte er ruhig. »Niemals hätte ich gedacht, dass du dazu fähig seist.«

Konnte es sein, dass Schwarz wirklich unschuldig war, was die Morde betraf? Cindy glaubte es nicht.

»Du bist an allem schuld!«, schrie sie ihn an, »hast behauptet, du liebst mich. Würdest dich scheiden lassen.«

»Das hast du doch nicht geglaubt«, tönte es matt von der Liege. »Nicht einmal ich habe ihm das abgenommen.«

Cindy sah zur Ärztin, die mit geschlossenen Augen sprach. »Sie bleiben hier.« Sie sah zu Veit.

»In Ordnung, ich passe auf.« Veit trat zur Oberschwester und legte ihr Handschellen an. Sie wehrte sich nicht, schloss die Augen.

Cindy erinnerte sich, dass Lindner immer noch in der Leitung war. »Karl, schick Verstärkung ins Chefarztzimmer im dritten Stock und ruf einen Krankenwagen. Wir treffen uns bei der Kapelle.«

»Wir kommen mit«, ertönte es zweistimmig von den Damen.

»Sie bleiben hier!« Franz verstellte ihnen den Weg und tat, als würde er sie zurückschieben.

»Das ist gewaltig unfair.« Die Schweizerin zog einen Flunsch, die andere Frau schwieg. Cindy ahnte bereits, dass sie sich nicht an das Verbot halten würden, hatte jedoch keine Zeit, sich damit zu befassen.

Victor Schwarz ging zwischen ihnen, er wirkte nicht, als ob er Fluchtgedanken hätte. Entweder er war reichlich abgebrüht oder unschuldig. Nein, wiederholte sie bei sich, Schwarz hatte Dreck am Stecken.

Karl Lindner und einige uniformierte Beamte empfingen sie vor der Kapelle. »Wir haben die Umgebung gründlich durchsucht. Wäre da ein unterirdischer Raum, müsste doch irgendwo eine Lüftung sein.«

»Sind gut verborgen. Mein Schwiegervater hat mir damals davon erzählt, sonst wüsste ich es auch nicht.« Schwarz sah sie der Reihe nach an. »Erst war es ein Versteck für flüchtende Juden, so konnten einige gerettet werden, im Krieg wurde es als Bunker verwendet und nach dem Krieg haben sich junge Mädchen und Frauen darin versteckt, um den Vergewaltigungen zu entgehen. Soweit ich weiß, wurde der Raum niemals entdeckt.«

In der Kirche war es still. Schwarz ging zielstrebig Richtung Altar. In einer Nische rechts vor dem Altar war eine Holzstatue vom Heiligen Antonius. Er griff nach hinten, kippte die Statue leicht zur Seite und betätigte einen Schalter. Mit einem Knarren schob sich der Altarsockel zur Seite. Cindy und Franz eilen hinüber, eine Bodenöffnung mit steinerner Treppe wurde sichtbar. Ihr Herz pochte unangenehm in ihrer Kehle.

War Toni da unten?

Schon wollte sie die steile Stiege betreten, da rief Schwarz von hinten. »Vorsicht, lassen Sie mich vorgehen. Es geht fast senkrecht bergab.«

»Ich gehe voran.« Karl Lindner trat vor. »Brauchen wir eine Lampe?«

Cindy war übel, ihre Knie zitterten. War Toni hier und in welchem Zustand würden sie ihn vorfinden? Es wirkte eher wie ein dunkles Verlies denn ein Versteck. Oder sogar ein Grab.

Nur das nicht!

Lindner war schon halb unten, sie wusste, dass er in seiner Freizeit viel Sport betrieb und an Triathlon-Wettkämpfen teilnahm. »Brauchst du Licht?«, rief sie ihm nach.

»Hier.« Franz reichte ihr eine Stabtaschenlampe, er selbst hielt eine zweite. »Die Kollegen haben vorgesorgt. Soll ich?« Er deutete auf das Loch.

»Toni?«, rief sie hinab.

»Er kann Sie nicht hören«, sagte Schwarz. »Hier ist alles schalldicht. Wie gesagt, der Raum diente während der Nazizeit Juden als Versteck. Mit Kindern. Damit nichts nach außen drang, haben sie es isoliert.«

»Hier unten soll Toni sein?«, ertönte die wohlbekannte Schweizer Stimme. »Meine Güte, der arme Bursche. Holen Sie ihn herauf, schnell!«

»Frau Lüthi, Sie sollten doch im Haus warten!« Cindy drehte sich zu den beiden Damen um. Franz ging an ihr vorbei und folgte Lindner in den Kellerraum.

»Gehen Sie schon, Mädchen«. Die andere Dame – Josefa – klang energisch. »Da kommt ja mächtig kalte Luft herauf, der Arme ist bestimmt völlig erfroren.«

Auch Schwarz machte Anstalten, hinunterzugehen.

»Sie bleiben oben.« Cindy wollte an ihm vorbei.

»Unsinn, ich kenne mich am besten aus.« Er stieg bereits hinunter. Jetzt beeilte sich Cindy, ihm zu folgen.

Veit und Franz standen in einem relativ kleinen Raum. Mehrere Kisten stapelten sich an der Wand, leere Jutesäcke lagen darüber verteilt.

»Damals wurden hier Vorräte gelagert und gestapelt, damit niemand die Tür dahinter sieht«, sagte Schwarz, der die Kisten zur Seite schob. Gleich darauf kam eine massive Tür zum Vorschein, die mit zwei massiven Eisenriegeln verschlossen war.

Franz war es, der ihn zur Seite drängte und die Riegel zurückschob. Er zog an der schweren Tür, Veit half ihm, bis sie sich bewegte. Cindy bohrte ihre Fingernägel in die Handflächen, alles krampfte sich in ihr zusammen aus Angst, was sie sehen würde.

Kapitel 32

Was tun die ganzen Polizisten da? Wieso wimmelt es auf einmal von Uniformierten hier? Was ist passiert?

In Victors Büro sind ebenfalls Beamte.

Die Jubiläumsfeier ist zu Ende, die Gäste sind gegangen. Die Kurgäste sind im Speisesaal. Er sieht Lena, er muss mit ihr sprechen.

Der Mord an Reinbacher war nicht beabsichtigt gewesen, obwohl er es verdient hat. Jahrelang hat er sich für sein Schweigen bezahlen lassen.

Er hat nur mit ihm reden wollen. Dass er endlich die Wahrheit sagt und dass die Gerechtigkeit ihren Lauf nehmen kann. Doch der Kerl hat ihn nur ausgelacht!

Und nun sieht es so aus, als käme der schlimmste Schurke davon?

Vielleicht hätte Vanessa etwas bewirken können. Warum war sie auch so unvorsichtig gewesen! Er hat sie mehrmals gewarnt. Mit Victor Schwarz zu spielen, ist gefährlich.

Er muss sich endlich auf das konzentrieren, weswegen er all das auf sich genommen hat. Es ist nicht zu spät, kann gelingen. Zur Not weicht er von seinem ursprünglichen Plan ab. Er ist bereits ein Mörder, selbst wenn Lena das anders sieht. Es war ihm leichtgefallen, abzudrücken. Ein weiterer Mord wird ihm nichts ausmachen.

Kapitel 33

Das Knarren der Tür weckte Toni, er musste wohl eingenickt sein.

»Hallo, hier sind wir«, hörte er Esra rufen.

»Toni?« Eine vertraute Stimme. Hatte er Halluzinationen?

»Toni, geht's dir gut?« Cindy und Franz, sie hatten ihn gefunden.

Halleluja!

»Jetzt ja!«, wollte er sagen, aber seine Zunge schien dick wie ein Golfball in seinem Mund zu liegen. Eine Taschenlampe blendete ihn, er hielt die Hand vors Gesicht.

»Mensch, Franz, runter mit dem Licht«, hörte er Cindy schimpfen. »Toni, bist du unverletzt?«

»Durst.« Er brachte es kaum heraus, es klang wie ein Röcheln.

»Habt ihr was zu trinken da?« Cindy drehte sich um. »Kannst du aufstehen?«

Auf Franz und Cindy gestützt richtete er sich auf.

»Er braucht was zu trinken«, hörte er Esra.

»Ihnen geht es gut?« Das war Veits tiefe Stimme.

»Ja, ich bin nicht so lange hier, wie er.«

»Her damit.« Was meinte Cindy? Doch kurz darauf spürte er den Hals einer Flasche an seinen Lippen. Zuerst ging einiges daneben, ehe er endlich richtig trinken konnte.

Was für ein himmlisches Erlebnis! Er hatte das Gefühl, dass es Rettung in letzter Minute war.

Nach einer gefühlten Ewigkeit gehorchte ihm seine Zunge wieder. Im Licht der Taschenlampen glänzten Cindys Augen verdächtig. »Gott sei Dank!« Es kam krächzend heraus.

Die kleine Nervensäge hatte sich wirklich Sorgen um ihn gemacht! Ein unbestimmtes Gefühl ergriff ihn, das er nicht einordnen konnte. Es war auf jeden Fall wohlig warm. »Hast du meinen Hinweis verstanden?«

»Liesl, ja, nur die dazugehörige Glocke hat sich versteckt.« Cindy nickte zur Tür. »Lass uns raufgehen, ist gruslig hier unten.«

»Wem sagst du das!« Er sah sich um. »Ist Frau Demir schon oben?« Das hatte er gar nicht mitbekommen.

»Ja.«

Toni war von tiefer Dankbarkeit erfüllt, als er schließlich in die kleine Kapelle kletterte.

»Toni!« Zweifaches Gekreisch empfing ihn und dann wurde er von zwei Seiten umarmt. »Gott sei Dank, du lebst.« Josefa drückte ihm einen Kuss auf die Wange.

»Wir haben schon gedacht, dass du es auch nicht geschafft hast, wie der arme Paul.« Claudias Stimme kippte fast.

Toni umarmte die beiden kurz und nahm dann noch einmal die Wasserflasche aus Cindys Hand. Niemals hätte er geglaubt, dass Wasser so lecker schmecken konnte. Aus dem Augenwinkel sah er, dass man sich um Esra Demir kümmerte und zwei Beamte sie hinausführten.

Plötzlich fiel es ihm wieder ein. Die einzige Person, die nicht bei der Arztbesprechung dabei gewesen war.

»Karin Weigandt, wo ist sie?«, fragte er Cindy.

»Wir haben sie und Doktor Hartmann festgesetzt.« Erstaunt hörte er von Cindy, was sich zugetragen hatte, bevor sie ihn gefunden hatten.

Dann ging er zu Dr. Schwarz, der etwas abseits auf einer Kirchenbank saß. »Ich fürchte, Ihre Klinik ist Geschichte.«

»Ob Sie es glauben oder nicht, ich habe mit den Morden nichts zu tun.«

»Es ist nicht wichtig, was ich glaube, sondern wie das Gericht das sieht. Schließlich sind Sie der Klinikchef und können nur schwer glaubhaft machen, dass Sie nichts von alldem wussten.«

»So ist es aber.«

»Toni, ohne Doktor Schwarz hätten wir die Geheimtür nicht gefunden, zumindest nicht rechtzeitig.« Cindy sprach besänftigend.

Doch er zuckte nur mit den Schultern. »Das wird vor Gericht mildernde Umstände geben, mehr nicht.«

Schwester Ingrid sah ihn nun abschätzend an. »Sie sind Polizist!« Aus ihrem Mund klang das Wort, als wäre er der schlimmste Kriminelle. »Hätte ich mir denken können, so komisch, wie Sie sich benommen haben.«

Dem konnte er nicht zustimmen, denn er hatte sich unvernünftig dumm verhalten. Das hätte leicht schiefgehen können.

Er atmete durch. »Da kommt einiges auf Sie zu.« Dann drehte er sich um. »Auf Sie alle.«

»Bin nur gespannt, wie Sie das beweisen wollen.« Die Oberschwester täuschte ein Gähnen vor.

»Sie haben bereits ein Geständnis abgelegt«, sagte Toni.

»Ich erinnere mich an nichts.«

»Gehen wir ins Haus zurück.« Lindner drückte Tonis Hände ebenfalls. Der war dankbar für seinen Vorschlag, denn er fühlte sich noch etwas zittrig.

Mittlerweile war es dunkel geworden, der Polizeieinsatz war beendet, die Teams kehrten eines nach dem anderen nach Graz zurück. Werdenhammer und Machacek waren benachrichtigt worden.

Nach einem Teller heißer Suppe war Toni gestärkt. Zudem hatte er gefühlt einen Teich voll Wasser getrunken. Cindy und Franz hatten ihn über alles informiert, was sie herausgefunden hatten.

Eineinhalb Stunden waren seit seiner Befreiung vergangen. Sie versammelten sich im kleinen Konferenzraum. Frau Dr. Hartmann wurde vom Sanitätsteam untersucht, danach wurde sie ebenfalls zu ihnen gebracht. Leon war geholt worden, er saß neben seiner Mutter und wirkte wie ein zu groß geratener Teddybär. Kaum zu glauben, dass er seiner Mutter bei ihren Verbrechen geholfen hatte. Die Oberärztin saß am anderen Ende. Sie war blass und stützte sich mit den Ellbogen auf dem Tisch auf, Schwarz saß auf einem Stuhl an der Wand, den Kopf an die Mauer gelehnt, neben ihm Karin Weigandt. Im Raum verteilt saßen Veit, Anna und Lindner, nebeneinander am Tisch Toni, Cindy und Franz.

Zwei Sicherheitskräfte saßen links und rechts von der Tür, an Flucht war für keinen zu denken.

Die Widerstandskraft der Oberschwester schien gebrochen.

»Sie können das nicht verstehen.« Die Oberschwester sprach langsam, betont und fast ohne Emotionen. »Als Alleinerziehende mit einem geistig zurückgebliebenen Kind fehlt einem das Geld vorn und hinten. Und wenn Sie wüssten, was eine Krankenpflegerin verdient, selbst hier als leitende Kraft, dann würden Sie in Tränen ausbrechen.«

»Wenn Sie denken, dass das Gehalt eines leitenden Chefinspektors so üppig ist, dann irren Sie sich. Aber fahren Sie fort.«

»Die Kurgäste waren schwerreich. Für die waren hundert, nein sogar tausend Euro nicht mehr als für unsereins ein einziger Euro.«

»Und das ist ein Grund, sie umzubringen?« Cindy klang empört.

»So einen unverschämten Reichtum hat sich niemand selbst erarbeitet«, sagte Dr. Hartmann scharf. »Aber statt, dass sie damit Gutes tun oder wenigstens ihre Angehörigen unterstützen, waren sie bösartig und knausrig und hockten wie Dagobert Duck auf dem Geld.«

»Auch das ist kein Grund für ein Todesurteil.« Toni verschränkte die Arme vor der Brust. Er wechselte einen Blick mit Lindner. »Wie lief denn so ein Deal ab?«

Offensichtlich war der Oberschwester bewusst, dass sie mit einem Geständnis besser fahren würde. »Meist war ich die erste Kontaktperson. Ich habe sofort gespürt, wenn es Diskrepanzen gab zwischen Kurgast und Angehörigen. Und ich habe mir Bestätigungen geben lassen, dass ich im Erbfall das Geld erhalten werde. Auf ein Schweizer Nummernkonto, von dort haben wir es auf ausländische Konten transferieren lassen.«

»Muss nicht alles in der Schweiz gemeldet werden?«, fragte Franz.

»Es gibt immer Mittel und Wege, wenn die Kohle stimmt.« Sabine Hartmann sprach abfällig. »Ich habe als Studentin Teilzeit bei der Bank gearbeitet, daher kenne ich ein paar Winkelzüge.« Sie deutete auf Schwarz. »Da habe ich ihm auch Tipps geben können.«

»So leicht wird es nicht sein, mir irgendwas zu beweisen.« Er streckte die Beine von sich. War er wirklich so gelassen, wie er tat? Eine IT-Spezialistin hatte sich seinen Computer vorgenommen, sie würde bald mit Ergebnissen aufwarten können. Schwarz wusste das, blieb jedoch trotzdem beherrscht.

Toni drehte sich zu Ingrid Keller. »Was war mit Vanessa Kraut?«

Sie seufzte und sah zu Sabine Hartmann. Die öffnete die Hände, sodass die Handflächen nach oben zeigten. »Damit habe ich nichts zu tun.«

»Sie ist am Vortag zu mir gekommen und hat mir erzählt, dass sie von den Todesfällen weiß, dass sie Beweise sucht, und sie wollte, dass ich ihr helfe.« Sie lachte kurz auf.

»Frau Kraut hatte Sie nicht in Verdacht?«

»Nein. Sie hatte Victor im Visier, hatte sich offenbar sogar in seinen Computer gehackt. Ich habe ihr versprochen, dass ich die Augen offen halte. Und beim Mittagessen habe ich darüber mit ihr geredet.« Sie deutete auf Karin Weigandt. »Habe mich über die Kraut lustig gemacht.«

»Weil sie nicht dachten, dass sie Ihnen auf die Spur kommen könnte?«, fragte Cindy.

»Wie auch? Sie hätte niemals irgendwas beweisen können. Aber Frau Weigandt fand es nicht so amüsant.«

Das hatte Toni bereits vermutet. »Frau Weigandt, für Sie war von diesem Augenblick an klar, dass Frau Kraut von den Unterschlagungen wusste, die sie im Computer von Doktor Schwarz gefunden hat. Sie haben Sie umgebracht.«

Karin Weigandt schlug die Hände vors Gesicht. »Unser ganzer Plan wäre kaputtgegangen.« Sie schluchzte auf. »Ich musste es tun.«

»Das ist Ansichtssache«, murmelte Toni. Er hasste die Ausflüchte. Mord war unentschuldbar.

»Wie haben Sie es angestellt, dass die Kraut bei diesem Wetter zum Teufelstein kam?« Cindy beugte sich vor.

»Das war leicht. Nachdem ich von Frau Keller erfahren habe, was sie sucht, habe ich ihr eine anonyme Botschaft zukommen lassen, dass ein Informant, der auf keinen Fall gesehen werden will, sie beim Teufelstein, direkt beim Felsen, erwartet. Es war kalt, hat geregnet und sogar Wind ist aufgekommen, so war ich mir sicher, dass niemand anderer so dämlich wäre, bei dem Wetter hinaufzuwandern. Ich war vor ihr oben, habe hinter dem Felsen gewartet. Doch sie war nicht allein, eine zweite Frau ist ihr nachgekommen. Die beiden haben gestritten und sich angeschrien, offenbar ging es um einen Mann. Ich habe wegen des Sturms nicht alles verstanden, schließlich war der Felsen dazwischen, und ich habe gehofft, dass die Kraut sich nicht durch die Tussi vertreiben lässt. Es hörte sich an, als ob die beiden handgreiflich wurden, es klackte und dann lief die eine davon. Ich habe um den Felsen gesehen und da krabbelte die Kraut am Boden herum und sammelte die Dinge auf, die ihr aus der Handtasche gefallen sind. Das war die Gelegenheit. Sie hat mich nicht gehört, wie ich hinter sie getreten bin, und da habe ich zugeschlagen.«

Kurz war es still.

»Sie hätte ohnehin alles kaputtgemacht«, sagte die Oberschwester.

Das reichte Toni jetzt. »Mord ist für Sie eine Lösung? Sie haben mit Mord sogar ein Geschäftsmodell entwickelt, dafür fehlt mir jeglicher Ausdruck.«

»Wie ist es Ihnen gelungen, Doktor Heppichler ins Boot zu kriegen?«, fragte Cindy, die erstaunlicherweise diesmal die Ruhigere blieb. Aber sie hatte nicht einen Tag in diesem Loch verbringen müssen wie er.

»Seine Frau war todkrank, ALS.«

»Wie äußert sich das?«, fragte Lindner.

»Die Amyotrophe Lateralsklerose ist eine schwere neurologische Erkrankung, die zu Lähmungen und unkontrollierten Muskelanspannungen führt. Sie ist unheilbar.« Die Ärztin ratterte dies wie auswendig gelernt herunter.

»Das ist bedauerlich, erklärt aber nicht Heppichlers Bereitschaft, Morde zu vertuschen.« Toni fixierte die Ärztin scharf.

»Er wollte sie nach Frankreich zu einem Spezialisten bringen, obwohl er als Arzt wusste, dass es kaum Heilungschancen gab. Dafür benötigte er Geld. Und zuerst hatte die Therapie Erfolg, ihr Zustand stagnierte offenbar, trotzdem hat sie nur noch drei Jahre gelebt.« Dr. Hartmann rieb über ihre Stirn, sie litt anscheinend an den Folgen vom Sturz, wie er von Cindy wusste. Toni tat sie nicht leid. »Danach hatte er Depressionen.«

»Aber er musste weiterhin mitmachen, denn er steckte mittendrin, nicht wahr?«

»Gleich nach seinem fünfundsechzigsten Geburtstag hat er die Praxis geschlossen und ist nach Teneriffa gezogen. Wäre in Ordnung gewesen, doch der alte Narr hatte auf einmal Gewissensbisse.«

»Daher sind Sie hingeflogen und haben ihn von den Klippen gestoßen«, sagte nun Cindy zur Oberärztin.

»Tatsächlich? Wie wollen Sie das beweisen?« Sabine Hartmann klang gelangweilt.

»Weil Sie genau um diese Zeit auf Teneriffa waren. Wir haben Sie auf den Fluglisten gefunden.« Franz sprach mit triumphierendem Unterton.

Aha! Toni sah anerkennend zu seinem jungen Kollegen und nickte ihm zu.

»Ich habe Urlaub gemacht. Wie viele andere auch.«

»Doch sie waren die Einzige mit einem Motiv.«

»So?«

»Sein Bruder hat uns erzählt, warum er zurückkehren wollte. Wörtlich: Er könne nicht schlafen, weil er kein reines Gewissen habe.«

»Der alte Zausel! Nur weil er kalte Füße bekommen hat, wollte er uns alle ans Messer liefern.« Sabine Hartmann klang zornig. »Trotzdem habe ich Heppichler nicht umgebracht, es war ein Unfall. Ich wollte ihn überzeugen, aber er beharrte darauf, zur Polizei zu gehen und reinen Tisch machen zu wollen. Dabei ist er ausgerutscht.«

»Das wird das Gericht klären«, sagte Toni. »Paul Hermann geht wiederum auf Ihr Konto.« Toni deutete auf Ingrid. »Sie haben Ihren Sohn dazu angestiftet, mitzuhelfen.«

»Was hat er auch herumgeschnüffelt?« Sie klang gleichgültig. »Er hatte mich bereits vor Ihnen im Verdacht.«

»Er war der Freund von Hildegard Pototschnigg, ja, die beiden hatten sich auf die alten Tage verliebt. Sie hat ihm offenbar einiges von der Kur berichtet. Und nach der Kur wollten sie ihre Freundschaft vertiefen, ich weiß von einem weiteren Kurgast, Frau Klara Wörner, dass Frau Pototschnigg und er es gemeinsam versuchen wollten. Er hatte Zweifel an Ihrem natürlichen Tod und er war es, der Vanessa Kraut aufgesucht hat, er wusste, dass sie investigative Journalistin war und wollte, dass sie diesen Fall näher untersuchte.«

»Der alte Spinner hat behauptet, er hätte Beweise.« Ingrid schnaubte böse. »Ich habe sein Zimmer durchsucht, da war nichts.«

»Bevor oder nachdem Sie und Ihr Sohn ihn umgebracht haben?«

»Leon kann nichts dafür, er tut, was ich sage.«

»Über seine Zurechnungsfähigkeit wird ein Gericht entscheiden, nicht ich.« Toni sah von einem zum anderen. »Bleibt noch Helmut Reinbacher.«

»Damit habe ich nichts zu tun«, schrie die Oberschwester empört.

Auch die Hartmann schüttelte den Kopf. »Ich erst recht nicht.«

Toni sah Schwarz an. »Was ist mit Ihnen?«

»Ich? Welchen Grund hätte ich gehabt?«

»Dass er Ihnen nicht länger auf der Tasche liegt? Sie nicht weiterhin erpressen kann?«

Schwarz wurde bleich.

»Reinbacher ist an einer Überdosis Propofol gestorben.«

»Nein, er wurde erschossen. Und zwar von mir.«

Alle drehten sich zu dem Mann in der Tür um.

Kapitel 34

In der Tür stand Markus Weber und hielt eine Waffe in der Hand. »Bleibt am besten alle sitzen.« Er wandte sich an die Beamten, die direkt bei der Tür saßen. »Sie gehen bitte zu den anderen nach hinten.«

Toni nickte ihnen zu, die beiden standen auf und setzten sich ans andere Ende vom Tisch.

Cindy bemerkte, dass Webers Hand mit der SIG-Sauer zitterte.

»Machen Sie sich nicht unglücklich«, sagte Toni ruhig und erhob sich langsam. »Sie sind doch gar nicht fähig, jemanden zu töten.«

»Und das wissen Sie, weil ...?« Er ließ das Wort in der Luft hängen.

»Sie sind in einem Raum voller Polizisten.«

»Gut, dass Sie uns daran erinnern«, ertönte eine weibliche Stimme hinter ihm.

Schwester Lena. Auch sie hatte eine Waffe in der Hand. »Wir können schießen«, erklärte sie, »haben es eigens zu diesem Zweck gelernt. Damit wir den Mann umbringen können, der endlich bezahlen muss.«

Hier musste irgendwo eine Waffenfabrik sein, dachte Cindy bei sich.

»Jetzt tun Sie doch was gegen diese Verrückten«, kreischte Ingrid Keller plötzlich auf. »Die knallen uns alle ab.«

War das nicht auch ihre Idee gewesen, als sie die Waffe auf sie gerichtet hatte?

»Verdient hättest du es, du boshaftes Weib.« Markus schwenkte die Waffe zu ihr. »Allein dafür, wie viele Menschen du auf dem Gewissen hast.« Seine Waffe zeigte wieder auf Victor Schwarz. »Du kannst dein letztes Gebet sprechen. Wir wollten dich nicht umbringen, sondern bloßstellen und dein Lebenswerk zerstören. Aber das hast du schon selbst besorgt. Dein Tod wird Janine rächen.«

Der Name sagte Schwarz offenbar etwas, er zuckte zusammen.

Cindy sah zu Lena, die in der Tür stehen geblieben war. Momentan war es wohl besser, sie verhielten sich ruhig. Tonis Handbewegung, er drückte mit den Handflächen nach unten, besagte genau das.

»Was werfen Sie ihm vor?«, fragte Toni mit seiner typisch sachlichen Stimme.

»Zeigen Sie ihm das Foto, das bei Reinbachers Leiche war.«

Markus blickte herausfordernd zu den Beamten. Cindy scrollte in ihrem Handy. »Das meinen Sie?«

»Richtig. Gehen Sie hin, er soll es ansehen.«

Cindy stand auf und hielt das Bild Schwarz unter die Nase. »Erkennen Sie das Mädchen? Sie haben behauptet, sie nicht zu kennen, wenn ich mich recht erinnere.«

Schwarz vergrub sein Gesicht in seinen Händen.

»Dieser Kerl ist ein elendiger Vergewaltiger und hat den Tod meiner Mutter, seiner Schwester, auf dem Gewissen. Schau drauf und sag, was du mit ihr gemacht hast. Deiner eigenen Schwester. Deswegen wollte sie dich nie mehr sehen.«

Schwarz hatte sich gefasst. »Ich habe sie geliebt, keine Ahnung, weshalb sie plötzlich den Kontakt abgebrochen hatte.«

»Weil du sie vergewaltigt hast, du Mistkerl!«

Schwarz sprang auf. »Was fällt dir ein! Ich habe dir einen Job in meiner Klinik gegeben, weil ich die alten Geschichten vergessen möchte, und jetzt kommst du mit so was?«

»Setz dich hin!«, brüllte Weber. Schwarz ließ sich wieder zurücksinken.

»Sie haben Ihre eigene Schwester vergewaltigt?«, fragte Toni. Dann sah er von Weber zu Lena. Eine Reihe von Gedanken flutete durch seinen Kopf, er wechselte einen Blick mit Cindy, der es genauso zu gehen schien.

»Sie war nicht meine Schwester«, sagte Victor Schwarz und es klang fast schrill. »Mein Vater hat ihre Mutter geheiratet, sie war fünf damals, ich stand kurz vor dem Ende meiner Ausbildung.«

»Sie war trotzdem deine Schwester, hat dir vertraut. Und jetzt knalle ich dich ab.« Weber spannte den Hahn.

»Halt«, schrie Toni. »Machen Sie sich nicht unglücklich! Wollen Sie wegen Mordes lebenslang ins Gefängnis.«

»Ich hab schon einen Mord begangen. Es ist egal.«

»Meinen Sie Reinbacher?«

»Ja. Ich habe geschossen. Weil er ein Kumpel von Schwarz war und ihn gedeckt hat. Hat behauptet, meine Mutter hätte einvernehmlichen Sex mit ihm gehabt.«

»So war es auch«, schrie Schwarz schrill.

»Das war also die Erpressung.« Toni sah zu Schwarz, der die Beine auf den Stuhl gezogen hatte und das Gesicht in den Händen vergraben.

»Ich habe mit Reinbacher gesprochen, einen Tag vorher. Habe gesagt, er soll endlich die Wahrheit sagen und das Unrecht wiedergutmachen. Er hat nur gelacht. Schwarz hätte ihm ein schönes Leben ermöglicht. Am nächsten Tag bin ich zu seiner Hütte und habe ihn erschossen.«

Toni schüttelte den Kopf. »Sie haben ihn nicht umgebracht.«

»Doch. Ich wusste, wo er seine Cannabisplantage hatte. Da lag er, stockbesoffen und ich habe abgedrückt.«

»Da war er bereits tot«, erklärte Cindy. Und Franz fügte hinzu: »Reinbacher ist an einer Überdosis Propofol gestorben.«

»Was?« Das kam von Lena. »Siehst du, du bist kein Mörder!« Es klang erleichtert und überrascht zugleich.

»Und wie passen Sie ins Bild? Sind Sie seine Freundin?«, fragte Toni.

»Nein.«

»Lena ist meine Schwester, Zwillingsschwester.« Markus sah zu Schwarz. »Und der Kerl ist unser Erzeuger. Hallo, Papa!«, sagte er sarkastisch.

»So ein Unsinn!« Schwarz' Gesicht lief rot an. »Was redest du für einen Quatsch.«

»Nenn ihn nicht Vater und schon gar nicht Papa! Nicht mal aus Hohn.« Lena löste sich von ihm und trat vor Schwarz. »Du Schweinehund hast dich an einem sechzehnjährigen Mädchen vergriffen, bist im eigenen

Garten über sie hergefallen und hast behauptet, sie hätte es freiwillig getan.«

»Hat sie ja auch. Sie war ein geiles Luder, das mir nachgestellt hat, wo immer es möglich war.«

Lena holte aus und eine Zehntelsekunde später war der Knall einer Ohrfeige zu hören, ehe Cindy aufsprang und die junge Frau zurückzog, ihr dabei gleichzeitig die Pistole aus den Fingern zog. Franz sprang hinzu und nahm sie ihr ab.

Victor Schwarz war ebenfalls wie ein Gummiball hochgesprungen. Er wurde von Lindner zurückgehalten, während er sich die Wange rieb.

»Du redest nicht so über unsere Mutter«, schrie Lena und wand sich in Cindys Armen. »Die Anzeige brachte kein Ergebnis, weil Helmut Reinbacher, damals ein Kumpel von dir, euch in der Laube gesehen und später ausgesagt hat, dass der Sex einvernehmlich war.«

»So war es auch.«

»Nach dieser Aussage hat er Geld von dir bekommen, bis zu seinem Tod hast du ihn für sein Schweigen bezahlt. Deswegen bekam er den Job hier, als du Chefarzt wurdest, und wurde trotz seiner Alkoholexzesse nicht gekündigt.«

»Legen Sie endlich die Waffe weg«, schnauzte Toni und deutete auf Markus Weber. Der legte seine SIG-Sauer auf den Tisch.

»Hinsetzen!« Toni wies auf einen der unbesetzten Stühle und wandte sich dann an Lena. »Und Sie ebenfalls! Was ist in Ihren Köpfen vorgegangen? Rache? Mist von vorn bis hinten. Wollten Sie sich Ihr Leben komplett kaputtmachen?« Er sah von Markus zu Lena. Zwillinge? Die beiden sahen sich nicht ähnlich. Oder doch? Wenn man genauer hinsah, gab's durchaus ein paar Parallelen.

»Warum haben Sie fast drei Jahre hier gearbeitet? Hat niemand bemerkt, dass Sie der Sohn von Schwarz sind?«, fragte Cindy, die sich neben Lena an den Tisch setzte. »Und Sie tragen verschiedene Namen. Haben Sie falsche Papiere?«

»Ich war kurz verheiratet«, erklärte Lena. »Mit Peter Hütter. Die Ehe hat nicht lang gehalten.«

»Hütter!« Cindy tippte sich an den Kopf. »Wir haben nach einer Hütte gesucht, dabei war es ein Name.«

Toni sah sie verständnislos an.

»Sie heißt Lena Hütter«, erklärte sie.

Verdammt, jetzt erinnerte er sich. »Hat Ihnen Vanessa Kraut gesagt, was sie hier tut?«

Lena nickte, öffnete den Verschluss ihrer Halskette und nahm sie ab. »Ich habe sie bereits am ersten Tag erkannt. Schließlich postet sie jede Menge auf Instagram. Daraufhin hat sie mich eingeweiht. Da ich erst seit drei Monaten hier arbeite, konnte sie mich als Verdächtige ausschließen. Sie hat zugesagt, uns zu helfen.« Sie nestelte den Anhänger von ihrer Kette und reichte ihn Toni. »Das ist ein Stick, den mir Vanessa Kraut anvertraut hat. Darauf hat sie sämtliche Kontoverbindungen von Schwarz' Computer und mehr Interessantes abgespeichert. Ich habe ihr versprochen, dass wir das erst verwenden, sobald die Mordserie aufgeklärt ist.«

»Klären Sie mich bitte auf, was Ihr Plan war.« Toni sah sie ernst an.

»Doktor Schwarz kannte euch beide offenbar nicht, sonst hätte es nicht funktioniert.« Auch Cindy sah sie aufmerksam an.

»Wir wussten auch nichts von seiner Existenz.« Markus Weber hüstelte. »Unsere Mutter ist vor vier Jahren gestorben, sie bekam mit vierzig einen Krebs an der Gallenblase und nach zwei Jahren hat sie den Kampf verloren. Kurz vor ihrem Tod hat sie Lena und mir die gesamte Geschichte erzählt.«

»Genau das ist es, eine Geschichte.« Schwarz lachte höhnisch auf.

»Sie sind jetzt still«, sagte Lindner scharf.

»So haben wir erfahren, dass nicht Richard Weber unser Vater ist, sondern ihr Stiefbruder, Victor Schwarz.«

»Nonsens«, rief Schwarz.

»Das lässt sich leicht durch einen DNA-Test beweisen.« Cindy klopfte auf den Tisch.

»Und wenn schon! Sie wollte es.« Schwarz' verschränkte beide Arme. »Das Verfahren wurde eingestellt, das ist alles, was zählt.« Cindy konnte sich nur mühsam beherrschen, ihm nicht an die Gurgel zu gehen.

Vermutlich ließe sich die Vergewaltigung von damals nicht beweisen. Reinbacher, der einzige Zeuge, war tot.

Aber Schwarz würde wegen Mordes verurteilt werden, abgesehen von seiner verlorenen Reputation.

Markus Weber erzählte nun weiter. »Wir wollten seinen Ruf zerstören. Lena hat ihren Job als Buchhalterin aufgegeben und die Ausbildung zur Krankenschwester begonnen, ich hatte noch ein Jahr bis zum Abschluss. Danach habe ich mich bei ihm beworben«, er deutete auf Schwarz, »habe ihm vom Tod meiner Mutter erzählt und gesagt, ich sei sein Neffe.«

»Ich bin auf dein rührseliges Getue von wegen Frieden schließen reingefallen.« Es kam wie ein Knurren von Schwarz. Weber wandte sich nun direkt an ihn. »Hättest du mal einen Blick auf mein Geburtsdatum geworfen, wäre dir vielleicht ein Verdacht gekommen.«

»Das Einzige, woran du denken konntest, war, dass ich mir Vergünstigungen herausholen wollte.«

»Als ob wir uns eine Versöhnung mit einem wie dir wünschten!«, rief Lena schrill dazwischen. »Schlimm genug, dass wir deine Gene in uns tragen!«

»Jetzt kommen Sie ins Spiel.« Toni wandte sich der jungen Krankenschwester zu. »Was war Ihre Rolle? Sie arbeiten erst seit kurzer Zeit hier.«

»Ich musste zuerst die Ausbildung absolvieren, danach war ich ein paar Monate im privaten Dienst, um Erfahrungen zu sammeln.« Sie warf den Kopf zurück. »Zudem wäre es aufgefallen, wenn Markus und ich zur selben Zeit hier angefangen hätten.«

»Was genau war Ihr Plan? Wollten Sie Schwarz umbringen?« Cindy nickte mit dem Kinn zu den Waffen, von denen Lindner gerade die Munition entfernte.

Die beiden schwiegen.

Franz sprach es aus. »Sie hatten keinen konkreten Plan.«

»Wir wollten ihn nicht umbringen.« Lena sah Cindy direkt an, Tränen standen in ihren Augen. »Vielleicht ein wenig Angst machen und ihm Schaden zufügen. Markus ist beim Sportschützenverein, die Waffenbesitzkarte hat er problemlos bekommen.«

»Sag ich doch, er hat Reinbacher umgebracht in seinem Wahn!« Schwarz richtete sich halb auf, er klang höhnisch.

Cindy reichte es. »Nein, das waren Sie.« Sie bemühte sich, ruhig zu bleiben, konnte jedoch einen scharfen Unterton nicht verhindern. »Sie haben ein Motiv, die Möglichkeit, an Propofol zu kommen, und das Know-how, dieses auch zu verabreichen. Wir haben DNA-Spuren am Tatort gefunden, die wir Ihnen mit Leichtigkeit zuordnen können.« Sie beugte sich vor. »Was mich wundert, ist, weshalb Sie ihn nach so langer Zeit umgebracht haben?«

Schwarz' Schultern sackten nach unten, schwer ließ er sich auf den Sessel zurückfallen. »Der versoffene Junkie! Ich wollte mit ihm sprechen, er hat mir genüsslich erzählt, dass mein angeblicher Sohn aufgetaucht sei und er deshalb für sein Schweigen mehr verlangen müsste. Später bin ich wiedergekommen, er lag besoffen und bekifft auf der Liege, hab ihn angesprochen, er hat nicht reagiert und vermutlich nicht mal bemerkt, dass ich ihm das Propofol gespritzt habe.«

Damit schob sich das letzte Puzzlesteinchen auf seinen Platz.

Cindy sah zu Toni, der müde aussah. »Machen wir Schluss.« Sie stand auf. »Karl, bringst du die Truppe nach Graz in die JVA? Morgen beantragen wir die Haftbefehle.«

Auch Toni erhob sich. »Gute Idee, es ist schon spät.« Er sah zu Lindner. »Das Kurheim muss geräumt werden, nachdem sämtliche Ärzte und zwei Schwestern ausfallen. Karl, leite in die Wege, dass die Gäste spätestens morgen abreisen. Die zuständige Behörde wird entscheiden, ob und wie es weitergeht mit dieser Natur-Mogelpackung.«

Ein Schluchzen ertönte. Diesmal kam es von Dr. Victor Schwarz.

Für seine Kinder war es bestimmt eine Genugtuung, sein Lebenswerk war zerstört.

Kurze Zeit später waren mehrere Beamte im Raum, die die sieben Verdächtigen abführten. Weber und Lena Hütter würden vermutlich bald wieder frei kommen. Die anderen hatten alle einen Mord begangen, Ingrid Keller mehrfach. Ihr Sohn würde eventuell als geistig unzurechnungsfähig eingestuft werden.

Cindy hörte, wie Lindner die Festgenommenen über ihre Rechte aufklärte, nach zehn Minuten wurde es still. Im Raum verblieben Toni, Franz, Veit, Anna und sie.

»Wie geht es dir?«, fragte Cindy. Ihr wurde in diesem Augenblick mit aller Macht bewusst, wie knapp Toni mit dem Leben davongekommen war.

»Jetzt gut.« Toni sah alle der Reihe nach an. „Veit und Anna, ihr beide habt euch großartig geschlagen, danke euch. Ich hoffe, wir haben wieder mal die Gelegenheit zur Zusammenarbeit. Und ihr beide«, unter seinem intensiven Blick wurde Cindy warm und sie bemerkte, dass auch Franz still wurde, »einfach nur danke.«

Sekundenlang war es totenstill, lediglich von draußen ertönten gedämpft Stimmen.

»Ich bringe dich nach Hause.« Franz' Stimme klang rau.

»Das würde ich gern annehmen, aber das kann ich Claudia und Josefa nicht antun.« Er ging zur Tür. »Wir sehen uns morgen.«

Cindy sah ihm nach, bis die Tür hinter ihm zufiel.

»Sollte jemand von uns bei ihm bleiben?« Besorgnis lag in Annas Stimme.

»Er schafft das. Ich glaube, es hilft ihm, dass er andere trösten kann.«

Hoffentlich.

Langsam verließen sie die Kurklinik und verabschiedeten sich von Anna und Veit.

Cindy folgte Franz zum Wagen, den ihnen ein Beamter gebracht hatte, und war froh, dass sie sich bald in Davids Arme flüchten konnte.

Kapitel 35

»Mein Spiel.« Straubinger ordnete seine Karten. Der zufriedene Gesichtsausdruck sprach Bände.

»Ist gut.« Anneliese sah zu Toni. »Ich finde es toll, wie du den Fall gelöst hast.«

Der Skandal rund um das Vital-Naturheilzentrum hatte hohe Wellen geschlagen. Noch war nicht alles aufgearbeitet, aber sämtliche Beteiligten würden mit saftigen Gefängnisstrafen rechnen müssen.

Die Steirische Zeitung hatte einen reißerischen Bericht verfasst. »Mord und Betrug im Kurheim – Schwarz-Naturheilzentrum wird geschlossen«, lautete die Schlagzeile.

»Dieser Doktor Schwarz, der ist ja unschuldig an den Todesfällen im Zentrum«, sprach Anneliese weiter.

»An diesen Morden, wobei für mich fraglich ist, dass er so überhaupt nichts wusste. Allerdings hat er den Hausmeister umgebracht, das konnten wir nachweisen. Und sein angebliches Naturheilzentrum ist ein Fake.«

»Zum Glück! Es wäre eine Schande, käme er so davon!«

»Stimmt, denn die Vergewaltigung wird man ihm nach so langer Zeit nicht beweisen können ...«

»Da reicht doch ein Vaterschaftstest bei den beiden?«

»Das beweist lediglich, dass er der Erzeuger ist, aber nicht, dass er ihre Mutter vergewaltigt hat.« Philipp klopfte ungeduldig mit dem Finger auf seine Karten. »Konzentrier dich lieber auf das Spiel.«

»Ich habe doch schon gesagt, dass es gut ist. Du bist dran.« Annelieses beleidigter Unterton war deutlich zu hören.

»Ach so, entschuldige.« Philipp Kinzmann klang verlegen. »Bei mir auch.«

»Ich«, Toni grinste über sein Blatt hinweg die anderen an, »ich spiele einen Bettler.«

»Das gibts doch nicht!«, maulte Straubinger.

»Ohne Vanessa Kraut wäre das alles niemals aufgeklärt worden.« Anneliese sah Toni an. »Denkst du nicht? Und die arme Frau hat dafür ihr Leben geopfert.«

»Das war bestimmt nicht ihre Absicht.« Toni ordnete seine Karten ein zweites Mal neu.

»Denkst du, dass Linus ebenfalls angezeigt wird? Er war doch so etwas wie ein Auftraggeber.« Philipp sah zu seiner Frau. »Vielleicht erben dann wir die Millionen von Tante Hildegard. Verdient hättest du es.«

»Das zu entscheiden, ist die Aufgabe von Staatsanwalt und Gericht.« Toni zuckte mit den Schultern. »Aber ich schätze, es wird schwer zu beweisen sein.«

»Die Beteiligten haben schließlich Geld von den Angehörigen bekommen.« Philipp schob den Talon an den Rand, damit das Spiel beginnen konnte.

»Da steht aber nicht dabei, wofür sie es erhalten haben.« Toni zog die erste Karte. »Mich hat die ganze Geschichte wieder überzeugt, wie froh ich bin, dass ich keine Millionen besitze, wegen derer man mich umbringen könnte.« Er warf die Karte, den Mond, das zweithöchste Tarock, auf den Tisch und hoffte, dass der Sküs, das höchste Tarock im Spiel und nicht im Talon war. Beim Bettler durfte er selbst keinen einzigen Stich machen.

Denn derselbe Ehrgeiz, mit dem er seine Fälle löste, trieb ihn auch beim Spiel an. Er wollte gewinnen.

Danksagung

Liebe Leserinnen und Leser!

Wer meine Bücher kennt, weiß, dass ich nur von Orten schreibe, die ich besucht habe. Auch für diesen Thriller bin ich in den kleinen steirischen Ort Fischbach angereist und wollte den Teufelstein besteigen. Leider hat mich eine fiese Grippe geschwächt und ich habe den Aufstieg nicht geschafft. Zumindest konnte ich den Ort kennenlernen und mich in Gmoa umsehen, jenen Ort, an dem das (fiktive) Naturheilzentrum steht. Es wäre wirklich ein ausgesucht passender Platz für ein Kurheim, der Erholungswert enorm.

Meine beiden Freunde, die ich zu den liebsten zähle, **Andrea und Reinhard Traxler**, sind an meiner statt mehrmals auf den Teufelstein gestiegen, haben Fotos und Videos gemacht und ihre Schilderungen sind in den Roman eingeflossen. Ihre Hilfe war unbezahlbar und solche Freunde sind es ebenfalls. Ein dickes Dankeschön euch beiden, auch für eure Anregungen und Tipps als Testleserin und Testleser.

Ein herzliches Dankeschön auch an **MR Dr. Robert Wieringer**, den langjährigen Gemeindearzt von Fischbach, der bereitwillig meine Fragen beantwortet hat und natürlich mit dem Bösewicht in diesem Buch nichts gemeinsam hat.

Und natürlich Danke an **Alexandra Fölker** und **meine Lektorin Katrin Gönnewig**, sowie dem gesamten Team vom dp Verlag, schön euch an meiner Seite zu wissen.

Bianca Kober hat wieder einmal als Testleserin fungiert, danke für die unbezahlbare Unterstützung. Und natürlich – wie immer – Danke an meinen Mann **Rainer**, der mich still im Hintergrund unterstützt, motiviert und mich im rechten Moment wieder in die Realität zurückholt, wenn ich total tief drin bin und die Zeit übersehe.

Und bei euch, ihr lieben Leserinnen und Leser, möchte ich mich ebenfalls von Herzen bedanken. Was wäre eine Autorin ohne Menschen, die ihre Bücher mögen und lesen? Vielen lieben Dank auch für eure zahlreichen Rückmeldungen, die mich immer erreichen und motivieren, weiterzuschreiben.

Über ein persönliches Feedback oder eine Rezension würde ich mich wieder riesig freuen.

Erreichen könnt ihr mich über Facebook, Instagram, meine Homepage: www.lotte-woess.com oder einfach per E-Mail: kontakt@lotte-woess.com

Und natürlich freue ich mich, wenn ihr auch weitere Bücher von mir lesen werdet.

Bis bald

Eure Lotte